SWALLOWS
AND
AMAZONS

燕子号与亚马逊号

燕子谷历险

[英] 亚瑟·兰塞姆 著　梅春丽 译

山西出版传媒集团　山西人民出版社

图书在版编目（CIP）数据

燕子谷历险 / (英) 亚瑟·兰塞姆著 ; 梅春丽译 . -- 太原 : 山西人民出版社 , 2021.2

（燕子号与亚马逊号）

ISBN 978-7-203-11696-7

Ⅰ . ①燕… Ⅱ . ①亚… ②梅… Ⅲ . ①儿童小说－长篇小说－英国－现代 Ⅳ . ① I561.84

中国版本图书馆 CIP 数据核字 (2021) 第 019927 号

燕子谷历险

著　　者：［英］亚瑟·兰塞姆
译　　者：梅春丽
责任编辑：崔人杰
复　　审：赵虹霞
终　　审：梁晋华
装帧设计：仙　境

出 版 者：山西出版传媒集团·山西人民出版社
地　　址：太原市建设南路 21 号
邮　　编：030012
发行营销：0351–4922220　4955996　4956039　4922127（传真）
天猫官网：https://sxrmcbs.tmall.com　电话：0351–4922159
E-mail：sxskcb@163.com　发行部
sxskcb@126.com　总编室
网　　址：www.sxskcb.com

经 销 者：山西出版传媒集团·山西人民出版社
承 印 厂：三河市明华印务有限公司

开　　本：710mm × 1000mm　1/16
印　　张：19.5
字　　数：317 千字
印　　数：1—5000 册
版　　次：2021 年 2 月　第 1 版
印　　次：2021 年 2 月　第 1 次印刷
书　　号：ISBN 978-7-203-11696-7
定　　价：48.00 元

目录

CONTENTS

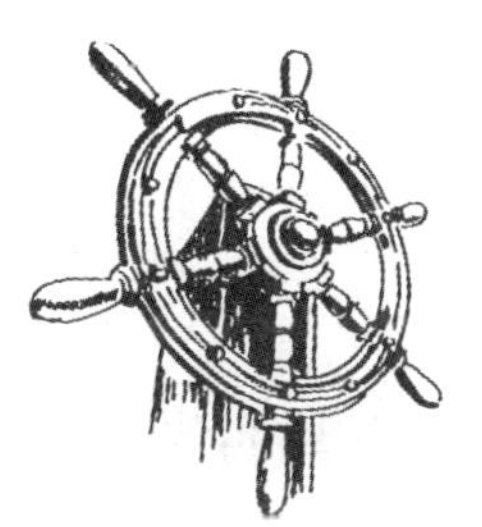

第一章　燕子号和它的船员们

灵巧的船儿啊，敏捷的水手，
瞧，你们多么的轻便又灵活；
灵巧的船儿啊，敏捷的水手，
看，你们驾船驶向远方！

——航海歌

倚在桅杆旁的水手罗杰，一直瞭望远方，他突然喊道："野猫岛马上就要到了！"罗杰发现，这一年来自己其实发生了很大变化。自己待的地方，同样是放着锚和绳子，但去年就没觉得像现在这么拥挤。因为，去年他只有七岁而已。

"你不应该现在就喊出它的名字。"一等水手提提说道。现在，她正坐在船中央的行李上，逗那只在笼里飞来飞去的鹦鹉，"你应该舔舔你那干裂的嘴唇，说'陆地，陆地！'等我们再靠近一点才能弄清楚那到底是个什么地方。有时，为了找到这个地方，我们可能要航行几个礼拜呢。"

"但是我们已经知道它的名字了。"罗杰说，"不管怎么样，陆地离我们已经越来越近了，很快就能看到船屋啦。快看，就是那儿了，和原来一模一样。可是……"小罗杰突然变得很失望，声音也很低沉，"可是，弗林特船长忘记升船旗了。"

挂着棕色船帆的燕子号和它的五个船员，当然，包括那只鹦鹉，在离开霍利豪威港之后正行驶在开阔的湖面上。湖水直伸向遥远的南方，两侧都是俊秀的山峦。山上茂密的树木层层叠翠，向近处看，片片沼泽地浮现树间；向远处望去，山峰点缀在沼泽地上面。时光飞逝，一年就这样过去了，八月又悄悄来临。这群探险家们昨天从南方聚集而来，约翰、苏珊、提提、罗杰和他们的鹦鹉站在火车窗前，火车正驶向小小的火车站。此刻，他们想起了那些老伙伴们，南希和佩吉·布莱凯特或许正在月台上等着迎接他们呢。可能还有他们的妈妈，或者还有弗林特船长。弗林特船长就是住在船屋里的那位退休的“老海盗”。实际上，他是南希和佩吉的吉姆舅舅，也有人称他特纳先生。事实上，那里一个人也没有。整个早晨，当妈妈、小布莱基特和保姆忙着卸下箱子，搬运到位于霍利豪威的旧农舍时，他们已经在装载燕子号，准备起航去野猫岛了。在此之前，小探险家们曾派过侦察兵爬到高地上，瞭望湖的北面是否有像燕子号一样大小的船从亚马孙河驶过。因为，布莱凯特家的房子就在亚马孙河边的大山脚下，面向遥远的北极。现在，他们每一分钟都要望一望霍利豪威港的码头，寻找一艘扬着白帆的亚马逊号小船，希望能听到南希船长吹起的快乐号角，喊着“燕子号、亚马逊号万岁！”他们还希望能看到佩吉大副将海盗旗升至桅杆顶端。这样，燕子号和亚马逊号就可以一起出发驶向野猫岛，还可以在途中，在自己的船里挥手呐喊“你好，弗林特船长！”所有的一切都应该和去年一样。可是，他们没看见有小伙伴们出现的任何迹象，直到下午时分，他们已经不能再等了。妈妈和布莱基特去镇上为他们买些可能用到的食品和杂物，并准备从霍利豪威港用划艇运到岛上去。不管发生什么，他们必须在妈妈到达之前准备好营地，让她来的时候看到他们已经为今年在小岛的第一个夜晚做好了准备。现在看来，等着亚马逊号海盗们出现是没希望了，南希和佩吉可能正与弗林特船长待在船屋里呢。又或者，他们已经到了野猫岛，正计划着一场欢迎仪式，或策划一次恶作剧式的伏击呢。那个南希，你永远不知道她在想什么。就这样，四个小探险家开始了这次航行，他们为此准备了整整一年的时间。从现在起，躺在家里床上睡觉的舒服日子结束了，他们又一次开始了驾着燕子号小船在湖上的漂泊生活。

“我还是觉得他应该会升起船旗才对。”见习水手罗杰说。

“可能他没想到我们这么快就起航呢。”一等水手提提一边说着，一边通过架在鹦鹉笼子上的望远镜瞭望远方的船屋。

“可能我们的船驶向那里的时候，他才会升起船旗吧。”苏珊大副猜测。

他们四个中年龄最大的约翰并没有说话，他正忙着开船。现在，燕子号已经驶离码头，开始迎着南风在湖面上摇摇晃晃地前进了。约翰朝前方径直看去，微风吹拂着他的脸颊。他很享受开船的感觉，转动着舵盘，聆听着船前侧下方“啪、啪”的水声，那是多么愉快。他不时地瞥一眼桅杆顶上的三角旗，旗子是白色的，上面有一只蓝色的燕子（这是提提亲手剪裁缝制的）。依据旗子飘动的方向，他可以掌握风向，并最大程度上减少风的阻力。仅仅通过感觉脸颊上的风来判断航行的情况是需要多年实践经验的，而这次只是假期以来小探险家们的首航而已。有时，他也向后瞥一眼船的航迹，那尾波像一条条彩带在湖面上欢乐地蹦蹦跳跳，激起一朵朵浪花。这个时候，弗林特船长是否在桅杆顶上扬起旗帜已经不重要了，能再次在湖面上航行对约翰来说已经足够。

苏珊大副同样不在乎旧船屋上是否扬着旗。过去的一天里，她一直在照顾妈妈、布莱基特、保姆和其他的伙伴们，并照看着从南部赶来时旅途中携带的各种行李，这真是劳累又疲倦的一天！每次坐火车旅行，都是她在操心，因此第二天总是觉得很累。幸亏有了苏珊的细心和良好的记忆力，他们才从来没有落下过东西。要知道，每次都有不少东西呢。就在今天早上，苏珊还把需要的日用品列了一些清单，并且仔细准备好了燕子号要装载的各种货物。而此刻，苏珊能做的工作已经全部做完，她正在休息，清闲又愉快，再也不必被火车站的嘈杂声所烦扰，再也不必强迫自己去听一遍又一遍的换乘提醒。

即便是提提也没有像罗杰一样，因为没有看到船屋顶上的旗子而大惊小怪，感到不安。她需要考虑的事情还多着呢。有时她会感觉，他们还停留在去年，从未离开过那开阔的湖面，这一年漫长的学校与城镇生活好像根本没发生过一样。她甚至不敢相信，那个曾在学校被法语单词搞得头痛的提提，竟然和燕子号上这名一等水手是同一个人。提提坐在鹦鹉的笼子旁边，守着背包和杂物，回头向达恩峰望去，从那里，她第一次看到野猫岛。沿着湖面向野猫岛望去，岛上延伸出来的部分到处都是高高的灯塔树。看到如此场景，她几乎忘了自己是如何来到这里的，而对此的记忆也好像法语语法书后的两页白纸一样空。这种穿梭于不同时间，分饰两种角色的感觉还真有点让提提喘不过气来呢。

但是，依旧倚在原位的罗杰仍固执地相信，即使他们的老朋友弗林特船长没有将船装饰一番以迎接他们的到来，也应该在桅杆顶端扬起旗子。罗杰多么渴望看到船屋的大旗能降下一点点，这样燕子号也能降下他们的小旗来作为回应呀！然后，船屋前甲板上的大炮就会发出“砰”的一声巨响，接着冒起一阵白烟，以此来问候他们。可是现在，船屋上什么旗子都没有。

“可能他睡着了呢。”提提说。

“如果南希和佩吉跟他在一起，他是不会睡着的。”苏珊回答。

“可能他们已经到岛上了。我们很快就会知道。”约翰说道，“再转帆一次我们就进入船屋港了。大家准备好！”

燕子号小船开始逆风航行。当帆下桁摆过来时，提提和苏珊急忙缩头躲闪，棕色的船帆被吹得又鼓了起来。随后，燕子号开始向右转，横穿湖面，径直驶向船屋港。

“有一艘汽船在右舷船头方向，”罗杰喊道，“尽管还相隔很远。”

“有一艘近的，正向着我们的船尾驶来，”约翰船长说，“已经驶离里约港了。”

若向后方望去，探险家们可以看见被他们称为里约的一个繁忙小港，港口两边是一些长满郁郁葱葱树木的小岛，通过这些岛与岛之间的缝隙，可以隐约看见北面的广阔水面。那汽船也在这时驶出了里约港的航道，向燕子号方向前行。

“船梁上有个渔夫。”罗杰说道。此时，他们的船超过了一艘载着两个人的划艇，一个人站在船桨旁，另一个则手里拿着钓鱼竿。

“他在拉竿钓大鱼。”船长说。

“可能是鲨鱼。”见习水手纠正了他。

燕子号从那艘自里约港南来的汽船船头前面横穿了过去，它小巧的身躯穿梭于船与船之间，显得游刃有余。汽船猛地侧移了一下，站在驾驶台位置的汽船船长向他们愉快地挥了挥手，燕子号的船员们也挥手回敬。汽船溅起来的水花打到燕子号上，这让他们觉得真的是在海上了。

他们现在正在靠近隐蔽的港口，那艘老旧的蓝色船屋就停在那儿，旁边漂着一个浮标。

“甲板上一个人也没有。”罗杰说。

去年他们第一次看到船屋的时候，提提猜测弗林特船长是个退休的海盗。他们看见他身后的栏杆上栖息着一只绿色的鹦鹉，而他则坐在后甲板上写着些什么。可是今年，他们却看不到老海盗的身影了。至于那只鹦鹉更不会在船屋上了，因为它早就跑到另一艘船上去了，瞧，提提正跟它说话呢。

“波利，快看！”提提跟小鹦鹉说道，“是你那艘旧船啊。那就是你跟我们一起生活之前的栖息地吧！”

“二，二，两倍，两倍，二，二，二……”绿鹦鹉咿咿呀呀回答说。

“八片币！”提提纠正它，“叫‘八片币’，别再总喊着‘二的两倍’了，现在早就没有那样的‘术语’啦。”

“提提，让我们用望远镜看看吧。”苏珊大副说道。

“我看不到他的划艇，”约翰说，“除非他将船拖到岸上去了，否则不可能不在那里的。”

“船屋的门都是关着的，”苏珊大副用望远镜一边瞭望，一边说道，“舷窗的帘子也都放下了。”

约翰船长和苏珊大副彼此看了一眼，他们确信弗林特船长一定会在他的船屋里，就像他们相信湖上游的那些大山会永远矗立在那里一样。

燕子号缓缓驶进了港湾，逐渐接近船屋的船尾，然后轻松地摆脱了挡在它前面的浮标。小家伙们都仔细地打量着船屋，但一个人影也看不到。

“他把大炮遮起来了。”罗杰生气地喊道。事实上，船屋的整个前甲板都被黑色的油帆布遮了起来，以保护船屋遭受恶劣天气的侵袭。

“看样子，船长好像真的不在船上。”约翰船长说。这时，燕子号平稳地前行，驶离了船屋港水流舒缓的一带，随即开始跟着湖面的微波起起伏伏。

“我知道，船长一定是做什么去了。”提提说道，“他关了船屋，现在正和其他人在岛上呢。”

事实上，这些“其他人”比弗林特船长更重要，毕竟这才像是南希船长的计划：他们的再次相遇不应该是在任何火车站或者她舅舅的船屋里，而是在去年他们相遇的荒岛上。

“野猫岛在正对着船舷的方向。”当燕子号离开船屋港时，一直在瞭望的罗杰喊道，“眼前的是鸬鹚岛。”

这一次，燕子号开始向湖的西岸航行。那里是个相对较低的小岛，岛上尽是岩石和松散的石块。岛上有两棵枯死的老树，其中一棵成了鸬鹚鸟的栖息地，另外一棵早就倒下了，裸露的树根暴露在空气中。有一次，提提和罗杰还在那里找到了弗林特船长的宝物呢。

当燕子号横穿过湖面向小岛靠近时，四只长颈的黑鸟猛地从枯树上飞了起来，掠过水面飞向远方。这时，瞭望员罗杰喊了一句："鸟儿飞走了！"

一等水手提提似乎对鸬鹚岛并不怎么感兴趣，反而一直盯着离岛不远的水面出神。有没有可能她曾独自一人在某只船上，而这船在一个漆黑的午夜刚好停泊在那里？

苏珊大副更是来不及看一眼鸬鹚岛。此次航行就要结束了，接下来她要考虑扎帐篷和煮饭的事情了。她用望远镜看了看湖对面一座长满茂密森林的大岛。

"很奇怪，那里竟然没有冒烟的迹象。"苏珊说。

"他们一定在那里。"提提回答道，"我可以用下望远镜吗？"

约翰船长回头瞥了一眼。

"大家准备好。"约翰喊道。燕子号调了个头，转向野猫岛航行。这是自去年小船员们离开那里以后一直梦寐以求要去的地方。如果南希和佩吉此时能在岸边等他们该多好呀，那么树丛里没有冒烟的痕迹就是正常的，因为南希·布莱凯特总是制造大火的元凶。

"不管怎样，南希本应升起旗子的。"约翰船长说。

"可能她不想点燃灯塔树呢。"提提说。

"南希什么都会点燃的。"约翰船长说道。

"喂！"罗杰望着远处湖岸上的白色旧农舍喊道，"那是迪克森农场。迪克森太太在喂鹅呢，快看那些白色的点点。"

"可能是母鸡呢。"苏珊说。

"她的母鸡都是褐色的。"罗杰说道，"当然，那可能只是些鸭子。"

"你要在哪里登陆呢？"苏珊问约翰船长。

"在这个航向上，我可以停在岛上的任何一端。"

"之前的渡口就在营地附近。"

"噢，我们还是先来仔细看看野猫岛的这个港口吧。"提提说道。

港口在岛的南端，高大的岩石形成了天然的避风港，岸边的指示牌标明了哪里有危险的暗礁。渡口在岛上离陆地最近的东面，是一个连着鹅卵石沙滩的小湖湾，而且紧挨着上次的营地。港口那儿如果有太多的货物要运到岸上时，把小船停在这个渡口是最好不过的选择了。

约翰驾驶着船儿朝着岛南端航行，并且时刻注意着外露的岩石，慢慢经过了港湾的入口。

“亚马逊号不在这个港口。”见习水手罗杰说。

其实，每个人都已经默认它就在这里。这可能没有烟也没有旗帜，但如果南希船长把亚马逊号藏在这个港口也是很自然的，因为她知道伙伴们会径直去渡口，而她则潜伏在岛上的某个地方，等着他们到来，她最会玩这种把戏了。

“这个是刻有白色十字的老树桩。”提提兴奋地说，“这个是高一点的标志物，一棵分叉的树。这个是我站在上面看河鸟的岩石。哈，重新回到这里是多么的愉快呀！”

“她们重新漆过那较低的标志——老树根上的十字。”约翰说，“也确实需要这么做了。”

“她们肯定就在这附近。”提提说，“除了她们，没人乐于做这样的事，也没有人知道这个十字。”

当燕子号通过入口时，他们只见灰色的岩石，别的就什么也看不到了。不知道情况的人肯定不会猜到在遮遮掩掩的岩石丛中还隐藏着一个港口呢。从规模来看，它一定是全世界最好的港口之一。

约翰抬高舵柄，拉了下船桅上的主帆帆脚索，小心翼翼地将帆桁拉起，然后又调整了下舵柄，缓慢地松开主帆帆脚索。这样，燕子号借助着风力驶进了岛与陆地之间的航道。

“那就是渡口了！”罗杰一看见便大声喊了出来，“可是，亚马逊号不在那里。”

约翰驾着船继续航行，当燕子号开始驶向沙滩一带时，他拽了拽船帆。

“现在它可以自己滑行了。”约翰自言自语道。直到他的船可以随着风力自由拍打水面，他才松开船帆，燕子号慢慢地进入到越来越舒缓的水域。船儿移动得如此之慢以至于船头触碰到沙滩而停下时，船员们竟没有一点感觉。

“大副先生，下船啦！”船长喊道。

苏珊已经匆匆忙忙地跑到杂物堆那儿去了。她解下升降索，手握住一端，另一端抛到船下。水手提提从钩上解下帆杆，船长则将船帆和帆杆一起放入船中。

绿鹦鹉是第二个上岸的，它待在自己的笼子里被递给了罗杰。提提紧跟着绿鹦鹉，然后是苏珊和船长。他们用了很长时间才将燕子号拉上岸，然后迅速跑去树丛中一片开阔的平地，那儿就是他们之前的营地。罗杰、提提和绿鹦鹉首先到了那里。

可是，没人在那里迎接他们。但离灶台不远的地方，有一大堆准备用来生火的浮木，浮木顶端是一个白色的信封，被一只插着绿色羽毛的箭固定住。

“亚马逊号海盗们留下的。”罗杰喊道，“这是她们的箭。”

“波利，还是你原来的一根羽毛呢！”提提一边说着，一边放下笼子。鹦鹉看到它的绿色羽毛被插在箭上，立刻开始在木棍上拼命地拨弄它的嘴，并发出生气的尖叫声。

苏珊取下箭。

信封上有几个用蓝色铅笔写的字——致燕子号船员们。

“快打开它。”约翰船长说道。

亚马逊号海盗给燕子号船员们的一封信，欢迎来到野猫岛。我们会尽快赶来与你们相聚。我们遇到了“麻烦的土著人”，弗林特船长也被缠住了。对了，提提，还记得之前提过的绿色羽毛吗？我们就剩一点了。最后，愿燕子号和亚马逊号万岁！

海上统治者、亚马逊号船长南希·布莱凯特

大副佩吉·布莱凯特

还有，我们会一直观察你们制造的烟雾。

两个签名旁边是用铅笔画的骷髅头和二骨交叉图形，并用墨水涂黑。

“提提，你弄到她要的羽毛了吗？”约翰问道。

“当然，”一等水手提提回答说，“我用信封把它们包起来放在睡袋里了，一只都没丢呢。”

第二章　野猫岛

“很奇怪，她们所谓的‘麻烦的土著人’到底指的是什么呢？”水手提提仔细阅读了那封信后自言自语道。

“南希就是这样，”大副苏珊说，“她总是觉得没有麻烦就没有乐趣，对于这样的麻烦还乐在其中呢。”

“但是弗林特船长也这样就很奇怪了。”约翰说道。

“可能还没等我们将营地收拾好，她们就到了呢，”苏珊说，“妈妈和布莱基特要赶来喝茶的，我们还是开始干活吧！”

“可能他们现在正在远处瞭望呢，那我们最好还是先生火吧。”约翰说道。

“我们要像卡莱尔的市民一样，燃起红红的火焰来为她们指引道路。”提提说，“当然，烟才是关键，如果她们爬到房子后面的小山上就会看见。”

对于生火这项工作，没人比苏珊大副更熟练了。不一会工夫，她已经引燃了手中的一把干树叶，然后将火把放到先前堆起来的茅草堆上。草堆中间的树枝先着了，然后蔓延到指向中心的外围柴火。燃烧中的柴火发出噼里啪啦的响声，听起来十分欢快。一缕蓝色的烟从干柴火堆里冒出，弥漫到树林中。野猫岛又开始有人居住啦！

“现在轮到货物了。”苏珊大副站起来，眨了眨机灵的眼睛，“见习水手罗杰哪去了？”她拿出哨子，吹了起来。哨子声将罗杰从哨岗吸引过来。他刚刚站在小岛北面的大树下，那是他最喜欢的瞭望地点。

“在帐篷还没有扎好之前，不能去探险。”

“干起活来，伙伴们！”提提说，“南希船长总爱这样说。”

“那就干起来吧。”苏珊大副说道。

“大家都去把船上的货物卸下来。”约翰船长说。所有船员开始动手将船里的货物搬出来，穿过树林运到已经清理过的空地上去，那是他们准备安营扎寨的地方。

等燕子号上的货物都被清理干净后，约翰船长就将船朝着岛的南端开去。船尾有支船桨，约翰双手划着桨慢慢靠港，借着岸边一前一后两个标记（一个刻着白色十字的老树桩和一个叉形树枝），他小心翼翼地避开水下的岩石，又绕过那些露出水面的石头。接着约翰又卷起了船帆，盘起了船绳，随后把船停泊在码头固定起来。他把船头的系船索套在岸边测标的白十字叉架上，又在船尾绕了一圈，将它系在一棵结实的灌木上，这棵灌木长在岸边岩石缝间。这么一来，小船就舒舒服服地漂在水面上了。约翰又检查了一遍船身，一切正常，于是他急忙沿着旧路朝营地走去。去年提提把这条小路整修了一遍，但现在又长出了许多杂草。

营地的篝火早在石头搭建的灶台里翻腾雀跃了，火堆上还架着一个从霍利豪威买来的大黑壶。旁边的空地上分别放着四个新帐篷，只要原地搭起来就可以了。苏珊大副等着船长帮她在两棵树中间搭根绳子，用来支起他们放杂物的帐篷。这个活儿不太耗时间，等帐篷一支好，水手提提和罗杰就往帐篷底边的口袋里放好多小石头，这样篷布就被固定好，不会乱动了。然后他们又在帐篷里铺了一张旧的防潮布，不到两分钟的时间，苏珊就包好了一大堆暂时用不到的东西。接下来就要搭睡觉用的帐篷啦，这种帐篷用不到树，但是要在这硬邦邦的石头地面上找到能插进帐篷栓的地方就比较困难了。岛上的草地布满了青苔，草皮之下几乎到处都是石头。船员们这儿搬走几块石头，那里清理几块。他们在敲木栓之前还首先为木栓量身打造了一个合适的小洞，这么一来队员们进展就非常顺利，没多久四顶帐篷就搭好了。而且不管谁住哪一顶帐篷，每个人都能在门口的地方看到空地中央的篝火呢。接下来，队员们扯紧了帐篷支索，铺好了露营专用的防潮布，然后打开睡袋。此外，他们还在每顶帐篷里装上了一盏插着蜡烛的小灯笼，灯笼就在人的头顶上，照得四周亮极了。

几乎所有的东西都放在杂货帐篷里了，除了罗杰最近买的一个新鱼竿，他可舍不得把宝贝鱼竿和其他东西挤在一起，他只想把鱼竿放在自己的帐篷里。“帐篷的长度刚好合适，而且说不定什么时候我还想去钓鱼呢。”而提提呢？无论干什么，她都要和自己的写作工具盒在一起。约翰船长的帐篷里放着一个锡盒，盒子里面装有好多燕子号小船的各种证件。约翰曾在学校的比赛里获胜，赢了一块气压表，他把自己的手表和气压表都挂在帐篷里面，吊在一根竹竿上。这样一来，夜里他也不用起床，一伸手就能够到它们。

“咱们今年搭的帐篷可比去年好多啦。”提提看了看他们的帐篷，心里非常满意，他们用的杂货帐篷还是她和苏珊淘汰下来的旧帐篷呢。“亚马逊号海盗们最好还是在她们的老地方搭帐篷，这样更好呢。不如我们现在就找点儿潮湿的东西压在火上，弄点儿烟出来吧，这样海盗们不费力气就能看到我们啦。”

“现在不管她们什么时间来找我们都没有关系。”苏珊说道。

提提和约翰抓了一大把湿漉漉的青草，扔在火堆里。不一会儿的工夫，一股黑乎乎的浓烟就冒了出来，差点呛得他们喘不过气来。

“咱们的见习水手罗杰呢，他还在瞭望台吗？”苏珊问道。

罗杰听到苏珊的话，赶紧从自己的帐篷里爬了出来。他刚才在帐篷里准备睡觉，反正夜幕就要降临了，大家都要睡觉的。谁知道刚待了没多久就被叫了出来。

“我们现在要去探险了吗？”罗杰问道，“我能带着望远镜去吗？”

“望远镜在船长的帐篷里。”苏珊告诉他。

“不用啦，我已经拿出来了。”约翰船长顺手把望远镜递到罗杰手上。罗杰接过望远镜，一溜烟儿跑了。他急匆匆地跑到瞭望角去，躲在一丛石南花后面，把望远镜放在花里，微微露出一点儿。这样他就可以舒舒服服地躺在那里，观察远处的湖面了，甚至能看到湖岸另一边的里约岛呢。

绿鹦鹉整个下午一直很安静，却突然尖声喊起来：“八片币！八片币！”

提提赶紧过去，把鹦鹉的笼子打开了。

“出来吧，波利。出来玩一会儿吧。”

波利摇摇晃晃地爬了出来，提提伸出手想让它落在自己的手掌上，可是它根本就没看到。它刚才就一直盯着罗杰插在地上的那支带着绿色羽毛的箭。笼门一开，波利直接朝那支箭飞了过去。提提马上就明白它要做什么了，赶紧把箭放到柴堆上藏了起来。

“不可以，不可以。”提提喊道，“你一过来肯定会撕烂这些羽毛，把它们弄得皱巴巴的，就一点用处也没有了。这么多羽毛，还不一定都是从你身上换下来的呢，可不能让你糟蹋了。嗨，苏珊，我可以给波利一块糖吗？”

仅仅用一块糖安慰小鹦鹉显然是远远不够的。他想要的是自己的绿羽毛，那些插在亚马逊号海盗箭上的漂亮羽毛。可怜的波利没能夺回自己的羽毛，闷闷不乐地回到笼子里。

他们没有理会小鹦鹉，任由它自己慢慢地去消气。趁这会儿工夫，他们赶紧把箭藏在杂物帐篷里，偷偷放在箱子后面。约翰说不止有波利虎视眈眈地盯着那支箭，他们的亚马逊朋友也正垂涎欲滴呢。提提还说，明明是鹦鹉自己不要那些羽毛，扔了出来，可是一看到别人用了它的羽毛，它倒不开心了。这些工作完成之后，约翰船长、苏珊大副和水手提提又一起沿着西海岸去了港口，他们要去看看燕子号小船。此时，小船正舒舒服服地躺在自己的泊位呢。这次，他们不必等罗杰，况且霍利豪威港驶来的船就快到港了，船上载的可是他们眼里最好的人——妈妈和船宝宝布莱基特。没准儿那时候弗林特船长会在自己的划艇里等着他们。另外，亚马逊号海盗们的白色小帆船也会从里约港起航，突然出现在他们眼前。瞭望员的工作真的很重要，现在几乎没什么能让罗杰离开他的哨岗。

港口的沙滩上有几个小船的标记，其中一个是约翰停泊燕子号时留下来的，他们猜到其余的一定是亚马逊号之前留下来的。

“也许她们给导航标记喷漆的时候把船停在了这儿。”约翰说。

“而且还堆起了那些树枝。”苏珊又补充了一句。

“她们喷得还不错呢。”提提赞叹了一下。刚喷好漆的白色十字叉架就固定在旧树桩上，后面还有几个分叉的树枝，这些测标的功能就是指引着水手避开礁石，顺利停靠船舶。“大家快看，我们去年挂灯笼留下的钉子还在那儿呢！”

“妈妈说过，以后不许晚上出海！”约翰说，“而且我已经答应她了，所以今年我们用不到航海灯了。”

“嗯，那么我们可以计划一些不用晚上出海的活动，”提提说，“南边有好多地方我们都还没去呢，而且湖的另一端就是北极啦，我们要探险的地方还多着呢！”

“可是，在亚马逊号的船员们到来之前，谈论这些也没有用处。”约翰又补充了一句。

“没错，还有弗林特船长。”提提赶紧说。

他们要看的东西还有很多，比如那块大岩石，另外，还有一块石头也值得去看看。提提曾经趴在石头上面看河乌[1]，小鸟们发现她后朝她点了点头，就好像鞠躬一样，然后又飞到水里去了。有一次夜里，南希和佩吉提着灯笼来到岸边，那时刚好只有提提一个人在岛上。提提看到她们过来后，赶紧躲到那块石头后面去了。约翰呆呆地看着浪花拍打在礁石上，南希第一次教他使用标记的情形浮现在他的脑海。苏珊低着头静静地看着湖水，她还记得有一次他们跑到了森林深处去拜访烧炭人，回来之后她就在岸边生起一堆火，可是现在她怎么也想不起来自己生火的地方到底在哪儿了。今年，树林里没有冒出那一缕细细的青烟。因为杰克逊夫人——霍利豪威的那个农妇——告诉他们那些烧炭人已经不在湖的这边干活儿了，他们翻过沼泽去了另一边的山谷。

尽管苏珊只是大副，她觉得自己理所应当照顾其他三个人。因为约翰虽然身为船长，但也是个孩子，有些时候他的主意还不算数。他们踮着脚走，一蹦一跳的，一边走一边安静地聊着天。能够重回野猫岛让他们非常兴奋，甚至有些不敢相信。提提甚至把手放到清凉的湖水里，她要用凉凉的湖水告诉自己他们真的又回来了。三个人慢慢往回走，西岸就在他们脚下，路上灌木丛密密麻麻的，他们要不时地拨开才能前进。夕阳的霞光透过树叶照了过来，映衬在湖面上。环岛探险对他们来说已经不是什么新鲜事了，现在他们一心一意期盼的就是有机会能下湖游个泳。突然，从哨岗传来一阵叫喊声：“喂，她们来啦！”

小探险家们赶紧加快步伐穿过营地跑到那棵大树底下。那里地势险峻，峭壁直插入海，罗杰趴在峭壁边上。

“在哪儿？在哪儿啊？”约翰迫不及待地问道，眼睛不住地四处寻找海盗们那艘小小的白色帆船。湖面上有划艇、摩托艇，还有几艘大游艇和一艘蒸汽船，可就是那艘小小的白帆船不见踪影。

“我说的是妈妈和布莱基特来啦。”罗杰不紧不慢地说道。

“快把望远镜给我。”苏珊大副说。

她看了一眼后就把望远镜又递给提提，然后飞快地向营地跑去。

[1] 河乌：一种河乌属的小鸟，善于潜入缓流的小溪，并沿底部觅食。

提提拿过望远镜来，看见从霍利豪威来的小划艇已经驶过了船屋港的远端。是妈妈在划船呢，布莱基特坐在船尾，身边还放着一大堆包裹。

提提赶紧跑回营地，去帮苏珊的忙。苏珊是对的，在妈妈她们到达之前，她们需要烧好开水，并把所有东西都准备好，所以必须抓紧时间。约翰和罗杰则留在哨岗上等她们靠港。望远镜里看到的小船越来越大，没多久，不用望远镜也可以看到坐在船里的人了。终于，小船出现在眼前，布莱基特朝他们挥了挥手。妈妈听到约翰和罗杰在对岸呼喊她，扭头看了看他们。他们看着妈妈把船划过去，然后赶紧跑回营地和苏珊、提提一起去登陆地等他们。

他们刚到登陆地，妈妈就上岸了。

“去年的时候我们是行碰鼻礼，”妈妈一上岸，提提就说，“你还记得你自己扮过土著人吗？”

妈妈说：“但是，今年还要这么做吗？”不过，她还是与大家碰了鼻子。当然啦，船宝宝布莱基特也变成了土著人，也要与每个人都碰下鼻子的。

“茶已经准备好啦。”苏珊说，“可是我们来的时候没有带面包，怎么办呢？”

“没关系，”妈妈告诉她，“这个我来准备，你们不用担心。我今天带来很多呢，有圆面包、面包圈和长条面包。”

“你还答应要带牛奶给我们的。”

“我带的牛奶够你们喝一个晚上了。不过明天早上要是还喝牛奶的话，就得去找迪克森太太，她已经给你们准备好了。我们从霍利豪威来的时候告诉过她。”

大家一起动手把东西从船上搬下来。苏珊走在最前面，手里拿着长条面包和牛奶罐。布莱基特跟在她后面，拎着一个大袋子，里面全是预备放进灯笼里的蜡烛。妈妈等着船里的东西全都卸完了，帮助约翰、提提和罗杰一起把东西运回营地。

“这个营地真不错呢！”妈妈走进营地，看了看帐篷和“货仓”，马上点头称赞起来，“哟！你们这么一会儿就捡了这么一大堆柴火。”

“这是亚马逊号海盗们帮我们砍的。”苏珊老实地说。

“什么？”妈妈问，“你们在这儿见到南希和佩吉了？我还以为你们来了得找她们呢。棒极了！那么，你们看见弗林特船长了吗？”

“我们还没见到她们呢，”苏珊告诉妈妈，“但是他们的确来过这里，还给我们留下了这堆树枝。”

“还有一支箭和一封信。箭的羽毛是绿色的，那是波利去年换下来的羽毛。”提提说。

“是要宣战还是要和平会面呢？”妈妈问道。

“当然是和平会面。”提提说道。

“不管怎么说，开始肯定是和平的。”约翰说。

“可是弗林特船长不在他的船屋里。”罗杰接着说，“他离开了，而且还用黑布把他船上的大炮遮盖起来。”

“真的吗？”妈妈说，“那他应该是去贝克福德的妹妹家了。你们起航后，布莱凯特夫人给我写了一封信。信上说第二天下午她要和哥哥还有特纳小姐一起去霍利豪威。霍利豪威的杰克逊夫人一听说特纳小姐要来，马上迫不及待地开始收拾农场。”

“我怎么从来都没有听说过有个特纳小姐呢？”约翰好奇地问道。

“她呀？她是南希和佩吉的姑奶奶。”

“什么？姑奶奶！”罗杰不禁大吃一惊。

“因为特纳小姐是布莱凯特夫人和弗林特船长的姑姑。所以，算起来她也是你们的姑奶奶呢。布莱基特呢？小布莱基特到哪里去了？布莱基特！”

没有人应答。但是提提悄悄拉了一下妈妈的衣袖，指了指帐篷。原来帐篷里有个人正在爬呢。

“我差点儿忘了她是个船宝宝。”妈妈说，“苏珊，亲爱的大副先生，你介不介意吹下你的哨子？我们得让船宝宝知道现在是喝茶时间了。”

苏珊掏出哨子吹了一下，一个满头乱发的小脑袋马上从船长的帐篷里探了出来，随后整个人爬了出来。

“我也得尽快给布莱基特缝一个帐篷了，”妈妈感慨道，“等明年她也要闹着和你们一样，出来航海探险呢。”

“那你能也给吉博尔缝一个吗？”罗杰问道。

“我想它应该不喜欢这东西吧。”妈妈说。

吉博尔和布莱基特本来都在航海名单上，可是由于各种原因他们都没能出海。布莱基特还太小，她才三岁。虽然长得很快，而且大家也都不再叫她维姬了

（布莱基特小时候长得很像以前的维多利亚女王，长大后就不那么像了），可她还是太小也不够强壮，根本应付不了甲板或是荒岛上艰苦的生活。现在她还是和妈妈一起住在霍利豪威。吉博尔是只小猴子，去年探险时弗林特船长把它送给罗杰作礼物。吉博尔整天不闲着，一分钟也不消停，妈妈说要是在别人家的农场，它肯定又要闯祸了。每当别人问到罗杰愿不愿意晚上和吉博尔住在一个帐篷里时，他总是同意得含含糊糊，勉勉强强。他说一家人度暑假时，也应该给小猴子放假。所以现在，小猴子被送到动物园，和自己的亲人一起度过快乐时光。

在野猫岛的第一个夜晚，小探险家们把下午茶和晚餐放到一起享用。现在这个时间喝茶已经太晚了，再架起两口锅（一个煮茶，一个做饭），洗两套餐具实在太不值得。所以刚开始煮茶，苏珊就用煎锅炒了很多鸡蛋，妈妈也端上来一大盘抹着黄油的面包。提提把火烧得旺旺的。罗杰吃了一大口面包，然后和船长一起把水倒进锅里。这样，等茶水煮好了，鸡蛋也炒熟后，他们就可以把锅直接架到火堆上。吃完晚餐后，有妈妈帮着他们洗餐具，活儿很快就干完了，快到大家都觉得不可思议。

布莱基特要看着鹦鹉在杂货帐篷里睡觉，还要用一块蓝布将它的笼子遮住，这样清晨的时候波利就不会大声尖叫把大家吵醒了。随后，他们又带着妈妈和布莱基特围着岛游览了一圈，还带她们去看了港口。去年这个小港口还是他们的秘密呢，谁也没告诉。走到哨岗的时候，布莱基特获准摆弄望远镜。可是时间已经太晚了，她早就该上床睡觉的，所以妈妈急忙要把她带回去。

“看护布莱基特睡觉的时间到了。”妈妈说，“昨天夜里她睡得很少，连平常的一半也不到。火车咔嗒咔嗒的声音吵得她睡不着。”

大家笑了起来。

“这是假期的第一个晚上。”约翰说，“至少算得上是第一晚吧。”

“没关系，”妈妈说，“以后我会找个机会给她补上的。”

于是妈妈、船宝宝和他们四人一起去了来时的登陆地，看着他们上了船。

“孩子们，你们四个要好好照顾自己。”妈妈嘱咐他们，挥挥手和他们告别。

“我们会的。”约翰回答说。

“要记住爸爸告诫你们的话，不要乱跑，不要像小傻瓜似的去水里玩，会掉进去溺水的！如果你们需要什么，就在早晨去取牛奶时跟迪克森夫人说一声。”

“不管怎么样，我们会给你写信的。”提提说。

“约翰，把布莱基特递过来吧。再见吧，孩子们，不要睡得太晚，晚安！用土著人的话怎么说来着，‘各鲁克’是吗，还是‘都珠鲁’？对，都珠鲁，都珠鲁。”

“就算说不好土著人的话也没关系，”提提又开始说了，“这一整年，我们不是一直在教你说英语嘛。”

“没错。好吧，晚安，孩子们！祝你们睡得像老树一样香，醒来的时候像骏马一样有活力。我在澳大利亚的老奶奶经常这么跟我说。”

“晚安。”“晚安。”“晚安吧，布莱基特！”

他们迅速跑到哨岗上去，因为妈妈待会儿会路过那里，他们想在那儿再跟妈妈道别，还希望看到那艘白色的小帆船，载着南希和佩吉的小帆船。

“太晚了，她们可能不来了吧。”苏珊说。

“这可不一定，没人能猜得透南希在想什么。”约翰不服气地说道。

“她们不会考虑半夜里来的。”提提也这么说。

“好吧，反正我们已经给她们留出搭帐篷的地方了。”约翰失望地说。

他们目送着霍利豪威小船渐渐地越走越远，绕过达恩峰，消失在山峰后面。罗杰拿着望远镜一直目送她们远去，直到她们的身影消失在黑暗中，罗杰才“啪”的一声关上了望远镜，连打了几个哈欠，揉了揉眼睛。

他们向营地走去，经过渡口时洗了洗脸和手，然后又去了港口看看燕子号是不是还舒服地躺在老地方。苏珊开始催促着大家去睡觉。她觉得让大家回到自己的帐篷，钻进新睡袋里睡觉这个任务可容易多了。可是，过了整整一年的时间再回到野猫岛时，这第一个晚上大家可不是那么容易马上就能睡着的。躺下后，一件接一件的事情浮现在大家的脑海中。有时可能是约翰想到了一个主意，有时是提提，当然，大部分情况下罗杰的主意最多。就连苏珊也有很多话要说，她担心现在不说，明天早上起来就忘了。就这样，过了好久，船长才下命令：“全体熄灯！”可大家依旧七嘴八舌地说着什么。最后聊天声逐渐减弱，直到消失。罗杰睡着了，苏珊可能也睡着了。提提轻声地喊了一声：“约翰。”

“怎么啦？”

“南希说她们遇到了麻烦的土著人，你说到底是什么意思呢？”

“噢，我也不知道。快睡觉吧，不然明天早上我们就起不来了。”

第三章　马蹄港和亚马逊号海盗们

尽管昨天晚上小探险家们已经很累，但他们还是早早地起来了。太阳慢慢升起，掠过湖水东面树木葱郁的山头。清晨的阳光洒在小岛的树木和白色的小帐篷上，光线竟然这么强烈，照得没人能再睡下去了。与其在帐篷中看那一块块跳动着的斑驳光点，还不如起身出去看看大自然的绿意。

罗杰醒了，听着外面的动静。树林里发出一阵树叶的沙沙声以及波浪轻拍岩石的声音。对罗杰来说，第一次一个人在帐篷里醒来是孤独的。他立刻爬出帐篷，来确定其他的帐篷都在原地，然后通过帐篷的门帘看看剩下的船员是否都在里面。约翰和苏珊可能还在睡觉，但提提已经撑起半个身子向外看了。

“你好啊，罗杰！”当见习水手罗杰掀开门帘向里看时，提提向他打了个招呼。

“你好啊，提提！”罗杰说。

“我们真的在这里啦。”提提说。

“我知道。”罗杰说。

“我从没想过我们能再来到这里。先去游个泳吧。”

“约翰和苏珊还在睡觉呢。”

“嗨！”约翰打了个招呼，接着问道，“亚马逊号海盗们昨晚到了没有？”

“这儿只有我和罗杰。”

“再继续睡会儿吧。”苏珊说。

“我们要去游泳了。”罗杰说。

“约翰，现在几点钟了？”

“六点半。”

“她们不可能找牛奶找了一个钟头啊。”

“我能点着火，然后加点柴火弄出点烟吗？”提提说。

“那就麻烦你这个能干的水手了。”苏珊说道。

“现在还想睡觉是不可能啦，”约翰说，“我们都去游泳吧。”

几分钟后，一声鹦鹉愉快的叫声回荡在洒满阳光的空气中。四个人跳入渡口附近的浅水中，溅起大片水花。他们所有人，包括那只绿鹦鹉，一致认为美好的一天开始了。

“罗杰，低下头。”苏珊说，“现在将头埋进水里，然后你就可以自由游泳了。”

“噗！”罗杰游上水面吹了口气，吐出一口水，“我直接游到底了呢，这比在游泳池有趣多了。快点，提提，让我们比一比看谁一次捡起的珍珠最多。”

游完泳，是时候准备生火、烧水了。但烧水还不用那么急，待柴火已经充分燃烧，罗杰和提提从水边拿来一把湿树叶，扔到火堆上，一股浓烟立刻冒了出来，穿过树林随风飘向北方。

“如果她们往这边看一眼的话，应该可以看到的。”提提说道。

“她们可能还在床上睡觉呢。”苏珊说。

“真庆幸我们现在没有睡觉。”罗杰说，“是时候去拿牛奶了，难道不是吗？”

“我们都去吧。”苏珊说道。

“给妈妈的信怎么办呢？”约翰刚说完，提提马上钻进她的帐篷里取出一个盒子，里面装有写信的工具。这盒子刚好可以充当写信的桌子呢。提提负责执笔写，但每个人都在指点她要写些什么。这封信是这样的：

我（这个词马上被划掉了）我们最亲爱的妈妈：

早上好！每个人都睡得很好，每个人都很好。我们希望你也很好。我们爱船宝宝、保姆和杰克逊夫人。我们刚刚游泳去了，可是还是没有等到亚马逊号海盗们。今天白天刮着南风，天空晴朗。现在我们要去取牛奶。

爱您的约翰、苏珊、提提和罗杰

还有波利

她在信封上写着“霍利豪威的沃克夫人收”，并在信封的左上角用很小的字写着“当地邮局”。

当其他人把他们各自的名字写到信上，提提在写信封时，约翰去港口取燕子号。他划着船穿过岩石，绕一圈划到渡口去，其他船员会在那里等他。老实说，划船过去并不远，这时的风很好，风向对出“湖”与返航来说都不错。要是这么好的机会都不航行该是多么愚蠢呀，即使穿过鲨鱼湾再到迪克森农场的渡口也不错。

“那是些鹅。”当他们爬到陡坡上，然后从李子树林中穿出来，往农场走时，罗杰说道，“我就知道它们是鹅。”

“是呀，”迪克森夫人迎到门口，说道，“就是些鹅，不用怕它们。”

“我们才不怕呢！”罗杰说，“至少（这时，一只老公鹅向他伸长了脖子并发出嘶嘶声），不是真的害怕。”

“嘘嘘，嘘嘘！”迪克森夫人撵着鹅，那群鹅便到院子一边去了，“要是它们站着不走开，你们只要对它们喊‘嘘嘘’就行了，它们会以为你们给了它们想要的东西，就不会再打扰你们了。好了，非常高兴再次见到你们。曾经拥有的那些笑声又回来啦，我正在想怎样在暴风雨后带着一锅粥下去找你们呢，这样你们就可以吃到从锅里盛出的热腾腾的早饭。不过你们现在还看不到露丝小姐、佩吉小姐，吉姆舅舅也不在这儿。”（露丝是南希的真名，但她本人更喜欢南希这个名字。）

“她们要过来的。”提提说道。

“我正在想呢，和老特纳小姐一起待在贝克福德，可能是她要她们留在家里的。特纳小姐是她们最害怕的人，而且一直是这样。特纳小姐从来都受不了她们在船里蹦蹦跳跳的。好吧，苏珊小姐，你们的罐子呢？像之前一样，是时候给你们弄早晨的牛奶啦。”

不一会儿，迪克森夫人迈着大步回来了，手里拿着满满一罐牛奶，几乎快溢出来了。

“哎呀！”当他们离开时，迪克森夫人喊道，“我给你们准备的乳糖呢？”

她返回厨房，外面的小探险家们听到她在说话：“去吧，不用担心，他们只是小孩子。”接着，石地板上传来一阵铁靴踩踏的声音。迪克森先生来到了门口，用他的黑手擦了擦嘴。

“哈，今天的天气真是极好的。”他说。

“您好啊！”小探险家们问候他。

“非常好！”迪克森先生回答道，“而且，而且我真的很高兴见到你们。”说着，他走回了厨房。

“他说的是真心话。”迪克森夫人来到门口，手里拿着一包乳糖，“迪克森不是个健谈的人。”

小探险家们谢过迪克森夫人后，沿着田地走到船上，接着返航回了岛上。

吃完早餐并刷洗完毕后，他们有好一会儿都守在哨岗看看亚马逊号是否来了。他们一次又一次地往火上扔湿树叶，可还是看不到小白帆的影子。早前的蒸汽船驶过野猫岛，在水面上起起伏伏。各种游艇也开始来回穿梭。到处可见渔夫坐在小船上沿着湖边漂流，寻找着浅水处。三两只大一点的游艇会突然冒出来炫耀他们的航行。湖上的生活似乎就在阳光下开始了，但还是没有看到亚马逊号海盗们的影子呢，只有营地上她们那支插着绿色羽毛的箭。

“她们没来真的十分奇怪。”约翰说。

“我在想迪克森夫人说的话是什么意思呢。”提提说。

“可能她们明天才来。”苏珊说道。

“让我们开始探险旅程吧，不要等她们了。”罗杰开始不耐烦了。

“去哪？”约翰说。

“我们去年离开的地方，”提提迫不及待地说，“我们去马蹄港吧。那真是个可爱的地方！上次我们都没时间好好看上几眼呢，我们都不知道小溪那边有什么。我们沿着小溪找到它的源头，然后标在我们的地图上吧！”

“马蹄港的确是一个不错的港口，”约翰说道，“而且在那里可以看到野猫岛。这样就能在我们走后看到她们是否跟来了。我们的食物供给怎么样，苏珊？”

“能撑到晚饭时。”苏珊答道。

“我们就在马蹄港吃晚餐吧。”提提说。

“为什么不呢？”约翰说，“我们吃牛肉糜压缩饼吧，苏珊，自从去年之后我们还从未吃过呢！”

“那么都过来吧，船员们。”苏珊说。

半个小时后，野猫岛的营地上除了那只鹦鹉已经没有别人了。鹦鹉留下来为他们守着营地，笼子里有足够的糖来逗它开心。刚刚还冒着烟的火已经被熄灭了，在只有鹦鹉看守的情况下，苏珊可不想让火继续燃烧着。大家伙儿把一个大背包装到燕子号上，背包里装满了面包、苹果、茶、糖和巧克力，还有一罐果酱，一纸包迪克森夫人给的乳糖（糖蜜），一罐压缩牛肉（牛肉糜压缩饼），一瓶牛奶，一把汤匙和足够的杯子。然后，他们把小船推离了渡口。

船长扬起船帆，大副掌舵，一等水手提提照看着货物，防止它们移动、滑出或碰坏，而见习水手罗杰继续在桅杆前保持着瞭望姿势。他们首先跟着风向航行，想去看一眼船屋港。他们猜想弗林特船长可能已经回到船屋上，或许他的外甥女们正跟他在一起哩。可遗憾的是，船屋看起来跟之前一样沉闷，前甲板上依旧罩着油帆布，白色的舷窗也拉紧了窗帘。就这样，他们又驶入湖中，从野猫岛径直向马蹄港驶去。

马蹄岛名字正是因为它的形状而得名。这是一个形状酷似马蹄的小港湾，两侧是突出的岩石海岬。它正好坐落在野猫岛南端的西南方向。尽管往南一点都是绿色的田地，港口的树木却一直长到水边。港湾后的一些地方，树木垂直长在小山丘上，和遭砍伐的灌木丛以及蕨丛形成梯度。燕子号调整了三四次方向，开始驶到港湾入口处，这样大副就可以使船在两个海岬之间径直通过。

“左舷船头处有岩石。”燕子号小船正掉头的时候，罗杰喊道。

“又是个麻烦。”约翰说，“我不记得去年见过它呢。”

“在这种风力下是没问题的，”大副说，“但我可不愿意在夜晚的时候撞上它。”

“上次我们来到这儿时，刚好下过暴风雨。有风暴时，湖面会涨高很多，但是今天水位已经低多啦。”

他们看着浪花拍打着一块尖尖的岩石，岩石正对着小港南面的海岬，不断地被浪潮冲刷着。

又过了一会儿，他们离开了开阔的湖面。燕子号的三角旗低垂着，主帆的帆脚索也松弛了。小船缓缓地滑过港湾平静的水面，向沙滩驶去。那是一个布满鹅卵石的白色沙滩，后面是茂密翠绿的树林。

“不要驶向小溪的河口处，”约翰说，“小溪冲下来的泥沙在河口处形成了一块沙洲，去年南希曾指给我看过。最佳的渡口是这边。这就对了，没有比这更好的地点了。罗杰，系船的缆绳准备好了没有？”

“遵命，长官！”船一碰到沙滩，罗杰就跳上了岸。收完船帆后，苏珊在船尾将水壶装满水，提到岸上。然后，她下船去寻找去年她在小溪边堆起来的旧灶台，就在小溪入河口处。尽管冬季的洪水过后，几乎看不到什么痕迹了，但还好有足够的石头能重新搭建一个。在苏珊准备搭建新的灶台时，约翰、提提和罗杰正在捡一些上好的浮木。他们顺着马蹄港洪水退后留下的水位痕迹就能找到很多。那里有大量用来引火的干树叶和要盖在树叶上的干树枝。这整整一年里，没人在马蹄岛待过，因此，大量用来点火烧水的浮木就堆在那儿，等着人们捡呢。水壶已经加满水，火也燃烧得旺了一些。这时，湖面上传来了愉快的喊叫声，小探险家们着实吓了一跳。

“啊嘿！啊嘿！燕子号船员们！啊嘿！”

一艘尺寸跟燕子号一样，外表光泽、扬着白帆的小船正在通过海岬之间的航道，而燕子号的船帆早就被晒成棕褐色了。小船的桅杆顶端有一只黑色的旗子，上面画着白色的骷髅头和二骨交叉的图形。船员是两个戴着红色帽子的女孩。一个在掌舵，另一个挥舞着手臂，身体前倾正准备举起船的中插板。

“是她们！”提提喊道，“啊哈！现在，我们的探险旅程真正开始啦！”

“嗨，海盗们！”罗杰嚷道。

“嗨，南希！嗨，佩吉！”

“嗨，亲爱的！”驾船的那个女孩回应道，“佩吉，举起中插板。对了，就是这样……站在帆旗升降索旁边，拉低一点。”

扬着白帆的小船缓缓驶过，在船头一侧可以清晰地看到它的名字——亚马逊号。小船滑过马蹄港平静的水面，在燕子号旁边停下了。燕子号的船员们丢下了柴火堆，跑去帮忙。他们把船拉近了一点，南希和佩吉跳到岸上，随后伙伴们热情洋溢地握手问好。

“你们看到我们放出的烟雾信号了吗？”提提问道。

“昨晚吉姆舅舅到小山上去抽烟的时候看到了。”南希回答，“玛利亚阿姨不喜欢有人在房子里抽烟。”

“我们早上很晚的时候才出发。”佩吉说，“后来，我们的船经过里约港的时候，正好看到燕子号的棕色小帆驶进了马蹄港。”

“我们已经等你们很久了。”约翰说，“我们认为来这里不错，因为可以看见你们是不是去了野猫岛上。”

“本想给你们一个惊喜的，悄悄到那里，不让你们知道。”南希说，“如果刚才我们进港湾时不喊你们，你们根本不知道我们也在湖上。”

“我们正忙着生火呢。”苏珊解释道。

“可是，你们的帐篷呢？”约翰问，“我们在旧营地给你们留了地方。今年一共带了四顶帐篷，还有一顶旧的是用来装杂物的。”

“新帐篷真漂亮，”罗杰说，“我也有自己的帐篷了。”

“真见鬼！”南希船长遗憾地说，“你们不明白吗？我在木堆上留了封信，告诉你们我们遇到了‘麻烦的土著人’。现在能来这里就已经很幸运了，我们还要回去，被迫穿上最端庄淑女的连衣裙吃饭。我们不能在这儿安营扎寨。对了，提提，那些羽毛准备得怎么样了？还有那只鹦鹉呢？”

“它还没换好羽毛，”提提说，“不过我已经弄到了八根不错的。波利正在守护小岛。”

“你说的土著人真的很麻烦吗？”苏珊问道。

“当然了！”南希回答，“我们刚有一个计划，就泡汤了。没有扎营露宿，没有寻金之旅，除了两餐之间偶尔玩一会儿外，也没有任何的海盗活动。每天都是衣着光鲜的，有时候要穿半天呢。仅仅是麻烦那么简单吗？简直没有比这种生活更糟糕的了。”

“弗林特船长在哪儿？”提提问道。

“他明天才能来。”佩吉回答。

“我没告诉你们他也被困住了吗？今天是他值班，所以我们才能成功跑出来。”

“他准备去霍利豪威喝茶呢，”苏珊说，“妈妈昨晚告诉我们的。”

“我们看到他并没有在船屋里，”罗杰说，“他把船上的大炮都遮了起来。”

“他不能住在船屋里，”佩吉说，“一定要睡在家里才行。”

“可是，你们真的不来野猫岛了吗？”

“要等到她离开才行。”

“等谁离开呀？”

“当然是我们的姑奶奶啦，”南希说，“而且她总是在我们计划活动之前出现。”

“可是，你不需要带上她啊！”提提说。

“带上她？别开玩笑了。要是可以把她放逐到无人岛上的话，我们倒是真想这么做。”南希说，“我们要把她绑到锚上，抛到 240 英尺深的湖底去。我们还要将她扔到海里喂大鲨鱼，留在岩石上被陆蟹咬，挂在树上被乌鸦和秃鹫啄。嗯，秃鹫是最好的选择。我们还要……没有什么我们做不了的。你们能想到更好的吗？”

“每晚我们准备睡觉时，南希都会想出一些新鲜点子来。昨晚是陆蟹，前晚是白蚁。”

“你们是知道的，”南希说，“把她吃光，这是她应得的惩罚，一点都不过分呢。她为什么不在我们上学时来呢？那样就不会带来这么多麻烦了。”

“可是，如果你们在岛上跟我们一起露营的话，这完全没有问题呀。”约翰说。

“我们来不了的。”南希说。

“她在监视我们，”佩吉说，“一直在监视。”

“我们的姑姑们不那样。”罗杰说。

“大部分姑姑都不会这样的。”南希说，“我们有些姑姑也没有那么传统，其中一个或许还曾经做过海盗呢。但那个姑奶奶就完全不同了，我们对她简直一点办法都没有。在她离开之前，我们绝大多数时间都要规规矩矩的。她要是能快点离开就好啦。我们被她缠住了，至少我们还可以逃跑，可是妈妈和吉姆舅舅现在还在她手上，他们比我们更怕她。你们知道，他们都是她一手带大的。”

“那么最终的结果是你们不能来一起探险了？”罗杰说。

“我们还得回去吃那可恶的饭菜。”南希说。

“水壶里的水马上就要开啦。”苏珊提醒大家晚餐快准备好了。计划统统失败，这对小探险家们来说，简直糟透了。但是晚餐还是要吃的。“你们有杯子吗？”苏珊跑回火堆旁边，回头喊道。

“当然有。”佩吉说，“我们的食物都储藏在小船里。背包里有一块蛋糕和一些杯子，还有一块肉饼，那是昨晚剩下的，姑奶奶觉得它太咸了，所以厨娘说今天早上我们最好把肉饼带上，要是姑奶奶回来看到这个东西也会扔掉的。就这样，我们才偷偷地拿了出来。它其实也不算太咸！我们启程之后，用手指蘸着果汁尝了尝。”

说完，佩吉返回亚马逊号船上，把背包递过来，然后拿着肉饼小心地回到岸上。

“对不起，我们没拿喝的东西。”南希说，“厨娘忙着应付姑奶奶，没时间准备了。”

“我们有很多牛奶，可以当茶喝。”苏珊说道。

燕子号的四个船员和亚马逊号海盗们围坐在苏珊搭的灶台旁边，一边喝着茶，一边批评着姑奶奶对肉饼的糟糕看法。他们把肉饼吃光了之后，约翰又用万能刀上的开罐器打开了牛肉糜压缩饼罐头，然后用刀子把肉糜饼切成六份。很快他们又吃完了，不过还有面包、蘸果酱的布丁、蛋糕、苹果和巧克力，这些食物足以填满肚子。

“我们就把巧克力作为探险过程中的储备粮食吧。”提提说。就算她们所计划的事情都失败了，她们还是开始了沿着小溪探险的旅程。现在，已经没什么可以阻止她们了。

“你们接下来要去哪里探险呢？”南希问道。

“我们要顺着小溪上去。”提提回答。

“你们只会走到一条马路上去。”佩吉说。

很明显，如果依着南希与佩吉，今天是不会有什么探险了。她们现在唯一想做的就是谈论姑奶奶、学校和圣诞节以来发生的各种事情。她们可不愿意只是自己讲，让对方当听众。看看约翰和苏珊就知道，只要南希和佩吉愿意讲，他们就非常乐意坐在港口的火堆旁，开心地听着。

提提和罗杰听了很久，有时甚至还会提出一些问题。但是最后，罗杰开始往空中抛两颗小石子玩，一颗落在他的杯子里，要是杯底没有剩茶的话，杯子可能会碎掉——他已经听不进去了。而提提则想起了地图上那些空白的地方，于是站起来，向罗杰做了个召唤的手势。

“你们要去哪儿？”苏珊问道。

“去探险。”提提回答。

“不要离小溪太远了，”苏珊说，“不要走远啊……你刚刚说什么来着，佩吉？”

一等水手提提和见习水手罗杰就这样钻进了灌木丛里，消失在密密麻麻的树叶后面。

第四章　提提和罗杰的探险

伟大的成就和重要的发现来自于对彼此的信任和帮助。

——蒲柏译《荷马史诗》

提提和罗杰继续穿梭于溪边的树丛和灌木丛之间，起初，他们还可以听到其他人的谈话。南希和佩吉的声音清脆又洪亮，而约翰和苏珊的声音相对微弱一些。渐渐地，他们只能听到南希和佩吉的声音了。后来，只有南希一个人的声音了，比他们脚下潺潺的溪流声稍微大一点。再后来，他们连南希说话的声音也听不到了，只是偶尔会隐约听到远处传来她愉快的笑声。之后，除了水流从六英尺高的地方倾泻而下时发出的‘哗哗’声，他们再也听不到别的什么声音了。溪流太宽，他们没办法直接跳过去，不过有的地方有些石头，可以踩着石头跳过去。如果幸运的话，鞋子也不会弄湿。溪流的两侧是密密麻麻的树木，流水在一些地方冲刷出一个个凹陷的洼地，一直延伸到树根底下。还有一些小池塘，大量白色的泡沫漂浮在池塘水和溪流的交汇处。溪水很浅，而且水流平缓，直到快到一个小瀑布的时候才湍急了起来。

“有鱼！有鱼！”罗杰说。

“在哪儿？”

“现在看不到了，刚才就在那儿。快看！快看！又一条！”可惜还没等提提看到罗杰指的地方，鱼就游走了。

“其实它们不必害怕的，”水手提提说道，“我们又不是苍鹭。你再看到鱼时站着别动，别用手指它。”

罗杰赶紧盯住眼前的溪流。突然他一动不动地停在那儿，像一只小狗在收割后的田地里闻到了鹧鸪一样欣喜。提提弯着腰悄悄走到罗杰身边。

“在那儿呢！”罗杰说，“在那块长满苔藓的石头旁边。快看！它把鼻子伸出来啦。”

一片涟漪在溪面上逐渐消散，提提借此发现了目标。清澈的小溪里，她看到一条小斑点鱼静止在那儿一动也不动，就像悬浮在水中一样。就在她出神地盯着看的时候，小鱼突然斜着跃出水面，又一次打破了水面的平静。

“它一点也不像我们在湖里抓到的河鲈。”罗杰说。

“可能是条鳟鱼。”提提回答说。

“要是我们带了鱼叉就好了。”罗杰说，“那样，我们就可以抓很多条，带回去慰劳守在营地的伙伴们啦。”

“我们不能在这片树林里抓鱼。”提提说。

“可是，这里有好多呢。”罗杰说。

“不管怎么样，我们现在不能抓鱼。我们是探险家，是被其他的探险队员派到丛林来探路的，我们不能想别的。就在我们盯着看鱼的时候，可能就有怪声被我们忽略了……”

“是令人毛骨悚然的呼喊声么？”

“当然，飞旋镖和箭会穿过空气嗖嗖地射来。就算不会被杀死，野人也会把我们绑起来带走，等其他人来找我们时也会落入同样的陷阱。”

“听！是什么声音？”罗杰突然说道。

他们十分清楚那是发动机发出的声音。这实在是一个绝好的机会，可以供他们发挥各自的想象力。

“是野人的小号，”提提说，“没准森林里还有一条石子路呢。我们肯定已经在丛林的边缘了。”

这时，他们又听到了一声喇叭响，跟刚才的声音有点不一样，很明显，是启动摩托车发出的刺耳的声音。

“是小号和锣鼓。”提提说，“野蛮人已经派了侦察兵，一路吹着小号作为信号。我们不能再往前走了，佩吉说我们不能走远。”

“好吧，那我们尽量走到我们力所能及的地方吧。”罗杰说。

这一地区的树木都显得矮小，却长得密密麻麻的。这里有榛木、橡树、白桦树，而且到处都是白蜡树，长满小刺又矮小的冬青树丛，还有孤独高大的松树伸展着高枝儿，向底下的树木挥舞着。还有金银花，一簇又一簇地长在一起。这真是一个人人都想拥有的丛林！小溪穿过这个丛林，径直流入湖中。

提提和罗杰继续往前走。突然，他们看到树丛中有一条向左的小路。他们横穿过小溪，跨过灌木丛，向小路走去。他们发现一条小车道，直通树林边缘石墙上的豁口。豁口处可能曾经有过一道门，但是现在已经看不到，而且墙的两端也已经坍塌。墙的后面是一条路，路的另一侧是另外一个由松散的石头堆起来的墙，石头上长满了苔藓。这石墙的后面又是一片树林，高大的落叶松木、松树和一些冷杉木分布其中，高耸入云。

提提首先看到了那条小车道。她立刻卧倒在车道一侧的地面上。罗杰迟疑了半秒钟之后也在她身边趴下来。

“我们可不知道他们是不是友好。”提提说。

“湖的这边，我们只认识亚马逊号海盗们呀。”罗杰说。

“既然我们知道海盗们现在在哪里，那么这条路上的一定是别人了。”

这时，一辆汽车快速穿过了墙中间的豁口。接着，他们看到一缕阳光穿过树林照射在什么东西上，闪着亮光；随后，亮光移动到豁口处，然后消失了。三个骑自行车的土著人穿过了豁口，向另一边走去。紧接着传来一阵马蹄踏在坚硬的路面时发出的“嗒嗒”声，不过听起来没那么恐怖。

“马儿在小跑还是在走着呢？”罗杰说。

“可能只是走着，”提提说道，“通常听起来像小跑的声音其实只是慢走。可是，好像有很多匹马呢。”

马群过了很长时间才渐渐进入视线，它们的出现，总算证明了它们是值得两个小探险家期待的。提提和罗杰看着这些马儿穿过墙上的豁口。一共有三匹棕红色的大马，都带着马具，一匹紧接着一匹。马拉的车上载着大圆木。这棵圆木被固定在有两对红木轮子的车上，木头的体积比野猫岛上高高的灯塔树还大出四五倍呢。一个人在前面牵着第一匹马，另一个坐在后面靠近大树较细的尾端，一边抽着烟，一边休息着。圆木的末端拖在车尾，几乎碰到路面了。坐着的人背对着提提和罗杰，但他坐的位置比石墙都要高出许多，看到两个小家伙或许再容易不过了。

“这是要去哪里呢？”罗杰问。

“可能拉去做船吧。”提提回答。

路一侧更远处的落叶松木比他们一路走来穿过的杂乱丛林看起来更加友好一些。

“我们不能设法移动到离路近一点的地方么？”罗杰说，“然后，趁没有土著人注意的时候快速横穿过去。”

“这个主意不好，”提提说，“那里时刻都有人经过的。”

这时，一辆汽车按着喇叭从路上经过。

“我是说，”罗杰过一会儿说道，“如果我们从路底下穿过，土著人就看不到我们了。”

“那样他们当然看不到。”提提说。

“那里一定有座桥，”罗杰说，“这样溪水才能流过。”

“哈，这真是个绝妙的好办法！”

“我想是这样的。”

“我们还是尽快回到小溪那儿。”提提建议道。他们仔细听着流水的声音，能听到小溪就在不远处。都是因为那辆穿过树林的四轮马车把他们吸引住了，耽搁了一会儿，才离开了小溪。等马车消失后，他们立刻蹦蹦跳跳地回到丛林中，找到溪流，继续沿着水岸前进。他们走了一段来到一座桥边，这时距离旧石墙上的豁口不超过五十码。桥下有一个拱形的桥洞，桥洞低矮却很宽，上面铺满了常春藤。桥上就是那条马路，桥下的常春藤和树木长得如此茂盛以至于从上面根本看不见下面的桥洞。因此小探险家们发现，如果顺着溪流钻进茂密的常春藤中，就不会有人注意到他们。当然，除非土著人碰巧故意地从桥上往下盯着看。透过常春藤遮掩的桥洞看过去，他们看到翠绿的植物、褐色的落叶松木以及桥另一边的水面在阳光的照耀下波光闪闪。

提提坐到地上，对罗杰说：“把鞋子脱下来吧，罗杰。”

“遵命，长官！”罗杰说。

“把两根鞋带系在一起，这样你可以把它们挂到脖子上。”她说完已经脱下了自己的鞋子。鞋子里空空的时候，更容易解下鞋带。她拆下两根鞋带，将一根鞋带的一端系到另一根上，系一个蝴蝶结。“你不需要把它们系得那么紧。”她看着罗杰的做法，纠正他，“我们穿过之后还要再用它们呢。现在，你的双脚要跟紧我的步伐。”

提提蹚进水里。第一脚迈进去，水没过她的脚踝，迈出第二步时水几乎没过她的双膝，但后来就没有那么深了，桥下的另一边反而很浅。

“慢慢走过来！”提提说，“你的腿再长一点就好了。不要弄湿了你的灯笼短裤，把裤腿尽可能地卷高一点，沿着这边走。”

“遵命，长官！”

“不管怎么样，千万不要跌倒。”

他们用手扶住桥底下头顶上的常春藤，在清澈的水中慢慢走着，脚下的石头上长满了苔藓，特别滑。就这样，他们小心翼翼地通过桥洞。

这时，一辆大卡车从他们的头顶经过，震得这座旧桥有些颤抖。罗杰害怕地望了一眼提提。但这种危险总是给人一种感觉，那就是还没来得及想明白是怎么回事就会过去的。提提用脚试探一块稳固的石头，这可是能帮助他们快速上岸的最好选择了。

“没问题了，”提提说，“紧紧贴着石墙走。不要踩到那块大石头，它很不稳。到这儿来，这块很稳固。”

毫无意外，两个小探险家都安全地上了岸。他们彼此靠着坐在石墙下，没人能从马路上看到。他们用手帕擦干了双脚，重新穿上鞋，等着没人从路上经过的时候，立刻冲到松树林里去了。

现在，他们开始慢慢爬进错落不齐的松树林中，这里，潺潺溪流漫过一块块阶梯状的石头向他们脚下涌来。他们越爬越高，一直紧紧追寻着溪流来到了松树林的边缘。他们再一次来到了榛树和橡树组成的树林，就像在路的另一边遇到的一样。突然，提提和罗杰来到一片旷野中。空旷的天空下，前面已经没有树了。他们走到了森林的尽头。他们向远处瞭望，看到一层又一层绿色和紫色的沼泽地，绿色是因为旁边长满了随风飘摇的凤尾草，紫色是因为旁边尽是膝盖高的石南灌丛。沼泽地后面，阳光扫过小峡谷和悬崖峭壁，慢慢从脚下升到连绵起伏的蓝色高山上。从这里望去，那些山可比在野猫岛或者霍利豪威港看到它们时大多了。

“其中一座高山应该可以和干城章嘉峰相媲美了！”提提兴奋地说。

“哪一座？”

“最高的那一座呀。”

小溪弯弯曲曲地穿过沼泽地，从他们的脚下流入树林。冬天的时候，小溪水流很急，冲走地面的一些大石块，形成了一个个深深的水沟，因此即使他们远远地能看到小溪流向哪里，不走到近处的话也看不到水洼。

“我们还要继续走么？”罗杰问道。

“如果我们一直紧贴着小溪走就不会走丢的。”提提自信地说。

说完，提提开始沿着羊肠小道继续前进，穿过小溪旁边的灌木丛。罗杰吃了一块自己保存的巧克力，然后紧跟着提提走去。有的地方凤尾草长得太高了，以至于遮挡了他们的视线，使他们很难看到对方；有时小路曲曲折折拐到小溪的边缘，绕过灰白色的石头，然后弯弯曲曲地爬上紫色的石南灌丛。显然，小溪成了他们的向导。这时，又一个声音引起了他们的注意，是瀑布的声音。在他们爬过落叶松树林的时候曾听到过同样的声音，但现在，声音更加洪亮，而且站在沼泽地中和站在树下听这同样的声音必然会产生不同的效果。

“快看，”提提突然喊道，“就在这里啦。”

他们赶紧跑到瀑布下游，停了下来。向侧上方望去，瀑布从悬崖直泻而下，冲击着岩石，跌进潭中。他们要是继续前行的话，必须爬上瀑布一侧的岩石，或者从溪流冲击而成的蜿蜒狭长的小峡谷中爬出去。

提提开始犹豫了，罗杰反而想继续前进。还没等她下定决心呢，罗杰已经开始向上攀爬。片刻之后，提提也开始爬了起来。他们登着瀑布旁边比较干燥的岩石爬到了顶端。

“从这里爬上去很容易嘛。”罗杰轻松地说了一声，接着，回头喊了一句，“哇——”

他们两个都没想到，爬到顶峰以后会看到这样的景色。这是一个开阔的荒野形成的小溪谷，不到一千米远的地方就是溪谷的尽头。尽头处有一个新的瀑布和一些陡峭的岩石。凤尾草长得参差不齐，导致小探险家们抬头望的时候，除了天空什么也看不见。从那里看过去，好像蓝色的高山突然消失了。在他们视力所及的范围内，看到的溪谷像是悬在空中一样。只有当他们转过身，从爬上来的瀑布往回看时才能看到沼泽地、树林和湖水另一侧的高山。

“真是一个土匪生存的好地方呀！”罗杰说。

“这就是皮特鸭的地盘吧。”提提说，“它肯定是全世界最隐蔽的溪谷了！”

皮特鸭已经渐渐长大，俨然成为水手提提最忠诚的伙伴之一。有时罗杰也会跟他一起玩，尽管没人嘲笑他，但其他人是不会那么认真的。一个冬天的长夜，小探险家们和弗林特船长、南希、佩吉待在船屋的船舱中，大家一起编造各种稀奇古怪的故事，而皮特鸭就是故事中最重要的人物。皮特鸭说当他还是只小鸭子的时候就漂在海上了，现在已经是个老水手啦，而且曾在故事中跟他们一起航行到加勒比海，后来返回到洛斯托夫特，两个口袋装满了掠夺来的黄金。当然，这依旧是故事中的情景。在关于皮特鸭的故事中，提提贡献了很大一部分。在提提想象的世界里，皮特鸭的用处可大了。偶尔，和罗杰在一起的时候，她会编一些他的故事。但大多数的时候，她还是一个人去想象。在皮特鸭身上，什么都可能发生，而且他随时都会出现。提提从不喜欢任何玩偶。皮特鸭比任何玩偶都更加有趣。他能将自己藏起来，但从不会丢失，更不会像玩偶那样因为磨破漏出木屑来。只要提提想起来，他就随时准备好去做各种探险了。

“他很可能躲在这里呢，这样就不会被想找到他的旁人打扰了。我相信他不会找到比这里更好的藏身地啦。让我们从上面看看这到底是个什么地方吧！”

这时，罗杰的双脚已经准备好，正要从一块石头跳到另一块上，然后穿过小溪。

“你去那边，”提提向罗杰嚷道，“我去这边，然后我们看看这小溪谷是不是像想象中一样神秘。”

他们分别爬上了溪谷的两侧，回头看看对方。要是他们沿着边缘再走出一段，就看不清楚整个溪谷了。趴在一侧石南灌丛中的提提和另一侧的罗杰很难想象，他们中间隔的是一个溪谷哩。

“这真是妙极了。”提提喊了一声。

“我也这么想的。”罗杰回应道。

过了一会儿，他们爬了下来，在谷底会合，然后顺着小溪向上游的瀑布走去。

经过途中的小水坑，他们清晰地看到里面的小鳟鱼。等他们来到瀑布底下的水潭时，看到了大个的鳟鱼跳跃到半空中，然后落到水潭里，溅起一片银色的浪花。

“皮特鸭会钓鱼，”提提说，“而且他十分喜欢这项运动。你还记得他总是在纵帆船[1]的船尾用钓鱼竿钓大鲨鱼吗？”

“我们也会钓鱼呢，”前一句刚说完，罗杰突然说道，“吃些东西怎么样？”

罗杰的坏毛病又犯了，他任何时候都可能感到饥饿。

“吃我的巧克力吧，”提提说，“我不想吃。”

“真的吗？”罗杰说。

“当然啦。”提提回答。

“我们来等着看那条鱼再次跳跃起来吧，”罗杰说，“我可以一边等着，一边吃巧克力。”

提提把巧克力递给他，然后转身向谷底望去，掠过脚下V字形的峡谷，一直看到湖另一侧的高山上。要不是头顶的天空如此晴朗，她可能会把远处的高山当作白云。从相对高一点的溪谷这边，她看不到瀑布下的沼泽地，也看不到他们刚刚爬过的树林。她看了看溪谷本身，和那陡峭的两壁。右边的一侧几乎是岩石的断崖，岩石缝隙中长着石南花；左边的一侧没有那么陡峭，稀松的石砾中夹杂着凤尾草。她多么希望自己身上带了地图呀，这样就可以把小溪和这个新发现的溪谷标在上面了。突然，提提注意到身旁的石头上有一只龟甲纹的蝴蝶，沐浴在阳光下，展开着夹杂着棕色、蓝色、橙色和黑色的羽翼，趴在那里一动不动。

“好美呀！”提提刚感慨完，蝴蝶扑腾一下翅膀从石头上飞了起来，贴着地面向溪谷底部飞去。

“它会再找个栖息地的，然后重新展开那美丽的翅膀。”提提自言自语道。的确，那只蝴蝶不一会儿就飞到了灰色岩石陡坡低处的一簇石南花丛中，停了下来。

提提蹑手蹑脚地跟着蝴蝶走过去，但当她马上就能伸手够到蝴蝶栖息的石南花丛时，眼前的景象让她几乎忘了美丽蝴蝶的存在，甚至蝴蝶振了振翅膀又飞走时，她都没注意。

[1] 纵帆船，双桅杆的帆船。

“罗杰！罗杰！”她急切地大喊，“这里有个洞穴！”

尽管有瀑布声的干扰，罗杰还是能够清楚地听到是提提在喊他。虽然他不知道提提在说什么，不过从声音来判断，应该是什么紧急的事情。于是，罗杰立刻抛弃了水里的鳟鱼，抬起头望过去。她发现了什么呢？罗杰一边跑一边想。等他跑着过去时，发现提提正蹲在石南花丛下观察一个看不见底的洞穴。洞口的上端要比下端窄一些，但足够一个弯腰驼背的人通过。洞口一侧倾斜的岩石将洞口遮挡住，而且还有茂密繁盛的石南花从洞口上面的石头缝中长出来，将洞口两侧掩盖。因此，洞穴看起来很容易被认为是岩石的一个裂缝而已，根本不会有人特别注意它。两个小探险家一起蹲下，试着把头伸进去看看黑洞穴的内部。

“狐狸洞，”罗杰说，“或者是熊窝。这么大的洞穴，足够熊住啦。”

“我们忘带手电筒了！”提提说，“而且我连火柴都忘记带了。”

他们捡起一些石头，往里面扔。他们以为会有一些动物出来，可结果什么也没有。提提抓住旁边的石南花藤，将另一只胳膊伸到洞穴里去，摸索了片刻。

“洞里面的空间更大呢，”她说道，“而且更高，我觉得我们甚至可以站在里面。要不要进去呢？但是里面太黑了。要不要呢？”

“我们还是回去取手电筒吧。”罗杰说。

“走吧。”提提说，“我们去把船长和大副叫来。把皮特鸭留在这里看守，等我们回来。这是他的洞穴，我相信他早就知道这里啦。走吧。”

他们沿着溪谷一路往回跑，从较低的瀑布旁的岩石上爬下来，然后回到那条穿梭在石南灌木丛和凤尾草中的羊肠小道。来到一片沼泽地时，溪流绕了个弯，断断续续地流入参差不齐的树林中，突然，提提停住了脚步。

“差点忘了，亚马逊号海盗们也在那儿呢！”提提若有所思地说。

罗杰气喘吁吁地看着她。

“她们几乎把我们要去的所有地方都探索过了，”她说，“但她们可能还不知道那个溪谷。我们就告诉她们吧，不过不要说这个洞穴的秘密，这是属于我们和皮特鸭的。”

“告诉约翰和苏珊吧！”

“我们去叫他们一起来看看这个溪谷，然后将这个洞的秘密作为惊喜送给他们。这么好的发现可不能浪费，如果太多人知道它的秘密就可惜了。就是这样的。”

她又补充了一句，“如果他们不愿来看这个溪谷，我们再告诉他们关于这洞穴的秘密好了。”

他们迅速地从树林中穿了出来，脱下鞋子，从桥底下蹚过去。接着，还没等脚丫完全干呢，两个小家伙又穿上了鞋子马不停蹄地跑回马蹄港岸边去了。

像之前的探险家一样，由于这段时间他们不在，回来的时候发现自己遇到了麻烦。茶水已经煮好，喝茶的时间早就过了，搜索队已经出去寻找他们，亚马逊号的船员们正匆匆忙忙地准备起航回去，而苏珊想知道为什么他们离开了这么长时间才回来。给提提和罗杰特别留下的茶水几乎凉了，他们被迅速地推上了燕子号，然后被告知只能在回家的旅途中喝了。他们必须立刻出发，因为已经迟到的亚马逊号海盗们连新帐篷都来不及看就得走了。

燕子号和亚马逊号启程后，提提和罗杰想把他们的探险故事一股脑儿全倒出来。他们几乎同时开始滔滔不绝地讲，但很快，罗杰就败下阵来。毕竟，提提在抢答这方面更有绝招。提提讲到了树林深处的沼泽地、瀑布和瀑布上面的小溪谷。溪谷是如此神秘，任何人都可以永远隐藏在里面。

“还想做诚实的海盗？”南希说着，正是她把亚马逊号拖到了正对着洞口的地方，“这是真的，还是又一个皮特鸭的故事？”

“皮特鸭当然也在里面。”提提说，“但我说的都是真的。”

两艘小船出发了。亚马逊号的南希和佩吉等着燕子号驶出马蹄港，然后一边保持着适当的距离交谈着，一边肩并肩地驶向野猫岛。

“那是长矛岩。”南希指着两个陆岬南面正对着的一块岩石说道，“如果湖水水位不是这么低的话，你们是看不到它的。”

“我们来的时候看到它了。”约翰说。

“是一块锯齿状凹凸不平的石头，”佩吉说，“吉姆舅舅看到过一个渔夫划着船从那儿经过的时候撞在了上面，紧接着船就沉了。”

燕子号上，提提还在继续谈着她那秘密的溪谷。“没人能找到它，”提提说，“若是别人不知道它的存在的话。”

“或许她说的是对的。”亚马逊号上的南希说道，“我们还从来没有从这边爬上那片沼泽地呢。提提，你确定吗，真的是个神秘的地方？”

“如果你不进去根本看不到它就在那儿。”罗杰说。

“我们正打算去探索那地方呢，姑奶奶突然说不让我们航行了。”佩吉沮丧地说。

“你以为我没想过吗？”南希船长厉声说道。

提提用手指轻轻戳了一下罗杰，罗杰一紧张冒出一句：“差点打碎杯子了！”

“他们还不知道那里呢。”她对罗杰轻声地说。

“明天去溪谷探险怎么样？”南希一边说着，一边驾船横穿水面。

“快答应她，快答应她！”罗杰和提提几乎同时说。

“哈哈，我没有拒绝她的理由。”约翰船长笑着说。

约翰和南希驾着船经过野猫岛南面的港口，途径内航道，把小探险家们带到渡口。

“我们也已经晚了一会儿了。”南希说。

“我们总是迟到。”佩吉说，“可是姑奶奶来了以后，迟到就变成一件很糟糕的事情了。”

他们快速离开渡口，到达营地后四处张望了一番。苏珊感谢她们为探险家们准备了柴火堆。提提钻进她的帐篷，拿出她为亚马逊号的海盗们保存的卷着八只绿色羽毛的信封。约翰从箱子后面的杂货仓中拿出那把插着羽毛的箭。两个亚马逊号船员一起逗着鹦鹉说“你好啊”、“八片币”。虽然提提试图让鹦鹉展示一下自己的本领，但鹦鹉看到那些绿色羽毛后，就朝着它们嘎嘎地乱叫表示抗议，除此之外它什么也做不了。海盗们遗憾地看了看之前扎帐篷的地方，然后夸赞了一番燕子号船员们的新帐篷之后就返回到渡口上，爬进亚马逊号小船，准备离开。

“明天怎么样呢？”苏珊最后道。

“明天我们去看提提说的溪谷，”南希喊着，“没准它会有用。明天妈妈会带着姑奶奶外出吃午餐，所以我们可以到下午茶时再回家。我们会在早上直接把船开到马蹄港去。我跟你们打赌，一定会在你们之前赶到。再见啦，燕子号伙伴们！”

四个燕子号船员跑到高处的哨岗上，随着亚马逊号渐渐远离他们向达恩峰驶去，他们看见那艘白色小帆船越来越小。

“我不明白为什么她们明天不来这里？”苏珊问道。

“因为当我们可以在这岛上安营扎寨而她们却不能时，她们肯定感到糟透了。”约翰解释说，“毕竟是她们先发现的这个岛。”

当亚马逊号越来越远，直至海盗们已经听不到彼此的呼喊时，提提和罗杰再也忍不住要说出他们的秘密了。不过，尽管马上就要讲出这个秘密，他们还是憋了很久。

“我们还发现了别的东西。”提提迫不及待地说，“比我们告诉你们的还要有趣。”

“是什么呀？”苏珊问道，“是不是蝴蝶的幼虫？”

“不是的。”罗杰说，“不过，一只蝴蝶的确帮了忙。”

“要不是那只蝴蝶的话，我们是不会发现它的。”提提说。

“到底是什么呢？”约翰问。

“是皮特鸭一直想要的东西呀。”

第五章　坚持航行的约翰船长

有位老人曾说过："我要坚持航行
直到帆布扯破，桅杆丢失。"
那羞红脸的疯子正是这样，到最后
将船的后桅扔向大海。
听一个水手的冒险故事吧，
那是在海上传颂的经典。

——梅斯菲尔德《爱之瑞湖》

清晨，约翰船长已经做好了起航出发的一切准备，只等着他的船员了。早饭过后，他们一直在整理营地，因为苏珊不允许饭后有脏东西留在那里没有收拾。

"她总是喜欢把营地收拾得干干净净，好像连块饼干都没人在那儿吃过一样。"尽管约翰知道苏珊这么做是对的，还是粗鲁地嘀咕了一句。不过，他有理由让他们迅速行动。

很早，他就看到亚马逊号在远处的湖岸起航了。野猫岛上的小探险家们早上睡得太香啦，因此要打败南希和佩吉，争取先到马蹄港是不可能的了。南希说过，亚马逊号会先到那儿的，现在看来，无论怎样她都一定会赢。不仅仅是因为她这样说过，约翰船长还注意到此时的风向和风力对亚马逊号航行都是有利的。通过望远镜，他看到湖的另一面波浪很大。越过港口的岩石，他看着亚马逊号经过鸬鹉岛后继续航行，最后到达马蹄港狭窄的入口。他又从望远镜中看到南希和佩吉是如何巧妙地转帆，把船帆扯到另一边，然后消失在小湖湾中。当然，约翰一边看，一边计划着如果是他驾着燕子号穿过那个地方要怎么做。风是东北向的，正好从野猫岛吹向马蹄港。约翰船长决定将船帆展开拉到左舷处，顺风驶向港口。他想，这样的话，他就可以不必在汹涌的水面和强风中转帆了。这个计划已经清晰地保存在他的脑子里，现在他只想快点起航，希望在风向改变前或者任何意外事件发生之前通过那儿。在他看来，风好像越来越强了，他可不想收帆通过，因为之前他看到的亚马逊号可是扬帆通过的呢。他真想立刻出发，可是今天，大家似乎都在手忙脚乱地做着些无关紧要的事情。早饭一开始，提提就大惊小怪地找手电筒，好像所有人在晴朗的夏日都需要手电筒一样，简直难以理解。而他自己也傻乎乎地向提提妥协，让她把自己的手电筒放进了行李中。

最后，他终于听到了其他人走过来的声音。

罗杰手里拿着水壶先走了过来，接着是拿着一篮鸡蛋和一把煎锅的提提，后面是拿着两个背包的苏珊，背包里装满了毛巾等洗漱用品和探险途中需要的食物。“我们不需要带很多，”苏珊说，“因为亚马逊号还要回去喝下午茶呢。”她一到，就立刻走去清点她放到船里的物品，“饼干、面包、香籽蛋糕、汤匙、刀子、果酱和黄油……”

“你没有拿蛋杯[1]，”罗杰说，“我们已经没有了呀。”

“糟糕！”苏珊一边嚷着，一边将背包扔到地上，转身跑回营地，“我忘记带盐啦！”

这些琐碎的小事真的没什么需要船长担心的，但这时却让他觉得有些不耐烦了。他已经等了很长时间，想快点起航呢。可能由于苏珊忘记带盐导致船晚出发了两分多钟，是有点倒霉吧，这也使船长不像平常一样耐心了。

最后，当一切物品都装载完毕，船员们登上船后，燕子号起航了。这时，苏珊才发现她又忘记带手电筒了。

“我们应该用不到那东西的。”她说。

“现在谁都不准回去拿了。”约翰命令说，“抓紧船中间的舵杆，我要用桨

[1] 蛋杯，一种用于放煮熟鸡蛋的杯子。

把船推出去。”

“没问题！”提提说，“我们带了三只手电筒呢。”

“好大的风呀。”他们看到外面的岩石时，苏珊大副说道。

“这就是为什么我那么急了，”船长说，“看吧，目前主帆帆脚索是松弛的，因此帆桁可以自由摆动。现在我要扬起船帆了，大家准备好了吗？”

“是的，准备好了，长官！”苏珊大副说道。

约翰把桨挂在帆桁上，然后摆弄着船帆。由于帆桁不停摆动，船帆看起来还不如一面大旗子大哩。约翰赶紧从船尾跑到船中央。他拉了拉帆脚索，这样风吹得船帆鼓了起来，燕子号开始移动了。接着，他把舵柄抬高，让船自己随风移动，直至船头指向马蹄港。桅杆顶端的小三角旗也随风飘扬着。当船儿加速的时候，船头底部的柱脚处不停击打水面，像在搅碎乳脂，发出阵阵声响。

“我要不要现在去瞭望一下？”罗杰说。

“不用了。”约翰一边感觉着风的强度，一边说道，“我需要所有的重量都集中到船尾，你和提提马上到船尾去。”

风对船尾已经不发挥作用了，而且自从他们离开野猫岛的避风港和湖东岸的小山之后，每前进一步，风力就越强。苏珊站在船尾的薄板上，而罗杰和提提则挤在船尾的舱地板上。要让燕子号在它的航线上保持稳定，这是约翰唯一能做的。大风使劲吹着船帆，似乎要把船舵都吹跑了，因此，控制航向变得越来越困难。

“我们的船比摩托艇跑得还快哩。”罗杰说。

“我们是不是应该把帆收起来了？”苏珊说。

“亚马逊号就是扬帆通过的。”船长约翰咬紧牙关说，一手拉住帆脚索，一手紧紧握住舵柄，尽自己最大努力保持燕子号正常行驶。

“提提，你在做什么呢？”苏珊问道。

“我在跟罗杰讲一个关于一位老人在海上坚持航行的故事，”提提回答说，“那是在法尔茅斯的时候，爸爸讲给我们听的。”

“燕子号的船帆是不会扯破的。”约翰说，“而且它的桅杆相当结实。”

不过，他似乎说得太早了。

如果风力是稳定的，或许还不会这么糟，可惜它从不会保持同一个强度。时不时地突然来一阵强风，几乎快掀起船头，使得约翰来不及将船转向正轨。每次强风袭来，约翰之前计划的成功概率就越来越小。他需要转两次帆才能让船顺利驶向马蹄港，要先使帆向右舷方向转，然后再转回左舷方向才行。那些“不速之客”对约翰来说，总是来得太突然太猛烈，吹得燕子号偏向正常航线的北侧。这意味着，风不再直接来自船尾，而是来自船尾侧偏 45 度。那只小三角旗已经不再一直向着船头方向飘动，也不随着船帆飘起（如果是这样，表明船是安全的）。现在，船帆扬起，桅杆顶的三角旗向船的右舷飘动，这预示着大风很有可能控制住帆后缘，并将它吹到一边去。这种非人为的转帆正是约翰极力试图避免的。可他仍下定决心，要让小船不转帆地通过这里。

“我们应该会成功的。”他大声嚷着，但他此刻已经开始不那么自信了。

“别忘了我们昨天看到的那块岩石。”苏珊说。

“长矛岩。”提提说。

“如果我们到了那儿时遇到一阵强风的话，这一侧很容易撞到岩石上的。”约翰说，“我们真应该将船帆收起来了，现在的风比几分钟之前更猛烈了，但把船头摆正并在这时候收帆非常困难。另外，我们马上就要到了。我相信燕子号可以成功摆脱困境的……”

“亚马逊号海盗们在那里！”罗杰喊了一声。

约翰的眼睛一直在紧紧盯着桅杆顶端有预警作用的三角旗和发生抖动的帆后缘，他害怕风把船帆扯破。听到罗杰的喊声，他看到南希和佩吉正在马蹄港入口处的岩石上向他们挥手呢。输赢已成定局。现在约翰怎么也不能放弃他的计划。过一会儿，他们就会成功摆脱风力的困扰，安全地穿过陆岬的。船向前行驶了二十码，帆后缘开始摇动了。船又前进了十码，他会成功么？他会的，他确信他会成功的。

“快看呀，水浪正在拍打长矛岩呢！”罗杰说。

正在这时，距离安全地只有几码远的马蹄港的入口处，一阵狂风突然向他们扑来。大风吹着帆杠，吹得船帆一直旋转。

“大家快把头低下。”约翰向大家喊道，但这句似乎没什么必要。提提和罗杰蹲在船尾，大副苏珊也及时躲避了危险。当然，约翰也没有受伤。帆杠虽然弯曲了，但两端并没有折断。约翰一直紧紧地拉住舵盘以保证燕子号沿着计划的航线航行。船跑得非常快。突然，船帆被吹起，船舵失去了平衡。一会儿之后，强风从另一面控制了船帆，这次不是和船舵的作用方向相反，而是相同。燕子号转了一圈，失去了控制，随着一声巨大的撞击声，冲到了长矛岩上。猛烈的撞击使船停了下来。船横座板上的桅杆折断了，拉着船帆一齐倒在了船头一侧。

佩吉站在马蹄港入口处的岩石上，发出了一声尖叫。但燕子号上却没出现任何恐慌。

一切发生得太突然了。船撞上岩石的时候，所有人都猛地向前倒。大家都本能地抓住身边能抓的东西，如划手座、船舷边或者舵盘。燕子号发生撞击后开始向后滑时，罗杰先说话了。

“船里进水了。”他说。

像一个平常的通知，罗杰的话并没有带着多少惊恐。燕子号船头的吃水线处被撞了一个洞，湖水立刻涌入，船也迅速下沉。水已经淹到划手座上了。他们无数次地想象过撞击沉船的情景，而这次可是真的了。

“罗杰，去那边，游上岸！”约翰船长说，“快去！不要被升降索绊住。到那边去，跳下去。”

罗杰看了一眼苏珊，然后又看了看约翰，以确定他是不是真的让自己这么做。他看着岸边，只有几码远而已。佩吉正站在水边的陆地上，却不见南希的影子。

“快点，”约翰说，“不要再等了，船马上就要沉了。”

罗杰打了个滚，到另一侧去。他抓住船舷：“还好在冬天的时候上了游泳的课程，现在看来，真是不错的决定呀。”说着，他跳下了水，拍着水向岸上游去。

“现在，提提，到你了。还有你，苏珊。快！”

苏珊和提提先后跳下了船。提提尽可能快地游上了岸。苏珊踩了一会儿水，她在等约翰。

“约翰，快点！”她向约翰喊道。

但约翰手脚不稳地站在已经被水淹没的船头。

“小心呀！苏珊！”他喊道，“快点游，这样是不行的。”

他拿着燕子号的锚站在那里，然后用最大的力将锚抛向陆地。这种力度使他失去了平衡，滑倒了。这时候，船突然向一侧倾斜，甲板边缘立刻淹没在水中。约翰跌倒后一只脚蹬着下沉的船，将自己弹出去。他的动作十分迅速。

南希看到眼前发生的一切，马上跑回放在马蹄港沙滩上的亚马逊号里，拿出一盘绳子。这绳子是她过去在岛上的港口停泊时系船用的。然后，她又快速跑回南面的海岬上，正对着燕子号撞上岩石的地方。她希望绳子能够扔到燕子号那里，这样约翰就可以抓住它，然后系在船上，一起在沉船之前把燕子号拉上岸。但风刚好是对着她吹的，绳子没有扔到燕子号那么远。然而，它落在了靠近罗杰的地方。罗杰恰巧抓住了绳子，南希和佩吉一起拉着他。苏珊和提提击打着水花紧跟在他后面。最后一个是约翰船长。

燕子号那儿，除了一副浮在水面的船桨和一个背包，其他的已经都看不到了。

“它沉下去了，它沉下去了！”提提湿淋淋地站在岩石上，看着燕子号淹没的地方，悲伤地说。

“我们游泳过来才捡了条命呢。”罗杰说。

“真是太可怕了。”佩吉说。

南希船长看着约翰船长。这一刻，她什么也没说。

“我还拿着望远镜呢。”提提最后说。

“经验丰富的提提真是好样的！”约翰说。

约翰知道对于一个船长来说，失去自己的船是多么痛苦。现在，就算他想说自己已经想到风会增强的，也为时过晚了。是的，很明显，他应该收帆的。如果他收了帆，转帆就不会搞得这么麻烦了。这样看来，一切都是他的错。现在仅仅是假期的第三天而已，燕子号就沉没了。他父亲说的笨蛋是什么样来着？还不如淹死算了。约翰就是这么想的。接着，大量黑暗的、零碎的想法涌入他的脑海，就像一群归巢的鸬鹚一样混乱。燕子号是霍利豪威港杰克逊家的，他们会说什么呢？佩吉和罗杰在谈论着沉船事件，这是可以理解的。约翰知道，提提湿淋淋地站在那里，看着浪花拍打那块可恶石头的同时也在思考着些什么。对于提提和他来说，燕子号是有生命的。而现在，燕子号沉没了，他们如何在野猫岛上生存呢？那些愉快的经历还怎么可能再出现呢？妈妈会说什么？毕竟，他们是有可能被淹死的。尽管妈妈是个通情达理的人，可是她会不会最终结束他们的暑假探险之旅呢？无论怎么想，事情都是越想越糟糕。夏天就像小船的货物一样，随着船一起沉入湖底。

“喂，苏珊跑到哪里去了？”佩吉四处张望着另一个大副，突然说道。

这时，他们听到了来自马蹄港深处的口哨声，有点刺耳，却没有平常那么清楚。

第六章　打捞沉船

苏珊大副总是明白在正确的时间要做正确的事情。她知道，现在大家要做的就是把湿衣服脱下来晾干。现在要生把火，而且要马上行动。当其他人都还在回忆刚刚发生了什么的时候，苏珊已经跑去昨天生火的地方了，就在那片鹅卵石沙滩上，旁边还有一条小溪流入港湾。沙滩上十分干燥，已被烧成黑炭的树枝还留在昨天的火堆上。苏珊捡了一些枯树叶，又用小树枝和干茅草堆起了一个柴火堆。从她的这些做法来看，更像是在准备一次野炊而不是刚刚经历一场海难。她每移动一步，身上都会滴下水来，但她要尽量保持树枝干燥。接着，她摸了摸口袋里的火柴盒，火柴盒和大副口哨是她随身带过来的。经过水的浸泡，火柴盒已经碎成一片一片的，火柴也都湿透了。尽管哨子里灌进了水，但并没有损坏。但是湿火柴已经没办法点着了，于是苏珊吹响了哨子。

“进去看看苏珊需要什么。”约翰船长说。罗杰湿着身子步履艰难地走过去。

其他人仍然待在原地，看着是不是有什么东西会从沉船的地方漂过来。船桨就是这样打捞上来的，佩吉又用船桨打捞上来另一件漂浮的物品——装满毛巾和洗漱用品的背包。背包浸满了水，几乎要沉下去了。佩吉站在岸边用船桨去够书包，刚打捞上岸就带着它去追罗杰了。

“约翰船长，”南希·布莱凯特终于开口说话了，“为什么在燕子号沉船之前你把锚扔了出来呢？”

“因为我想试着把船拉起来，”约翰说，“如果我们能抓住它，它能帮我们把船拉到浅水区去。”

“她需要火柴。”他们听到罗杰在喊。

南希摸了摸口袋，同时听到佩吉喊道：“我这儿有！”

苏珊点燃了火堆，当她一看到火苗从树枝中冒出来时，就跑去佩吉那里拿刚刚打捞上来的书包。她将书包掏空，把已经湿透的毛巾和洗漱用品放到沙滩上晒干。“还算幸运，”她说，“罗杰，脱下你的衣服，然后去洗个澡吧。你可以尽情地洗，这样我就可以把你的衣服烘干。我们都要换衣服。其他人在做什么呢？”

“他们在外面的岸边。”佩吉说。

苏珊费劲地吹了两三次口哨。

“她让我们也过去呢。”提提说。

“走吧。”提提冲约翰喊着。南希和约翰匆忙地从外面跑去火堆旁和大家会合。

罗杰已经挣扎着脱下了湿衣服。

“你们最好都脱下。”苏珊说。

“我会的，”约翰说，“我要游过去看一看燕子号。”

“我不管你要做什么，湿衣服必须脱下来！”苏珊对提提说，“然后再去弄点柴火来。”

“这就对了，大副先生！”南希·布莱凯特说，“让你的船员保持激情，这样整个队伍就不会涣散了。”

最终，亚马逊号海盗们为了伙伴也脱下了自己的衣服。她们像营救员一样跑过去收集木料，然后堆起了一个火堆，这火堆大得足够开一个篝火晚会。苏珊捡起之前用来营救罗杰时用的绳子，把它做成一个晾衣绳。他们将湿透的衣服尽可能拧得干一些，其中一些挂在了绳子上，剩下的展开晾在火堆旁边的石头上。

一会儿，苏珊说火已经够大了，于是约翰和南希离开火堆，回到了燕子号沉船的地方。

“我们也可以去吗？”罗杰问道。

“如果你开始感觉冷了的话，”苏珊说，“就跳进水中，用力游泳吧。”

提提和罗杰也跟着其他人离开了，只留下两个大副守在火堆旁。他们及时地跑到了岸边，看到约翰一会潜进水里，一会又突然冒出来，一点一点地向长矛峰游去。突然，他侧过半个身子潜进水里，没有溅起一点水花。现在风是向南吹的，已经不像刚刚一样猛烈了。就好像经过燕子号沉船事件后，风也需要休息一样。但是水面上仍有不小的涟漪，而且清晨的阳光已经照射到位于观望点的船员眼睛里，使得他们根本看不清楚约翰在做什么。

他在水里待了很长一段时间，最终在靠近长矛岩的地方钻了出来。约翰用一只手把持住岩石，另一只手握住了苏珊的黑色水壶，在那儿休息了一会儿。

“太棒了！”南希喊道。

“苏珊！”提提兴奋地向苏珊嚷着，“约翰捞到那只烧水的壶啦！”

约翰松开了岩石，一手拿着水壶，另一只手用来划着水。他将水壶压在水下，这样水壶不会显得太重，然后游回了岸边。

“你看见那些鸡蛋了吗？”苏珊问。她和佩吉听到南希的叫喊声后，都离开了火堆，跑到岸边去了。

“煎锅呢？”提提问，“我带了一个煎锅和一篮子鸡蛋的。”

“煎锅完好无损的在那儿呢，”约翰回答，“可是我并没有看见鸡蛋啊。鸡蛋很可能已经从篮子中散落出来，沉入湖底了。过一会儿，我会再下去一次，湖底并没有我想象中的深。”

他又游走了，潜到水里，浮出水面时手里拿着一把煎锅扔到岸边。

再一次潜水之后，约翰把装满一天食物的背包捞了上来。他将书包拉到水面上，然后双脚踢踏着湖水，只用脚就游回了岸边。

苏珊迫不及待地打开背包：“那些牛肉糜压缩饼还没有坏掉。”她拉开罐子，然后说道，“还有汤匙、刀子、果酱和黄油都完好无损呢……可是面包和油饼都湿透了……而且里面的东西都沾满了黏黏的白糖。”

“我们带了面包，”南希说，“我们还指望着跟你们一起喝茶呢。”

“装牛奶的瓶子还是完好的，”约翰说，“可是牛奶流进水中已经变成了一团白雾。”

“我们可以在斯旺森家的农场弄到牛奶，”佩吉说，“我们经常这么做，而且农场离这里也不远呢。”

“燕子号损坏很严重吗？”提提问。每一次约翰浮上水她都想问这个。

“我还不能完全肯定，”约翰回答说，“折断的桅杆和倒下的船帆把船头挡住了，缠成一团。我知道船身被穿了一个洞，但除非把它拖出来，否则我不清楚它到底损坏得有多严重。”

“我们真的能把它弄出来吗？”南希、佩吉、提提、苏珊和罗杰异口同声地问道。的确，看看那泛着涟漪的水面，除了长矛岩那可恶的石头外，真的很难相信燕子号还存在。

“我也不知道。”约翰说。

“有人经常打捞沉船的。”佩吉说。

“它会没事的，”南希也安慰说，“弗林特船长今天会来，他几分钟之内就能将它拉上来。”

这件事就这么定了。失去船已经够倒霉了，况且这次又是弗林特船长今年以来第一次来到这里加入探险队，让弗林特船长知道燕子号沉到了湖底的话会更加糟糕的。约翰钻出了水面，坐在岩石上休息，脑子里想着下一步他应该怎么做。

“我们不能让火熄灭，”苏珊说，“你们两个快点，我需要你们尽可能多弄些柴火来。在烘干衣服的时候，你们一定要保持运动，不要站在那里。先来看看怎样处理这些油饼吧，看看还能做些什么。”

“如果把油饼放在火堆旁烘干一下应该就可以了，然后再切成一片一片的煎着吃。”佩吉说。

两个大副，一等水手提提和见习水手罗杰回到火堆旁。

他们都走了之后，南希船长看着约翰船长，问道：“你已经有打捞计划了吗？”

“可能行不通。”约翰说。

虽然燕子号沉船地点离岸边这么近，却也不是触手可及的。因此船下沉的那一刻，约翰脑中就产生了一个打捞的想法。他记得，在一本书的某个地方，有个人就有过类似的经历。就是这个想法，模糊不清的一个想法，或者根本都称不上是计划的想法，让他用尽全力把燕子号的锚抛向岸边。他曾渴望拥有一个更重一点的锚。可是今天，他很高兴自己这个这么轻。他究竟做了哪些实际行动来打捞它呢？实际上，并不多。但他确实潜到了水底，想办法打捞燕子号。湖水并没有像他担心得那么深。毫无疑问，他知道弗林特船长和其他一些强壮的土著人能把它打捞上来。但他想做得更多。他想不依靠别人把燕子号救上来，因为他在船下沉时把锚抛到了沉船和岸边中间，他觉得可以把船成功打捞上岸。由于锚的绳子紧紧地固定在船头的圆形螺栓上，弄不好，他很有可能被船帆和绳子缠住，不能安全游上水面。如果他真的把绳子固定在那里了，那他可能要放弃整个计划。不过，既然绳子已经固定在那儿了，如果他能抓住锚然后拉着绳子游上岸的话……他很高兴其他人都回到火堆那儿去了。他甚至希望南希也离开。但如果计划可行的话，还是需要有个人帮忙的。

他又游下了水，仔细地丈量着长矛岩到岸边的距离，然后潜入到船的残骸所在的湖底。它躺在那里，一片漆黑，模糊不清。只有当约翰把眼睛靠近一些的时候才能勉强看到它坚实的船身，并确定眼前是什么东西。要取回水壶、煎锅和背包显然容易多了。他知道那些东西放在船的什么地方，就在中间的划手座旁边，船身最宽敞的地方。约翰可以通过触觉而不是视觉摸索寻找他想要的东西。但现在要打捞起整艘小船就困难多了。这次，他不敢靠得太近，因为船头的桅杆，绳子和船帆纠缠在一起很容易绊住他。但他需要的绳子就在那里，绳子的一端应该是系着锚的。他下水后，潜到船尾处，然后他用脚划水，用手扶着岩石，使自己靠近长矛岩底部，他试图绕着船的残骸游半圈儿，然后再从残骸处游到岸边。在前面那半圈的某个地方，他就应该找到系着锚的绳子。这比从学校的游泳池底捡出茶碟还困难得多呢。他自己数着数……十五，十六，十七……数到二十的时候他本应该上去换口气……十八，十九，二十……二十一……在那儿了！是船的绳子！但这时他已经憋不住气了，浮到了水面上，换了口气。

接着，约翰深吸了一口气，又一次潜了下去。他看到船身了，这次他不需要再从船尾游那半圈，绳子落在刚才那半圈的中间位置，现在可能就在他附近了。是的……就在那儿了……一条灰色的、长长的、像蛇一样的绳子弯弯曲曲地一直拖到棕色的船上。他抓住绳子，从底部抬起来，然后让绳子在拇指和食指之间自由滑动，顺着它游过去……到那儿之前，他就看到了锚。他松开绳子，幸运地拿起锚，脚蹬着船底，将锚移动了一码，两码，三码，直到绳子拉紧，他再也憋不住气了。

“我找到锚了。”他从水中游上来，吐了口湖水，“而且我还把它移近了一点。”

但南希已经不在岸边。这时，约翰想到他在水下待了那么久，可能她跑回去告诉其他人他已经溺水了呢。不过，在他发出愉悦的喊声来证明他没事之前，看到南希匆匆忙忙地从岩石那边跑到岸边上来，手里还拿着亚马逊号系锚的绳子。

“你找到锚了吗？”她向约翰喊道。

“是的，找到啦。”约翰回答。

“把这绳子固定到锚上，这样我们可以从岸边这里把它拉过来。如果在水下一点一点地移动它会是个相当艰难的工作啊。”

约翰知道事实的确是这样的。南希真是一个相当出色的水手，他自己本应该想到这种办法的。他游到岸边，休息了一会儿，然后拿着南希的绳子一端又跳到湖里去了。绳子的另一端握在岸边南希的手里。

“把绳子松开一些吧。”约翰嚷了一声，然后用嘴叼着绳子潜到湖里去，因为他觉得仅用一只手的话很难潜到湖底。这次，约翰没费什么力气就找到了锚，然后把它系到南希的绳子上，游回了岸边。

南希拉了拉绳子，它开始移动，然后变直绷紧。接着，南希猛地用力拽了一下。

“拉过来一点了。”

绳子松弛了一会又绷紧了。南希继续拉着绳子，而约翰突然从岸边跳入水中。燕子号的锚已经可以看见了。他抓住锚，用力地爬出来。

“好样的，南希！”他喊道，“要不是你想到这个好办法，可能要很久才能把船拖出来。”

“因为你拥有一批优秀又能干的船员，”南希说，“如果他们没有把绳子按规定盘起来，可能就会卡在某个地方了。这是千真万确的，那样的话，你就没办法把它抛到一个容易看到的地方了。”

即使现在约翰仅仅能够在靠近岸边的地方手里握着燕子号的锚，一点点地拉着绳子，但是感觉到船就在绳子的另一端，这些足以让他们看到事情是有希望的。

“我们现在可以把它拖出来啦。”南希说。

“湖底凹凸不平，”约翰说，“而且有很多石块。我先去把船底的压舱铁都清理一下吧。”

“有多少块？”

“六块，五块小一点的和一块大的。”

“但愿我能在潜水的时候转身，”南希说，“不过那也没用，我不能总在水下待着。”

“没关系，”约翰说，“我一点也不累。我可以拿着绳子，系到一个铁块上，然后我拽两下你就开始拉绳子。”

他把燕子号的锚固定到靠近船前面的石头上，松开了绳子，然后拉着它游开了。约翰游到船身的划手座那里，一手抓住划手座，双脚夹着绳子，迅速地，以他最快的速度拉着绳子的一端。绳的另一端被绕成一个圈系在了铁块上。他试着拉了两下，铁块向旁边移动了些，他猛地拽了两下绳，然后迅速浮到水面上去。

“你刚刚说还有几块来着？”南希问。

“还有五块吧，”约翰气喘吁吁地说，“但是剩下的移动起来会容易一点。我现在知道怎么做了。”

“把两块系到一起，”南希说，“他们在水中没有那么重的。”

可是，正是这种尝试给他们带来了麻烦。把绳子绕成圈套在两个铁块上，而不是一块上，这点额外工作显然超出了约翰在水下的闭气能力。因此还没固定好绳子，他就不得不冒出水面喘口气。就这样，他放弃了刚才的计划，继续每次只移动一块。他潜下去五次。每一次南希都能感觉到绳子被猛烈地拽了两下，然后每当约翰的头冒出水面的时候，她就开始拉绳子。

当套住了最后一块压舱铁后，约翰一边向岸边游着，一边说道：“现在，试图拆下桅杆和船帆是没用的。如果船帆弄坏了，我们还要修补。让我们试试直接把它拉出来吧。但是船头并不是指向这个方向。不管怎么样，我们还是试试吧，慢一点儿。”

他们握住燕子号的绳子，一开始轻轻地拉，后来越来越用力。他们已经感觉有东西开始移动了，手指上明显感到绳子那头传来的颤抖。他们继续用力拉，几乎可以听到燕子号在湖底移动的声音。

“等等，停一下，”约翰说，“我去下面看看。”

他纵身一跃又跳进了湖里，不过马上就钻出来了。

“船头已经转过来很多了，”他说，“很好，没问题的。”

他们又继续拉。绳子一点点地从水中拉出，他们能感觉到燕子号在湖底的石块上滑动。把船底的压舱铁都挪开后，燕子号显得轻快了许多。

“我看到它啦！”约翰屏住了呼吸，似乎在描述着一个奇迹的发生。

“我们两个只能做这么多了，”南希说道，“这里的岩石太陡了。我们需要把船拉到马蹄港这边来，然后再拖上岸。喂，佩吉！佩吉！我们需要他们过来一起拉绳子，而且我们要有人潜入水中推着它。”

这时，佩吉跑了过来。

“你拿着锚，”南希说，“绕着岩石前端慢慢移动，千万不要太用力。”

“他们把船弄出来啦。”佩吉扯着嗓门大喊着。

“他们把它弄出来了。”罗杰吃惊地回应着。听到这个消息，他立刻放下了刚刚收集的浮木，飞速向岸边的那块岩石跑去。提提在后面跟着他，苏珊又多看了一眼晾衣绳，确保没有衣服会被火堆烤到以后，也跟着跑出去了。

“还有半分钟。”约翰船长只露个头在水面上，他已经感觉到燕子号的船头了，“我需要切断船帆升降索，这样我们可以单独取回桅杆和船帆。你们谁有刀子？”

由于大家都还没穿外套呢，谁手上也没有刀子。

“佩吉，去亚马逊号上把刀子拿来！”南希说，“快一点！这期间，我会继续拉着锚。刀子就在我们衣服旁边。”

“不用了。”约翰在水里摸索着，“还有一码远我就能够到它了，可以直接从钩子上解下来。现在，应该差不多能够到了。哦，天呀，缠住了。老天，我忘了帆杆已经固定住了。”他使劲扯着被水浸透的绳索，挣扎着，不过最后还是很开心，佩吉拿来了刀了。约翰切了一下，掉了一些碎末，又切了几次，桅杆和船帆随着升降索从船的残骸中掉了下来（燕子号和亚马逊号都没有遮盖的帆布），像一块系着链条的圆木。南希也跳进水里帮忙。苏珊和提提看到他们拉着棕色的船帆来到了岸边，就立刻从岩石上跳了下去迎接他们。船帆上浸满了水，几乎变成了黑色，仍然缠绕在桅杆上。大家一起把它拉上了岸。

“船帆毁坏得严重吗？”约翰一边忙着从折断的桅杆上将船帆解下，一边问道。

“有一块破得比较厉害，”苏珊大副说，“还有一小块，不过没什么要紧的。放心吧，没有什么是我们修补不了的。”

“把帆展开，放在岩石上晒一晒吧。”

接着，损坏的桅杆和升降索也被打捞上岸。剩下的一块桅杆不知怎么被卡住了，仍然在水下的燕子号上。不过，尽管还在水下，站在岩石上的人还是可以看见约翰和南希正用手推着它呢。这时的燕子号已经跟在长矛岩下沉时的情景不一样了，那时完全看不到船的影子哩。即使水深只有八九尺，但看起来就像已经沉到几百尺深的水下一样。而此时，所有人的心中都充满希望，每次的叫喊声中都带着愉悦和欢乐。

“你们两个继续拉绳子。快去帮一下佩吉！”南希船长情不自禁地发号施令。“我和苏珊会保持这边的平稳，约翰船长要看看船头是否有礁石。”

“你们准备好了吗？”佩吉说。

“慢一点！慢一点！不要太快！”约翰喊着。

“嘿哟！”南希喊着口号。

“燕子号出来啦！燕子号出来啦！”

“别太快，”约翰又重复了一遍，“慢点来！湖底是凹凸不平的……”他站在船身的外侧，深水区的边缘。说完这句，立刻咕咚一声滑倒在水里了。

只要他们绕过陆岬到港湾里面来就容易多了。现在，他们正拖着船沿着一段相对平滑的湖底往岸边前进。

“南希，要我说，”约翰突然说道，“把船举起来怎么样？”

“前面拉稳了！保持各自位置别动！”南希又喊着，“现在，船长和大副先生，你们都准备好了吗？”

南希、苏珊和约翰说着，一起举起了已经成为空壳的燕子号。它在水下面还是很轻的。然后，他们抬着燕子号走向浅水区。

“如果我们能把它弄出去的话，就从这里开始拖吧，”南希说，“现在，大家各就各位。一起往后拉！嘿哟，升起来！嘿哟，升起来！”

燕子号的船头开始露出了水面，接着甲板也大部分浮出水面，但船尾仍在水下。

“保持平稳！”约翰说，“不要拉得太快了，整个船马上就要露出来啦。”

“噢，可怜的小船！”提提说。

当船的前踵艏柱脚[1]也露出水面时，提提看到了船壳板上那个可恶的洞。此时，湖水正从这个洞流出船外，就像沉船时一样快。

他们休息了一会儿，然后继续往上拉。他们齐心协力，已经将半个船身拉了上来。底板移动了一些，而且卡在了划手座底下，因此并没有漂走。约翰将它们取了出来。船上的抽水机还在，罗杰跳进去，开始用抽水机抽船尾的积水。苏珊发现了牛奶瓶，把剩下的一点牛奶倒入水中，那是昨天他们出发前苏珊装进去的，当时还是稠稠的鲜牛奶哩。后来她又找到了瓶盖儿。接着，探险家们又一起抬起燕子号的横梁，转动一下，将船里最后的水清空。最后，他们把船彻底翻转过来，看看要怎么样进行修补。

这种船身倾侧检修是很重要的，这群小探险家们开始研究燕子号的损坏程度时，甚至比海盗们在太平洋小岛的沙滩上看到船底净是金沙时还茫然不知所措。船身的油漆有很多地方都被划掉了，不过，到目前为止，除了船头被长矛岩击穿而造成的一个洞外，没看见其他严重的损坏。

“现在，”南希说，“你已经把它打捞上来了，这是最主要的。”

“这还只是刚刚开始呢。”约翰说。

当他们已经把燕子号的残骸拖上沙滩，正盯着破了洞的船板时，一个来自马蹄港口的喊叫声吸引了他们的注意。他们转过身，看见一艘划艇正穿梭在两个陆岬之间。船上只有一个身材高大的男人，正来回地推拉膝盖下的船桨。他脱下宽檐帽儿，用一块很大的红绿色手绢擦了擦额头。

“吉姆舅舅，你好！”佩吉向他喊道。

“弗林特船长终于来啦！”提提说。

“太好了，万岁！”罗杰兴奋地喊着。

“现在你不用担心啦，”南希看着约翰，说道，“至少燕子号已经不在湖底啦。”

[1] 前踵艏柱脚，连接船首与船骨。

第七章　船木匠：弗林特船长

取来一匹丝绸和衣料
编织在一起
把它裹在船上
却不能阻止海水流进
——帕特里克·斯宾塞民谣

“你们好啊！”弗林特船长说，“发生什么事了？桅杆丢了吗？”

弗林特船长看到船帆铺在岸边的岩石上，旁边还放着折断的桅杆。

“比那糟糕多了，”罗杰兴奋地说，“我们是游上岸的呢。”

这显然不是燕子号船员们所期待的迎接弗林特船长的方式。自从去年圣诞节假期，他们在弗林特船长的船舱里编故事之后，就再也没见过他呢。他们本来期望能在船屋上看见他，看见桅杆上飘扬的大象船旗，看见他再一次准备点燃船上的大炮迎接他们，或者看见他将大鱼叉扔进海里，捕获最大品种的鲨鱼。可惜，当他们沿路行驶到野猫岛的时候，并没有看见弗林特船长，也没有他的热烈欢迎。那时，罗杰还与提提讨论过这个问题，他认为就算用炮声迎接他们，也不会浪费多少弹药的。可他根本就不住在船屋里，那时他已经成为一个彻彻底底的“大陆居民”了。这都归咎于那个制造麻烦的姑奶奶。他昨天没跟南希和佩吉在一起，结果现在，他到了这里看到的却是船的残骸，还发现情况不乐观。这里的人，可能只有罗杰会顺其自然，并且对事情的进展满意吧。

弗林特船长并没有开口问他们怎么会弄成这样。他一看到这种情况就知道发生了严重的事故，因此他只是把船划到岸边，跳出来将他的小划艇拖出水面，然后走到那艘受损的船旁边。

“失去了一根桅杆？还戳了个洞？好吧，这种事情难免会发生的。”

就像南希经常说的，她的吉姆舅舅最好的一点就是从来不过问麻烦是怎么惹上的。

弗林特船长仔细地看着燕子号船板上的洞，除了问问鹦鹉的情况，其他的什么也没说。

“鹦鹉很好。”提提说，“它正在岛上看守营地呢。它还不知道燕子号出了事儿。”

“你把皮特鸭留下了？”

提提看着他，有点不高兴。可毕竟大家都知道皮特鸭的故事。

“你知道皮特鸭只是故事中的人物。”提提说。

“当然，”弗林特船长说着便弯下了腰，将手伸进洞里看船的肋材有没有损坏，“我知道。如果暴风雨来临，将海盗船掀翻了，他还会忙着从加勒比海送我们回家吗？”

“不会的，”提提说道，“那样的话，就只能待在船上，钓钓鱼了。”

弗林特船长站了起来。

“这工作得造船的人来做，”他说，“我要划过去，让他们派个救援队来。”

“我们不能把它补好吗？”约翰说，“我想在告诉妈妈这件事之前，先把它弄去里约港看看要花多少钱才能修理好。这是为什么我们把它打捞上来的原因。”

“是打捞上来的？”弗林特船长说，“它原来在哪里来着？”

“船撞到了长矛岩上，然后立刻下沉了。”

“我们不得不游过来。”罗杰说。

“是你们把它从那儿打捞上来的？”

“是的。”

“靠你们自己？真是好样儿的啊！你们是怎么处理船里的压舱铁和船锚的呢？”

“在船沉之前将锚抛了出去，使我们打捞沉船的时候省了不少力气。”

“那些压舱铁呢？”

“约翰一次次地潜入水中，然后每次拉上来一块。”南希补充说。

“做得真是棒极了！”弗林特船长说，“你们不用担心造船的人，修船也不会花费很多，我从出版商那里又得到了一笔钱。你们知道，要不是你们帮我保留下那本书[1]，它根本没机会出版呢。所以，你们跟我一样有权得到这笔钱。不必告诉妈妈这件事啦。”

苏珊和约翰互相望了一眼。罗杰没怎么注意听，他正看着弗林特船长小划艇里的那个盒子呢。提提立刻说道：“这是真的吗？”

“当然，”弗林特船长果断地回答，“你们去寻宝，结果找到了我的书，这本书就这样落到了出版商手里。他们像对待西班牙金币一样，就好像你们在鸬鹚岛上发现了一两桶西班牙古金币似的。所以，你们不必担心钱的问题啦。”

“不管怎么样，我还是要回去告诉妈妈这件事，”约翰说，“再看看我们接下来能做什么。我们可能要回霍利豪威了。”

“可能再也不能航海了。”提提说。

“可我们才刚刚开始呢。”罗杰说道。他听得出来，提提的话说明事情还是挺严重的。

“还可以做些补救工作的，”南希绝望地说，“当然，我们还可以把亚马逊号借给他们。”

“不，不，不。”约翰、苏珊和提提都不会同意这么做的。虽然罗杰没有想过要去亚马逊号上继续当个瞭望员——亚马逊号的桅杆旁根本没有那么大的空间，但是他一点也不介意这么做。

弗林特船长挨个看了一遍他们的表情，然后又看了一眼燕子号上破损的船壳板，最后说：“你们的船沉了，为什么不把它当成一次海难呢？就待在这里，充分利用这段时间修好船，再重新起航。”

“妈妈不会同意我们这么做的。对她来说，我们来错了地方，这是湖的另一面啦。”

---

[1] 《形形色色的苔藓》，滚石著，1930年出版，1931年第八版。

“为什么不呢？”佩吉说，“这正是我们要来的地方呀。”

“其实，这里并不比野猫岛远多少。”弗林特船长接着说，“仔细研究一下这个小岛，你们需要找到住的地方。在这儿扎个帐篷吧，弄个好点的。南希和佩吉会帮你们把东西运过来。我和约翰船长会检查一下燕子号，看看怎样修理。等我们去了里约港，再把沃克夫人带来，我打赌，如果她看到你们做得这么出色的话，她会让你们留下来的。就这么定了，小海盗们，行动起来吧。小船长，我们怎么才能堵上这个洞？我可不想在回里约港的路上沉船呀。”

“在《帕特里克·斯宾塞民谣》中，”提提突然说，“他们用丝绸和衣服将船裹起来，但海水还是渗进来了。”

“我们做得要比他们好，”弗林特船长说，“我们需要一些油帆布。”

“我们可以用一点旧的防潮布，”约翰说，“在装杂物的帐篷里有块剩余的。”

“波利正守在那儿呢。”

“喂，提提，你跟着我们一起去吗？”南希船长喊道。她在亚马逊号上准备起航了。

“我们也去，”弗林特船长说，“提提，我们给你留着位置呢。”

几分钟之后，弗林特船长用他的划艇载着约翰和提提，紧紧地跟在亚马逊号后面。亚马逊号由南希开船，上面载着苏珊和罗杰。佩吉一个人待在马蹄港，照看火堆，当晾在石头上的衣服一面已经晒干的时候，把它们翻过来。苏珊不得不将火堆留给佩吉照看，因为只有她知道需要的那些物品放在哪里，她要回到岛上收拾那个十分耀眼的营地。

要不是大家如此匆匆忙忙，野猫岛上那个漂亮的营地是值得大家好好享受一下的。弗林特船长和约翰一拿到闲置的防潮布，装着钓鱼工具的盒子，锤子和装着各种钉子的罐子就迫不及待地离开了，根本没想到再多拿一些东西。南希船长像指使奴隶一样，对大家发号施令。“快点，快点，”她说着，“跳上去，在船被拆成碎片前，尽可能留下所有有用的东西。”

“可这不是船呀，”罗杰说，“这可是一座岛哩。”

“这岛建得这么结实，真是你的幸运！”南希说，“要不在很久之前可能就坍塌了。”

“而且，潮水可能突然袭来，淹没一切。”提提一边卷起她的睡袋，一边说着。

“这些够运一次的了，”南希看着已经装满的货物说道，“我们可不想再沉船了。提提，小心，船的护栏没有高过鹦鹉的笼子，这样它会被水弄湿的。把笼子放在帐篷和睡袋之间吧。喂，罗杰，快过来！我们要再运一趟。绕到船头这边来，尽量不要弄湿帐篷，快爬上来。”

当亚马逊号装满一船货物运到马蹄港的沙滩时，弗林特和约翰船长早就运完第一趟了。他们已经将划艇停在岸边，忙着干活呢。他们从防潮布上剪下一大块防水帆布补丁。（弗林特船长说：“在沉船的时候，别想扯破一丁点儿的防水布。”）防水布被牢牢地缝合在一起，弗林特船长正用锤子使劲地敲呢。“尽管听船木匠的吧！”亚马逊号驶进马蹄港时，提提说道。

弗林特船长将一个崭新的圆头钉子穿透补丁的边缘，然后随着帆布钉在船壳板上，尽可能地敲紧。约翰从旧烟盒的杂货中挑拣出最小的圆头钉子，这是霍利豪威港的农夫给他的。弗林特船长嘴上叼着两三枚，这样钉完一枚可以迅速地钉下一枚。“我最后一次做这样的工作。”弗林特船长嘴里还叼着钉子，于是抿着嘴说。

“是有一次我的快艇在加瓦的海岸上发生了碰撞，那次做的补丁比这次要好。（他用锤子敲了下钉子，发出‘砰’的一声。）我们将橡胶融化，然后补在上面。（‘砰！’又敲了一下。）不用这样。（‘砰！’）如果有橡胶的话，就不用这样了。（‘砰！’）再拿些钉子来，小船长，我只有最后一个了。”

亚马逊号把货物卸载在沙滩上，然后又返回去继续运。这次苏珊留在马蹄港了，佩吉则上了船，和其他人一起去了野猫岛。佩吉在看弗林特船长修补燕子号的时候几乎忘记了自己要看着火堆的。另外，苏珊想到今天大家总是在游泳和潜水，要是船长和剩下的船员能够吃到一些干粮就好了。她打开牛肉糜压缩罐头，用刚刚从野猫岛拿过来的面包做了些厚厚的肉糜三明治。尽管罗杰和佩吉认为那些在水中泡过的香籽蛋糕处理一下还是可以吃的，但苏珊始终觉得随船落入水中的蛋糕不能再吃了。

当亚马逊号第二次带着货物返航时，南希船长报告说岛上已经搬空了；苏珊大副已经准备好了她的三明治；弗林特船长已经将补丁钉在船的破洞处，然后召集大家一起帮忙把船重新翻过来。燕子号翻了过来，底板接触到地面，然后被推进水里。湖水立刻通过水下的补丁渗进船里，约翰船长让他们赶紧把压舱铁放进船尾。约翰、佩吉、南希和苏珊立刻沿着陆岬的岩石跑到堆着压舱铁的地方，当时南希从湖里将它们拖上来以后堆放在那儿。他们一次搬来一块，蹚过浅浅的水岸，送到船尾上去。每放一块，船头都会翘起来一点，渐渐高出水面。直到整个补丁已经露在水面上了，湖水也不再渗进来。然后，罗杰跳上燕子号尽可能将渗进船里的水都舀出来。他们从船尾抛下了锚，将船停在岸边。弗林特船长说他们最好歇一会儿，吃些食物，然后看看到他们吃完时能渗进来多少水。

“我还没煮茶水呢。”苏珊说。

“茶水？”弗林特船长说，“谁要喝茶水啊？我都忘记了，（他指着罗杰曾在他的划艇上看到过的那个盒子。）那个盒子装满了姜酒。我想着它们可能用得上，就带来啦。厨娘告诉我说她还没来得及给你们准备烈酒，你们就离开了。”

任何来到马蹄港沙滩上的人，只要看到眼前堆满的来自野猫岛营地上的各种东西，都会明白这儿曾发生过沉船事故。杂物堆成一座小山一样：有杂货盒子、松松散散地卷着的帐篷、小地毯、鹦鹉笼子、睡袋、钓鱼竿、苏珊的火堆、挂在晾衣绳上和铺在岩石上准备晒干的衣服。亚马逊号海盗们的衣服是唯一干着的，但也堆在沙滩上，因为她们把船划出去救援的时候，就随手将放在上面的衣服扔在了一边。现在，没人分得清哪些是经历海难的，哪些不是。燕子号和亚马逊号的船员都冲向湖里，准备在吃东西前再洗个澡。坐在他们中间的弗林特船长穿着法兰绒裤子，白色的衬衫，袖子卷到胳膊肘。他一边拿着瓶子喝姜酒，一边大口地咬着一大块三明治，看起来像一个遭遇海难的孤僻水手站在一群身上画满花斑纹的小野人中间。

弗林特船长听着坐在火堆周围的船员们你一言我一语地说着整个故事，偶尔插一两句话，但次数不多，最后总算把故事听完整了。他听到罗杰是如何被从肆虐的浪中拉上了岸；他听到南希和佩吉看着燕子号如何从野猫岛上逆风驶来；他听到他们是如何打捞上来船桨和其他在水上漂浮的货物；他听到提提是怎样找到望远镜，约翰是如何在最后的时刻将锚扔向岸边，并且能在船下沉的时候还保持清醒；他听到他们潜水的经历，如何打捞起水壶、煎锅和压舱铁；他听到他们最终如何将燕子号拖上马蹄港，还把船斜翻修理成了现在这个样子。这些碎片似的故事顺序完全颠倒了，但弗林特船长脑中已把它们还原完整，清楚地明白到底发生了什么。

“我想说一件事，”他最后说，“那就是，你们的船上有我见过的最明智的大副。在这种事故中，很多大副会哭哭啼啼地用细绳拴敲脑袋，焦急得不得了。但上千个人中也没有这么冷静的大副，会理智地去生火，做个晾衣绳，然后开始为整船的船员烘干衣服。小船长的衣服晒得怎么样了，大副先生？”

“已经没有之前那么湿了，”苏珊说，“但放在火堆旁边烤，还会有点潮气。”

“好吧，不用再烘干了，直接穿上吧。现在，我和约翰要马上离开，他需要一个工具箱。来吧，船长，让我们去看看船洞那里渗进了多少水。”

约翰蹚水走过去，发现虽然有补丁的地方已经被抬到水面以上了，还是漏进了很多水。

“肯定会有点水的，”弗林特船长说，“但如果航程太长的话，漏进来的水会比这些多很多。如果你要让它自己扬帆漂到里约港，我想还是可以的。这样，你会顺风行驶，现在风向已经转向南面了。把它牵上岸，让我们看看还能临时做些什么或配备些什么应急的东西吧。”

约翰牵着燕子号的船头到沙滩上来，而南希和佩吉则迅速跑到岩石上取回桅杆和船帆。尽管船帆不像之前那样完全湿透，但还是很潮湿。弗林特船长切掉那只已经折断的桅杆上的木屑，然后插到船帆座上。约翰将船帆收起来，拿到船上去。当他们准备扬起帆时才发现，船帆对于桅杆来说已经太大了。折断的桅杆变短了，以至于帆桁被吊起时，帆杠还留在甲板上哩。

“我们能修好它。”弗林特船长说。

帆杠的钳口刚好可以绕在桅杆上。弗林特船长把这些钳口拉出来，这样他可以将帆杠一圈一圈地缠起来。他卷着帆杠，同时也将连着帆杠的船帆卷了起来。当顶部的船帆比下面的窄一些时，船长已经卷起很长一块了，拖在上面的船帆后面。当船帆随着帆杠被一圈一圈地卷起，帆杠已经快接近帆桁底端，三角小船帆也只剩下一小块了。

“它会把你带到里约港的，”弗林特船长说，“我们会在帆后缘和前缘底部都绕上几圈绳子。绕在桅杆上的钳口会阻止绳子自动解开。卷起来的船帆不会松掉，这个小船帆足够抵挡飓风啦。”

他们升起船帆，这次帆杠离甲板上足有一英尺那么远哩。

“现在可以穿上衣服了吗？”

苏珊大副还在烘干船长的衣服。他迅速地脱下泳衣，穿上了衬衫和短裤。他拿上沙滩鞋，却没有穿在脚上，而是放在燕子号中间的划手座上让它继续晒太阳。

“那三角旗要怎么处理呢？”提提问。当折断的桅杆和船帆被打捞上岸时，提提解下上面挂着的三角旗。

“重新升起旗子是再好不过的了。”约翰船长说道。

船帆又被降下了一点，以便旗子的升降索能穿过桅杆顶端的滑轮。当桅杆稳定之后，提提自己升起了画着燕子的小旗，并固定住。这时，船帆也升起来了，所有人都等着启程出发。

“快上来，小船长！”弗林特船长说，“现在桅杆已经装上了，你要站在船尾的压舱铁旁边，这样船头就可以扬起来。哦，不，不，还要把锚放在船尾上，你需要把重量尽量都集中到船尾上。”说着，他将燕子号推到水里。“嗨！南希！你仍然是个南海岛民……快把船拖到海岬那里试一下。”说完，他返回自己的划艇。

南希沿着河岸一路蹚着水，手里牵着燕子号直到海岬边上才停下。这时，桅杆残枝上的深棕色小船帆要开始接受风的挑战了。

“好吧，”约翰说，“它要试着起航了。出发吧！”

他坐在燕子号船尾，拉下舵柄，扯出一块帆杠。此时的燕子号船头扬在水面之上，小破帆在风中像袋子一样鼓起，开始驶离马蹄港。现在，小船上唯一保持原样的东西就是提提的燕子旗了，它正在桅杆的顶端随风飘扬着，似乎丝毫没有受到沉船事件影响。

“南希，已经送这么远了，回营地上帮一帮你的伙伴们吧。”弗林特船长一边说，一边划着小艇穿过两海岬之间。

“我们随后就来！”南希喊着，迅速跑回了岸上。其他人都已准备好让亚马逊号起航了。提提、苏珊和罗杰已经登上了船，佩吉推船下水，亚马逊号船长赶在最后一刻跳上了船。当船到达马蹄港两海岬之间时，船员开始用力划桨。南希将帆升起，这样亚马逊号开始全力加速，追赶在前面的同行船只。不一会儿，就赶上了燕子号。燕子号竖起应急帆，看起来更像一个浮筒而不是小船。

“这样已经很好了，”弗林特船长最后说，“很高兴你们送我们一段，但在把沃克夫人带来之前，你们一定要保证营地干干净净，井然有序的。”

“还没有煮下午茶的牛奶呢，”苏珊说，“我们不认识去农场的路。”

过一会儿，亚马逊号超过了划艇和那艘受了伤却很勇敢的燕子号。亚马逊号海盗们高喊：“祝你们好运！”然后驾着船顺风向马蹄港驶去。约翰船长驾着船直行到里约港，弗林特船长的划艇跟在后面，时不时地划两下，让划艇和燕子号保持一定的距离。

第八章　里约港和霍利豪威港

"他们看起来很开心呀。"弗林特船长一边看着正返回马蹄港的亚马逊号，一边说道。

"他们才不开心呢！"约翰船长说。

"我知道他们不开心，但下一步最好是看起来要开开心心的。"

约翰船长知道自己看起来不高兴，因为他心里确实高兴不起来。

"不管怎么说，都不是他们的错。"约翰最后说道，"全怪我。"

弗林特船长用力地划了一下桨，使他的小划艇能和湖上跌跌撞撞的燕子号齐头并进。

"你以前划船的时候撞过几次呢？"弗林特船长平静地问道。

"从来没有过，"约翰回答说，"至少没有像这次这么严重。"

"那么你是幸运的，"弗林特船长说，"每个人迟早都会遇到这种事故的。"

"要是我当初及时收帆，这一切就不会发生了。"约翰一边说着，一边目不转睛地盯着里约港的入口，"要是我将帆收起的话，就不会两次都想着转帆，而且，我本应该在大风吹起之前就收帆的。我本应该想到船帆被挂住之后继续航行是不对的。我本应该想到无论我想还是不想，都是会转帆的。我本来有足够的时间去做。我应该……"

"无论如何，"弗林特船长说，"你没有失去一位船员，而且已经打捞上来几乎所有的货物。现在，你让燕子号复活，还让它扬帆行驶到港口来。事情本可能会更糟糕的，但你没让它们发生。不要过度担忧了。一件事，做完了就做完了，如果做错了可以下次尝试另一种方式。担忧和发愁不会造就一个好水手的。”

“这不是担忧和发愁，”约翰说，“我只是恨自己这么笨。”

“嗯。”弗林特船长迟疑了一下，说道，“我不介意打个赌，在这事儿发生之前你肯定也犯过很多次傻。有时候我们都是笨蛋，只是我们偶然才发现而已。”

约翰记起去年夏天夜里的一次航行经历。在燕子号驶到岛的背面找到避风港之前，也同样经历了一场暴风雨。燕子号经过时，激起的浪花打在岩石上，发出可怕的巨大的声响。那时，更恐怖的事情都有可能发生。至少，那次他表现的和今早一样笨拙，只是那次什么事故都没发生，而今天可怜的燕子号船底被戳了一个洞，还沉到水底了。很长一段时间，他都没有讲话。事情有可能变得更糟糕的。不过，好在燕子号已经不在湖底了。要是它撞到一艘汽船上沉到深水区呢？要是罗杰或者提提也跟着船沉到水底呢？

“我想知道妈妈是怎么看待这件事的！”约翰说。

“即使你们在湖另一面的岛上，她如果知道你们在荒凉的岛上待了几天也会不高兴的，对于这个，我一点都不奇怪。”

那正是约翰所害怕的，妈妈一定会认为他们是一群笨蛋，反对爸爸的观点。爸爸说过，笨蛋才会被淹死。要是她不允许大家在剩下的假期里继续航行了该怎么办？

他向右边望去，达恩峰在正对着船舷的方向，而他们在往霍利豪威港行驶。对他来说，他们离岸边太远了，看不清楚是不是妈妈正坐在农场外面。而约翰更希望是爸爸坐在那里。他不愿想象妈妈看到整洁、干净而且装备齐全的小燕子号在经历了沉船事件后，回到里约会有什么反应。当船儿驶过了港湾对面能看到他们的地方时，约翰显得十分高兴。

霍利豪威港现在看不到了，燕子号和它的同行小船正在驶入长岛和里约小镇河岸之间的航道。在阳光的照耀下，小镇上升起一团团蓝色的烟。里约港沿岸的这一侧都是造船厂，像划艇、跟燕子号一样大的小船、赛艇和给那些不会操控船帆的人设计的摩托艇都是在这里制造的。这里有船库和小船坞。离水边几码远的地方，有些库房，旁边就有铁路线直通到湖上。装了轮子的运货车停在铁路上，可以直接将船运到水里或者把船从水里拉上来。其中一个运货车载的是一艘赛艇，它的桅杆比库房的房顶还高。船帆整洁地在船帆套子里卷曲着，在阳光照耀下，上面的油漆闪出亮光。赛艇随时准备着滑向水里，像其他船只一样，漂在水上展现自己的生命力。

水边的船库和小屋大大减弱了风力，弗林特船长划到燕子号前面，穿过被茂密的树木遮掩的码头看过去，大量的电动划艇和游艇系在码头上。他在寻找一个最合适的位置能让一艘受损的船平稳上岸。他找到了他想要的，然后叫燕子号船长过来："小船长，把船弄这边儿来。"

约翰松开原本系在船中部划手座位置的船帆升降索，然后迅速跑过去从吊环上解开帆桁，把它和船帆一起平放在船中。他跑过去时，船的重心发生了偏移，燕子号船头立刻下沉了许多，船头的补丁也泡进水里。湖水从补丁边缘的缝隙中流入。不知怎么，在整个航行中，船上已经积存了相当量的水了。他迅速爬回船尾，水线已经超过了船尾的压舱铁。

"幸好我把沙滩鞋晾在了划手座上，"他说，"要是我刚才穿上的话，现在又湿透了。"

约翰用桨划着船，然后在一大片绿色树荫处停下了，两边是被茂密的树木遮掩的码头。小划艇在燕子号旁边停住，弗林特船长从划艇中迈了出来。

"到现在为止，状况不错，"他说，"而且非常不错！我马上回来啊。"说着，弗林特船长朝两排库房之间的小巷走去，留下约翰一个人看着两条船。

站在这儿，约翰感觉自己更像见习水手而不是船长。他擦了擦可怜的燕子号，将三角旗降下，卷在小木棍上，放在划艇的船头。他看到一艘汽船经过，激起的浪花冲击着划艇起起伏伏，于是将划艇拉上来一两英尺。一切能做的做完之后，他开始用眼睛、鼻子和耳朵了解这个新奇的地方。对水手们来说，这里有一些令人愉快的玩意儿。到处都是一股涂了焦油的绳子的味道，这是所有好闻的气味中最让人激动的一种。

他听到锤子的敲击声，敲两下停一下，从绿荫遮掩的库房里面一阵又一阵地传来。在库房里，一个大人和一个跟自己一般年龄的男孩正忙着将铜钉敲进一艘小艇的船壳板。敲击声还不是唯一的声音呢。他听到刨子刨木材而发出的嗖嗖声，船桨就是用刨子将弯曲的木条刨成的。更远一点，他听到锯木板的嘈杂声。再远一点的库房里，约翰站在离燕子号一两码的地方能看到一个长长的木箱子，还冒着蒸汽。箱子不深也不宽，但比半个库房还长。约翰知道，那箱子是用蒸汽来熏木板的，这样木板可以弯曲成造船时需要的形状。

这里，时间总是转瞬即逝，不过弗林特船长的确只离开几分钟就回来了。他领来造船的头儿——一个矮小却肌肉发达的男人。他红色的脸颊满是笑容，一双表示欢迎的眼睛里透着高兴。他对约翰说今天真是不错的一天。想到今天发生的一切，约翰可并不这么认为。那人看了看燕子号船头外面的补丁，敲了敲补丁周围的船壳板，摸了下里面的船骨，然后拿起折断的桅杆，好像在他眼里，发生沉船是再自然不过的了。当他看着燕子号的时候，可能没人知道，这是湖上多么重要的一艘小船啊。至少六个人都指望着马上把它修好来继续过暑假呢！

“不好意思，特纳先生，”他说，“我们现在都很忙，所以我不想把工人从别的工作中调过来……”

接着，弗林特船长拉着他的胳膊，走进小巷中，然后消失了。几分钟之后，等他们回来时，造船的人满脸笑容。事情看起来有了转机，不像约翰几分钟之前想的那么绝望了。

“你们把小船直接从湖底打捞上来，而没有派人来向我们求援，真棒！”造船人对约翰说，“这样为我们这里繁忙的工人们省下了至少一两天的时间呢。我会把这些木板拆走，然后换上新的，看看是否还有其他需要做的，但我保证我们会抓紧时间。”

“那么它真的可以修好吗？”约翰问。

“比新船还好，”造船人自信地说，“它会比一条新船还好呢，是吧，罗伯特？”最后一句他是说给另一个造船的人听的。后者穿着无袖衬衫，刚才从库房中走出来，抖了抖裤子上落满的锯木屑。第二个造船人和弗林特船长握了握手，对约翰点下头，和第一个人一样，他敲了下破损的船壳板，将头向里面探去看了看。

“这船发生过撞击。”他后来说。

“是的，”前面一个造船人说，“不过我们能把它修理得比新船还好，对吧？”

“那还用问！”第二个人笑着说道。

“那就好了，”弗林特船长说，“另外，别忘了我可指望你们尽快完成这项工作呢。”

“没错，”造船的头儿说，“我们可没工夫浪费时间。”

约翰跟着弗林特船长跳进划艇，造船人推了一把，划艇穿过两边的码头划到水中，没有碰到在两边停泊的摩托艇。

“我们要划四只桨，”弗林特船长拿出桨，继续说，“嗯！造船者总是这么答应别人，不过我觉得老詹姆斯这次是认真的。我告诉他没有燕子号的话，每天都是无聊的，我想他记在心里了。好了，现在让我们向霍利豪威出发吧！”

约翰觉得去霍利豪威港要比去里约港还糟糕。他不知道当妈妈听到他们四个人从沉船中游出来时会说什么，尽管他们只游了几码远。弗林特船长握着双桨，划得那么快，约翰只好跟着快点儿划，根本没时间去担心见到妈妈后会怎样。

“右边的桨放松一些，拉左边的。”弗林特船长一边喊着，一边划着小船快速地绕过港口的障碍物，径直向霍利豪威的船库驶去。就在两天前，燕子号和它的船员们还高高兴兴地从那里出发。

过了一会儿，弗林特船长减缓了速度，约翰终于有机会扭过头向前望一眼。他们已经接近码头了，再向上，能看到田地上方的旧农场，一个穿着蓝色连衣裙的人正坐在农场外的椅子上。那一定是妈妈，她旁边那个蓝色小不点肯定是小布莱基特了，她正在草地上玩耍呢。

“现在得慢点了。”弗林特船长说。

过了一会儿，约翰爬上了码头。

“去系船索吧，”弗林特船长说，“我去跟你妈妈谈谈。如果你告诉她这个新闻，你肯定先说燕子号的事儿，然后她会以为一半船员都淹死了呢。还是让我来告诉她更好些，这样她才会渐渐明白她是幸运的，没有失去你们当中的任何一个孩子。”

约翰还没来得及回答，弗林特船长就跳上了码头，穿过大门，向田地走去。

约翰思索着。他真的会从他弄沉燕子号开始向妈妈讲起吗？当然，他会这么做。别的还能说些什么呢？究竟弗林特船长会怎样讲呢？

他抬头看着那条长长的陡坡。一年前的一天，当爸爸打电话过来说他们可以驾着燕子号出海航行，还可以在岛上扎营露宿的时候，罗杰高兴得站在那田地的陡坡上张着双手，像一艘大帆船那样跑着。约翰看到弗林特船长在挥舞着帽子，用他的红绿色手绢擦了擦光秃秃的头顶，和妈妈还有小布莱基特握了握手。然后，他坐在了草坪上。一切看起来是那么平和、开心，好像没有任何关于沉船的消息。突然，妈妈从椅子上跳了起来。

“他告诉她了。”约翰自言自语道。

不过，她很快又坐下，这次表现得不再那么镇静了。她身体前倾，好像在问些问题。然后又把头转过去，“船长在逗妈妈开心呢。”约翰想。接着，他看到小布莱基特穿过大门走到农场去，而农场主杰克逊先生正从谷仓那边的角落里走过来。弗林特船长走上前去跟他握了握手，谈论些什么。“他在告诉杰克逊先生有关燕子号的事儿吧。”这时，小布莱基特又跑回来，头上戴着一顶阔边遮阳帽，手里还挥舞着一顶。保姆跟着从花园的小门走了进来。妈妈戴上布莱基特给她的蓝色帽子。“布莱基特在帮妈妈系帽子上的带子，她总是这样。”约翰喃喃地说道。接着，他看到保姆在门口挥了挥手，布莱基特也挥挥手道别。妈妈和弗林特船长沿着田地下来，向船库走来，而小布莱基特一直在他们身边手舞足蹈的。

妈妈一直在笑。毫无疑问，她看起来就像没事发生一样。一切都会没事的。

“嗨，小布莱基特！”当布莱基特跑过来扑在约翰怀里的时候，他问候她。不过，他的眼睛始终盯在妈妈和弗林特船长身上，他们正从船库的一角向码头这边走来。

“我才为他们做了这么一点而已，”弗林特船长继续说着，“他们为我挽救了《复杂的沼泽地》。至少，我也要为他们修好燕子号，再说，他们已经做了很多挽救措施了，把船重新修好不会是个大工程的。但是，如果要他们等到船修好的话，他们的假期计划会变成一团乱麻。无论怎样，你知道，他们经历这些已经够倒霉的了。我们也计划过很多事情，可是姑姑跟我们在一起的时候，我们也什么都做不了。”

“这儿离马蹄港有多远？”

“没比野猫岛远多少。”

“但是在湖的另一面。”

“玛丽·斯旺森农场的牛奶每天都要用我的划艇运到镇上去，我很乐意为孩子们当邮差，或者给他们送些货物。当然他们也可以搭乘我的船。”他补充说。

“我不想他们成为碍事儿的人。”妈妈不好意思地说。

“他们不会碍事儿的，夫人。”弗林特船长说。

约翰看见了妈妈，妈妈也看见了他。他们互相亲吻脸颊后，妈妈又看了他一眼，眼睛里露出一丝笑容。

“好吧，”妈妈说，“现在你们都成了《鲁宾逊漂流记》里的主角啦，数你入戏最快呢。”

“我们不是故意制造沉船事件的，”约翰解释说，“那都是我的错。我以为不用转帆就可以将船开进马蹄港，谁知道突然来了一阵狂风。一切都是在瞬间发生的。”

“我想也是这样，”妈妈说，“那次在悉尼港，我也弄翻了表姐的小船。在距离岸上只有几码远的地方沉船了，那是我本可以避免的。不过我知道那天的天气很糟糕，即使没有坚持航行那么长时间，大风也一样会掀翻船。”

约翰心情好了起来。

“你也发生过这样的事？”约翰说，“我想知道，”他又满怀希望地问，“我想知道爸爸是不是也有同样的经历。不过，我可不期望他也经历过。”

“那没什么好惊讶的。”妈妈说。

“大部分人迟早都会经历，”弗林特船长说，“除非他们整天推着小推车行走。”

“最主要的是，”妈妈说，“要保证你们当中没人淹水。你确定没人溺水吗？”

“妈妈。”约翰有点不高兴了。

“我数过了，夫人，”弗林特船长说，“六个人。你的四个孩子和我的两个侄女，一个都不少。”

“跟原来一样，”妈妈说，“我想你数的是对的。如果你不介意在回去的路上载我们一程的话，我和小布莱基特更愿意亲自去数一数呢。”

“我能数出不止六个来。”布莱基特说。

“我知道你能的。”妈妈一边说，一边跳上了划艇，伸出双臂，“现在数三下，然后跳下来，我接着你。”

几分钟后，约翰和弗林特船长回到了船桨旁边。他们很快离开了达恩峰下的霍利豪威港。不过，这次他们不像来的时候划得那么快了。现在，他们一点也不匆忙，正相反，他们想给那些留在营地上的孩子们足够的时间收拾准备。况且，他们还载着乘客呢。妈妈和船宝宝正肩并肩地坐在船尾，如果船划得太快的话，她们就不能舒舒服服地讲话啦。

第九章　斯旺森农场

要把马蹄港的沙滩上那一大堆乱七八糟的东西全部收拾好，都放到五顶帐篷里，而且还要留出四位探险家休息的地方，可真不是一件容易的事。

“如果我们不马上开始干活的话，这堆乱东西永远都不会收拾好的。”苏珊说。

“有我和佩吉帮忙很快就会收拾好的。”南希说。

“我们真的很幸运呀，能从船上打捞上来这么多东西。”罗杰说。

“这算什么，一点儿都不多，”提提说，“鲁宾逊捞上来一大堆呢。他曾拖着个衣柜游上了岸，还有满满的几桶火药。”

“但他也丢了一些东西，”罗杰说，“而我们把自己的东西全都打捞上来了。”

苏珊大副四下环顾，看看哪里是扎帐篷的最好地方。不过，那儿还真没有多少可选的地方。厚厚的树丛伸到马蹄港窄窄的沙滩上，几乎没留下什么地方给他们安营扎寨。只有小溪入河口处一片宽阔的鹅卵石地还可以考虑。

“那儿是个潜伏的好地方呀！”南希船长说，“但不是个露营的好地方。今天不会下雨，但是如果下雨了，溪流会掺杂着泥沙像洪水一样倾泻而下，所有干燥一点儿的地方都会被水淹没的。不过也没有别的地方可以放下四顶帐篷。当然，你们还可以把帐篷分散地支在树林里。”

“不能那样做，”苏珊说，“我们是一起的，我们不能让提提和罗杰单独睡。”

“尤其在陆地上，”提提说，“会有野兽出来四处觅食的。这跟岛上的情况不一样。我们不要在这儿停留了，还是继续前进吧。我们去溪谷吧，那是我和罗杰发现的。要不是发生了沉船事件，我就要带你们去看了。”

“马上就去吧。”罗杰喊道。

“无聊，”苏珊不同意他们的想法，“我们首先要做的是尽快把营地收拾好，这样，等妈妈过来可以看到我们一切都正常。弗林特船长已经去接她啦。我们不能再浪费时间了，这是必须要做的。如果妈妈让我们留下来的话，我们可以明天再去找个更好的地方露营。但是，等她来的时候，必须让她看到整洁的营地，好像我们已经在这儿很久了一样。可是现在，你们看看这里！”

他们不再讨论了。这儿看起来的确令人绝望，一大堆包袱和瓶瓶罐罐堆在那里，最上面还放着鹦鹉笼子。那只绿鹦鹉一直在笼子里面喊着“八片币，八片币”，还不时地夸自己漂亮。苏珊威胁它，如果不安静点的话，就把它的笼子罩起来。不过最终，苏珊还是让提提给了它一块糖，堵住它一直讲个不停的嘴。

毫无疑问，亚马逊号海盗们完全知道如何扎帐篷。她们很快就在两棵树之间吊起了储存货物的帐篷。当苏珊和佩吉往里面扔杂物时，南希帮提提搭睡觉用的帐篷。罗杰偶尔帮个忙，有时，在南希和提提需要钉子时，一颗一颗地递给她们；有时，拿一盒饼干或者其他什么重要的东西在沙滩和货仓之间往返。马蹄港看起来已经不像是刚刚经历海难的地方，更像是探险家们的休息场所。很快，这里彻底变成一个营地了。剩下的工作就是把这个不太干净的营地收拾干净。没人比苏珊更擅长做这种打扫工作，不过，在她打扫的时候，不喜欢太多人在场。多余的人也要一起被“清理干净”，因为当你打扫的时候别人不会站着不动，而你刚打扫完一个地方转移到下一个地方时，他们又把新打扫的地方弄脏了。不过，幸好苏珊想起他们还没去农场弄牛奶呢，而且其中一个亚马逊号海盗要给他们带路的。

罗杰被赶出了帐篷，因为游完泳之后他身上还在滴水。之后，他又跑到水里，游了一会儿。他觉得沉船之后自己被营救得太快了，因此，他要再重新上演几遍救援的故事。他游到港湾口，再让同样对打扫失去兴趣的佩吉拉他上岸。罗杰想象着如果自己是唯一一个从船的残骸中被救上来的人会怎么样。他游到双脚能接触到湖底的地方，挣扎着穿过浅水区，拖着身子好像在碎石上费力地走着（这实际上很容易表演，因为那儿根本没有碎石），然后气喘吁吁地躺在沙滩上。直到他听到苏珊说关于农场的事儿，还有佩吉说她会带提提一起去时，就立刻从沙滩跳了起来，也表示要去。

苏珊仔细摸了摸他们的衣服，把它们从晾衣绳上拿下来，告诉他们衣服已经可以穿了。

“简直太幸运了！”南希说，“你们碰巧在热带地区沉船。这些石头太烫了，根本不能碰，但是用来晒干衣服就再好不过啦。想想看，如果你们要是在冬天的北极游上岸的话，没有太阳，没有木材给你们生火；只有白雪、海豹和北极熊，或许偶尔有些冻得发抖的树枝，不过你可别指望能彻底烘干它们。”

“北极熊根本不在乎我们是干的还是湿的，”罗杰说，“它们可能更喜欢我们全身湿透呢。”

苏珊大副把装牛奶的罐子给了他们，这样，除了南希船长和鹦鹉以外，其他人都被她赶走了，这样就好多了。但她留下了南希，因为她让南希拿着望远镜去其中一个海岬上看看弗林特船长的划艇是不是回来了。鹦鹉待在笼子里，因为她随便把笼子放在哪里，它都不会自己移动的。现在，水壶里的水开了，她也终于坐下，看着所有物品都已经各归各位，每个人的睡袋也都整齐地铺在各自的帐篷里。帐篷的门帘系在门后，一切都是整洁的样子。

大副佩吉领着罗杰和提提沿着小路向溪流上游走去，然后突然转向左边，这时刚好看到前面有一条小车道弯弯曲曲地穿过树林。这条车道正是提提和罗杰在探险过程中看到的那条。他们沿着小道往前走，直到来到马路上，横穿过去（因为买牛奶是一种正常的当地交易，不像探险一样要遮遮掩掩的）。他们穿过另一侧石墙中间的豁口，就算驾车也同样要从这里穿过。马路曲曲折折地拐向左边，然后树林旁边出现了一所白色的旧农舍。农舍边上有一口泉眼，一个家禽用的饮水石槽，以及一些鸭子。鸭子们正在饮水槽边扑腾着溢出来的水呢。船员们听见有人在用低沉的声音唱一首很老的狩猎歌，这首歌经常是年轻人唱的：

去年冬天的清晨，在奥玛河岸的路上，有一位勇敢的贵族猎手，桑德斯侍卫是他的称号。他的猎物出现了，这只冒失的狐狸哟，怎逃得出被猎杀的命运。他扔下那四轮马车，开始边追边喊：“呔嗬！呔嗬！听，跑前面去了！呔嗬！”

“那是斯旺森老先生，”佩吉说，“他有九十岁了。”

“另一种声音是谁发出来的呢？”罗杰问。

“有人在做奶油。”佩吉说。

说着，佩吉走到白色的门廊前，敲了敲开着的门。

歌声突然停住了。

“进来吧。”屋内有两个人同时说。

佩吉、提提和罗杰走了进去。虽然外面是个大热天儿，可屋里还生着火呢。那是一个矮梁的农舍厨房，火堆两边各坐着一位老人，其中一位坐在高背椅上，向前倾斜靠着拐杖，除了刚刚唱了首歌之外，其余的什么也没做。另外一位老太太坐在摇椅上，正在缝补铺在腿上的被子，被子的一角掉在了地板上。老奶奶身后的地板上有一个浅口的大篮子，里面放满各种颜色的碎布，可能某一天就会缝到被子上呢。

“咦，亲爱的！”斯旺森奶奶抬头，透过眼镜看着这几个贸然前来的小家伙，说道，“其中一个是布莱凯特夫人的女儿，那么其他几个呢？我知道布莱凯特只有两个孩子呀。哎呀，都长这么大了。你外婆来到这里的时候还没有你现在的年纪大呢，那时我还是个刚结婚的少妇，怎么好像一眨眼的工夫你们就这么大了呀？”

“六十五年了，”斯旺森老爷爷说，“自从我将她从比格兰地的教堂带回来，已经过了快七十年啦。她第一次来就是坐在那个椅子上呢。”

“但是，亲爱的，其他人是谁呢？”斯旺森奶奶问道，“他们看起来不像是布莱凯特家的孩子，也不像特纳家的呀。”

“他们是我们的朋友。”佩吉说，“他们刚刚沉了船。”

“沉船了？”斯旺森老爷爷说，“那可让我想起了一首歌……”

“好吧，奈迪！”斯旺森奶奶说，“过一会儿再唱你的歌吧，让我们先听听……你说什么来着，亲爱的？”

“沉船事件。”佩吉说，“所以我们想弄些牛奶。您能不能帮我们弄一些，我们已经带来自己的牛奶罐啦。”

“我们本来带了很多牛奶，”罗杰说，“可惜都随着船沉到湖底，洒出去了。”

提提四下里看着这间矮梁的农舍厨房，没说话。屋子的角落里有一口落地式大摆钟，钟的顶部有一个圆环，圆环里是一个小月牙，表盘外围有一圈花环。熏黑的烟囱架上有一把弯曲的猎号，猎号上方的墙面上突出来几颗钉子，挂着一把旧式枪和一把长长的驿车号[1]，足有一人高。低矮的窗子旁挂着带白色花边的窗帘，宽宽的窗台上有栽在花盆里的灯笼花，还有些大的斑点贝壳。每只贝壳下都垫着厚厚的针织小垫，花盆也都放在浅碟中，浅碟下面再放上针织小垫。看起来，花盆下面的浅碟似乎也是贝壳模样。提提又回头看了看烟囱架，看看那弯曲的猎号是否也有个针织小垫托着。可惜，太高了她看不见。紧挨着烟囱架旁边是一些合金制成的杯子，一个陶瓷台和一把铜水壶。提提想，这把铜水壶苏珊一定很喜欢。

当斯旺森奶奶明白他们想要取些牛奶时，她突然的喊叫声有点令他们意外：“玛利亚！玛丽！玛丽！”

他们刚刚听到的搅拌牛奶的声音突然停住，然后从走廊尽头的乳品工作间传来一阵拖着地板走路的声音。一个高个儿的年轻女人走了过来，袖子挽到胳膊肘，手里握着搅拌器把手，脸颊十分红润。

“佩吉小姐，最近怎么样啊？”她问道。

“很好，谢谢。”佩吉说，“这是我的朋友们，她叫提提，他叫罗杰。他们刚刚遭遇了海难。”

“在同一艘船上，”罗杰说，“我们是游上岸的。”

“噢，亲爱的，”斯旺森奶奶对提提说，“你觉得我最小的孙女怎么样？”

玛丽·斯旺森笑了起来。

“她总是问这个问题。”她说。

“我觉得她非常好呀。”提提说。

“这说明你们的品味不错呢。”斯旺森爷爷说，“这让我又想起了一首珍贵的老歌……”

“不用管什么歌啦。”斯旺森奶奶说，“玛丽，还有今早的牛奶吗？奶牛一

[1] 驿车号，旧时驿车车夫吹的号角。

时还回不来呢。”

“你们跟我来吧，”玛丽说，“我给你们取牛奶去。每次有陌生人来，爷爷总是禁不住要唱他那些老歌。”

“不过，我很喜欢他的歌。”罗杰说。

老爷爷拍打着双膝，笑得眼泪都流出来了。

“你和我一起唱的话，就能得冠军啦。”他一边说一边笑得更开心了。

玛丽·斯旺森将他们都带出了厨房，穿过走廊进入到乳品制作间去。

“你们过来一个人帮忙翻转这个搅拌器把手，”她说，“我去给你们冲洗牛奶罐。当奶油流出来时你们千万不要停止搅拌。要是我们刚刚留在屋里听爷爷唱歌的话，那能听到晚上，到时你们拿到的牛奶就馊了。”

就这样，他们轮流搅拌牛奶，玛丽·斯旺森去清洗罐子，然后从一个巨大的陶碗中倒出牛奶，将牛奶罐装满。

“亲爱的孩子们，你们要再来看我们啊。”斯旺森老奶奶看着玛丽和孩子们穿过厨房往门口走去时，说道。

“我们十分愿意！”提提回答说。

“我还要和你一起唱歌呢。”老爷爷说着，向罗杰眨了眨眼睛，然后用手揉了揉眼睛，这时其他人就只能看见他浓密的白眉毛了。

“现在我得和你们说再见了，”玛丽·斯旺森说，“不然我的奶油该溢出来了。”把佩吉、提提和罗杰送出走廊后，她急忙回到农舍里去了。

“我希望听到他唱更多的歌曲。”等他们离开时，罗杰说。不过，刚离开农舍几码远，他们就听到老爷爷用颤巍巍的嗓音高声唱着：

追着这样一只狐狸跑，怎么会没人知道。猎人和猎犬们都追着狐狸跑，却没有一颗炮弹能将它击倒。五个小时呀，八十公里哟，四条猎犬追着狐狸跑。

“他总是在唱歌，”佩吉说，“而斯旺森奶奶总是在缝制被子。她肯定已经有成百上千条了。”

“你看见那把铜水壶了吗？”提提问。

“我更想听听他吹号呢，吹那个长长的，”罗杰说，“能让我拿着牛奶吗？整个早晨我都没机会拿牛奶！”

在他们沿着穿过树林的小车道默默地走了一段路后，提提突然说：“可能我们根本不会在农舍里弄到牛奶，我们被困在岸边，那荒凉的岸上也没有任何房屋。当然，还可以抓到一头野羊，挤出点羊奶来。我们一定会那么做的。”

“是的。”罗杰说，“可它们不会用羊角顶我们吗？要两个人抓住它，另外一个人挤奶。”

牛奶的来历解释得天衣无缝。不过，很快，路开始不好走了。前面树林的一边是湖的沿岸，另一边是山坡，宽阔的路中间停着电动车、摩托车、甚至肉贩的面包车。在这个新发现的地方看到这样一条路真是糟糕极了。哥伦布发现美洲大陆的时候肯定没有为这样的景象烦恼。

“你们要怎样办呢？”等他们穿过去之后，沿着小车道的另一侧寻找去小溪的路时，提提问道。

“怎么了？”

“这么吵，是土著人。但又不是那种真正的土著人。”

“我们不要理会就行，”佩吉说，“至少回到马蹄港之前不要理会。我们到了自己地盘的边界，不要为它费神了，从湖上到这儿还有好长一段距离呢。”

“昨天，”提提说，“这里还是阿兹特克人的路。我是说那些哨兵们，他们沿路吹着小喇叭。”

“那真是个好主意！”佩吉说，“我想连南希都想不到那样的办法。可是，如果你要爬上那边的沼泽地，需要横穿过这条路呀。我猜你肯定一直守在那里等机会，等他们不往这边看的时候迅速穿过去。”

“我们没有那样做。”罗杰正准备告诉佩吉他们在马路下面找到了一条路，而不是从上面横穿过去的时候，他听到了南希的声音。虽然从树林那边很远的距离传来的，但还是十分清晰响亮。

“帆船！帆船！”

他们三个都匆忙地跑上前，但罗杰跑得太快了，牛奶都从罐子里溢了出来。看到洒出来的牛奶，其他人停住了，佩吉从罗杰手中接过牛奶罐。

“快点，”佩吉说，“我拿着牛奶吧。你总是蹦蹦跳跳的，牛奶不洒才怪呢。”

的确，尽管佩吉跟其他人跑得一样快，也同样爬过密密麻麻的灌木丛，可是牛奶在她手里只溅出一点点而已。

她将牛奶罐放在杂物帐篷门口。提提和罗杰迅速从树林里钻出来跑到沙滩上，只有笼子里的鹦鹉自己在那儿看火了。在两个海岬的最南端，马蹄港狭窄的入口处，一只船桨固定在岩石上，桨上有一块大毛巾迎风飘着。南希和苏珊站在岩石上，轮流拿着望远镜观望。其他人迅速向她们跑了过去。

“更确切地说，那不是帆船。”罗杰说。

事实上，那是一艘划艇。即使没有望远镜，他们也能看见弗林特船长和约翰船长在划船，妈妈和布莱基特坐在船尾。

“你们弄来牛奶了吗？”当其他几个人爬上岩石时，苏珊问，“好样的。现在一切准备就绪，只等他们来啦。可是……”

第十章　充分利用暑假时光

每个人心里都在担心一件事，即使是十分了解妈妈脾气的苏珊、提提和罗杰也不例外。他们都害怕妈妈来了会让他们返回霍利豪威去。而南希和佩吉私下里认为返回霍利豪威是一定的了，不过她们不明白既然这样，为什么这群沉了船的小探险家们还这么期待妈妈的到来。但是这群小探险家们，毕竟有一堆话想告诉妈妈呢。而且他们有种微弱的感觉，那就是，当妈妈看到他们收拾好的营地时，一定很难相信这群孩子之前出过什么岔子。他们十分清楚，在划艇登陆沙滩之前，在彼此欢呼喝彩之前，他们最坏的想法还是有可能不变成现实的，探险计划也有可能不就此终结的。

“没关系，苏珊。”提提一看到划艇就大喊起来，“没关系。小布莱基特也来了。一切都没关系。”

佩吉疑惑地盯着她看，不过南希和苏珊马上明白了提提的意思。因为，如果今天就要结束一切，打包好所有东西，然后探险家们跟着妈妈回去过正常人的生活，那么妈妈是不大可能让布莱基特也跟来的。这些想法都没有在罗杰脑袋里出现过，他正迫不及待地要告诉妈妈他是游上岸的呢。罗杰根本没有往更远处看，但是对于其他人来说，布莱基特的出现意味着很多事情。

划艇拐进了两个海岬之间时，他们就要在马蹄港的沙滩上见面了。小探险家们和他们的同伴沿着岩石爬回去，会面看起来比想象中要愉快得多。顿时，沙滩上变得十分吵闹，因为见面后每个人都想立刻开始讲话，尽管每个人脑中都想知道妈妈对此的看法，不过最初并没有人提出来。妈妈清点着人数，然后摸了摸他们的衣服，想弄清楚事情的经过。经历沉船事故的几个孩子一直在讲述这件事，同时，他们也想知道约翰和弗林特船长在里约港是如何描述可怜的燕子号的经历的。但是，始终没有人问妈妈是否允许他们继续做探险家，妈妈也没提到他们要回家的事儿。约翰看起来开心多了，布莱基特似乎也不清楚有什么不对劲儿的。弗林特船长说苏珊建起了最好的营地，这让她很开心。

沙滩上的谈话都是围绕沉船事故的，错过了前面人的讲话就会以为几个小时以前马蹄港是个荒凉的废墟呢。看着这愉快的场面，很难有人想到就在今早，一条小船在这平静小港湾口和一块岩石发生了碰撞。也很难想到，眼前这个整洁又干净的营地是几个船员用一下午的时间迅速搭建起来的。几个小时之前，他们还不得不依靠自己从湖里的沉船中游上岸。

小溪旁有四个睡觉用的帐篷，两边各有两个，相互对着。可以用来饮用和洗漱的溪水从他们帐篷口前平静地淌过。后面是被他们用来当杂物仓的旧帐篷，在树林中半遮掩着。火堆上的大火已经熄灭了，水壶放在整齐的石头搭建的灶台上，里面的水还在沸腾着。沙滩上的这个石灶台早上还有火苗燃烧着，可能有野蛮人在这里烤过大野猪吧。晾在绳子上的已经不是船员们的湿衣服了，而是一排泳衣和毛巾。固定在岩石的船桨上那块飘着的大毛巾已经可以清晰地表明，这里有海员处于危难之中。不过，既然现在妈妈已经来了，毛巾就摘了下来，省得有人误会，以为这儿真的有人在请求帮助呢。当然，认识他们的人都会奇怪，只看到亚马逊号和弗林特船长的划艇，却不见燕子号的影子，而船上的船员，从船长到鹦鹉却都在这沙滩上呢。

“燕子号怎么样啦？”提提一有机会跟约翰船长单独说句话，就迫不及待地问。

不过，弗林特船长听到了提提的疑问，回答说：“需要一个礼拜或者十天吧，它就可以重新航行在水上啦。有一块木板需要抽出来，再至少重新装上两块新的。但是，在工人们重新喷漆之前是不会让它下水的，而且他们不能喷在用蒸汽蒸过的湿木板上。最少一周或者十天吧，就能修好啦。”

“可是，它真的会完好如初，一点事都没有吗？”

“它会像新的一样。”

“那么我可以不去理会沉船的事了。”

“不用了，”弗林特船长说，“谁还会理会呢？”

约翰、提提和弗林特船长互相看了一眼。提提知道，自己猜想他们可以继续留在这里是正确的。

的确，妈妈看了一圈这整洁的营地之后，高兴多了。其实，她迈上岸之前就已经清点过孩子们的人数了。她也摸过他们的衣服，也亲眼看到燕子号的船员们都没有失踪。她早知道约翰也没什么事儿，因为他就在她面前的小船里帮弗林特船长将划艇推到水里去。但是，对于其他人，她只听到他们说一切正常、他们没事之类的话，这样的话很难让她满意。毕竟，她知道他们的船沉了，他们还不得不游上岸。因此，尽管她被称为当地最好、最明智的妈妈，她也要亲自来这儿，确认一下他们中没有一个人会笨得在水里淹死。

“你们沉船的时候，幸亏船宝宝不在船上，简直太幸运了。”妈妈最终说道。

水手提提正和船宝宝玩儿呢。听到这句，她立刻抬起了头。

“我还希望她在船上呢。要是她不在就没意思了。是不是，是不是呀，小布莱基特？如果船沉了的话，我们就会把她放在木筏上，木筏随着洋流漂向远方，像墨西哥湾流那种地方。这样我们就再也看不到她啦，除非某一天，你碰巧划着独木舟回来，发现船宝宝正在木筏上独自航行。”

“一定会是这样的。”妈妈说，“她随着木筏漂在水上，除了一块油炸面包圈什么吃的也没有，还要和一只落在木筏上、看起来十分饥饿的海鸥一起分享这点食物。”

“好吧，很高兴你找到了她。”提提说。

在遭遇沉船事故的船员中，罗杰总想带妈妈去外面的岩石上看看燕子号失事的地点和长矛岩。现在，那块岩石看起来够无辜的。当他们来马蹄港的路上，经过那块岩石的时候，约翰和弗林特船长可什么也没说。不过，妈妈还是想亲自看一下。罗杰带着她走到海岬的岩石上，除了苏珊以外，其他人都跟着妈妈过去了。苏珊当然有自己的理由，好不容易有几分钟可以摆脱他们了，只有布莱基特留下来帮苏珊。

“燕子号到底在哪儿沉的？”妈妈问。

“在靠近岩石的地方，”罗杰回答说，“我去年夏天学会了游泳，这次是不是很幸运呀？”

“我想是的。”妈妈说。

“要是不会游泳的话，我不可能在那么远的地方够得着她们抛出去的绳子。”罗杰说。

通过问了几个问题，她了解到他们是如何上岸，怎样将水壶、煎锅和压舱铁打捞上来，还有燕子号是怎样被拖上来的。罗杰总是准备好各种答案，大部分问题都被他抢答了。提提回答了几个，约翰很少说话。总的说来，大部分内容她还是从南希和佩吉两人口中知晓的。

“那么最后，是你们自己把它拉上来，拖出水面的？”

“像其他工作一样，是南希和佩吉帮助我们的。”约翰说。

“我知道她们一定会的，”妈妈说，“你们做得好极了。现在，我想我知道得够多了。事情本来有可能变得更糟，可是你们阻止了它往更坏的方向发展。”

“如果换一组船员的话，夫人，”弗林特船长说，之前，他一直在听着，没有说话，“如果换一组船员的话，事情可能糟糕极了。但依我看，可能除了岸上的旁观者，船上的船员没有一点恐慌。”

“我只害怕了一次。”佩吉愤愤不平地说，“任何人看到这种场景都会害怕的吧。”

“你看到了，夫人，”弗林特船长说，“即使在岸上的观望者也没有恐慌。综合考虑看来，这是一个遭遇海难的人值得骄傲的事儿。”

“好吧，我还是宁愿你们以后不要发生这样的事了。”妈妈说。

“我们不会了。”约翰回答。

就在这时，大副愉快的哨子吹响了，他们听到布莱基特在营地那边喊着下午茶已经煮好了。

当南希看到远处的划艇之前，苏珊就将一切都准备就绪。水壶里的水马上就开了，剩下的食物都在杂物仓晾着呢，直到最后一分钟才能被端出来。现在，水开了，茶也泡好了。当其他人还在岩石上谈论沉船事件的时候，苏珊就已经将防潮布（其中一块被他们剪下来做了燕子号的补丁）折了起来，作为桌布。因此，他们在听到哨子声和布莱基特的叫喊声之后赶来时，闻到茶的香味，旁边堆着饼干盒和煎过的糕饼切片，还有三明治面包片、果酱和奶油。通常在岛上，为每个探险家切上一片厚厚的切片，然后在吃之前最后一秒钟抹上奶油，防止涂了奶油之后却没有马上吃掉切片的情况发生。但是今天，切片很薄，涂上了奶油，而且小三明治都整齐地摆在一边，堆成金字塔状，预示着一个秩序井然、安静祥和的世界。

“我说过，而且还要再说一遍，”弗林特船长看到苏珊所做的一切后，说道，“从未见过探险队中有这么好的一位大副。”

一切都像他想的一样顺利进行。当船员们叫大家坐下来喝茶时，没人再担心沉船的事情，都已经过去了。不过，即使是罗杰也还不敢问他们是否可以留在这儿。喝完茶后，妈妈夸苏珊和布莱基特准备的茶很好，然后打算告诉孩子们在他们每个人心中疑惑了很久的问题的答案。

“现在，”妈妈说，“如果你们真不想回霍利豪威，不想继续做暑假作业的话，我想我必须走了，我得去见见玛丽·斯旺森。”

“我们在哪儿都可以做暑假作业呀。”约翰说。

“如果在室内做暑假作业，”提提说，“那根本不是真正的暑期任务。那只是学校作业而已。”

弗林特船长把布莱基特扛在肩上，大家一起带着妈妈沿着小溪向上游走去，同样在看到穿过树林的小车道后左转，一直来到马路上，他们在那儿看到玛丽·斯旺森正和一个坐在花毛马拉的车上的年轻男人讲话。

“是那个樵夫，”提提说，“我和罗杰探险的时候看见他牵着三匹马，马车拉着一根大木头哩。”

就在这时，樵夫牵着马转过身，赶着马车慢悠悠地来到路上，转头向玛丽挥了挥手，而玛丽也挥手致意。

“你们待在这儿，我和特纳先生到马路对面去，和玛丽说说话。”妈妈说。

“我也去。”布莱基特说。

“把你带上比放在这儿更省事儿。”弗林特船长说。

四个小探险家和他们的两个伙伴在树林里等着。妈妈、弗林特船长和他肩头的布莱基特穿过马路，去和玛丽·斯旺森讲话。他们在路对面和玛丽聊了几分钟，然后和她沿着卡车车痕穿过树林向斯旺森农场走去。妈妈走了很长一段时间以后，南希和佩吉记起了那个被沉船打乱的计划，她们本来打算爬到沼泽地上面去看看那个神秘的溪谷呢，因此，她们向提提和罗杰打听关于溪谷的各种消息。提提和罗杰尽可能详细地回答她们的问题，但也很小心地避开皮特鸭洞的事。

“我们一出发就先去那里吧。”南希说。

等妈妈、弗林特船长和布莱基特回来，他们都看得出妈妈对看到的一切十分高兴。弗林特船长拎着一篮鸡蛋，布莱基特在吃苹果。

“玛丽真是个亲切又聪明的好姑娘，”妈妈说，“我喜欢那个农场，和那里的两位老人。”

“他也给你唱歌了吗？”罗杰问道。

“是的，唱了。直到斯旺森夫人和玛丽让他停止，他才停下来的。”

“他是个慈祥的，而且喜欢音乐的老家伙——老奈迪！”弗林特船长说。

“所以，这件事就这么定了。”约翰说，“我们能待在这里吗？”

“是的，”妈妈说，“你们可以留下来。但是要记住爸爸说过的话。”

“万岁！”罗杰喊了出来。

接着，他们要回到马蹄港去了，弗林特船长说道：“还有一件事。他们要另找一个地方宿营，否则他们会被第一场雨冲走的。”

“是呀，我早该想到的。”妈妈说。

“沿着河岸有很多更好的地方适合安营扎寨，”弗林特船长告诉他们，“不管怎么说，得是干燥的地方。”

“可是没有这么隐蔽的。”佩吉说。

“我们会给他们找到一个合适的地方的。”南希说。

“我们去溪谷吧。”提提说，“就在岛旁边，那绝对是世界上最好的地方！”

“什么溪谷？”妈妈问道。

提提和罗杰尽可能仔细地向她解释。

“我知道那儿，”弗林特船长说，“不过我有快二十年没去过了。如果他们说的和我想的是同一个地方的话，那儿真是个很好的露营地呢。那还有个……”

“啊！”罗杰大喊了一声。

“别说！别说……它是个秘密……如果说了就……”

提提及时阻止了弗林特船长。他低下头，疑惑不解。

“要是说了就怎样？”

"小点声，"提提说，"噢，那好吧。是别的事情，是个秘密。"

"那么我可以继续讲了？"弗林特船长问提提，"我要说的是山中的小湖里有很大鳟鱼呢。到那儿以后我让你们看看怎么抓鳟鱼。"

"我们在小溪那边看到很多条。"罗杰说。

"那儿离斯旺森农场多远？"妈妈问。

"比这里到农场的距离远一丁点儿。"弗林特船长回答说。

"我们还没去看过那里呢，"约翰说，"本来打算今天去的。不过还是待在离湖边近一些的地方比较好吧。"

提提瞬间升起的希望又一次落空了，但是还好，说到底，最要紧的是他们的探险计划没有搁浅。

"我不介意你们在哪儿安营，"妈妈说，"只要你们在玛丽·斯旺森能找到的范围之内就好。当她去村子里送牛奶的时候，可以帮我和你们保持联络。"

"你和小布莱基特会再来看我们的吧。"苏珊说。

"弗林特船长也会来的。"提提说。

"我想看看你们制造的海难是不是和去年的战争一样逼真呢。"弗林特船长说。

"沉船是真的。"约翰严肃地说。

"我讨厌姑奶奶，"南希说，"要不是她，我们就会跟他们一起来，一起沉船啦。"她生气地看着停在划艇旁边的亚马逊号，"你们可以去做各种事：比如可以去探索亚马孙河的源头，还可以寻找我们，没什么是你们不能做的；但我们只能等姑奶奶走了之后，才能做一些值得做的事。"

"上帝保佑，"弗林特船长说，"还好你们提醒了我。我们都要回去喝下午茶的，要是我们再不快点的话，连晚餐都迟到啦。希望沃克夫人不要介意。"

"不过，你可以跟她说遇到海难了嘛。"罗杰说。

"对玛利亚阿姨讲海难是没好处的。"弗林特船长说。

"我和布莱基特也该回去了，"妈妈说，"快到她睡觉休息的时间了。"

大家立刻开始行动。妈妈、布莱基特和弗林特船长上船后，约翰和苏珊将划艇推出去。提提和罗杰帮忙推亚马逊号下水。然后四个小探险家跑到南边的海岬上挥手告别。留在岸上的孩子们有种奇怪和糟糕的感觉，他们知道，就算他们想回去，也没船可以推下水。

“今晚别熬夜呀，”妈妈向他们喊道，“遭遇海难后最好早点睡觉。”

遭遇海难的船员们看着亚马逊号的小白帆渐渐消失在里约港附近的岛屿中，然后看见划艇穿梭在达恩峰下的湖面上，也慢慢地消失了。他们突然感到十分疲倦，苏珊说马上要吃饭了也没人在意。他们吃了一顿美味的面包加牛奶晚餐，吃完后，似乎大家都没什么话想说。而且他们发现，装在背包口袋里的三只手电筒都随船沉到湖底了，根本指望不上。因此，他们只能点燃蜡烛灯笼钻进睡袋里睡觉。帐篷里听不到他们的谈话声，溪流从帐篷门前经过，那声音与湖水拍打野猫岛上的岩石声是很不一样的。几分钟后，约翰发出了“熄灯”的命令，可这时，大家早就睡着了。

第十一章　指挥官提提

小探险家们的帐篷之间没有树木隔着，太阳已经升到湖对面的山头上。阳光和穿过营地中间的溪流声一大清早就把约翰弄醒了。他很不愿意起床，在睡袋里翻了个身，试图再继续睡一会儿。昨夜他以为沉船事件最严重的时候已经过去了，现在，他才意识到这刚刚开始呢。

他犯了一个多么愚蠢的错误呀，坚持航行太久而且一直没有转帆，直到发生他最不想发生的一幕，大风将船帆掀翻……最终，船沉了。不过，沉船之后，大家开始游泳、潜水和打捞，将燕子号顺利拖上岸。然后是修补小船，并划去里约港。那可是一次危险的航行，临时修补的船洞边缘还不断地渗水。那段时间，大家都很忙，都在做跟船有关的事情。直到昨晚那一刻，他看着划艇和亚马逊号渐渐离开，明白他不能跟着他们一起走时，才感觉有点怪怪的。不过，还有一大堆事儿等着他考虑。今早，他该面对现实啦！

清晨醒来的时候，他还想划着燕子号去鲨鱼湾的迪克森农场取早晨的牛奶，可是很快就意识到，燕子号已经不在这里了。这儿一条船也没有。他们睡在湖岸上，就像是睡在海边的囚犯一样。除了在水里游泳，湖水对他们来说一点好处也没有。到目前为止，他们的远洋计划已经告一段落了。

约翰发现很难忘记昨天那些令人沮丧的情景，而且已经难以再入睡，他扭动着身体从睡袋中爬出来。一分钟后，他已经在港湾里游泳了。他一直游到马蹄港入口，两海岬之间。这是一个平静无风的早晨，湖面上很难看到波纹。只有在那块半掩在水下的长矛岩那儿，偶尔会有一朵小浪花，就像一条鳟鱼慢慢游上水面，悄悄地吞了一只昆虫下去，鼻子没有真的打破水面的平静。约翰继续往前游，直到停在岩石旁边休息。此时，清晨的阳光照在约翰身上，他看起来就像一只全身湿透的粉色海豹一样。他在那里一边休息，一边从湖面向野猫岛望去。他记得当初住在湖水中央的小岛上是多么开心啊，可以将装备齐全的小船停在港口，随时都可以出发航行。他还记得，去年他们在达恩峰和霍利豪威一起度过的时光，一天天地等着爸爸的电报，渴望他告诉他们可以乘着燕子号航行去岛上。现在的等待要糟糕多了。他们本来拥有一个小岛，一条小船，可现在，两样都失去了。

约翰又回头看了看马蹄港，一缕蓝烟正从绿树丛中升起。

“苏珊！”他喊着。

“早上好啊！”

几乎在同一时间，约翰听到了嘎吱嘎吱的声音，一定是罗杰用脚趾头试水温呢。即便是在八月份，小溪流进马蹄港入口的水还是很冷的。然后他听到“扑通”两下比较大的水声，还看到两处水花，一定是提提和罗杰挨个跳进了湖里。约翰憋了口气，弯下腰，推开岩石，像海豹一样潜入水中，没有溅起一丝浪花。随后，他从水中探出头来，望了眼野猫岛，游回了两海岬之间的马蹄港口。

他向岸边的白色帐篷游去，山上的溪水穿过帐篷门前流入湖中。在那儿，湖面的水花飞溅着，一刻也不停。罗杰双臂藏在水下，仰在水面上，两只脚不停地击打水面。提提伸出一只胳膊拨弄着湖水，在水面上一圈一圈地打转，弄成一个漩涡。

“提提！”当约翰游得够近，提提透过水花能听见时，他喊了一声。

漩涡立刻平静下来。

“喂！”提提说。

“看这儿，提提。”约翰继续说，“你觉得从溪谷到我们取牛奶的农场有多远呢？”

“不会很远的。”提提回答他。

“比从这里到农场还远吗？”

“不会远很多，也可能没有那么远。我们能找到一条小道穿过马路旁边的树林。要去那里吗？我们就去看看吧。”在接下来的一天里，“漩涡”已经变成了一个探险家。

“有谁要去取早餐的牛奶？”苏珊的声音从火堆旁传来。

“我们都去。”约翰说，“但是我们不会把牛奶带回这里来。在更高点的地方吃早餐怎么样啊？我们取了牛奶之后，去看看他们说的溪谷吧。”

“万岁！”罗杰喊着。

“我一直想，或许我们应该把营地建在远离湖岸的地方。一是怕洪水冲击，二是怕得疟疾。在丛林和海水之间，你可不知道什么时候会染上这种病呢。”

提提从水中跳起来，说道：“还可能有短吻鳄或者大河马。要是一只大河马突然跌跌撞撞地跑过来，在我们的新帐篷之间穿来穿去可不好呀。”

“在湖边却又没有船，真是讨厌极了。”约翰说。

“好吧，”苏珊说，“但是游泳之后，你们必须先吃点东西。我先煮些鸡蛋带上吧。现在把已经点着的火熄灭实在有些可惜。”

“先吃点儿巧克力也不错嘛，”罗杰说，“然后我们再吃一顿丰盛的早餐。”

“把帐篷留在这儿安全吗？”苏珊说。

“除了亚马逊号海盗们，没人会来这里吧，况且她们今天不会来的。姑奶奶看着她们呢。”

事情就这么定好了。煮鸡蛋的时候，他们将一整天的食物分好，装进四个背包里。里面装着面包、牛肉糜压缩饼、奶油、一瓶果酱、四个苹果和两罐沙丁鱼。约翰拿上指南针，提提拿着望远镜和借来的鸡蛋篮子，罗杰拿着空的牛奶罐，苏珊则拿着水壶。他们暂时先这么分配任务，当然，路上会互相交换的。

“提提，出发啦！”一切准备就绪，约翰喊了一声。他们吃了一点儿巧克力，还有苏珊发给每个人的厚面包片，游泳之后要补充营养。

“遵命，长官！”提提给鹦鹉喂够了食物和水，留下三块糖作为它一天的粮食，“罗杰，快走吧！”

苏珊大副在他们离开之前仔细地看了看营地四周，确保一切都正常。约翰已经匆匆忙忙地上路了，他迫不及待地想忘掉他失去了燕子号小船这个事实。

提提是这次探险旅程的小司令，这次，她领着大家穿过了小车道。可他们上次是在这里拐了弯，还给妈妈指去斯旺森农场的路，约翰忍不住问她：“我们不是应该从这里转弯吗？”

提提停顿了一下。

“也可以从那条路走，”她说，“如果你想横穿马路的话，就从那里走，去取牛奶是没问题。但是我和罗杰发现了一条更好的路，即使有野蛮人在一旁监视，我们也可以穿过马路到另一边去，而且根本不会被发现。”

“噢，快看这里，提提，”苏珊说，“那是皮特鸭故事中出现的场景。”

“根本就不是故事。”罗杰说。

“皮特鸭当然会觉得这是一条不错的道路。”提提说。

“这样会比从马路上穿过去远很多吗？”约翰问。

“更近呢！离这儿很近的。”

在小溪旁，提提领着大家站成个半圆形，出现在他们面前的是一个被茂密的常春藤和杂乱的树枝遮掩的桥洞。

“我们要从那里穿过去，”提提说，“即使路的两侧都有侦察兵监视，他们也不会知道我们是如何躲避他们的视线成功穿过去的。”

“这真是个好办法呀！”约翰说。

“上次罗杰和我把鞋脱掉了，”提提接着说，“但是不脱鞋也能过。”

“还是不要试了，”苏珊说，“没必要把鞋弄湿又把它们晒干。”

“下一小段要光着脚走路，会很痒的。”罗杰说。他还记得落叶松树林里落下的针状树叶，铺在路上厚厚的一层，像一块地毯通往马路对面的树林。

他们把鞋脱下，弯下腰，逆着水流从桥下蹚过。

“要是溪流里的水再多一点，就不能从这里过了。”苏珊大副说道。

“如果来一次洪水的话，就只好游过去啦。”约翰说。

“可以抓住一块浮木，然后漂过去，只要鼻子留在水上面就行。”提提说，“这样就不怕敌人连河流都监视着啦。”

“要是顺流而下会怎么样？”约翰说。

提提说：“那就直接逃到船上去。”

“可是我们现在没有船了呀。”罗杰说。

顿时，小探险家们都不说话了。大家再次想起了沉船事故。

接着，他们从桥底下走出来，先在岸边晾干脚，然后穿上鞋子。等他们走到另一边落叶松树林里的时候，马上就把那件事忘得一干二净了。他们决定派两个人去取牛奶。苏珊和罗杰拿着牛奶罐和鸡蛋篮子贴着石墙下面走到小车道上，向斯旺森农场走去。拿到牛奶后，他们要在小溪的上游跟剩下的人会合。同时，提提和约翰船长沿着小溪向上游走去，穿过高耸的、郁郁葱葱却参差不齐的落叶松树林，爬上一个接一个的小瀑布，直到渐渐看不到马路的影子了。在落叶松树林里，根本没有低矮的植物。因此，在高大的绿色树木和去年落叶铺成的铜色地毯之间什么也看不到。在这里想要找到藏身的地方自然比在其他地方难得多。等看不到马路时，约翰想停下来，但是提提坚持继续往前走。“离落叶松树林边缘不远啦。”她说，“而且，我们到前面那条路上就可以吹哨子了。如果在这儿停下来的话，可能会让别人听见，但苏珊和罗杰却听不到。”

于是，他们继续向上爬，来到一个地方，落叶松树林在这里消失了，取而代之的是一片满是榛木和橡木的树林，跟湖边的树有点像。他们停在落叶松树林的边缘，尽管约翰这次还想继续往前走，提提却觉得该停下歇一会儿了。

“我觉得这片树林并不大，”约翰说，“如果我们再往前走一点，也许就能走出树林。”

“是的，”提提说，“新地盘就在对面啦，我们应该一起走出树林。”

“好吧，”约翰船长说，“你是司令。不管怎么说，那是你的新发现。”

“还有罗杰呢。要不是他从瀑布边爬了上去，我们可能就返回去了。是真的，一路上都是潺潺的水声。我们只好去看看另一种声音是从哪里发出来的。等到了沼泽地那边，你就会听到了。”

约翰和提提就这样在平滑的斜坡上躺下，身下压着古铜色的落叶松针。透过青翠的落叶松树林，他们能看到头顶上蓝蓝的天空。一只小松鼠从茂密的树枝间蹿出来，被躺在那儿的两个人吓了一跳，它吱吱地冲他们叫唤，竭力表现得很生气而不是害怕。他们虽然听到了松鼠的叫声，却仍然躺在那儿不动，直到他们看到松鼠红色的尾巴和那长满绒毛的耳朵竖起来时才转了转眼睛。

“它必须快点走，”提提说，“一会儿我就要吹响苏珊的哨子了，它不会喜欢那种声音的。苏珊肯定已经拿到牛奶了，要是老爷爷没留他们听歌的话，应该已经从农场出发了。我们可以开始吹哨子了，这样他们才知道往哪条路上走。”

“好的，再给她一两分钟吧。有小溪呢，她不会迷路的。至于她从什么地方走到小溪旁边是不重要的。”他一边说，一边逗着那只松鼠。小松鼠穿过松树枝头，跳到一棵树枝上，树枝瞬间被压弯了，像是要匆忙地赶路，它又迅速蹿到另一棵树上，完全不顾前面那棵被压弯的树枝在身后不停地颤悠。

“现在不用担心啦！”提提坐起来，吹响了苏珊的哨子。

树林不远处传来一阵类似猫头鹰的叫声。

“他们在那儿呢，”提提说，“在比我们还高的地方。”说着，她又吹了一声。

提提听到了“猫头鹰”的回复。约翰跳着向上看，提提也尽量跳高。

“快点，”提提说，“他们已经爬上去啦，可能会比我们先到树林的尽头呢。”

约翰船长和提提沿着小溪走，还没走出二十码的距离，就听到了苏珊和罗杰的说话声。不一会儿，就在不远处的树丛中看到了两人身影。

“这里有条小路。”苏珊喊道。

“是通往来的这边吗？”提提回应。

“是，一直往上走。”

“像是有人经常走过的路吗？”约翰船长问道。

“我们穿过松树林往这边走的时候，以为是这样的。可到了这里，却好像根本没人走过。”

“可能有羊群从这里经过。”罗杰说。

“继续走吧，”约翰喊道，“看样子，我们会相遇的。”

于是，约翰和提提继续沿着河岸往上游走，走了一小段后发现离苏珊他们越来越近。苏珊和罗杰一路拨弄着路两边伸出来的树枝，沿着小路前行。

两队人几乎同时从树林中走出来，向一块靠拢。无论往左边还是右边，他们看到的都是一望无际的沼泽地，只有正对着他们的小溪从远处的沼泽地匆匆流到脚下。小溪的流水声像一首首欢快的歌曲，从石南灌丛中穿过。

“盯紧那条小路，不要跟丢。”约翰喊道，“它通向哪边了？”

苏珊站住不动，眼睛看着前方的路面。

“这儿看起来更像是兔子跑出来的路。”她说，“不过要看清路是通向哪边的话，还是很容易的。”

“不是通向小溪上游的吧？”提提焦急地问。

“往下可以走到你们前面的小溪那儿。”

“半分钟就到。”约翰喊了一声。他沿着树林的边缘，边弓着腰，边开始一路小跑着向罗杰和苏珊站着的地方跑去。

“有人走过这条路，”约翰嚷着，“还有脚印。”

“哦，不会的，不会的！”提提喊道。

“是这样的，”约翰说，“它向下通到小溪这里，还有些石阶呢。小路沿着树林边缘直通向另一边。”

“那就对了，”提提说，“只要不通向我们的溪谷就好。”

“你们的溪谷还有多远？”苏珊问道。

“不远啦。”提提回答说。

“如果你现在开始吃一个油炸面包圈的话，”罗杰说，“很慢很慢地吃，那么在你到达之前就能吃完。”

“罗杰想吃早餐了。”提提说。

“我们都想吃早餐了，”苏珊接着说道，“我们可以在这里吃嘛，这样我们就不用走到很远的地方捡柴火了。”

即使是一直急着去看溪谷的提提，也觉得这是个好主意。毕竟，这次探险好像已经走了整整一个晚上，此刻正是一天的清晨，是时候停下来吃早餐了。没有人反对，在他们看来，这时溪谷仿佛越远越好。探险家们马上把背包扔在地上，开始准备做早餐。

“在小溪边露营有一个好处，”苏珊说，“喝水很方便，而且这里真是个生火的好地方。”

苏珊发现一个由亮灰色的鹅卵石堆成的小水湾，在炎热的天气里，尽管石头一半浸在水下，但上面一半已经被晒干了。苏珊将附近的大一些的石头和这些鹅卵石围成了一个圈，其中，三个最大块的分散在三个顶点，这样水壶可以平稳地放在上面，而且下面也可以有足够大的空间生火。她看到一些去年的蕨丛，像火绒一样干燥，刚好可以点火。当她都准备好的时候，其他人抱着大堆的干树枝从树林边缘走来。

“还没人在这里生过火呢。”提提说，“散在地上的柴火远远超过我们需要的。要是我们堆一个比南希的还大的火堆，那些柴火烧一年都烧不完呢。”

约翰又想起了野猫岛、燕子号以及他想忘记的一切，但这些很快就过去了。早餐做好之前，他的思维又重新回到了这次新的探险活动——探索提提的神秘溪谷。

“如果要保守溪谷的秘密的话，”约翰吃完早餐，说道，“我们最好不要留下任何痕迹，最好在土著人来之前就尽快离开。”

因此，尽管这个灶台搭得很不错，他们也要把它推倒，将几块大石头分开扔在一边。他们从灶台中拨弄出未燃尽的余灰，扔到小溪中随着水流冲进湖里，又将鸡蛋壳埋在地里。一切都做得很自然，要是看得不仔细的话，土著人很难想到这群小探险家们在去一个未知王国之前曾经到过这里，还在这里安营，吃了顿早餐。

他们沿着羊肠小道继续走，在小溪一侧的岩石和石南灌丛中穿梭，慢慢地爬上了沼泽地。水手提提走在前面，约翰船长跟在她身后。罗杰一开始本来走在最前面的，可他每遇到一个小池塘都要停下来，看看里面是不是有鳟鱼，所以很快就落在后面了。多亏了苏珊停下等他，催促他快点，还不时地看看有没有什么东西或人落下。

他们总能听到前面有瀑布的流水声，而且离得越近就越洪亮。不一会儿，他们就看到不远的前方，银白色的瀑布顺流而下。

离溪谷越近，提提走得就越快，她越来越不确定一切都会是她想的那样。每次提提有新奇的发现，都会带着别人看过之后让人觉得沉闷无聊，而且这种事儿还经常发生。正因为这样，她一直匆忙地赶路，一方面因为她想确信别人看了之后满意，另一方面是因为，如果真的会令人失望的话，她还可以尽快想办法遮掩过去。

当她来到瀑布脚下的时候已经气喘吁吁了，但依旧沿着一侧的石头爬了上去，像上次一样，她又看到了那个小溪谷。就是那儿啦，是她记忆中的样子，在溪谷的尽头是另一个瀑布。陡峭的岩石、蕨丛和石南灌丛在两侧将溪谷围住，几乎把它宽阔平坦的谷底都遮掩起来了。回过头从低处的瀑布看过去，除了天空什么也看不见。除非从它的边缘看，否则从外面根本看不到这儿还有个溪谷呢。是的，一切都还是提提想的那样子。她转身向正在不远处攀爬的约翰挥了挥手，显然，他根本不需要匆匆忙忙的。

“先别看！”提提说，“在到达顶端之前要一直看路面。这边走。好了，看吧……”

约翰爬上了顶端，站在提提身旁，抬头向溪谷望去。

“这真是个好地方啊！”他说着。

约翰说得不多，但是提提从他说话的语气来看，知道一切顺利，至少船长对这个地方的感觉和自己一样好。

第十二章　燕子谷

“快点，罗杰！”苏珊一直催他，“你会被落在后面的。”

“这儿很安全。”罗杰说，“不像在丛林里，那里可能有野人躲在树后面呢。在这儿，你想看到哪儿就能看到哪里。喂！提提在哪里？约翰呢？”

“看不见人影儿了。”苏珊说，“他们已经到了瀑布上面啦。要是我们看不到他们，就算有很多野人出没，我们也看不见呢。快点吧，快点赶上探险队。”

罗杰加快了脚步。刚才他被一只在石南花上觅食的蝴蝶幼虫吸引住了，这只大幼虫浑身长满了红黑色的绒毛，趴在花上一动不动。不过现在，罗杰有更重要的事要做，于是他迅速去追赶探险队的其他人。苏珊想得很对，落伍不是什么好事。而且，约翰船长和提提已经在瀑布上面了，那神秘溪谷还是他和提提发现的呢。

几分钟后，罗杰和苏珊到了瀑布脚下，开始顺着岩石往上爬。很快，他们也消失在岩石顶端，从下面已经看不到他们了。银白色的瀑布从两侧的岩石和石南灌丛顶端倾泻而下。站在瀑布下面往上看的人绝不会想到，在几码远的上面会有一个神秘的溪谷，而且很多在这里露营的人都没有发现过。

“嗨，嗨！等等我们！”罗杰一边气喘吁吁地爬进山谷，一边喊着。

提提和约翰回头看了一眼，他们几乎站在了瀑布上面。

“快上来！”提提喊道。

现在，反而苏珊觉得很难加快速度了。她只瞟了一眼，就觉得溪谷那儿应该是个宿营的好地方，现在，她看着两侧的陡坡被树木丛遮掩着，溪流旁边的空旷平地，就忍不住想着哪里该放帐篷，哪里是生火的好地方，哪里可以洗餐具。

“那儿可以生火。”当她爬到一半的时候，突然喊道，“还有那儿，用来当作洗餐具的水池，没有比那更好的啦。”

“哪个水池？”罗杰问她。

“这个。”

“这里面有条鳟鱼呢，”罗杰说，“我和提提看到过。不过它应该不会介意在这里洗餐具吧。可能它还会很喜欢。”

“那得看我们的盘子上剩了什么东西。”苏珊说。

“我们可没有芥末。”罗杰说。

“快点！”提提又喊了一声。

“快点！”罗杰也喊着，“提提等着展示她的秘密呢。”

“来了，来了。”苏珊答应着，不过对于秘密，她还有自己的看法，因此怎么也快不起来，“在小溪的这一侧，有一片空地可以放下四个帐篷。如果需要的话，还可以放下我们的杂货仓呢。”她一半说给自己听，一半说给罗杰听，“或者我们也可以把帐篷放到另一侧去。”

“还是快点吧。”罗杰又催了。

“快点！”提提说。

终于，苏珊和罗杰爬到顶端，加入到提提和约翰的队伍中了。

“罗杰，”提提问，“你跟苏珊说过关于这里的什么东西么？”

“没有，”罗杰回答，“没跟她提过我们要带他们看的那地方。”

“你看见了吗？”提提问苏珊。

“看见什么？”苏珊疑惑不解。

“约翰也没看见呢，你们两个都经过那里啦。”

“经过哪儿了？”约翰问道。

“皮特鸭的洞穴。”提提说。

“不是个真的山洞吗？”约翰说。

“这就是为什么我们要带上手电筒的原因啦，而且幸运的是，苏珊没有让手电筒进水。”

“好吧，它在哪儿呢？”

提提和罗杰回到苏珊说的她想放帐篷的地方。

“在这儿呢！”提提说道。

约翰和苏珊看着他们，根本看不到有洞穴的迹象。

提提走到陡峭的灰色石墙边，墙的缝隙上长满了一簇一簇的石南灌丛。她指着洞的入口给他们看，果然，要不仔细看的话，肯定以为那儿不过是岩石上的一道裂缝呢。

“要不是有只蝴蝶落在石南花上休息，根本没人会注意到这个洞穴。”提提说。

“你们进去过吗？”约翰问。

“没有。”提提回答说。

“还没呢。”罗杰也这样回答。

约翰将背包带解下，随手把它扔到了地上。苏珊也扭动着解下背包，在里面翻找手电筒。在发生沉船事故后那么忙乱的一天里，她没把手电筒落下，这是多么幸运呀。接着，苏珊把它递给了约翰。

“约翰，进去吧。”她说道。

约翰弯着腰，将手电筒拿在胸前，从洞口处消失不见了。

“我也能跟着进去吗？”罗杰问。

“等一会儿吧。”苏珊说，“喂，约翰，你看一下洞顶，安全吗？”

“都是坚固的岩石，”约翰回答她，“而且很高，我伸开手刚刚能够到。我正试着站起来。噗，噗！都是灰尘！”洞里的尘土已经堆积了很多年。现在，约翰每移动一步，脚底都卷起一阵尘土。

“里面还有地方再装下几个人吗？”苏珊问。

“很大。”约翰的声音从远处传来。听起来，他好像正在一条深深的隧道尽头喊，回音萦绕，“不过你们进来的时候要小心头顶。”

其他人也都爬了进去，一个接一个地站起来。伸手不见五指，他们只能隐约看见手电筒发出的光时不时地跳动，一会儿照在墙上，一会儿又在头顶，周围到处都是坚硬的断岩。

“其实也不是很大。”约翰说。

“但是够皮特鸭住了。”提提说，“如果我们被野人、海盗或者类似的坏人袭击，他会让我们躲进来的。”

“为什么是皮特鸭的呢？”苏珊问她。

“是这样的。首先，我们没有给他留帐篷；另外，这里正是他应该拥有的那种山洞。”

“这是个放杂物的好地方，”苏珊说，“而且可以冷藏食物。没有比这儿更好的储藏室啦。”

罗杰咳嗽了几声。

“你还是出去吧，”苏珊说，“除非我们把尘土都弄干净，否则不适合你待在这儿。”

于是，罗杰跌跌撞撞地走出洞穴，回到明亮的太阳下。他拍了拍身上的尘土，眨了眨眼睛。这时，他就像一只在正午被打扰的蝙蝠一样，扑腾个不停，不过在其他人发现他的“蝙蝠样儿”之前，他立刻变回了小探险家和见习水手的样子。

提提和苏珊也跟着从洞里出来了，约翰在最后面。他们的喉咙都被吸进嘴里的尘土弄得发痒。

“里面不能住人，”约翰说，“但是有足够大的空间可以放下我们的帐篷和其他杂物。”

“可以让皮特鸭看守，”提提说，“我们可以住在自己的帐篷里。我们假装看见敌人来了，然后把所有的东西都藏在这洞里，没人会知道我们的根据地在哪儿。这真是个好地方！”

“可惜我们没有敌人。”罗杰说。

“我们可以有很多。”提提告诉他。

“在陆地上，你永远不会知道敌人什么时候出现，”约翰说，“而且亚马逊号海盗们一定想来点战斗什么的。”

“想想她们去年是怎么袭击我们的。”提提说，“因为她们说野猫岛是她们的地盘，不是我们的。不管怎么说，这次她们不会说这是她们的溪谷啦，而且没人知道这个洞穴。这样看来，这里比野猫岛还好啊。这儿也没有火堆表明有人来过，是我们自己发现的。”

“一定有人挖了这个洞。”约翰猜测。

“没准儿他一直都住这儿呢。不管怎么说，这是皮特鸭的洞穴。”

“可是皮特鸭只是故事里虚构的呀，”苏珊说，“这肯定不是他的。”

“好吧，无论怎样，他也是我们中的一员。我们把这个洞穴当成他的好了，要不还会是谁的呢？”

约翰同意。有些事跟提提争执是十分危险的，皮特鸭的事就是其中一个。不管怎么说，即使在约翰看来，皮特鸭也几乎是真实存在的伙伴了。的确，在圣诞节假期编造的故事中，他已经是一个十分真实的人物了。因此，他有个自己的洞穴也毫不稀奇。

约翰说：“而且，如果我们叫它皮特鸭洞的话，那么有土著人或敌人出现，我们想提到它的时候，就可以说‘去皮特鸭那儿’，或者‘去皮特鸭那儿把它取来’，或者‘我把它留在皮特鸭那儿了’，或者‘我们在皮特鸭那儿见吧’，没人会猜到我们说的是一个山洞。皮特鸭洞会被好好地利用的。但是我们要叫这个溪谷什么名字呢？”

“如果可以的话，我倒是为它起了个名字。”提提说，“就叫它‘燕子谷’吧。好多地方都是以国王、公主或者某些人的名字来命名的，用船名来给一个新地方起名会更有趣的。我们就叫它‘燕子谷’吧。”

没有人提出反对意见。现在，有这样一个溪谷作为营地，而关于洞穴还有很多事要考虑，因此即使是约翰听到了小船的名字也没有很介意。毕竟，燕子号就快修好了，而且这里的一切都不错。

“大家都同意吗？”

所有人点了点头同意了。

“好吧，”约翰说，“燕子谷就是它的名字啦。”

“永远、永远都是。”提提高兴地说。

“明天我们要把营地搬到这儿来。”约翰说道。

“不过在燕子谷只有一点不太好。”苏珊说（提提听到她叫燕子谷这个名字时，感到很高兴），“这有充足的水源，但是没有树。我们还要从沼泽地下面的森林搬柴火。”

“每次去取牛奶的时候，我们就可以多搬点柴火回来。”约翰提议。

“我觉得从这儿到农场不会比从马蹄港到那儿更远。”苏珊说，“取牛奶很简单，但是把柴火搬到这里来要困难得多。”

“不过，虽然我们已经经历了海难，”提提说，“但我们应该经历更多艰难险阻，否则就不像探险了。”

“好吧，你赶快去经历你的‘艰难险阻’吧，拾些柴火回来，我们就能快点生火做饭了。”

“咱们马上出发吧。”罗杰说。

“我们必须多了解一下这个地方。”约翰说，“我们要找到一个好的瞭望台，有个哨岗，这样哨兵们就可以警戒了，如果有土著人从伐木林中下来，或者从树林里钻出来的话，他们可以给我们警告信号。”

“好的，”苏珊说，“我去准备搭灶台了。”

“等灶台一搭好，我们就去下面的树林捡柴火。现在要开始探险啦！”约翰知道苏珊大副喜欢按自己的方式搭灶台，不需要别人的帮忙，“你们两个快点儿！把背包留在这儿，但要带上望远镜。”

提提和罗杰把背包留在了皮特鸭洞口，跟着约翰一起爬到溪谷的北侧去了。

路上不断有石子从脚下滑过，他们要尽量避开这些松散的小石子。他们踩着岩石往上爬，用手抓住成簇的石南花。到顶端时，他们来到了一片开阔的沼泽地上。那里的石南灌丛、蕨丛和绿草已经被黑脸的羊群啃掉半截，又被夏日炎热的太阳光灼烧成土黄色。再往上一点，可以看见那条小溪蜿蜒着穿过沼泽地。向沼泽地北面和西面的更远处望去，可以看到高高的山峰。

“那座山的顶峰就是干城章嘉峰。”提提说，“现在那里还没有雪，不过冬天一定会被白雪覆盖的。”

“亚马孙河就源自溪谷前面的那座山。”约翰说，“我在地图上看到它了，它的名字叫……”

“我们就叫它干城章嘉峰吧，”提提说，“这样我们在去探索亚马孙河源头的同时，就可以攀登干城章嘉峰了。这才是真正的探险呢。”

“是呀，干城章嘉峰的确是个极好的名字。”约翰说。

“我们要借着绳子才能爬上去。如果那儿有雪的话，我们还需要破冰斧呢。”

“喂，那是里约。”罗杰说。

他们被泥沼高地以及延绵到远方的蓝紫色山峦深深地吸引住了，一直没机会回头看看山下的湖面。这时，他们转过身来，看见远处的湖水，它像一条蓝色和银色相间的彩带，深绿色的岛屿星罗棋布，船屋的白帆和土著人的黑色划艇点缀在上面，里约镇的灰色屋顶密密麻麻地聚在港口。从泥沼高地穿过树林间的缝隙看过去，他们能看到里约，但看不到野猫岛，因为野猫岛在脚下离他们太近了，而且被刚刚他们爬过的那片森林完全遮住了。

“望远镜呢？”约翰问。

提提伸手递给他。

“我们能看到霍利豪威。我想我们可以的。”

“让我看看！”罗杰说。

他们轮流看了看。很明显，在湖的另一边，离里约不远处，有一片被松林覆盖的深绿色山峦，那是达恩峰。达恩峰旁边的小港延伸出一片绿色田地，白色墙面、灰色屋顶的农舍在田地上方茂密的树林中隐约可见。

“那移动着的白色小斑点一定是保姆的围裙，”提提说，“要不就是小布莱基特。”

“太好了！”约翰说，“如果我们需要什么的话，甚至可以直接给妈妈发个信号，或者她也可以发给我们。而且那边的那块岩石可以当作一个很好的瞭望台，虽然离溪谷有点远。”

在大约一百码远的地方有一块四方的大石头，表面是平的，从石南灌丛中凸显出来。

不过那天没时间看那块岩石了。他们向下望到湖面，可以看到穿过燕子谷的小溪在那里绕过沼泽地，流经树林直接倾入马蹄港。有什么东西正随着小溪一起移动呢，罗杰拿起了望远镜。

“苏珊在那下面做什么呢？”他突然问道。

“在哪儿？”

“那儿，她正在向森林走去。”

“噢，糟了！”约翰喊道，“她的灶台搭得太快了，现在已经去拾柴火了。她肯定以为我们把这事忘了呢。快点，我们要追上她！不管怎么说，那块岩石的确适合做瞭望台。快点！沿着羊肠小道穿过石南灌丛，大家要注意前面的路！”

“为什么？”罗杰问。

“因为有蛇。”约翰提醒说。

“是从烧炭人家里逃出来的吗？”

“是的。”提提说，“当然是逃出来的，还带着剧毒呢。”

“会咬人吗？”罗杰问。

“如果你不踩在它们身上的话，就不会咬你。”约翰说，“如果你给它们让路，它们也会给你让路的。不过要是有一团盘起来的蛇在太阳光下晒太阳，你过去用脚踢它的头，它会不高兴的。我们还是快点吧，在苏珊把拾的柴火抱回去之前，让她看看你们能拾多少。”

“遵命，长官！”提提说。

“遵命，长官！”罗杰学着提提，“谁领队呢？”

约翰用行动回答罗杰的问题，沿着狭窄的羊肠小道全速向树林跑去，看起来像是跳进了燕子谷较低一端瀑布下面的小溪里。他尽可能地跑快，不时地跳过伸到小路上来的石南花丛。提提像小兔子一样跟在他后面，罗杰跟着提提，但不是很快。毒蛇一般都被烧木炭的人装在雪茄盒里，他们对蛇十分了解，但是如果刚开始探险就不小心被蛇咬伤的话，还是不值得的。所以，在保证时间不浪费的情况下，还是注意不要踩到蛇。

他们在那片森林里找到了他们想要的一切。在橡树和榛树林里，到处都是折断的树苗，已经干枯，像火绒一样。在下面的落叶松树林里，成百上千的枯树枝散落在地上，有的很细，还有小树瘤留在上面，非常适合引火。苏珊走到了松树林边上。其他人都是在沼泽地边上拾到的树枝。约翰和罗杰的口袋里正好有绳子，他们捆了一捆柴火背在后背上。提提也捡了一堆，正想着怎么带走呢。这时，她看见苏珊从松树林中爬上来，背着巨大的一捆柴火摇摇晃晃的。

“你要绳子吗？”苏珊气喘吁吁地问，“我口袋里有，不过我没有手闲着了。”

提提将绳子从苏珊的口袋里抽出来，捆上她那些柴火，这样就不会在路上散落啦。

“你们都来了吗？”苏珊又问道。

“是的，”提提回答说，“其他人刚刚回来。”

当苏珊和提提离开树林的时候，看到前面背着两大捆柴火的约翰和罗杰正沿着小溪慢悠悠地往上爬呢，她们加速追赶。没有人讲话。等他们四个爬上瀑布边的岩石，重新回到燕子谷的时候已经大汗淋漓，好在这些柴火够烧两三次水的了，他们不需要再回森林继续捡。

像往常一样，苏珊搭了一个一流的灶台。干木棍一点就着了，小探险家们很快就吃上了在燕子谷的第一顿饭。时间不早了，在流动的溪水为他们冲洗餐具的时候（因为他们将用过的杯子、勺子和刀叉放到了岩石之间的小水塘里），他们将没用完的柴火搬到了皮特鸭洞里去。“柴火一定要干燥。”作为探险队的大副和厨师的苏珊想着。

“我们可能会在燕子谷被人围攻，要是这样就不能下去多弄点柴火了。”提提说，像是一个被驱逐的逃犯才会有的想法。

“我们去看看那块岩石吧。”提提说。

可约翰船长想着要走开，尽早去下面的树林中砍一些树枝做扁担，这样就可以挑行李了。

他们在榛木林中找到了想要的木杆，约翰和苏珊将它砍下来，其他人帮忙把两头削平。在离开英格兰南部之前，小探险家的四把刀子已经被铁匠打磨得十分锋利了。这次正好是个好机会，可以试试刀子到底多锋利。两个扁担一做好，探险家们就迫不及待地将他们的背包放在上面检验一下。约翰和苏珊抬着其中一个，而提提和罗杰抬着另一个，挂在扁担上的书包随着绳子来回摇摆。整个队伍顺着树林里的斜坡快速下滑，此时他们遇到了一点小麻烦，因为两个人不能保持同一个高度，背包总是沿着扁担棍向下滑。不过他们还是来到了落叶松树林的尽头，看到了那条马路。这时，走在苏珊前面的约翰突然把扁担扔在了地上。

“快潜伏起来，”约翰喊着，“找地方隐蔽！”

“幸亏这些背包差不多是空的。”苏珊一边自言自语地说着，一边将她那一端也放下。

“嘘！嘘！”约翰小声提醒大家。

四个探险家都蹲下，保持绝对的安静。从他们下面的马路上传来一阵马蹄声。

“小跑着的还是慢走的？”罗杰小声说。这次还是听不清。

“慢走的。”提提小声地回答着，但是这回她错了。

一匹黑色的小马拉着一辆四轮马车向前走，车上坐着两个大人和两个小姑娘。

“其中一个是布莱凯特夫人。”苏珊说。

“另外一个肯定是南希和佩吉的姑奶奶，”提提说，“但是剩下那两个，肯定不是亚马逊海盗们。”

一位十分淑女的中年妇人僵硬地坐在布莱凯特夫人身边，手里握着一把女士阳伞。她们前面，驾车人后面的两个狭窄的座位上坐着两个小姑娘。她们穿着带荷叶边的淑女连衣裙，戴着太阳帽，裹着手套的双手紧握住膝盖，正对着两个妇人坐着。真是可怕的一幕呀！马车渐渐消失了，小探险家们用惊愕的眼神互相望着彼此。

“这简直比沉船还糟糕！”提提终于开口了。

“我不敢相信那是南希船长！”罗杰不愿相信这个事实。

但是确实是她。

第十三章　转移营地

那天晚上回到马蹄港时，他们满脑子都是燕子谷这个神秘的溪谷，以及更神秘的皮特鸭洞。他们盼着这一夜快点过去，好早一点出发。早上匆忙地洗漱完后，提提几乎一路跑着去斯旺森农场取早晨的牛奶。接着，他们迅速地吃完早餐，收起帐篷，打包物品，整个过程忙忙碌碌。可当准备离开港湾，开始出发去沼泽地的时候，大家都觉得身体里有一种空空的感觉，尽管他们刚吃过早饭。这些船员们远离海洋的时候似乎感到一丝恐惧，尽管约翰昨天一直期盼着可以离开让他想起沉船的那地方。但是今天，他和其他人一样，开始觉得越往内陆行进，离野猫岛的生活就越来越远，这种感觉比燕子号沉没时还强烈。即使燕子谷的发现者提提和罗杰，早上也没有急着出发。当罗杰看见一艘划艇从达恩峰驶来的时候，他们开心极了。提提通过望远镜，看到船上的人是弗林特船长。弗林特船长的划艇一路从达恩峰驶来，给了他们一个很好的借口，这样可以等得久一点，而且也不必说出彼此心中的疑虑。他们知道如果弗林特船长没有事情跟他们讲的话，是不会到马蹄港来的。

现在，马蹄港看起来又像发生沉船事故那天的样子了。帐篷已经拆除，卷起来放进背包里。竹子做的小帐篷柱也被拆成一节一节的，捆成一捆。每个小探险家都背着一个背包，另外，扁担的一端挂着一包其他的行李，用小圆毯或防潮布盖住。苏珊和约翰抬着一根比较粗的扁担，正在试着看他们能拿多少。提提和罗杰的担子明显轻很多。但是，等每个人都已经满负重荷时，还是有很多东西没办法打包带走。显然，他们要再来一趟了。

弗林特船长刚把船划进马蹄湾就看到了岸上的景象。在他入湾之前，岸上的探险队员们早就看到，弗林特船长又带来了好多东西，这下他们要搬运的东西就更多了。

“他在船尾带了好多东西啊，”约翰接过望远镜后，说道，“两个袋子，还有些包袱。”

“我真希望他带些面包来，”苏珊说道，“我们的面包差不多吃完了。”

“要搬运更多的货物了。”约翰一边说着，一边想着要是他们的旅程中有一两头骆驼就好了。“我们换个时候再搬吧。”大副说，“我们都吃得太饱了。”

“他带根树干来做什么呀？”罗杰问。

“喂！”约翰船长喊道，“还有燕子号的旧桅杆。”

不管怎样，这根旧桅杆让他们觉得离开这里去沼泽地高兴一点了。弗林特船长立刻解释说：“小船长，接住这根挪威杆儿。”弗林特船长一边将小船划上岸，一边喊，“我猜你肯定想尽快拥有一根新的桅杆。这个不错呢，而且造船人简单地修剪过了，你要做的就是用它照着旧桅杆的样子做一根新的。”

约翰抬着光秃秃的长木杆一头，上面还有扁斧削过的痕迹。弗林特船长抬着另一端，一起把它抬上了岸，然后他们又把燕子号已经断成两截的旧桅杆也带到岸上来。要把这根粗糙的树干弄得像那根旧桅杆一样光滑可不是件容易的事儿。

“可我们只有刀子。”约翰说。

“以前，沉船的水手就是用刀子做桅杆的。”弗林特船长说，“但是你不必这样做。我给你带来了刨子和一对两脚规。等你弄好了，我们就去弄点亚麻籽油。”

不知怎么，只要可以做桅杆，哪怕是看到一根未成形的粗糙木杆放在那儿，都让他们更加相信燕子号早晚会回来的。到那时，遭遇海难的水手们又可以自由地在岛上生活或者出海航行了。

“我们会每天都过来打造桅杆的。”约翰船长说。

“你们要将营地沿着河岸转移吗？”弗林特船长看着沙滩上的行李，问道。

“不是，”提提和罗杰一起回答他，“我们要去沼泽地上面的溪谷。”

“我们告诉过你那个溪谷，”提提接着说，“你是知道的，你还说过那儿的湖里有鳟鱼呢。”

“顺便说一下，”弗林特船长说，“如果这溪谷是我想的那个，我就明白为什么当我要告诉你们的妈妈关于山中湖的事儿时，被你们拦住了。我当时没想到是什么事，现在才明白。那儿还有个洞穴呢，就在路的左侧，你们看到了吗？”

提提的表情一下子失望下来，世界上的神秘地方都已经被探索完了吗？

“那是皮特鸭洞。”提提说。

“三十年前，我曾叫它本·刚恩[1]洞，那是个露营的好地方。”

“南希和佩吉知道那儿吗？”

“据我所知，她们没有爬上过那一侧的沼泽地。”

“千万别把那个洞穴告诉她们呀！”提提焦急地说。

“好吧，”弗林特船长说，“可是你们要把这工作带到那里去做吗？”

“我会来这里做的。”约翰说。

“我们都会的。”罗杰接着说道。

“你们正要出发，是吗？”弗林特船长回头看了看划艇，说，“我船上剩下的货物是船上的补给，你们的妈妈让我交给苏珊。不管你们要不要把桅杆带上，这些东西是你们一定会用到的。总体来看，你们不觉得把我也带上，让我做个搬运工更好吗？”

“谢谢啦！”苏珊高兴地说。

“他们的确需要当地的搬运工，”罗杰说，“所有探险者都是这样的。”

“但他不是个真正的土著人，”提提说，“从去年的战争后就不是了。”

“但是，我还是可以帮你们拿些货物到沼泽地上嘛。”

“那就这样吧。”提提说。

弗林特船长可能有点胖，但他背部宽阔，因此小探险家们把东西都压在他的背上。他的小船里有一条长长的锚索，他们用这条锚索和一块旧的防潮布装了一大捆的货物，包括大部分散货，大罐的牛肉糜压缩饼、饼干和面包盒，还有他刚刚从霍利豪威带来的两包豌豆和土豆。

“他能扛得动吗？”苏珊疑惑地说。

“要是再放上个火柴盒就扛不动啦！”

---

[1] 本·刚恩，一个荒岛流浪者。

他们把大包的货物捆好了。然后弗林特船长弯下腰，把绳子没有系住的一头搭在肩膀上，把货物背了起来。背上的重物压得他摇摇晃晃，不过他还可以走得动，像罗杰所说，能移动才是最重要的。

“喂，你们在做什么呢？”从水的另一边传来了愉快又响亮的声音，“吉姆舅舅试图带着什么东西逃跑呢？”

亚马逊号已经在港湾了，大家四处张望。燕子号船员们很难相信，眼前的南希·布莱凯特船长和佩吉·布莱凯特大副戴着红色海盗帽，穿着棕色T恤、蓝色短裤，正在拉活动船板和收帆。而在昨天，这同样的两个人却穿着白色连衣裙，姿态端庄地和姑奶奶坐在马车上兜风。

“你们是怎样逃出来的？”弗林特船长背着巨大的包袱慢慢转过身，问道。

“姑奶奶一听说你走了，就决定趁着这个好天气去湖泊的源头那里。她说她想告诉牧师过去的一切事情，她听说他在做一些与众不同的事情。当然，妈妈也要去，她们直到午饭时间才会回来。”佩吉说。

“很幸运，正在刮东风呢。”南希说，“从两条路走都能到，还不用转帆呢。所以我们不能错过这次机会。”

“不过我们要在午餐之前赶回去。”佩吉说。

“又是一个令人讨厌的下午。”南希不高兴地说，“不过没关系。你们在做什么呢？”

“我们在转移营地。”约翰说。

“去我和罗杰发现的那个溪谷。”

“那溪谷和……”罗杰看到提提的脸色，立刻止住了。

“好吧，”南希说，“你们浪费吉姆舅舅的体力啦。他的口袋里还能装很多东西，他的口袋很好，很大的两个。”

“约翰船长，”弗林特船长说，“如果你不让这些海盗们拿行李的话，就浪费资源了。那样她们就有更多时间去游泳，或者直接航行回去啦。”

“来吧，佩吉，”南希船长说，“我们拿一只船桨，给他们展示一下我们是怎么做的。”

两个海盗从亚马逊号中拿出一只船桨当作扁担杆，下面挂着一大捆被防潮布盖住的货物，约翰和弗林特船长曾用这块防潮布上的一部分为燕子号补洞。只剩下一点点小东西装不进去了，不过，正像南希说的，弗林特船长还有口袋呢。

“鹦鹉怎么办呢？”苏珊说。大家都习惯把波利当作船员中的一员，在这个时刻包括提提在内都忘记了一个事实：它不能搬运自己的笼子，因为它自己就在笼子里。

“我和波利是老船友啦，”弗林特船长说，“你们最好让我带着它吧。”

“你带着笼子就可以了。”提提说，“波利可以站在我们的扁担杆上，这样我和罗杰就可以抬着它啦。”

“八片币！”这只绿鹦鹉落在提提手上时叫了一声。然后，它站到扁担杆上，等提提和罗杰把扁担抬到肩上时，找了找平衡。

“如果你说的是我背上的这一大捆包袱，”弗林特船长说，“那可比八片币沉多了！”

“不可能。”罗杰怀疑地说。

“感觉就是这样的。”弗林特船长继续骄傲地说，“我们出发吧，可能没那么沉的。”

就这样，探险队伍出发了。可是，还没等提提提醒约翰和苏珊不要说关于皮特鸭洞的事儿，她自己就先忍不住了。“至少现在还不能，”她说，“你永远不知道会出什么事。毕竟，她们可是海盗呀。”

约翰船长和苏珊大副走在前面。苏珊在他们的扁担上挂了牛奶罐，这样她就可以一只手扶着它防止牛奶溅出来。他们后面是弗林特船长，弓着腰，脑袋都快碰到地面了。他一只手拿着鹦鹉笼，另一只手扶住肩上的大包袱。再后面是亚马逊号海盗们，她们用一只船桨抬着自己的包袱。最后面是提提、罗杰和站在扁担杆上的鹦鹉，中间挂着他们的一大捆包袱。

弗林特船长看了一眼前面的桥，说那儿空间太小他是钻不过去的，更何况还背着一捆大包袱。他准备从墙上的豁口迈过去，然后横穿过马路，如果野蛮人发现了他，他们或许会可怜他，也可能杀了他。这时，约翰认为，如果野蛮人发现了某个人在横穿马路的话，他们也会误以为是搬着什么东西去农场的自己人呢。所以约翰和苏珊抬着扁担上挂着的货物从马路上横穿了过去，就好像他们是做生意的土著人，而与探险家和沉了船的水手毫无关系。即便一开始想从桥下穿过的亚马逊号海盗们，也在最后一分钟改变了主意。不管怎么说，桥下的空间实在太小了，想要不弄湿船桨上挂着的大捆包袱，成功穿过去似乎是不可能的。因此，虽然他们看起来根本不像土著人，还是跟着弗林特船长、约翰和苏珊从马路上横穿了过去。

但是，没什么会阻止提提和罗杰从桥底穿过。他们的包袱比其他人的小得多，可提提觉得最好让鹦鹉自己先钻过去，让它在桥的另一侧帮她看着鞋。然后她再和罗杰带着行李钻过去。

“已经是第二次沾水了。”当他们在桥下走到一半的时候，罗杰说道。

“把扁担抬到头顶上，”提提说，“像这样。”

“我是那样做的，”罗杰说，“我的胳膊肘都擦破皮了呢。”

绿鹦鹉在桥的另一侧用大声的尖叫欢迎他们。在另一边，他们停下来穿上鞋子，提提给罗杰洗了洗胳膊肘然后围上绷带。幸好罗杰带了一块十分干净的手绢。这一切都做完后，他们开始向前飞奔。当他们沿着小溪爬上落叶松树林的斜坡时，扁担下挂着的大捆货物剧烈地摇摆着，绿鹦鹉在扁担杆上不停地扇动翅膀保持平衡。

“不用管它，”提提说，“站稳了，波利。最要紧的是快点儿。”

他们来到树林的尽头，在昨天吃早餐的地方赶上了其他人。他们停在这儿短暂地休息，每个人吃了一块巧克力补充能量，连小鹦鹉也吃了一点。苏珊很明智地将巧克力放在背包外面的口袋里，这样她可以在走路中就拿出来吃。接着，大家都过来帮忙把大包袱放在弗林特船长背上，抬起各自的扁担继续走路。他们沿着羊肠小道向沼泽地前进，时而穿梭在石南灌丛中，时而踩在小溪边的卵石上。这次，提提、罗杰和绿鹦鹉走在最前面，南希和佩吉跟在他们身后，苏珊和约翰走在最后，因为苏珊害怕弗林特船长的包装得太满，会在路上掉下什么来。

“这种路不适合我这个年纪的人啦。”弗林特船长在岩石和石南灌丛中穿梭了几分钟之后气喘吁吁地说。

“这是条很棒的羊肠小道。”约翰说，“如果你把脚放在合适的位置，就会觉得空间很大。”他已经将这条路当成通往燕子谷的唯一一条路了，因此他听不得任何反对的声音，就像他决不允许任何人在任何时间任何地点说有比燕子号还好的小船一样。

弗林特船长抱怨了一两分钟，不过还是继续尽力往前走。

“为什么我们之前没去过那儿呢？”佩吉问道，“真的不算远哩。看，那是……”

她说出了远处高山的名字。可是，提提一听到她说，立刻纠正了她。

“那是某人的干城章嘉峰，”提提说，“如果你指的是那座最大最高的山的话。”

南希呆呆地站住了，猛地将佩吉从扁担的另一头拉过来。

“为什么不去爬干城章嘉峰呢？”南希说，“真见鬼，为什么我们不去爬那座山峰呢？”

“我们要去！”提提说，“你们之前爬过那座山吗？”

“我们被带上去过一次，”佩吉说，“还是很多年以前的事了，但是这跟自己爬上去不是一回事儿。”

“完全不是一回事儿！”南希说。

“好吧，我们一起去爬那座山吧，”提提说，“用绳子爬上去。”

“如果姑奶奶不阻拦的话就去。”南希说。

“我们昨天看见你们啦，”罗杰说，“你们正坐在马车里。”

“是吗？”南希严肃地问。

他们跌跌撞撞地继续走着，很长时间都没有人讲话。不过，他们用扁担杆或者船桨抬着一大堆行李在这么狭窄蜿蜒的小路上走，也很难有心情讲话。弗林特船长连喘气的空儿都快没有了。

小瀑布的流水声听起来越来越大，最后，走在探险队前面的提提和罗杰终于在瀑布脚下停了下来。

“我们要继续爬上去吗？”南希问，“还拿着这么多行李？”

“我是不行了，”弗林特船长说，“就算拿一个包袱也不行了。我们最好绕过去，从侧边把行李扔到溪谷里。”

“直着走更有趣，”南希说，“我们可以爬到上面，把行李拉上去。只要把这捆行李解开，我们的绳子足够长的。”

提提说：“而且一离开小溪就能看到开阔的沼泽地，在很远很远的地方都可以看见我们。”

于是，所有的包袱都卸了下来，堆在瀑布下的地面上。南希和佩吉用来捆包袱的亚马逊号长锚索也解开了。约翰拿起绳子的一头爬到瀑布的顶端，其他的探险家和海盗们跟在他身后往上爬，他们看到绳子真的足够长呢。弗林特船长留在瀑布下面将包袱一件一件地系在绳子上固定好。

当燕子号船员们看到南希和佩吉对燕子谷的评价这么高时，他们很高兴从马蹄港转移到这里。南希爬上瀑布看到溪谷的那一刻，才发现那是个多么好的地方啊。“这是我看到的最好的藏身地，”南希说，“想想看，它在这里存在这么多年，我们竟然对它一无所知。”

“你还不知道它有多神秘哩！”看到南希这么评价她的溪谷，提提自豪地说，而且差点想多说些什么呢。

正在这时，从下面传来一声喊叫：“拉起来！”

南希立刻转身，回到正经事上来。

“拉绳子的时候来点节拍吧，”南希嚷道，“喊个口号怎么样？”

“用《喂，嘿》歌吧。”提提说。

因此，由她开始喊：

大清早的
遇到一个喝醉的水手，我们应该怎么办呀？
遇到一个喝醉的水手，我们应该怎么办呀？
遇到一个喝醉的水手，我们应该怎么办呀？

大家齐声喊着，并跟着节奏往上拉绳了：

大清早的
喂，嘿，把她拉起来呦，
喂，嘿，把她拉起来呦，
喂，嘿，把她拉起来呦。

瀑布不是很高，他们拽着绳子往上拉，弗林特船长的大包袱沿着岩石壁发出嘎嘎的响声。正好喊到最后一句节拍时，包袱被拉进溪谷中。那首歌儿，特别是他们的合唱，使他们能够一步一步地将货物运到溪谷上面来。你可能很难相信，只要有两个船长、两个大副、一个一等水手和一个见习水手一起拉着绳子喊着节拍，还有站在他们身边一块岩石上尖叫着为他们加油的鹦鹉，无论货物有多重，他们都能轻松地拉上来。最后，当所有的行李都被拉上来后，弗林特船长自己拉着绳子的一头，开始顺着岩石往上爬。这时，船长们、大副们和船员们一起气喘吁吁地嘟囔着："喂，嘿，把她拉起来呦。"

"现在这样唱是不对的。"当弗林特船长的一只脚踏上来，他们停止拉绳子时，罗杰说道，"应该是'他'而不是'她'。"

"没关系的，"弗林特船长说，"要是都那么计较，包袱就都拉不上来了。"

亚马逊号海盗们和弗林特船长在瀑布顶上帮忙将东西转移到苏珊说的可以扎帐篷的地方，就在灶台和洗刷餐具的小池塘旁边。无论她们去哪儿，提提都紧紧地跟着她们，每一分钟都害怕她们会看到被石南灌丛遮掩的洞穴入口。罗杰继续在溪流旁边的小池塘里找鳟鱼。她们的眼睛并没有去注意灰色石墙底部的黑影，也没多看一眼好似长在岩石缝隙中茂密的石南花丛。糟糕的是，地上有一条干树枝留下的痕迹，这痕迹从灶台旁直通到洞口。很明显，这是昨晚他们回马蹄港之前，搬柴火时留下的。提提一直在跟自己说他们是多么愚蠢，竟然没有想到这一点。但是不管怎样，他们一定不能再留下什么痕迹了。你只要看到这些柴火，然后跟着痕迹来到岩石那边，皮特鸭洞就不再是什么秘密了。不过，亚马逊号海盗们并没有注意到它。她们要不是一直在忙的话，可能早就发现了呢。弗林特船长一直在提醒她们该回去吃午饭了，所以，在她们跑回亚马逊号返航之前，只能匆匆忙忙地瞟一眼四周。

"别忘了前天受到的训斥，"弗林特船长说，"而且，今天可没有沉船事件当借口了。"

"即使是沉船也算不上一个太好的理由，是吗？"南希说，"我们会抓紧时间，不会再给您添乱啦。"

"那不算真的训斥，因为你们留下来是在帮忙处理马蹄港上的事情。"

"不算吗？"南希说，"你是不知道姑奶奶的脾气呀。喂，从外面看到的溪谷是什么样啊？"

“你根本看不见它，”提提知道亚马逊号海盗们马上就要远离皮特鸭洞了，于是高兴地说，“过来看呀！”

他们都爬上溪谷北面的陡坡，向整个沼泽地望去。

“你从十码远的地方根本看不见这儿有个溪谷。”约翰说道。

“那块大石头是什么？”南希指着北边说。

“瞭望台，”约翰说，“至少，它会成为我们的瞭望台的。”

“嗯，”南希说，“从很远就能看到它。”

“这就是为什么它是个很好的瞭望台的原因啦。”提提说。

“如果我们从沼泽地那边回来的话，它可以帮我们找到溪谷。”南希说，“我们会的，会那么做的。我们要来个突然袭击。今天是第一天，我们要走了。明天我们也不会来的。”

“我们会等你们的。”约翰船长说。

“要是你们现在再不快点的话，那就走不了了。”弗林特船长焦急地对她们说。

“快点！”佩吉喊道，“你也会迟到的。我们不会迟到，今天的风很不错。”

“我不会，下午茶之后我才值班呢。不过，老天保佑，但愿你们不会迟到。我真想逃离这个困境，哪怕只有一两天也好。”

“他和我们一样害怕姑奶奶。”佩吉向苏珊解释。

“他比我们还害怕呢，”南希补充道，“可怜的妈妈也是。”

“就算是他，也要换上体面的衣服。”佩吉说。

“唉！”南希叹了口气，“我们不是也要换上端庄的连衣裙吗？快点吧，时间不多了。我都忘了我们还穿着舒服的T恤和短裤呢。”

她们像兔子一样蹦蹦跳跳地朝溪谷跑去，拿起她们的船桨，盘起她们的绳子，赛跑着奔向瀑布。几分钟之后，一直目送她们的燕子号船员和弗林特船长，就看到她们的红色水手帽消失在树林里了。

“她们没发现那个洞穴吧？”罗杰说。

“没发现。”提提说。

“向上帝发誓！”约翰船长说，“我们就在这儿等她们发动袭击。”

“别指望她们发动袭击啦。”弗林特船长说，“真的，她们很难逃出来的。”

“我想那个姑奶奶一定十分恐怖。”提提说。

弗林特船长既没说是也没说不是，只是告诉他们他要去霍利豪威了，而且他们如果想写封信的话可以帮他们捎过去。于是，尽管所有的行李都还堆在灶台旁边，帐篷也没扎起来，他们还是先翻找出提提的写字用具。他们拿出一张信纸，地址写上“燕子谷”，署上每个人的名字。他们告诉妈妈已经转移了营地，这样就不用再担心洪水或者疟疾的袭击了。他们还希望妈妈和船宝宝能尽快过来喝茶。

“可是，她怎么能找得到路呢？”苏珊说。

“我会去港口修桅杆的，”约翰说，“这样如果她来到马蹄港的话就没问题啦。”

这一条也被加进去了，然后他们把信纸折起来，放到信封里，收信人地址写的是“霍利豪威的妈妈”。罗杰在左上角标上了“海盗邮局”几个字。

船员们写信的过程中，弗林特船长一直在安静地抽烟。“还有，”等他们写完了，他好像突然想起来了什么事情，说道，“如果可以的话，我想看一看你们说的洞穴。我想那两位已经走了，现在应该可以了吧？”

苏珊把手电筒借给他，然后他蜷缩着挤了进去，小探险家们跟在他身后。

“它比我想象的要小。”弗林特船长爬进去，站起来时说道。他转身走向门口的右边，用小刀在石壁上刮了刮，然后看到了几个潦草的字——“本·刚恩”。

“我们要把皮特鸭的名字也刻在这里。”提提说。

“本·刚恩会很高兴在这里遇见他。”弗林特船长说。

“这是你刻上去的吗？”

“三十多年前刻的。”弗林特船长回答道。

过了一会儿，他离开了洞穴，向沼泽地走去。他说他很想留下来跟他们在一起，可是背了那么一大捆包袱之后如果不继续运动的话，他担心自己会变成植物人。不管怎样，明早他会在马蹄港教约翰如何使用刨子和圆规的。船员们跟他一起走到瀑布边缘，看着他安全地爬下，然后走到小溪边的时候跟他道了个别。他向树林走远一点时，以为瀑布上还会有人往下望着他呢，于是转身挥了挥手。可惜那儿已经一个人都没有了，他们此刻正忙着在新营地扎帐篷呢。

第十四章　适应新环境

由于营地上还有许多东西等着他们收拾，所以，水手们很高兴终于有了私人空间来做自己的事。当然，如果他们需要更多帮手时，比如说有时需要搬东西，有时需要传递信息，有时需要有人加入他们的冒险活动，这时他们总是十分欢迎土著人和海盗们（主要是弗林特船长和亚马逊号船员）。可是现在，他们要在一个新地方搭建一个新营地，而且还有一大堆的事情等着他们做决定，他们暂时谁也不欢迎。等营地收拾好时，天还没黑，大家商量好了，在修好的燕子号归来之前，船长和船员们先不做沉了船的水手了，而是做野人部落里的野人。他们住在洞穴里，夜晚时分围在火堆旁跳舞，在长长的扁担杆上画上图腾，然后戴上石南花环膜拜它们。不过后来，约翰想起他要回去做桅杆呢，苏珊也说那个洞穴真的不适合居住，罗杰认为如果不亲自在里面睡觉的话，他感觉不到新帐篷的好，而提提知道野人是从来都不绘制地图的。所以尽管船沉了，他们还是下定决心继续做探险家和海员。他们一直在讨论这件事，结束的时候，他们很高兴没有被偷听。他们自己可以很快忘记这些话。但是如果有其他人在的话，很难假装从来没有在要做什么人这个问题上犹豫过。

提提总结了大家所想的，她说："只要是探险家，那么任何事都可能发生，想想去年吧。但是如果我们做野人的话，就算去爬干城章嘉峰也没什么意义。作为野人，我们只能盘腿坐下，吃生肉了。"

"此外，"苏珊说，"我们还有暑假作业要做呢，做探险者的话还是可以读书的。”

提提突然想到做野人有一点好处，就是她不必再学法语单词了，但并没有说出来。因为不管怎样，法语单词还是要学的。

“我的作业都是代数，海员一定要懂的。”约翰说。

“我们的船已经沉啦。”提提说，“现在要从海浪、巨型螃蟹或者类似的危险境地中逃生……”

“还有短吻鳄呢！”罗杰说。

“我们已经转移到山区了。这是唯一明智的做法，否则我们可能在之前的营地那儿患上发烧或风寒呢。”

“好吧，”苏珊说，“现在，就这么定了。我们继续扎帐篷吧。”

“爸爸给我们的这些帐篷真是太好了。”约翰船长说，“如果我们的帐篷是那种需要将绳子系在两棵树之间的话，那我们在这里安营就困难啦。”

“一方面是因为这里没有树。”罗杰说。

“那杂货帐篷怎么办呢？”提提问道。

“我们可以利用那个山洞啦！”苏珊说。

“没错，皮特鸭就是守护人。”提提说。

小溪谷的南面有一块平地，处于溪流和山洞之间，大小足可以放下四顶帐篷。小探险家们让帐篷门口向着小溪。他们背后是溪谷相对较陡的一侧，可以保护他们不受南风的侵袭，而且即使有人从沼泽地上往溪谷这边看，也看不到他们。苏珊大副的灶台在帐篷和小溪之间，是她搭建的最好的灶台之一。灶台旁边有一个小水池，可能是专门用来洗刷的。

“这是我们拥有过的最好的营地。”最后一顶帐篷安置好的时候，苏珊环顾一周说道。

“当然，在野猫岛的时候不算。”提提说。

“这儿不是岛。”苏珊说，“所以它当然比不上野猫岛那个啦。它是我们拥有的其他营地中最好的一个。不过，我们还有好多事情没做呢。”

“我去蓄一个水池，”约翰说，“这样就可以在里面洗澡了。”

“我们马上行动起来吧！”罗杰说。

“应该先把杂物放起来，”苏珊说，“在这之前，我们得把山洞里的灰尘打扫一下。”

“皮特鸭不会介意的。”提提说道。

“他当然不会了，”苏珊说，“他也要像其他人一样去洗澡的。得有人去砍些大的石南花枝条来。你们两个去吧，我去准备晚饭。”

“要是遇到蛇怎么办呀？”罗杰说。

“好吧，罗杰，”提提说，“我也去吧。幸好我们前天没有想起遇到蛇的事儿，否则就不会发现燕子谷了。”

“不要将蛇捡起来或者踩到它身上就可以了。”苏珊说。

“如果罗杰稍微弄出点动静，”约翰说，“他们是不可能捡到或踩到蛇的，除非蛇都睡着了。”

“快点！”提提说，“让我们比比谁的刀子更锋利吧。看吧，罗杰，我们还可以同时做别的事哩。”

提提和罗杰匆匆忙忙地向溪谷北面走去，他们一路大声讲话，而且用力踏着地面，想给小蛇机会让它们自己逃跑。他们砍下一捆捆的石南花给苏珊做扫帚。他们在这边砍点，在那边砍点，一直向着那块平顶的石头方向前进，那儿就是约翰说可以用来做瞭望台的地方。他们是第一个发现溪谷的，为什么不成为第一个登上瞭望台的人呢？

苏珊从皮特鸭洞把一些之前储存的柴火取出来，点着了，开始为探险家们准备晚饭。约翰还在搭建他的游泳池。在溪谷两侧松散的小石子中有很多大块的表面较平的石头，他把这些大石头搬过来，将最大块的放在最外面，里面填充一些小一点的。他做了一个正方形的柱子，不太高，也不太大。

“这是用来做什么的？”苏珊问。

“给鹦鹉的，”约翰回答她，“我想在提提回来之前弄好它。”

他将那两根长扁担杆中的一根切成两段：一段用来做扫帚的把手，另外一段他做成一个十字放在柱子的顶端，看起来就像是稻草人的两臂一样。苏珊帮他抬起一块大的石灰板，然后放在柱子的顶端。约翰在平板上面放上鹦鹉的笼子，然后打开笼门。他将手伸进去，鹦鹉用爪子握住他的一根手指。很快鹦鹉就被端了出来，它紧紧地抓住杆的一端，伸展开翅膀开始扑腾着。

“漂亮的波利。”鹦鹉叫着。

“它看起来真的很漂亮，”约翰船长说，“我在想它还能不能回到笼子里。”

“给它一块糖试试。”苏珊说。

约翰拿出一块糖给鹦鹉看了看，然后放到笼子里。鹦鹉沿着扁担杆一步一步地移动，直到它的嘴可以够到笼子。接着，它咬住里面的一根横梁，把自己拉进去，双脚一直在乱扒，试着抓能抓住的东西。它在笼子外爬了一圈，直到来到笼门前钻了进去。

“感觉它回来的过程会艰难一些。”约翰说。

但事实却不是这样，它可不是船上一只没用的鹦鹉。它可以像其他动物一样爬上爬下，而且可以用嘴和一只脚将自己挂在笼子上，用另一只脚试着去抓扁担杆儿，这样很快就能从笼子里出来了。

石南灌丛很坚韧，不易被砍断，而提提和罗杰一路上还边走边“探险”。于是，等他们两个手里拿着大把的石南花枝从溪谷陡峭的一侧爬回来时，鹦鹉已经是第二次站在石柱上了。这时，火烧得很旺，水壶里的水也要开了，苏珊大副让船长去剥豌豆。

“好呀！”苏珊高兴地说，“你们两个可真不着急。”

“我们爬到瞭望台那里了。哇！这个太适合波利啦！什么时候搭的？这里原来是没有的。”

“你们两个去砍石南花枝的时候。”

“我们还到那块岩石上去了。站在岩石上面，可以看到百英里远的地方呢。”

“无论向北面、南面、东面还是西面看。”罗杰补充说。

“而且石头上有一块凹陷的地方，如果你躺在里面，没人能看得见，除非从山顶用望远镜看才行。”

“快去看看吧。”罗杰说。

“先吃晚饭吧，”苏珊说，“过来，提提。还有你，罗杰。你们来剥豌豆，让船长去做扫帚。晚饭后你们都去看那块岩石，我去打扫我们的储藏室。”

“是皮特鸭洞。”提提说。

提提和罗杰开始剥剩下的豌豆。他们扔给鹦鹉一个豆荚，它很快将豌豆皮剥干净，然后将皮弄碎扔到一边，把豌豆留下。但苏珊说鹦鹉剥得不干净，不能跟其他的混在一起。等豌豆都剥好了，苏珊赶快做晚饭。这是一顿丰盛的晚餐，热腾腾的牛肉糜压缩饼，蘸了奶油的绿豌豆、面包和果酱，还有巧克力和苹果。与此同时，约翰拿着给鹦鹉做栖木后剩下的半段扁担，在上面绑了一大束石南花，底部用一根结实的绳子捆起来，在石南花黑色的茎上绕了一圈又一圈。然后他将绳子的一端塞进花茎中，这样就看不出来绳子是从哪里起头的了，就好像他在绳子的一端又绑了一根绳子一样。这项工作他做得很漂亮，当苏珊看到她的扫帚时，几乎忍不住马上就想试试看，像其他人想立刻出发去瞭望台一样。不过，那时晚餐已经准备好了，没有哪个厨子愿意把做好的饭菜放在那里凉着。因此，扫帚被放在了一边，直到晚饭结束，吃剩的杂物被扔到小水池里，让干净的溪水冲走后，苏珊才又拿起了扫帚。

这时，提提和罗杰本来想帮忙一起打扫山洞的，可是苏珊阻止了这样的想法。

“那里很脏的，”她说，“而且，要是我们都挤进去的话，连转身的地方都没有。我一个人进去打扫吧，这样至少还知道自己站在哪儿，之后你们随时想进来都可以。”

“过来吧，”约翰船长说，“一个好的营地没有一个好的瞭望台是不行的。我们一定要找个好地方，可以看到整个沼泽地。还记得亚马逊号海盗们说过要来个突然袭击吧。她们会发动袭击的，不过我们也会给她们一个‘惊喜’的。”

“没有比那块石头更好的地方了。”提提说。

“好吧，让苏珊做自己的事儿吧，我们去岩石那里看看。”

提提和罗杰将所有希望都寄托在那块岩石上了。那是最好的攀爬点，无论是上去还是下来，都在离燕子谷较近的一侧。

“这儿是可以的。”约翰把提提和罗杰留在岩石上，独自一人往沼泽地走去。约翰使劲儿地往岩石那边看，还以为他们没动呢，于是挥挥手示意他们该离开了，却发现他们已经从岩石上下来，正沿着石南灌丛中的羊肠小道偷偷地来见他。

“不错的侦察点，”约翰说，“没有比那儿更好的了。一定要每天都有人在那儿守着，一旦有敌人来侵袭，就立刻从后面爬回燕子谷发布警告。”

他们欢欣鼓舞地回到燕子谷，发现苏珊正站在帐篷旁，看着皮特鸭洞口上方的一侧溪谷。

“怎么了？”约翰说着从另一侧的陡坡上滑下来，然后跳过小溪。

“看！”苏珊说。

“那是什么？”

“看！”苏珊指着一根从洞口上方的石南灌丛中戳出来的圆头小棍，说道，“那是扫帚把手，是我从里面塞出来的。我在里面放了一盏灯，不过我打扫的时候把它碰倒了，这时却在洞顶上看到一点微弱的光。我用扫帚把戳那个洞，刚好能穿出来。这就解释了为什么洞穴里的空气还没那么差，仅是有些灰尘而已。我想肯定有人曾住在里面。”

“好样的，苏珊，”约翰说，“那么，我们一旦遭到突袭的话，躲在洞里面就没问题啦。这正是我们想要的，我还曾为此担心呢。我现在就上去把小洞清理一下吧。”

“其实小洞可以留给鹦鹉，它晚上可以在那儿睡觉。”苏珊说，“我们不能让它睡在杂货帐篷里，提提的帐篷里也没那么多地方，在那儿的话它不会窒息的。”

“很可能是皮特鸭故意弄倒了灯笼，这样你才发现那小洞了。”提提说，“因为他知道鹦鹉要跟我们待在一起。”

“好吧，可能是这样的。”苏珊说。事实上，苏珊发现这间储藏室通风良好之后，十分高兴，才不管皮特鸭是不是这样想的。

约翰爬上岩石较多的一侧溪谷，将扫帚把又插进去，结果扫帚落在了洞穴里的地面上。接着，他又把周围的石南花割掉了一些，这样，洞口通畅了些，有更多的空气流通，而洞口大小还不足以引起别人注意。

接着，大家都走进洞穴。苏珊把这里收拾得换了个模样。厚厚的尘土没有了，她从小溪取来水，浇洒在地上，把地面刷了一遍。“下一次，我要使用茶渣，”她说，“今天我没想到这一点，把茶渣都扔掉了。”饼干盒和其他的小件行李也都整洁地堆放在墙的一侧。提提和罗杰马上发现饼干盒可以用来当座椅。沿着墙的这边有一块岩石的断层，突出的岩石形成一个架子，虽然不是很平，但足够让灯笼稳稳地站在那里，不受其他东西的干扰。“一切刚刚好，”约翰说，“除非在夜晚，否则没人会注意到洞口这里的一丝光线的。”而且即使约翰清理了洞口上方的通风口，它的光线也实在太微弱了，根本不显眼。

“现在，”等大家都夸赞完了，苏珊说，“今天这顿晚餐用光了全部的柴火。营地既然已经收拾好，我们就开始干活吧，所有的人都动起来，一起去拾柴火，然后开始做暑假作业怎么样？”

“还要搭建泳池呢。”约翰说。

“还要建水坝呢。”罗杰说。

“我们一定要弄的，否则明天就不能洗澡啦。”提提说。

“好吧，我想我们也应该要舒服地洗个澡了，”苏珊说，“不过首先，我们必须弄一堆柴火回来。”

到下午茶时分，皮特鸭洞里已堆起了一大堆柴火，和在野猫岛上亚马逊号海盗们为他们准备的柴火一样好。晚饭时分，已被水花溅得湿透的小探险家们终于从繁忙的劳动中解脱，可以休息了。他们看着小溪从水坝边缘流过，水坝是用两层大石头堆起来的，中间掺杂着一些小块的，更小一点的石头被填补在水池底部的缝隙中，外面一层大石头使整个水坝变得坚固。水坝将水位升高了足足一英尺，溪谷一端的瀑布带着一种新的音符流到水池中来，虽然这个水池用来游泳还不够大，但也比一般的浴盆好多了。夜晚，忙碌了一天的小探险家们钻进帐篷里，燕子谷的生活开始了。

第十五章　燕子谷的生活

小探险家们早上睡到很晚。他们一醒来就跑到溪谷的一头，看看昨晚才建好的水坝有没有被水流冲垮。

没有，竟然一块石头都没有移动过。于是，大家纷纷跳进新泳池里洗了个澡。他们回到营地后，就在苏珊要提醒大家，去斯旺森农场还要走很长一段路，而且必须有人在早餐之前去取回牛奶时，一个清脆又欢快的声音传来："哎呀，你们过得很舒适嘛。昨晚睡得好吗？"他们看到玛丽·斯旺森小姐正站在皮特鸭洞上方的斜坡顶端往下看呢。她一只手拿着牛奶罐，另一只手提着一个大篮子。

"来自霍利豪威的大米布丁，"她接着说，"而且明天沃克夫人要过来跟你们一起喝茶呢，到时她会再带一些布丁来，所以你们今天要把这些吃光。"

"不要从那里下来，"约翰喊道，"那儿很滑。"

不过玛丽·斯旺森似乎对这个溪谷很熟悉，她沿着边缘走了几码远，然后从新泳池旁边的羊肠小道走了过来。

"你们建的水坝真不错呢！"等约翰和苏珊跟她见了面，接过手中的牛奶罐和篮子时，玛丽夸道，"你们刚刚说的那块石头真的很滑。我的弟弟们经常从那石头上滑下来，很多裤子都划破了。"

罗杰可从来没有想过在溪谷的这一侧还可以这样玩，他马上跑过去准备试一下。他先从半截处开始，然后再从顶上开始往下滑。这真是个打滑溜的好地方。

"这边还有一块更好的。"玛丽说。一会儿，她又指着溪谷的另一侧说，"这里没有那么陡，对衣服的磨损也没有那么大。”

“磨到肉啦！”罗杰说。他从皮特鸭洞后面的陡峭岩石上来回滑了两三次，屁股上的衣服已经破了。

“你跟我去农场吧，”玛丽说，“我帮你补上，滑了这么长时间，肯定不止这一个地方破了。你们能找到去洞穴的路，对么？我想你们会找到的，昨天特纳先生过来顺道探望时，告诉过我你们在那里。你们进去过了吗？”

“过来看看吧。”苏珊骄傲地说。没人介意玛丽·斯旺森知道这个洞穴的秘密。虽然她住在沼泽地下面，而且每天从早忙到晚，但在小探险家们眼中，她更像是一个同盟者而不是敌人。玛丽永远值得信任。在燕子谷的第一天早晨，玛丽和他们一起喝了早茶。吃完饭，罗杰、苏珊、提提跟她一起去了农场，而约翰则去马蹄港找弗林特船长一起做桅杆。第二天，罗杰又跑去农场缝补衣服了。玛丽每天要给他补两次，直到最后他实在厌烦了“立刻撕破”这个游戏。这是提提为他这项游戏起的一个非常好的名字。

不一会儿，约翰就离开了湖边树林里的小车道，然后穿过另一片树林向马蹄港走去，这时，他听到锯木头的声音。弗林特船长在他之前就到了，正在努力地修理桅杆底端，尽可能使它和旧桅杆的底端一样，这样才能完美地插到船骨的底座上。这项工作很快就完成了。约翰将装在背包里的刨子从营地拿到港口的沙滩上来，弗林特船长告诉他如何使用。这个刨子是弯曲的，这样它可以在圆形表面的物体上均匀地刨屑，像普通的刨子在平板物体上刨屑一样。他还带来了圆规和大扳手，可以根据需要控制扳手的开口大小和开关，只需转动一个小螺栓就可以了。弗林特船长向约翰展示如何在两根桅杆上测量出同一长度，还有用圆规测量旧桅杆的厚度时，怎样将两脚分开刚好卡到木棍上。接着，他开始均匀地刨直、削薄新桅杆，包括桅杆两端，直到它恰好能卡到圆规的两个点上。

“记住一件事，”弗林特船长说，“不要一次削下太多。如果你削下一点的话，还可以继续打薄，但是如果一次削掉很多的话，可就再也补不回来啦。”

弗林特船长和约翰整个上午都在忙着修理桅杆，直到快吃饭的时候才结束，而这时，其他人也从农场回来了。他们两个得知其余几个小探险家们在农舍里和斯旺森老爷爷一起大合唱，还在斯旺森奶奶新做好的被子上缝了块小布。而且他们在农场里看到了一群猪、小牛和小马驹，还有一只他们见过的世界上最大的虎斑猫。“那只猫一直跟着玛丽，可她不打算让它接近燕子谷。不过，她说这只猫害怕鹦鹉，所以就算它真的来了我们也不用害怕。”苏珊大副邀请弗林特船长留下来一起吃饭，他欣然接受，而且他还从里约带来了五个猪肉饼和五个水果派。他希望自己没有拿错。他从树丛的阴凉处拿出那个装满好东西的包裹，然后又从船上拿出一根钓鱼竿，一个装鱼的篮子和一个抄网[1]。他把包裹放在篮子里，这样方便携带。

“我想着吃完饭后去鳟鱼湖钓鱼呢。”弗林特船长说，“我还可以教你们如何用虫形鱼钩钓鱼。”

“我们都去钓鱼吧。”罗杰高兴地喊着。

“在这湖里如果不用虫形鱼钩的话，是钓不到多少鱼的。”弗林特船长说，“但是，在小溪里就不同了，如果你们有一两条不错的小虫子，就可以很快抓到鳟鱼。”

“我们带了钓鱼竿。”罗杰说。

“嗯，还是让我看看你们用虫子能抓到多少吧。”

在燕子谷吃饭时，罗杰一直想问弗林特船长那个问题，之前由于各种原因都没有问成，但从第一天开始这个问题就一直在他脑子里徘徊了。

“弗林特船长。”罗杰开始了他的话题。

“什么事，罗杰？”

“你为什么用黑色的布将大炮遮盖起来呢？”

“为了防止落上灰尘，同时防止陌生人靠近它。”

“大炮本身可比一块布更能阻止陌生人靠近呢。”

“连你都防不住，不是吗？去年你占领了我的船，强迫我走跳板。即便现在，我每天晚上做梦还想着那些鲨鱼呢。”

“可是，今年我们想让你点着它的。”

“因为眼下我不住在船里。”

“干吗不住在里面呢？”

弗林特船长沉默了一会儿，大家都侧耳倾听。最后，他终于说话了：“听着，

[1] 抄网，用以抄去上钩的鱼等。

罗杰，只要我一抽出时间就拿一桶弹药过去，到时你要过来啊，你得自己点火。”

“那我们现在就去点燃它吧。”

“他去不了，”提提说，“因为有姑奶奶在。南希船长这么说的。”

“她不会永远待在这儿的。”弗林特船长说。

鳟鱼湖离燕子谷大约一英里远，在沼泽高地顶端，是一个在岩石和石南灌丛中央形成的小湖。燕子号船员们看见它时，甚至想把营地建在岩质的湖岸。不过提提说那儿没有山洞，苏珊说如果建在那里的话他们要将柴火运到燕子谷，然后再从燕子谷走一英里才能运到鳟鱼湖来，那会很麻烦的。罗杰说：“这样的话，每一趟要多走两英里呢。”“而且，”苏珊补充说道，“到斯旺森农场的距离也会远很多。我们会把时间都花费在取柴火和牛奶的路上。”约翰和弗林特船长却在一边谈论着别的，他们一直在讨论抓鳟鱼的事儿。当弗林特船长坐下后开始收拾他的渔具的时候，大家停止讲话看着他——这根本不是在大湖中垂钓的渔具。渔具中没有浮标，没有小鱼也没有虫子。相反，弗林特船长打开一个铁盒子，从里面拿出三个虫形鱼饵来，递给罗杰让他抓住。

“这是什么做的？”约翰说。

“所有的虫形小鱼钩都是羽毛和丝做的。”弗林特船长回答说，“在这儿用大鱼钩钓鱼是没有用的。那个是山鹬羽毛和橙色蚕丝做的，那个是沙锥羽毛和紫色蚕丝做的，这个是黑色蜘蛛吐出的棕色的丝和一根从黑色野公鸡脖子上拔下来的闪亮羽毛做成的。天热的时候，这些是最好的鱼钩，最容易钓上鱼来。”

“这都是你亲手做的吗？”约翰问道。

“当然是我做的。”弗林特船长回答。

“我能要一个虫形鱼钩来钓鱼吗？”提提问，“罗杰带鱼竿了。”

“没用的，提提。你不能用挂杆鱼竿抛虫形鱼钩。要是你向鳟鱼抛出这么大一个红色浮标的话，它们会被吓跑的。但是如果你有好多虫子的话，就可以去小溪里抓鱼啦。”

“我们只有一条虫子，”罗杰说，“但是它很漂亮。”

“好吧，看看在山溪里你怎么利用它吧。”弗林特船长说。湖水被风吹起阵阵涟漪，他已经钓得有点不耐烦了。“快点，约翰，别挡在那儿。大副先生，让其他人也走开，别挡在那儿。我可不想钓上来一个探险家，我要的是鳟鱼。”

他开始慢慢地移动到湖的南面，风正是从这一面吹来，吹得鱼竿前后摇摆发出“嗖嗖”的声音。他将线放出去，虫形鱼饵被抛在水面上，随着涟漪往更远的地方漂去。过一会儿，浮标一点一点地慢慢升起，他开始将鱼钩往回拉，然后平稳地往上一拽，将鱼线从水中拉出，鱼线立刻甩到身后。接着，他等了半秒钟等线垂直，然后将鱼竿向前一甩，把鱼钩抛了出去，鱼钩轻轻地落在水面上，就像一块块的碎屑，足足漂了一码多远。他的鱼钩第三、第四次落在水面上时，山鹬羽毛和橙色蚕丝做的鱼钩溅起了水花，鱼竿弯下去了。不一会儿，一条小肥鳟鱼就被拉了出来。约翰一直安静地站在一边，手拽着水下的抄网，为弗林特船长做好准备。罗杰和提提想快点跑过去看一看鳟鱼，但是苏珊知道钓鳟鱼是一件认真的事儿，如果一大群人在岸边蹦蹦跳跳的会影响到鱼儿游上钩。因此，她及时阻止了他们，他们也只能远远地观望了。接着，弗林特船长把鱼竿交给约翰。不一会儿，约翰便开始尝试将鱼线甩在身后拉直，然后向前抛出。鱼线一直伸展，直到在他面前的水面上拉直，这时虫形鱼钩像雪花一样慢慢掉入水中。“现在，往上拉一点……停一下……再往前一点，”弗林特船长指导着他，“瞄准水面上两英尺的地方……别把鱼竿拉回来太多……不用太使劲……利用好鱼竿的前端……看这儿，现在让我握着你的手来教你怎么做吧。”这可不是什么好的钓鱼方法，因为两只手握住鱼竿并不比一只手好用，尤其这两只还不属于同一个人的。最终，鱼钩入水时终于不缠在一起了，但也只能被抛到离岸一、两码的地方。突然，水面上溅起了一个水花，约翰猛地一拉，鱼钩从他头顶飞过，卡在石南灌丛中了。弗林特船长只好爬回来把鱼钩从灌木上解下来。

“要我说，刚才那条一定是条鳟鱼，不是吗？”约翰问道。

“当然。在同一个地方再试一次。保持平稳。记住，当鱼线在你身后时不要太急。如果鱼竿的尖没有抛出很远的话也没问题。在那儿呢！钩住它！棒极了！”这时，约翰用鱼竿拉着他的第一条鱼，弗林特船长拿着抄网将鱼抄了起来。

罗杰看得不耐烦了。

“我们也去钓鱼吧。”罗杰一边迫不及待地说着，一边打开放着虫子的烟盒。“这个湖里到处都是鱼。看他们是怎么把鱼儿拉上来的。已经钓上来两条了。”

“可是我们没有虫形鱼钩呀。”提提说。

“是没有鱼钩，但我们有虫子嘛！”罗杰说，“这是我抓过的最好的虫子。”

“弗林特船长说我们最好在小溪里用虫子呢。”提提说。

“小溪不够大。”罗杰说道。

他们留下苏珊一人，转身向山溪和湖的交汇处走去。苏珊慢慢地跟着用虫形鱼钩钓鱼的两个人。“我们就在这儿钓吧，”罗杰说，“真是一个钓鱼的好地方。”他和提提沿着小水湾的边缘小心地爬着，岸边的岩石几乎直线落入深深的湖水中。他们共同支起垂钓鱼竿，一起将大虫子挂在鱼钩上，当然，做这些还是有些困难的。他们把浮标拉到鱼线很高的位置，这样虫子就可以沉入水中较深的地方。然后罗杰站在岩石上抛出了鱼饵和浮标。他们转动鱼竿上的绕线轮又放出了很长一段鱼线，于是，红色的浮标随着风和轻微的水波移动，离岸边越来越远，直到鱼线已经拉直，浮标停住了。罗杰握着鱼竿，提提站在他身边注视着水面。可是红色浮标一点动静也没有。他们慢慢坐下了，罗杰将鱼竿递给提提。过一会儿，提提又递给罗杰。然后，他们架着鱼竿绕过一团石南灌丛，把鱼竿柄嵌入到岩石下面，这样就好多了。他们注视了一会儿，开始谈论起其他事情。他们决定将鱼竿支在那里顺其自然地钓鱼，而他们两个则当起了侦察兵，沿着岩石一路爬过去，直到可以看见更广阔的湖面。他们看到了约翰、弗林特船长和苏珊。他们看到约翰钓上来一条鱼，然后放到了弗林特船长的篮子里。接着，他们看到约翰将鱼竿递给苏珊，自己拿着篮子，苏珊在学钓鱼呢。他们观察了很长一段时间，最后，他们看到苏珊也钓上来一条。“要是我们也过去的话，可能他也会让我们钓的。”罗杰说。

他们回头看了看刚才的小水湾。

“我看不见我们的浮标了。”提提说。

“在那儿呢，”罗杰喊着，“它在动了。提提！提提！好像有东西在拉它。快看鱼竿！”

他们疯狂地跑回到鱼竿那里，这时，鱼竿剧烈地上下移动着。

其余几个人已经钓上来一篮子的小肥鳟鱼了，可能有十几条吧，每条大概四分之一磅，大小都差不多。“在这里通常不会钓到更大的鱼，”弗林特船长一边往回走，一边说道，“但这些鱼吃起来非常甜美。有的夜晚，你还能看见湖里的水怪在移动呢，不过没人抓到过它们。半磅的鱼是非常好的了，四分之一磅也不错呢。真正的大鱼是不会游上来的。”

“罗杰怎么了？”苏珊突然大声地喊。

这时，他们听到提提惊恐的叫喊声：“救命呀！救命呀！”

“他们没事，”约翰说，“都在那儿呢。但他们究竟在做什么呢？”

“救命！救命！”提提尖叫着。

“他们抓到一条大鱼！”弗林特船长说，“约翰，抓紧鱼竿，我去网鱼。”说着，他迅速跳过一块块岩石和石南灌丛，完全忘了自己有多胖，而且自从第一次以后，已经有多长时间没钓过鱼了。

“坚持握紧鱼竿！”他喊着。

“罗杰掉进水里去了！”苏珊说，“噢，天呐！我真不应该离开他们的。”

靠近岸边的湖里一阵忙乱，罗杰扑腾得水花四溅。现在提提握住鱼竿，剩下的人顾不得管浮标，沿着小水湾向浅滩的岸边跑去，那个浅滩就在山溪和湖水的交接处。罗杰就是在这种浅滩里扑腾着，几分钟以后，水花溅得更猛烈了，只见罗杰用胳膊抱着一条大鳟鱼从湖里往岸上爬。正当快爬出来时他突然滑倒了，鳟鱼掉进水里，罗杰赶紧扑上去，按住它，幸亏这时弗林特船长及时赶到，把抄网递给了罗杰。就这样，罗杰、提提和鳟鱼终于离开了水边，来到离湖水有十几码的安全距离。

“这条鱼足有两磅重呢，”弗林特船长说着，“你钓上来一条‘鳟鱼爷爷’，把我们这些用全套渔具来钓鱼的人都打败啦。”

提提和罗杰的鱼太大了，根本没办法装在篮子里。于是，他们用弗林特船长的抄网抬着它。

“要是今天妈妈不来喝茶的话，就太可惜了！”提提说。

“她应该看看这条鱼。”弗林特船长说。最终他们决定将这条鱼送到霍利豪威去。弗林特船长可以半路停在霍利豪威，把鱼留给妈妈。他喝完茶，马上就要走。

“我可不想晚回去，”他说，“那两个小海盗昨天午餐迟到了二十分钟。她们跑进去的时候屋里一片肃静。这也不是她们的错，今早我逃出来的时候，她们的妈妈还在说着这件事呢。”

“逃出来的？”提提说。

“不管怎样，快点吧，”弗林特船长匆忙地说，“如果要继续修理新桅杆的话，明天我要早点过来了。”

“亚马逊号海盗们明天会来吗？”苏珊问道。

“还是别告诉我们了吧，他们可能会发动突然袭击呢。”约翰说。

“从我听到的来看，她们应该没办法逃跑的。对，我确信她们明天来不了。不过，我会尽量帮助她们，让她们后天可以逃出来。”

“她们明天不来没准也是好事，”约翰说，“我们还要好久才能做成新桅杆呢。”

“她们可不认为这是件好事。”弗林特船长接着说。

“我想她们一定伤心极了。”提提说。

“我也是呀，”弗林特船长说，“但谁也没办法。”

他们用凤尾草裹住大鳟鱼，上面附上一张纸片，提提在纸上写道：送给妈妈——爱您的提提和罗杰；罗杰写上：是我们自己抓到的。这时，罗杰才发现他很难跟这条亲手抓到的鱼道别，他一遍又一遍地看着这条圆鼓鼓的斑点鱼。可妈妈还要拿这条鱼当晚餐呢，弗林特船长也不能再等了。于是罗杰看了最后一眼，将草叶握紧，递给了弗林特船长。船长用一根干净的绳子在草叶上绕了几圈，系紧，这样这条大鳟鱼就打包好了。

弗林特船长把鱼竿、虫形鱼钩、一两个渔网、抄网和篮子留给约翰和苏珊保管，他们将这些渔具小心地放到皮特鸭洞中储藏。“除非像今天一样刮南风，否则不要浪费时间在这儿钓鱼。”弗林特船长离开时说道，“你们在山溪里会抓到更多的。”

晚上，小探险家们想到困扰着亚马逊号海盗们的麻烦，感到一丝悲伤。但是，他们很难同时想着鱼的事和海盗们遇到的麻烦事，于是当苏珊去收拾晚餐要吃的小鳟鱼时，大家都过去帮忙了。尽管根本没人分得清哪一条是约翰钓的，哪一条是苏珊的，他们还是夸赞每一条鱼。“多希望这里面也有我钓的啊！”罗杰这么说。不过，约翰却说罗杰是个贪婪的小野兽，因为提提和他抓到的鱼几乎有他们钓到的所有鱼加起来那么大哩。苏珊用煎锅在营地的火堆上煎鱼，锅里沸腾的油喷溅出来，发出嗞嗞声，让他们想起了去年钓鱼的情景。

接下来的两天，罗杰除了鳟鱼以外，其他的什么都不会想了。这天夜里，吃完晚饭睡觉之前，他要么在“立刻撕破”石头上爬上滑下，要么在山溪旁边松散的石子地里翻找着虫子，甚至苍蝇。第二天早晨，罗杰随着苏珊去取牛奶，并让玛丽缝补他的裤子，之后，他又去了鳟鱼湖。他试图再抓一条“大水怪”，可惜毫无收获。正当他准备放弃的时候，发现提提在山溪的小水塘旁边钓鱼呢。她用约翰下山修桅杆之前教她的方法，用一些不起眼的小虫子已经钓上来四条小鳟鱼了。晚饭过后，罗杰又开始在水塘钓鱼，这次他没带浮标。等约翰结束了一天的辛苦工作从马蹄港回来时，他带回了妈妈和船宝宝布莱基特。她们及时地划进了马蹄港，然后跟着约翰一起去燕子谷喝茶。此时，罗杰已经抓到两条鱼了。小探险家们立刻将鱼清洗干净，放在锅里煮，他们为了让妈妈及时吃上鱼和涂了奶油的面包，忙活了好一阵。

昨天的大鳟鱼已经送到霍利豪威，成了妈妈和保姆的晚餐了，而且杰克逊夫妇也吃了一些。还剩了一点，小布莱基特吃过早餐粥以后吃了。虽然妈妈在澳大利亚和新西兰见过更大的鳟鱼，但她说那是她在英格兰见过的最大的一条。船宝宝看到鹦鹉的私人栖息地后很开心。妈妈也十分喜欢那个游泳池。等妈妈看完了整个溪谷后，他们最终告诉了她皮特鸭洞的秘密，并带她一起去看。他们将遮住洞口的石南花拨至一边，把手电筒递给她，让她进去看看他们的洞穴。妈妈对皮特鸭洞的评价令所有人都十分开心。

“要是能找到这样一个洞穴的话，任何一个探险家都会很高兴的。”这句话令提提和罗杰感到高兴。“这真是个干净、整洁的贮藏室。”这句让苏珊感到高兴。“这里还需要一个石桌。”约翰立刻决定做一个石桌。“这是多么好的一个藏身地呀！”听了这句，所有人都开心极了。“可是，这里不能睡觉。”苏珊向她解释，除了鹦鹉睡在里面之外，没人在里面睡觉的。“还有皮特鸭呢。”提提说。

“当然，”妈妈说，“嘿，这是什么？本·刚恩？”

妈妈盯着苏珊手电筒照在墙上的圆斑点看，上面是弗林特船长很多年前刻上的一个名字“本·刚恩”。而下面又补充了一个新名字，用括弧将两个名字连到一起。

“你看，本·刚恩是属于弗林特船长的，而皮特鸭是我们的。”提提说。

其他人也都使劲地盯着墙上看。上面写着：

本·刚恩

伙伴

皮特鸭

这几个字并不是一样大小，也不都是方方正正的。因为借着烛光灯笼，用刀子在墙上刻字很难写得更好。

“可你是什么时候加上的字呢？”苏珊问。

“就在今早你和罗杰去农场取牛奶的时候。”提提说，“那时，约翰也跑去瞭望台那儿了。”

“瞭望台？”妈妈说，“那是什么？”小探险家们领着妈妈爬到瞭望台那儿。妈妈将小布莱基特举起来递给约翰，然后自己爬上去。她回过头向湖上望去，远远地看到霍利豪威就在湖的另一面，旁边是延绵的高山。他们告诉她哪一座是干城章嘉峰，还有他们有一天如何同亚马逊号海盗们一起登上那座山的。

“可怜的孩子们，”妈妈说，“我听说她们一点空闲时间都没有呢。”

“简直太可怕了，”约翰说，“我们看见她们驾着马车出来过。”

“带着白手套。”提提补充说。

“姑奶奶到底是什么样的？”苏珊问道。

“我们航行去野猫岛的第二天，她不是过去跟你喝茶，做朋友去了吗？”提提疑惑地问。

“我想她不是去交朋友的吧。”妈妈说，“那是个奇怪的电话。她让布莱凯特大人带她去是因为她想知道我们是什么样的人。”

“可是她看到你是那么友好又温柔，难道不想跟你做朋友吗？”

妈妈笑了。

“可能她不这么认为呢。”她不愿意再提关于姑奶奶的事。剩下的时间里，她在瞭望台上站了会儿，等回到燕子谷喝完茶之后，就原路返回马蹄港了。小探险家们一边护送她，一边听她讲述澳大利亚丛林里钓鱼、穴居和露营的事情，那儿的蛇可比这里的小蛇厉害得多呢。就这样，他们一路跟着，直到看到妈妈安全地穿过树林。

尽管如此，当他们穿过树林回到营地时，提提还是对约翰说：“妈妈也不喜欢她。”

“是的，”约翰说，“我确定她不喜欢。不管怎样，亚马逊号海盗们明天或许会从她的手里成功逃脱，并且来燕子谷发动袭击的。”

第二天，约翰确信亚马逊人会来突袭，整个早晨都在燕子谷或瞭望台那里等着。他派提提和罗杰去取牛奶，告诉他们一分钟都不要耽搁，他害怕海盗们会在他们不在的时候发动袭击。过了一会儿，苏珊说她需要弄更多的柴火来。于是，一个探险家在瞭望台上观察动静，一有情况就可以立刻放出信号；其余三个拾柴火的一直在靠近树林边缘的地方，他们不时地看看燕子谷上方的瞭望岩，但没有任何信号发出。整个上午过去了，下午约翰去马蹄港时，很确信亚马逊号海盗们不会来了，因为她们这么晚还穿过沼泽地过来太不值得了。他发现弗林特船长整个上午都在马蹄港修理桅杆。约翰在那儿工作了整个下午。因为弗林特船长在桅杆上留下一张字条说他明天不会过来了，约翰决定做些暑假作业。晚上回到燕子谷后，他跟苏珊说了他的想法，苏珊十分同意。她觉得暑假已经过去整整一个礼拜，可作业却还没开始做呢，大家应该静下心来开始做作业了。

“我想亚马逊号海盗们不会真的发动突然袭击的，”约翰说，“至少现在不会。和去年不一样，她们现在不自由了。”

“可能她们没办法逃脱。”苏珊说。

“连弗林特船长都逃不掉呢。”约翰说。

但是，在小探险家们搬到燕子谷的第四天，当大家都不再指望海盗们会来的时候，突袭悄然而至。

第十六章　突然袭击

那天早晨，提提拿着望远镜和一本法语语法书到瞭望台上继续做暑假作业。有时，她会拿起望远镜向远处扫视一圈，除了羊群什么也看不到，于是她放下望远镜，继续拿起书看。她对“avoir”现在时各种变体已经掌握得很好，可是对它的未完成过去时变体仍模糊不清，看到虚拟式的各种变体时彻底绝望了。罗杰正在小心翼翼地寻找小蝰蛇呢，没有暑假作业困扰的他原本希望提提能陪他去钓鱼来着。很快，他厌倦了寻找，爬上瞭望台顶端，然后从上面跳到提提身边。他拿起望远镜，顺着沼泽地向北望去，然后越过树林向东北方看了看，接着又穿过湖面去观察里约和霍利豪威。他注意到一艘汽船，直到船慢慢消失在视线中，罗杰才将望远镜转向北方，看着远处沼泽地的边缘，那儿的沼泽地朝着亚马孙河形成的隐秘溪谷陡然降落。

“喂！”罗杰叫了一声提提。

“闭嘴！”提提边回答，边念着法语单词变体，“那边什么都没有。‘j’eus，tueus，ileut……”

“可是那儿有啊！”罗杰说。

“Nous é umes，vous……vous……vous……烦死了，罗杰。我都不知道背到哪一页啦。”提提不耐烦地说道。

“一顶红色便帽，”罗杰说，“像一只红色的蜘蛛……快速地移动。”

提提接过望远镜，不到一会儿，法语单词已经彻底被抛在脑后了。

“是南希！”提提喊道，“或者是佩吉。是的，另一个在那儿呢。两顶红色便帽。她们间隔很远。她们一定在爬行前进……在凤尾草丛里趴得很低。为什么猴子不把她们的帽子摘下来呢！快点，罗杰！别站在那儿了，退到后面去蹲下。我先离开。她们一定在看着我们呢，别让她们看出我们发现了她们，幸好我们没有戴红色的便帽。”

“再看一眼。”罗杰说。

提提用嘴叼着法语语法书的边缘，把望远镜递给他，这样她可以空出双手，然后用脚最先滑到离营地最近一侧的岩石边缘。突出来的岩架刚好形成了台阶，很容易够到。

“快点，罗杰。把望远镜递下来。小心。”

罗杰平卧在岩石上，将望远镜递给提提，然后扭转过身子往下滑。他的脚从岩石边缘露了出来。他蠕动着身子，先露出了双膝。他的半个身子悬在空中，试着用一只脚去踩岩架的最顶层台阶。提提冒着被踢到的危险，抓住罗杰的脚放在台阶上。很快，罗杰安全着陆了。

“有岩石挡着，她们看不到我们。”提提说，“快点行动。我们必须在约翰去鳟鱼湖做代数作业之前拦住他，而且苏珊也正好要去呢。”他们躲躲闪闪地穿梭在石南灌丛中，只用几分钟就连爬带滑地回到了燕子谷。他们赶紧从地上站起来，向帐篷跑去。约翰正在将三个虫形鱼饵系在一个鱼钩上，旁边放着一本打开的代数书。鱼竿已经准备好了，就靠在皮特鸭洞口前的岩石上。苏珊拿着一个练习本和一支笔，正在忙着做地理作业。同时，她还眯着半只眼留意着煮锅，因为约翰提议将难煮的鸡蛋煮煮分给大家吃掉，但锅里的水开得很慢。

“快点，快点！”提提大声喊着，“她们来了！在沼泽地那边！”

“我们看到她们了，”罗杰尖声说，“她们两个。我看到红帽子了。她们躲躲闪闪的，试图不让我们看见。”

“她们离这儿还有多远？”约翰立刻收起手上的鱼钩，连同其他渔具一起放进篮子里。

“马上到沼泽地边缘了。”

“我想知道时间是否真的够用。要是让她们看到我们一半人在洞里一半人在洞外的话，就太傻了。”

“她们还有很长一段路才能过来呢，”提提说，“我相信我们来得及。”

“好吧，你们两个收拾帐篷赶紧离开，我和苏珊监视她们。这样一来，万一时间不够了，我们可以在很短的时间内重新扎好帐篷。”

“快点，罗杰，我要跟你比赛，”提提说，“等你准备好的时候喊一声‘撤营’，然后我们一起开始收拾。”

等罗杰和提提扑到帐篷那里，松开帐篷支索，收起帐篷栓，将竹子做的帐篷柱拆成一段一段的，然后连同乳白色的帆布一起折叠起来时，苏珊和约翰已经匆忙地爬上燕子谷较陡的一侧消失了。罗杰和提提卷起睡袋，外面裹上防潮布，又将帐篷、睡袋和帐篷栓堆在一起系起来，把每一套帐篷栓都放在一个相应的小帆布口袋中，再将小口袋放进它所在的一捆包袱中间。

本来提提是最先打包好的，可惜她落下一个帐篷栓，因此不得不一直翻找帆布口袋再把帐篷栓塞进去。约翰和苏珊从溪谷边缘爬回来，跳到营地上时，罗杰和提提正气喘吁吁地坐在包袱上呢。

“我们会一切顺利的，”约翰说着，迅速将鱼竿拆开，“不过，剩下的时间不多了。好吧，大副先生。要是你来负责厨具的话，就让我来收拾剩下两个帐篷吧。提提，你来负责鹦鹉怎么样？”

“保证它不会出声的，”提提说，“我们把笼子罩上，以防万一。你不会介意的，对吧，波利？”

十分钟以后，燕子谷的营地被收拾得干干净净，好像从来没有人来过一样。或者，至少看起来像荒废很久了。只有苏珊灶台上熏黑的石头说明曾经有人类在这里生过火。大家让苏珊最后看一眼营地，检查一番，因为他们都指望她能注意到别人落下的东西。果然，她发现一块浴巾还晾在一簇石南花上。她把浴巾捡起，其他的就没有什么遗漏了。

这时，一声哨响从她身后传来。

“快点！”

苏珊又上下打量了一下废弃的溪谷，然后跑去皮特鸭洞跟其他人会合。她一进去，约翰就将最大簇的石南灌丛拉到洞口，将洞口遮住。

洞穴里的烛光灯笼依旧放在凹凸不平的岩石墙形成的狭窄岩架上，他们将灯笼点燃。提提和罗杰屏住呼吸，坐在靠近灯笼下面的包袱捆上。装杂物的铁盒子整齐地摆放在木垛旁边，木垛上面放着用蓝黑色的布遮住的鹦鹉笼子。等苏珊的眼睛逐渐习惯了这里微微闪耀的烛光后，她发现提提已经将厨具整齐地排成一排，而原本在她出去时支在木垛旁边的鱼竿也被转移到角落里，不再挡着大家的路了。

“皮特鸭很享受这里的一切呀，”提提说，“他说他的洞穴就应该是这样哩。”

“大副先生，”约翰船长从门口狭小的裂缝处转过身来，说道，“一切做得非常棒。你的船员们非常聪明。奖励每人一块巧克力吧。”

洞穴里的声音听起来是沉闷的。巧克力发到每个人手中，只能微微听到一声接一声的“谢谢”。在这种情况下，即使一个人正低声地说着话，听起来也像是另外一个人说出来的。当一个半空的饼干盒滑落到石地板上时，那声音听起来像爆炸声一样，把大家吓了一跳。

“嘘！嘘！”约翰提醒大家，“她们现在可能已经离我们很近了。虽然她们尽可能地藏在石南灌丛和蕨丛里匍匐前进，但速度还是很快的。她们还不知道我们发现了她们呢。”

“听着。”苏珊说。

在洞穴里，对于外面的世界，好像除了溪流声什么也听不到。约翰躺在地上，头枕着门槛，被门口的石南灌丛遮掩着。其他人看见他的手在向后摆，示意他们保持安静。很长一段时间内，洞里除了鹦鹉的鸟嘴摩擦栖木发出声音外，没有其他任何动静。

这时，外面突然传来一声又尖又长的哨子声，约翰和其他人都听见了。这声音听起来就像是从头顶传来的。不一会儿，又一声哨子吹响了，这次是从溪谷的另一侧传来的。接着，他们听到有人从两个不同的方向呼喊着：“亚马逊号万岁！”还有石头滑落的声音，攀爬的脚步声，然后就是一阵沉寂。直到最后，洞口附近传来了南希船长的声音。

“见鬼！他们在哪儿呢？”

“他们一定已经离开了。”外面传来佩吉的声音。

两个声音都充满困惑和疑虑。

“你不是说看见他们站在瞭望台那儿吗？”

“我想我看见了。”

“但是整个营地都不见了呀。他们已经转移了。”

“可能他们也挨训了。”

山洞里除了鹦鹉没人敢大声喘气。

这时，南希又开始说话了，伴随着石头滑落的声音。

“喂！他们刚离开。石头还是热的。苏珊刚在这里生过火，而且是匆匆清理干净的。小溪中还有没烧完的柴火呢。灶台上没有余灰，石头却还热得发烫。他们把灰烬都扔到河里啦。是的。又有一块未燃尽的柴火。他们一定是看到我们了，所以灭掉火，逃跑了。”

“如果他们试图跑到马蹄港去的话，我会看到他们的。除非他们走了很久，否则我一定可以看到他们，因为我一直在四下里张望，甚至能看到小溪流入森林的地方。”

“好吧，”又是南希的声音，“他们一定是跑去鳟鱼湖了，吉姆舅舅说他们在那儿抓到了一条大鱼。如果他们沿着小溪偷偷地去那儿的话，是有可能不被发现的。但是他们带着帐篷和所有的行李呢！他们神奇地消失了，真见鬼！”

约翰在一张小纸上写着什么。他没有移动位置，继续躺在靠近洞口的地方，将纸条递到身后，用手挥舞着。苏珊悄悄地接过来，在微弱的烛光下读着。

“能让你的鹦鹉发出点声音吗？”

苏珊把纸条给提提看，于是，她蹑手蹑脚地从木垛上拿起笼子，来到洞口处。她拍了拍约翰的肩膀，他回头看了一眼，看见笼子后，扭身转到一侧去，留下放鹦鹉笼子的空间。然后，提提把笼子放到靠近洞口的地方，这样外面的光就可以穿过洞口射进来，照到鹦鹉笼子的蓝黑色遮布上，正是这块遮布让鹦鹉一直保持安静的。

外面传来佩吉的声音：“我们已经来晚了。”

“来吧，”南希说，“跑两步。他们肯定不会走到比鳟鱼湖更远的地方。”

接着，外面传来一阵匆匆的脚步声，向着游泳池那边的小溪去了。

“就现在吧！”约翰小声说。

提提掀起遮盖着鹦鹉笼子的蓝布。

“八片币！”受惊的鹦鹉喊了出来，接着，提提立刻将蓝布盖上。鹦鹉发出一声长长的愤怒的尖叫，跟一只温顺的、懂得讲话甚至会一点简单乘法的鹦鹉比起来，这时的它更像一只野生的森林鹦鹉。

“他们在哪儿？”外面的南希说着，又回到了溪谷。

“鹦鹉的叫声听起来就在这附近呢。”佩吉说。

“我当然知道，你个笨蛋。当然在这附近啦。但是在哪儿？他们把鹦鹉藏在石南灌丛的某个地方了。我们都看到他们没在这里。”

“我们爬到瞭望台上去吧，从那里可以望向四周。”

“这是你想出的最好的主意了。那样，无论他们在哪儿我们都能发现。”

她们两个中的某个人穿过小溪时，水中溅起了水花。接着，亚马逊号海盗们向溪谷更远的一边跑去，传回来一阵松石子的撞击声。

约翰等了一会儿。然后他好奇地移开了一点石南灌丛，小心地探出头去。

“都走了，”他说，“出来吧，快点！”

不一会儿，大家站在外面的阳光下，眨着眼睛。

“再等半分钟，”苏珊说，“我忘了柴火了。”

她又钻进山洞，拿了一把柴火和一捆用来引燃的干树叶。她出来后，约翰在她身后将石南花丛归到原位。

“我带了火柴。”他说。

苏珊迅速跑到灶台旁，很快就准备好点火。

其他人围在灶台旁边，好像他们一整天都躺在那里一样。苏珊点着了干树叶，浓烟升起。提提又一次将罩在鹦鹉笼子上的蓝布掀起，绿鹦鹉立刻用一声长长的尖叫弥补刚才错过的短暂机会，而且喊出了它记得的所有词：“漂亮的波利，漂亮的波利。八片币。两倍，波利。”接着，又尖叫了一声。

亚马逊号海盗们满脸疑惑，她们从溪谷向燕子谷望去。

第十七章　越来越晚

“真见鬼！”南希船长说道，“可你们究竟是怎么做到的？”

“你们刚才在哪里啊？”佩吉问。

“好吧，你们赢了。”南希接着说，“一切由你们处置。但是你们的东西都哪儿去了呢？你们的帐篷呢？”

“告诉她们吧。”罗杰说。

苏珊看了一眼约翰。

“说吧。”他同意了。

“我们藏在皮特鸭洞里了。”提提说。

“皮特鸭洞？”

“皮特鸭的洞穴。”

“不是真实存在的？”

“当然是真实的啦。”罗杰说。

“那是提提和罗杰发现的。”约翰说。

“可是，洞穴在哪儿呢？”

“就在这儿。”燕子号船员们异口同声地说。

亚马逊号海盗们盯着他们。

约翰将遮住洞口稀稀疏疏的石南花丛拉至一边。

“进去看看吧。”他说。

“不是恶作剧？没有陷阱？”南希谨慎地说，“我们还要赶快回去呢。”

“没有，没有。休战了。”约翰说，“进去看看吧。里面有盏灯。”

南希弯着腰从岩石洞口先走了进去，佩吉跟在后面，其他人推推搡搡地走在她俩身后。亚马逊号海盗们透过昏黄、不停地闪烁着的光看到烛光灯笼摆放在岩架上，看到洞穴凹凸不平的墙面，看到木垛、堆起来的盒子、包袱、鱼竿和厨具时，她们的惊讶程度甚至超出提提的预期。接着，约翰将石南花丛拉回原位，告诉她们自己是如何躺在这里等着她们到来，如何听到她们在外面的对话。等大家都从洞里出来，重新沐浴在阳光下的时候，约翰用大簇的石南花丛将洞口遮住。的确，要是不知道的话，真的很难猜到洞穴的入口就在那儿呢。

“怪不得你们想到上面来安营扎寨，而不是待在下面的湖边。”南希说，“除了野猫岛，这里是方圆几英里内最好的地方啦。”

“你们甚至可以住在那样一个山洞里面。”

“没人会发现你们在那里的。”南希说。

“嗯，”约翰说，“那就是你们突袭我们的营地时所看到的景象啦。”

南希笑了。

“要是你们不出来，要是鹦鹉没有叫的话，我们肯定就会回去，然后告诉吉姆舅舅你们已经离开了。”

他们又钻进洞里。

“我们藏在这儿，来躲避姑奶奶吧。”佩吉说。

“没用的，”南希说，“因为妈妈会知道的。”

“我希望我们在岛上也有个洞穴。”提提说。

“等我们到那儿的时候，找一个吧。”

“为什么不呢？”

“我希望把姑奶奶弄到像这样的一个洞里，封上她的嘴，然后忘掉这个人。”南希说，“我们可以在洞口写上‘绝望吧’，把她塞进去，然后堵上洞口。”

“现在，你们两个水手，”苏珊对提提和罗杰说，“让我们看看，你们要多久能将帐篷再重新搭起来吧。”

“我们来帮忙。”南希说。

“那么我们负责晚餐。”苏珊说。

“可是我们带来的不多，”佩吉说，“我们还要回去的。”

“只是一些军用干粮，”南希说，“是行军时应急的口粮。”

“没关系，”苏珊说，“我们有很多的。远处角落的口袋里有土豆。如果你们不嫌弃的话，我们还可以吃牛肉糜压缩饼。”

“我们想念牛肉糜压缩饼呢。”南希说，“我们在家里一直端庄地坐在饭桌前，嘴里说着‘请’、‘谢谢’这样的客套话，直到再也不想吃大餐了。”

很快，燕子谷又恢复了之前的热闹和忙乱。苏珊忙着生火，水壶里和锅里的水同时沸腾着，她打开一大罐牛肉糜压缩饼罐头。佩吉在削土豆皮。约翰、南希和提提在搭帐篷，他们把东西从洞里拿出来分类，有些是属于这个帐篷的，有些则是另外一个帐篷的。他们想帮罗杰一把，可罗杰根本不想别人帮他。虽然他自己一个人弄得很慢，却没出任何差错，这是他第一次独自支帐篷哩。显然，支帐篷比收帐篷要复杂多了。

营地又恢复成老样子了，帐篷重新支起来，鹦鹉的笼子再一次放回到石柱上。（“噢，那是用来做什么的？”南希看到石柱时惊喜地说，“真想不到啊。”）他们看着罗杰小心翼翼地收紧帐篷支索，然后提提问南希：“姑奶奶的脾气变得更坏了吗？是不是因为这样你想把她塞进洞里去？不过，应该扔到谯楼、城堡，或者类似的地方，塞进山洞里就太浪费啦。”

“扔到任何地方都太便宜她了，”南希说，“不只是我们这样想。我们还可以忍受，但是她会去烦妈妈的。那天因为帮你们转移营地，结果回去晚了，整个屋子一片寂静，然后就是一顿严厉的斥责。不管怎么说，在美好的夏天，谁能保证不会晚回去一会儿呢？可是，当她看看表，觉得该吃饭的时候，即使我们已经在下楼吃饭的半途中了，她也绝不会安安静静地等着，或者端庄贤淑地在房子里敲一两下铜锣，或是把铜锣带到花园里敲。事实上，她会直接跑到餐厅里等。可是十有八九，厨娘是没有做好饭的。她不离开，锣声也不会停下来。夹在姑奶奶和可怜的老厨娘之间，连妈妈都不知道该怎么办好。哪怕饭菜都端到她鼻子下面了，如果我们人没有到齐或者没有围在桌子周围的话，她也不会开始吃的。吉姆舅舅不在的时候，她就更嚣张啦。昨晚，她把妈妈弄哭了呢。”

提提一直张着大嘴，惊恐地盯着她。她想象着要是有人试图惹自己的妈妈哭，她会怎样做。

“当然，一定和我们有关。她还把爸爸拉进来。我们知道这些，是因为我们上床之后忍不住偷听吉姆舅舅和妈妈在窗子外面讲话。吉姆舅舅说：‘鲍勃可能更希望她们做本真的自己。’他管妈妈叫‘莫莉’，这个称呼他只有偶尔才用的。后来我们发出了声音，妈妈立刻说：‘快睡觉吧，你们这群泼猴。’然后假装笑了笑。但是她是笑不出来的。”

突然，南希走开了一会儿，回来的时候脸颊通红。

“要是我们能把姑奶奶弄走，”她说，“我要在她的床垫和床单之间放满小石头。佩吉想在她的早茶里滴上几滴鱼肝油呢。可惜，这些都没用的。只会让妈妈更难过。”

提提说：“在一些地方，如果土著人受到敌人攻击的话，他们会采取一些措施的。我在书里看到的。他们会做一个玩偶，然后叫这个人的名字。接着他们把针扎进去，这个人会感受到玩偶上的每一针，如果他们将针穿透玩偶，那么这个人就死掉了。你们也可以这么做，每天晚上都用针扎玩偶，直到她难受得受不了了就会自己离开的。”

南希苦笑着，说：“你可以把一个玩偶扎满了针，你也可以把它当成一个针垫，但是这都不会伤害到姑奶奶的。她不会感觉到的，再锋利的针遇到她都会变钝的。”

“可能需要银针，”提提接着说，“那本书里还提到了打猎的女巫和狼人，他们经常使用银针。”

“苏珊的针看起来像是银的。”罗杰的帐篷已经支好了，现在他正专心致志地听着呢。

“可能会管用的，”提提说，“姑奶奶怎么会发现它们不是真的银针呢？她也不会看见你们用针扎玩偶的。”

“简直胡扯，”苏珊说，“现在已经没人信这个啦。”

“一定有作用的，否则人们不会继续这么做的。”提提说。

“不管怎么样，这都是一种不好的巫术。”苏珊说。

“但是如果能让姑奶奶离开，让她不这么野蛮地对待布莱凯特夫人的话，这就是一种好巫术。”

“喂，没人愿意尝试。”苏珊说。

“她迟早会走的，”南希说，“通常，她待在这儿不会超过一个礼拜。我相信她现在只是短暂逗留，因为她知道如果她不在的话，妈妈会让我们出来和你们露营的。”

由于他们情绪不好，那些土豆可遭殃了。佩吉和苏珊不停地戳着它们，好像每个土豆都是一个被施了魔法的玩偶，每戳一次都会让姑奶奶感到难受，但是无论怎么戳土豆也不会变软。两个大副开始准备为大家奉上一顿丰盛的大餐，热腾腾的牛肉糜压缩饼和土豆要一起端上去。如果吃完牛肉糜压缩饼之后再端上土豆的话，就会破坏巧克力或者苹果等餐后甜点的味道。

这样的安排直接导致大餐很晚才开始，而且持续了很长一段时间。大家慢悠悠地吃着牛肉糜压缩饼，希望在最后一口吃下去之前土豆能做好。由于大餐开始得太晚，又持续了太长时间，因此等吃完之后，南希船长将苹果核扔进火堆里，让约翰船长看了看时间。已经过了八点钟。很明显，即使南希船长和佩吉大副一路跑回家，她们也没机会赶上喝茶的时间了。

她们绝望地看着彼此，正想穿过沼泽地跑回家的时候，南希想起客厅里的茶是不会等她们的。因此，就算她们现在跑回去换上最好的裙子也没用。“不管怎样，我们现在都已经太迟了。”她说，“什么也帮不了我们。而且，就算我们现在离开，也没有茶可以喝。”

“晚餐一定不能出差错。”佩吉说。

“要是出了错的话，那后果真是无法想象的恐怖。”南希说。

于是，她们索性继续待在燕子谷。苏珊一洗刷完厨具就赶快跑去将火烧得更旺一些，这样泡茶的水会开得快一点。由于很晚吃完饭，喝茶时间自然也推迟了，好在八月份里，夜幕降临得比较晚。海盗们和探险家们刚刚喝完第二杯茶，这时，他们听到瀑布旁边的岩石里有一块大石头掉落下来。

他们一起向上看去。一个土著人跳进了溪谷，他气喘吁吁的，看起来又热又累。这个人手里握着一根绳子，绳子另一端拖着一个落满灰尘的粗麻袋，然后快步向溪边走去。他跑的时候突然绊倒，在看清楚眼前的一切到底是什么之前，他已经躺在营地中间。他急速地爬起来。

“你们会看到猎犬在这儿经过的，不过不必害怕它们。”

“喂！”南希激动地跳起来，“这是猎犬追踪吗？”

“是的，”那人说，“实际上是这样。低地的一群猎犬可能在绕着圈子过来呢。”

“猎犬在追踪什么？”约翰问。

“等会你就见到了，”南希说，“它们什么时候离开？”

“在我去低地之前就会离开。”

“喝杯茶怎么样？”苏珊说着，迅速地将自己的杯子洗干净。

“好啊，谢谢你。”土著人说，“今天真热呀。”他一口气吞下一大杯茶水，然后继续小跑着赶路去了。“你们不去打扰猎犬，它们也不会来打扰你们的。”他回头喊着，很快消失在小溪的尽头。

“那是什么？”罗杰问，“是不是有人跟踪他？”

“寻血猎犬吗？”提提说。

“不是，不是。那是最可爱的东西，”南希说，“他拖着的那个粗麻袋装满了一些有气味的东西。猎人们让猎犬一起出发，不跟着它们，然后它们会跟着麻袋留下的气味追赶，绕过伐木林再回到谷底。当它们回来的时候，你会听到人们喊各自的猎犬，每个人都有自己独特的口号，每只猎犬只听得懂属于它的口号。听！听！你可以听到远处低地的猎犬，在汽艇码头旁边，已经准备出发啦。”

他们仔细地听着。在远处的溪谷下方，湖岸旁边，他们听到一阵猎犬的怒吼。

“它们会把帐篷撕成碎片吗？”苏珊说。

“不会的，”南希说，“它们会径直地从营地中穿过。它们不会无端停下来。我们去你们的瞭望台那儿吧，看着它们从远方奔来。然后我们再回到这儿，看它们从瀑布上跳下。”

南希告诉燕子号船员们关于当地猎犬追踪和向导竞赛的事。竞赛中，年轻小伙子们要比赛划船穿过湖面，爬到一座大山的顶峰，然后下来到每个人的船上，再划回出发点。她还向他们讲摔跤、撑竿跳和牧羊犬比赛的故事。牧羊犬比赛是指牧羊人发出至少一次信号或哨声之后，牧羊犬要管理一群羊，把它们圈在一块，然后还要从别的羊群中偷羊过来。然后，南希的话题又回到猎犬追踪的事上。她谈到石南灌丛上飞过的白色斑点，那些斑点落下来，穿过蕨丛落到陡峭的山丘一侧，逐渐变大，直到最后整个世界都充斥着嘶哑的叫喊声，胜利的猎犬跳跃着奔跑到运动场上，这时，猎犬追踪才结束了。

远处的溪谷里，猎犬的欢呼声逐渐增强，接着变得急促，然后突然停止了。而南希还沉浸在激动的呐喊中呢。

“比赛结束了，”她喊着，“快来。”

“用望远镜怎么样？”提提说。

“拿来，拿来。”南希说着已经沿着燕子谷一侧爬了上去。

过一会儿，他们全部爬上瞭望台后，却什么都没有看到。突然，拿着望远镜搜索着整片山丘的南希喊了出来：“它们在那儿呢！”

“在哪儿呢？在哪儿呢？”

“从朗费罗森林里出来了。看！他们从树林中扑出来，钻进石南灌丛啦。”

“都挤在一起。”佩吉说。

“不，还有一批呢。”

“在哪儿？在哪儿？”罗杰疑惑地问。其实，朗费罗森林对他来说毫无意义，因为他根本不知道它在哪儿。南希把望远镜给他，让他看了眼猎犬的位置，又拿过来自己看了看后再重新递给他。就这样，望远镜从一个人手中传到另一个手中，直到所有人都看了一遍。

“猎犬现在分散开了。”约翰甚至不用望远镜也能用肉眼看到白色斑点在向什么方向移动，“其中一只狗一路领先其他猎犬，跑在前面。”

“它们往獾石上跑。”南希喊着，“现在已经看不到跑在前面的那只了……在那儿，又出现了，跑得真像风一样快。”

白色斑点渐渐远了，在被岩石堆和石南灌丛遮掩的视线内若隐若现。突然，斑点全部下沉，消失，再出现时已经到了沼泽地斜坡边上。更远处，猎犬群形成波浪，偶尔有一两只被队伍落下的，清晰可见。接着，这一两只也消失了，好像猎犬们跌进了断崖里，或者被森林中隐秘的峡谷所吞噬了。“我们再也看不到它们了。”提提悲伤地说。不过南希知道这是怎么回事。

“一分钟后我们会再看到它们的。”南希说，“它们一定会从这里经过的，因为那个拖着麻袋的人从这里跑过。它们会从伐木林的另一侧穿过树林。我们还会再见它们的。就在那边。它们一定会从那边过来。”

"那儿有一只，"苏珊说，"在鳟鱼湖旁，不过只有一只。不，又来了一只。"

南希握紧望远镜："是的，它们来了。还是成群结队的。快，快！它们马上到这里啦。我们赶紧下去，看看它们怎样跳过瀑布吧。"

"快把鹦鹉移开，给它们让路。"提提说，"它不知道这是怎么回事。"

他们赶紧从岩石上下来，回到营地。这已经是这只鹦鹉一天中第二次被放进皮特鸭洞了。不过他们做得很及时。

"看呀！看呀！"南希喊道。

一只瘦瘦的白色猎犬出现在瀑布一侧水天相接的地方，猎犬的肩部和肋腹掺杂着黄色和黑色的斑点，接着，它连续跳跃，从岩石上蹿下。

"好样的！好样的！"佩吉喊道。

"安静点儿！安静点儿！"南希说，"别跟它讲话。"

猎犬在游泳池边停了下来，四处环顾，然后在水边绕了一圈。

"它不应该这样做的。"南希说。

这时，一群猎犬蜂拥而来，刚才那只已经来不及转身继续向前跑了。猎犬们从岩石上一跃而下，像雨后暴发的洪水一般。领头的那只离后面的一群只相距不到十二码远了。"它喝了一口水，会让自己的领先优势缩小四十到五十码的距离。"佩吉说。

这群猎犬根本不会注意什么营地，它们径直穿过去，跳下燕子谷，消失在较低的瀑布一端。只有迟来者才停下来看看周围的环境，好像它们并不把比赛当回事一样。

"你们可真差劲，"南希对它们说，"加油啊！"

"其他猎犬已经领先好几英里啦，"提提说，"要是你们再不快点的话就追不上了。"

这些迟来的猎犬马上继续跑起来去追赶前面的领先者，很快消失在视线中。

一会儿之后，远处沼泽地下面，湖岸边突然传来一阵野兽般的吼声，夹杂着呼啸和尖叫声。

"这声音听起来像鹦鹉和猴子同时在怒吼。"提提说。

"比那更厉害呢！"罗杰说。

"那是猎犬的主人们在欢呼呐喊。"南希说，"他们一定在远处看到第一名啦。

听！多希望我们也能看到结果呀。”

那声音越来越响亮，突然欢呼声瞬间爆发，接着渐渐淹没在沉寂中了。

“比赛结束了。现在所有的主人都在抚摸他们的爱犬，奖励它们糖块，然后告诉它们是多么优秀哩。”

南希的欢呼声忽然停了下来：“要是我们晚了一分钟吃饭，姑奶奶可不会说我们有多优秀的呀。佩吉，快点吧。约翰，几点钟了？”

约翰看了看手表，并没有化零为整地告诉她，因为这件事对她们来说太严重了。

“总是一日三餐。”佩吉说。

“这次我们真的完了。”南希说，“快点！我们从马路回去吧，实际上这样更快。而且还可能搭上某人的顺风车。不过，不管怎么样，我们彻底完了。”

燕子号船员们互相看着彼此。如果南希船长提到从马路回去，甚至希望搭上某人顺风车的话，那么事情一定已经糟糕到极点了。

“要是你告诉她是因为遇到猎犬追踪才耽搁了时间的话，可能就没事了。”约翰说，“她知道你们一定要等比赛结束才能回去的。”

“跟姑奶奶说猎犬追踪的事是没用的，”南希说，“对她来说，就算是海难也没用。”

“但我们真的打算回去吃晚餐的。”佩吉说。

“你们可以这么跟她说嘛。”提提说。

“她只会看着妈妈。”南希说。

“我们把她们送到马路上吧。”苏珊跳起来说。

“好的，”约翰同意，“走吧，罗杰。”

“不用啦，”佩吉回头喊道，“不用麻烦你们。”

“我们正好想去农场取点牛奶呢。”苏珊说。

“而且我还想去磨一磨桅杆。”约翰接着说。

其实，他们想尽可能陪伙伴们多走一段路。他们甚至很想跟她们一起去贝克福德，去见识一下这位姑奶奶。

“你不去吗，提提？”约翰问。

“如果我们不将火扑灭，就要有人留下来看守。”苏珊一边说着，一边捡起牛奶罐。

“我要留下来，”提提说，“我想留下来。南希船长晚安，佩吉晚安。”

南希和佩吉已经匆匆忙忙地离开燕子谷了。她们穿过树林来到马路上，这条马路沿着湖岸一直通向贝克福德，和那儿的一堆麻烦事儿。她们的步伐太快了，其他人费很大力气才追赶得上。

等他们都离开了燕子谷，提提径直向皮特鸭洞走去。她在漆黑中找到了洞口。蜡烛已经熄灭了，她从帐篷中拿出一盒火柴，然后又走进洞里。没错，她的想法是对的。蜡烛灯笼已经烧得很烫了，里面的蜡烛融化得更快，正因为如此，岩架周围盖上了厚厚一层白色的蜡油。

“这不是石蜡，”提提自言自语道，“但是用来对付姑奶奶足够了。不管怎样，它总会派上用场的。”

第十八章 蜡 油

一等水手提提并不十分了解亚马逊号海盗们的妈妈。提提只见过她两次而已，一次是去年大风暴过后，在野猫岛上见到的，那时，她十分健谈，话语里充满欢笑；第二次是在今年，看到她很不情愿地跟姑奶奶肩并肩地坐在马车上，而南希和佩吉则在她们对面坐着，看起来一点也不像是海盗。提提其实并没有想布莱凯特夫人，她是在想自己的妈妈。当南希讲述姑奶奶是怎么弄哭妈妈的时候，提提想着要是有人弄哭了自己的妈妈，她会有什么样的感受呢。提提马上感觉好像姑奶奶弄哭了自己的妈妈一样，于是，她准备想尽一切办法来阻止这个老太太。她不知道蜡人会不会起作用，不过还是值得一试的，而且现在她也想不出别的主意。

提提将小灯笼从岩架上拿起，蜡油流出来并且凝固在周围，就像一块厚厚的白石板粘在灯笼底部。她的火柴熄灭了，只有门口洒进一点微弱的光。她的眼睛过了一分钟就渐渐适应了这种黑暗的环境，她弯下腰，小心地保护着灯笼以防撞到什么，然后拿着整块的蜡油板走了出去。

在燕子谷的山洞外面，提提坐在火堆旁，充分燃烧的柴火噼啪作响，听起来十分愉快。蓝色的青烟直升上夜晚的天空，笼子外面的鹦鹉精心打理着胸前的羽毛，提提似乎要放弃这个想法了。看着她从灯笼上弄下来的光滑、坚硬的蜡油板，她开始怀疑自己能不能这样做。姑奶奶长什么样呢？她回忆着在马车里看到的那个表情僵硬、身体板直的形象，但怎么努力她也记不起姑奶奶的脸了。后来，她想到在博物馆见到的土著人的样子。说到底，他们长得不怎么像。

“关键是名字，”提提自言自语道，“还有巫术。”

名字的问题很好解决，她可以轻松地喊这个东西“姑奶奶”。巫术就困难多了。仅仅做一个蜡油玩偶，然后喊它“姑奶奶”是远远不够的，还需要有咒语。当然，她是知道怎么做的。她记起了妈妈晚上讲过的非洲和牙买加的故事，国王的妻子死在炎热的天气里，他非常痛苦，就派人找来了脸上布满深深皱纹的奥比女巫。国王让她念一段咒语，这样没人可以再使用王后的名字，因为他的王后是如此美丽。那个奥比女巫，绕着屋子里一圈一圈又一圈地转，嘴里念着要是谁敢用这个名字就立刻死亡……

“绕着屋子一圈一圈又一圈，”提提一边用手指数着，一边自言自语地说道，“一共三圈。那太简单啦，况且在皮特鸭洞里做这件事真是再好不过啦。”

就算提提没打算做一个像模像样的，但对她来说，随便弄出一个人像也是有困难的。蜡油不是石蜡，提提很快发现，除非蜡油在高温下软掉，否则她什么也做不成。除了大副用来煮饭的平底锅，没什么东西可以用来融化蜡油。说实话，她起初不太想用平底锅，但她很快觉得要将妈妈从这样狠毒的姑奶奶手中解救出来，用什么都是值得的。而且，这个仪式很快就会结束，她会来得及在苏珊从斯旺森农场回来之前将煎锅洗净刷亮的（煎锅在她看来是最适合融化蜡油的工具）。

她记得在煎食物前，苏珊总是放块黄油在锅里，这样锅上不会粘住食物。她想，记住这一点实在太好了。接着，她在煎锅里放上一块黄油，用火温热，她感觉自己像个一辈子都在煮饭的厨子。等黄油差不多都已经融化，并在锅底发出嗞嗞的响声时，提提将蜡油板弄碎，一点一点地放到锅里。然后，她端着锅先向一边倾斜，再转向另一边，使蜡油板受热均匀，直到全部融化，重新粘在一起。可这些蜡油看起来似乎太少了，不够做一个人像的，于是，她把帐篷里的其他三盏灯笼也拿了出来。虽然每个蜡烛座上只有一小块用剩下的，但在其中一个铁盒子里还有好多新蜡烛哩。就这样，她又加了点黄油，把三段蜡烛头放进煎锅里，和之前放进去的一起融化。提提一边倾斜着煎锅，一边融化着蜡油，直到蜡油像一层厚厚的酱油铺满整个锅底。当然，问题是锅底太热了，她要等锅冷却。等蜡油一凉下来，她立刻用铲子将这一大块蜡油块铲起。蜡油块还有些热，但还没有到不能碰的程度。她捧着它，两只手换来换去的，好像捧着一个烫手的洋山芋一样。

她迅速地捏成姑奶奶的模样。先捏了一个小圆球做头（弄出些弯弯曲曲的头发是没用的），然后将头粘在又长又直的身体上。圆鼓鼓的蜡像在她手上滚来滚去，然后放在石头上，成站立状。提提将蜡像中间的肚子捏紧了一些。姑奶奶的两只胳膊也是分开粘上去的。她从煎锅的边缘刮出一点蜡油，做成两只脚。由于脚做得不成功，提提将蜡油挤碎了，做成了一顶帽子，扣在了姑奶奶的脑袋上。没时间再做更多的塑形了，蜡油凉了以后硬得很快。而且，人像看起来极恐怖的，可能是因为错放了黄油的缘故。她从火堆边捡起烧黑的木炭，做成了眼睛。接着，用手距眼睛一段距离的下方刮下一点，露出嘴巴的形状，其实，她原本是想在这儿捏出个鼻子的，可惜蜡油做的脑袋已经不够软了。

这时，煎锅闻起来和看起来一样令人作呕。一定要在其他人回来之前洗净刷好煎锅，时间已经不多了。提提赶紧从苏珊的帐篷中拿出手电筒，跑到洞里去念咒语。她没把这个洞当成是皮特鸭洞，也没想到要问皮特鸭帮忙。似乎他和巫术一点关系都没有。这种活儿也不是他能帮上忙的。

提提将手电筒放在洞穴中间的地上，光线直射洞顶，然后用手握着蜡油人偶，绕着手电筒在洞穴里转了三圈，边转边对着人偶念叨着：

“姑奶奶！姑奶奶！姑奶奶！”

接着，提提一股气跑出了洞穴回到阳光下。之后，看到鹦鹉已经回到笼子里，吃着糖好像什么都没发生一样，提提感到一丝安慰。

那个闻起来极糟糕的“姑奶奶”，现在在她的手中似乎感觉不同了。她念的是正确的咒语吗？她甚至希望在这一切发生之前，其他人就能回来。这时，她想起了南希是如何描述布莱凯特夫人被弄哭的情景，她咬紧了牙关。现在，没什么能阻止她了。

可问题是，她究竟应该怎么做呢？只是将针扎进“姑奶奶”的胳膊和腿的话是没用的。因为如果姑奶奶真的因此断了胳膊和腿，或者大病一场，那么她一定会继续留在贝克福德折磨大家，直到她康复。也可能，真的只有银针才管用。她只想让姑奶奶变得浑身不舒服，这样她就会想离开。提提疑惑地看着人偶。要是她将这个人偶踢到地上，是不是在贝克福德的真实的姑奶奶也会突然倒在地上打起滚来呢？那样的话，会让布莱凯特夫人担心的。

她记得在书中曾经读到过，巫婆们会将敌人的蜡像扔进火里，让其慢慢融化。她们相信蜡像渐渐融化的过程中，她们的敌人也会逐渐丧失力气，最终，蜡像完全融化后，敌人就会死亡。

当然，提提要做的只是让蜡油人偶融化一点就够了，不是让姑奶奶生病，而是让她感觉浑身不自在，想要呼吸点更新鲜的空气。这样，姑奶奶会收拾起自己的行李离开，然后大家就会非常高兴啦。

她握着蜡油人偶，慢慢伸到火堆旁边。除了握着人偶的手感到越来越烫之外，什么也没发生，而且人偶似乎根本没有受热呢。等一只手已经感觉很烫的时候，她又换了只手握着。像这样，她又重复了一次。这次，可能由于她抓着人偶的一部分离火苗太近了，也可能是柴火燃烧过程中移了位置导致火苗蹿起烧到了她的手指，还可能由于蜡油燃烧过程中太滑了（虽然这种理由她自己也没法解释），提提手中的人偶不见了，她的手中空空的什么也没握着。而火堆里传来一阵噼里啪啦的响声，溅出油滴，还伴着火苗冒出黄色的烟。尽管提提四处拨弄着柴火棍想救回人偶，可火堆里已经看不到蜡油人偶的痕迹了。

提提首先想到的是现在已经来不及重新做一个。但她立刻意识到另外一个问题，这时的她不像一个水手，甚至不像一个非洲女巫，恐慌得大哭了起来。

“我没打算杀了她的，”提提哭着说，“我真的没想过。”

她似乎看到贝克福德的姑奶奶突然僵直地躺在了地上，吸完最后一口气之后死掉了。她看到南希和佩吉沿着湖岸的马路一直跑，还不知道这事儿呢。等她们到家时就会发现房间的窗帘都已经拉了起来。那时她们会马上猜到提提做了什么吗？她们会怎么想呢？就是南希也会觉得这太过分了。以前，就算海盗船的排水管里流出了鲜血也不可怕，但这次不同。姑奶奶以这样一种方式死掉，这比她活着时折磨布莱凯特夫人、毁掉海盗们的假期还严重。可是，她已经这样做了。提提感觉她本打算悄悄地按一下一幢大房子的门铃，可门铃却一直大声鸣响着，好像不会停下来似的。

“多么希望我从来没想到这件事啊。可是我真的不是故意要杀害她的，我没有。我只想让她去海边而已。”

“漂亮的鹦鹉，漂亮的鹦鹉。”鹦鹉已经吃完了刚才的那块糖，想知道是不是有机会得到第二块。

提提泪眼汪汪地看着它，突然间怀疑自己是否真的做了那些事。她是不是只计划着做一个姑奶奶人偶，然后念咒语……她经常谋划一些事情，听起来像真的一样。但是，她用手擦了擦脸，结果感觉到乌黑的蜡油的痕迹。她看到待清洗的煎锅……空灯笼……不，这是毫无疑问的，这一切的确发生了。

就在这时，其他人从高处爬回了燕子谷。

“一个驾着马车的农夫顺道送她们一程。”罗杰喊道。

“就算这样，她们还是一样会迟到很久的，”约翰严肃地说，“我真希望她们没有等猎犬追踪比赛之后才走。喂！提提，发生什么事了？”

“你对火堆做了些什么？”苏珊问，“还有煎锅？灯笼？你脸上的东西又是什么？”

“罗杰，快去皮特鸭洞多拿些柴火出来，”约翰船长说道，“洞口处就有一些。”

罗杰一跑去洞穴，提提就开始说这个可怕的事实了。

“是我做的，”提提说，“可我真的没打算杀死她。她从我手中滑落，然后融化烧尽的。”

“谁死了？”约翰问。

“姑奶奶，”提提说，“我用蜡油做成的人偶，我本打算只融化一点点，谁知道它从我手中滑落了。”

“好吧，你还可以再做一个呀。”约翰说。

“但是她死了，”提提说，“当海盗们回到贝克福德，她们会发现她死了的。到时，她们就会知道是我的过错。”

“胡扯，提提！”苏珊说，“她好得很呢，而且正咆哮着训斥她们。你所做的不过是把一个干净的煎锅弄得一团糟而已。快去洗洗脸吧，趁我去打鸡蛋的时候把煎锅清洗干净。我答应罗杰要炒鸡蛋的。”

“看这儿，提提，”约翰说，“你用的不是石蜡，就算你用的是石蜡，也只有你故意烧它才会起作用。如果是不小心掉到火堆里的话，根本什么作用都没有。”

罗杰抱着一堆柴火和苏珊的手电筒从洞里出来了。

“我在地板中间找到的，”他说，“手电筒的光非常暗淡。”

“真是太抱歉了，”提提说，“我念咒语的时候忘记手电筒的事儿了。”

“什么咒语？”约翰问。

“一圈一圈地绕三圈。”提提回答说。

“赶紧去清洗煎锅吧，”苏珊说，“要吃晚饭了。”

苏珊将散落的柴火收起来，火堆里发出旺火嘶嘶的愉悦声了。用力地擦洗煎锅让提提感觉好很多，虽然晚餐的炒蛋有一点蜡油的味道，但是和其他人一起围在火堆旁边吃饭足够让她知道这个非洲巫术是不真实的。

可深夜的时候，苏珊还是听到提提在帐篷里不安地翻来覆去。苏珊将一只手从帐篷中伸出来，伸到了提提紧挨着她的帐篷中。提提看到了苏珊的手，紧紧握住。

“我真的没打算杀死她。”她低声地说着。

“你当然没打算这样做，而且你也没有杀死她。”苏珊安慰她。

“我们明早就知道了。”

“我们现在就知道，”苏珊说，“快睡觉吧。”

第十九章　没有消息

清晨，提提从混乱的梦中醒来。她梦见自己正试图挽救被猎犬追赶的姑奶奶，而那些猎犬是皮特鸭指使的。她需要告诉皮特鸭一切只是个误会，他必须要叫猎犬停下来。只管叫“皮特”或者“鸭先生”就可以啦。但是她张开嘴，却发不出声音。她根本说不出话。而此时，姑奶奶正悠闲地散步呢，根本不知道猎犬已经循着她的气味追来了。皮特欢呼雀跃地为猎犬加油，就像猎犬追踪比赛结束时，他们在燕子谷远远地听到猎犬主人们召唤自己猎犬的声音一样。哪怕她只能发出一点点声音，足够让皮特回头看她一眼也好啊。那样，他就会知道她想让姑奶奶逃脱。可是，她的两片嘴唇一点声音也发不出来。她几乎抽搐着醒来，当听到帐篷前的溪流声，看到小帐篷四周干净的篷布时，她感到十分欢喜。

她从睡袋中钻出来，走到游泳池前跳进冷水中，然后让瀑布从她的头顶流下。昨天她是多么愚蠢呀！除了浪费了三根不错的蜡烛头，还用光了最后一支手电筒的电池外，其他什么事也没有发生。苏珊和约翰是对的。他们总是对的，尤其是苏珊。可是，她还是很想确认姑奶奶没有出事。她匆匆忙忙地跑去斯旺森农场取牛奶。罗杰也去了，不过他很奇怪这次提提没有催着他走，反而等着斯旺森爷爷唱了一首又一首的歌。斯旺森老奶奶问她下一条被子中该缝上什么颜色的补丁。玛丽・斯旺森拿着牛奶罐进进出出的，告诉他们昨天猎犬追踪比赛获胜的猎犬的名字。（它叫麦乐迪。）很明显，斯旺森农场的人都没听说姑奶奶在贝克福德突然生病的消息。

但在拿着牛奶回到燕子谷之前，提提想起来现在还太早了，就算昨晚贝克福德那边发生了什么不测的话，消息也不会这么快传到湖的这一头。约翰听说提提要跟他一起去马蹄港修桅杆，高兴极了。

“弗林特船长也会来吗？”提提问道。

“他说只要他能逃出来的话，就会赶来的。”

罗杰去钓鱼，提提拿上地理书也跟着去了，可她发现自己总是在看之前看过的那几页。

很不走运，弗林特船长没有来。修桅杆工作进行得很顺利，弗林特船长其实没什么必要过来。但提提整个上午大部分时间都坐在港湾北面的岩石上望着湖面，希望远处载着退休老海盗的划艇能带来贝克福德的消息。当然，实际上是没事的，只是在听到消息之前，提提总不那么放心。

提提和约翰回到燕子谷吃午饭时，苏珊马上问他们：“他来了吗？”约翰回答：“没有。”从他们两个讲话的方式，提提能听出来，实际上他们也想得到来自贝克福德的消息。约翰和苏珊感到他们应该为亚马逊号海盗们的迟到负部分责任，尽管实际上是因为猎犬追踪比赛才耽搁她们时间的。他们想知道南希和佩吉这么晚回去而受到的惩罚，会不会比他们所担心的要轻一些。罗杰是没有这种担忧的。他属于异类。他抓不到鱼就会以为是虫子出了问题。他记得约翰去年曾从迪克森农场拿回来一种亮红色、布满黄圈的虫子用来钓鱼，于是，他想去问问玛丽·斯旺森，在她的农场里是不是也能找到这样的好虫子。

那天下午，除了鹦鹉以外，所有人都去了马蹄港。约翰的桅杆已经修好不少，新桅杆各个部位看起来都和旧桅杆差不多了，虽然还不是很光滑。罗杰去了斯旺森农场，玛丽给了他一把叉子，把他留在农舍院子里，在他捉了半罐各种各样的虫子之后，玛丽又给他洗了洗衣服。他说这是他看到的最活跃的虫子。他在农舍待了很长一段时间，没人催他离开，斯旺森老爷爷和他赶紧抓住这次机会，一起合唱了很多首歌呢。

“他们有没有说贝克福德的事？”等罗杰拿着虫子从农场回来时，提提问道。

“没有。”罗杰说，“斯旺森爷爷说难怪我抓不到鱼呢，是因为要下雨了呢，鱼儿是知道的。”

约翰、苏珊和提提焦虑地仰望着天空。云层看起来很厚，空气也有些沉闷，像他们的心情一样沉重。看起来，真的可能要下雨了，他们马上振作了起来。

“我们需要往皮特鸭洞里再多搬些柴火。”苏珊说，“这样就不用烘干了。”

“我们的新帐篷还没淋过雨呢。”约翰说，“去再弄些柴火来吧，在暴风雨来临之前将一切安置好。”

约翰将刨子和两脚规放进背包带到燕子谷去。现在，所有人都在树林的高处捡着干树枝，背在身上。他们步履艰难地回到小溪旁边的营地时，向沼泽地望去，可以看到紫黑色的天空已经压到了山尖上。

那晚，雨下得很大。晚饭后，收拾餐具时，雨滴开始落下来，不过那时只是一场阵雨。直到约翰喊完“熄灯了”之后，雨才认认真真地下起来。几乎没有风，大雨从空中倾盆而下。

“小心别碰到帐篷。”约翰喊道。

“我没碰到。”罗杰说。

“从帐篷柱上滴下来的雨水流到我脑袋旁边了。”提提说。

“别让雨水流进你的睡袋。”苏珊说。

“苏珊，你的帐篷怎么样？”

“还没有进水呢。”

四个小探险家们静静地躺在那儿，听着雨水敲击在离脸颊只有几英尺远的薄薄的帐篷上。他们这样安静地听了一段时间，然后约翰想起了帐篷的支索，从睡袋中钻出来，没有穿睡衣和拖鞋，像一个裸体的野人一样钻进了雨中。

“你在做什么呢？”苏珊问道。

“松一下帐篷的支索，”“野人”约翰说道，“摸着黑将它们转动一下。”约翰刚说完就跌倒在地上了。

“你会把睡衣都弄湿的。”

“不会的，”约翰说，“想到这一点是件好事儿，绳子已经像电线一样僵硬啦。”

雨水打在松弛的帐篷上发出了不一样的声音。约翰爬回帐篷，尽量把自己弄干，然后躺下准备睡觉。

“听小溪的声音。”提提突然说。

这时，那条小溪演奏出一种新的音符，急促，烦躁，不为任何人停留，与燕子谷里小探险家们已经熟悉的小瀑布的宁谧的声音完全不同。

“如果明天的雨也这么大，那亚马逊号海盗们怎么也不会来了。”苏珊说。

“也不能去修桅杆了。”约翰也说。

提提打了个冷战。这意味着她又将有一天的时间得不到贝克福德的任何消息。白天的时候，和其他人一样，提提几乎准备相信姑奶奶会继续训斥海盗们了，而且，尽管烧了她的蜡油像，她还是一样地凶狠恐怖。夜晚，她独自待在黑暗的帐篷里，回想着咒语和她跑出洞穴时手里拿着人偶的感觉。一定有事发生了。

“斯旺森爷爷说下雨的时候，它们什么都会咬。”罗杰说。他还想着鳟鱼的事儿呢。

很长一段时间，小探险家们躺在帐篷里，听着雨水打在帐篷上的声音，小溪里发洪水的声音，以及瀑布的怒吼声。但是，此刻的雨已经温和多了。雨声变得平稳，到最后连提提都睡着了。第二天清晨，他们从帐篷里爬出来，看到的是一个湿透的世界。雨已经停了，但一块块石头还闪着光。石南花枝上成百上千的露珠也闪烁着暗淡的光。湿漉漉的蕨丛被雨水打弯了，像是在向大地鞠躬。白色的瀑布里夹杂着黄色的泥沙，穿过燕子谷的小溪也是暗铜色的，而且水位高涨，绕过了苏珊用石头搭建的灶台，只差一两码远就淹到帐篷这里来了。

“我们没有在马蹄港扎营真是太明智了。”苏珊说。

“小水坝被冲垮了。”约翰跑过去看了之后，喊道，“至少有一边被冲走了。”

“我能去取牛奶吗？”提提问道。但这时，玛丽·斯旺森正拿着她的牛奶罐爬到了燕子谷。

“好吧，”她说，“我以为到这儿会发现你们被冲走了呢。看见你们还在这儿，对沃克夫人来说真是好消息呀！你们的干柴火还够吗？”

“我们在洞里储存了很多。”苏珊说。

“很好。爸爸说大雨已经过去了，天气会恢复正常的。”

苏珊拿出了他们自己的牛奶罐，玛丽·斯旺森将牛奶倒进去，然后沿着溪谷回农场去了。

“停下来喝杯茶吧，像前天一样。”提提说着，但玛丽已经匆匆离开了。她迅速穿过村庄，正准备去霍利豪威报告一切平安呢。

提提跑着，跟在她后面，直到较低的瀑布那里才追上。

"你有从贝克福德带来的消息吗？"提提紧张地问道。

"消息？没有啊。什么消息？"

"没听说有人病了，或者类似的消息吗？"

"一句也没听到。"玛丽说。

"特纳小姐的消息也没有？"

"没有，如果那儿有人生病的话，我相信我会听说的。我昨晚还看见杰克了呢。他在远处将圆木装上马车，工作到很晚才取道贝克福德过来。他没听说有什么事情啊，否则他一定会说的。"

听到这些，提提终于心满意足了。

弗林特船长又没有来马蹄港。因此，仍然没有任何关于亚马逊号海盗的消息。不过，下午约翰收拾着工具，准备离开的时候，提提又跑到了岩石上望最后一眼，希望能看到弗林特船长。这时，妈妈的小艇划进了港湾。

妈妈来到燕子谷，摸了摸睡袋，发现都是干的。然后她夸赞苏珊懂得生火烘烤，而且充分利用了太阳光来晾干还有点潮湿的东西。

但是，她也没有带来任何关于贝克福德的消息。

"我想她们应该是遭到了极其严厉的斥责。"苏珊一边说，一边讲述着是什么原因导致南希和佩吉迟到的，虽然她们是从马路跑回去的。

"我知道沉船这段时间以来，她们遇到了麻烦。"妈妈说，"她们只是迟到嘛，可怜的孩子们，任何人都会迟到的呀。"

"我多么希望我们可以找到她们。"苏珊说。

"她们很可能被锁在只有面包和水的地方了。"约翰说。

"她们更像是被迫和大人们待在一起，享用下午茶呢。"妈妈说，"怎么了，提提，发生什么事了吗？"

妈妈和提提一起沿着燕子谷向上走，想去看看被洪水冲垮了的水坝。罗杰本打算跟着她们一起去的，但约翰及时抓住了他。提提向妈妈讲述了关于蜡油的整个故事；姑奶奶是怎样弄哭布莱凯特太太的；提提只是想让姑奶奶感到虚弱和疲惫，这样她就会想到离开那儿去海边休息，留下布莱凯特一家人开开心心的；还有蜡油人偶是如何莫名其妙地突然滑落，掉进火堆里融化掉的。妈妈当然认为姑奶奶没事，因为提提真的没打算要烧掉人偶，只是想融化一点点而已。

妈妈认为按姑奶奶的样子做蜡油人偶，还用来施法术的确不是一件好事。她和提提回到营地的时候，苏珊已经烧上一壶水，地上也铺了一张防潮布，提提看起来比前两天开心多了。

晚些时候，他们都下去马蹄港送妈妈离开。她拿着半打小鳟鱼，都是罗杰这几天在小溪里抓的。约翰说："妈妈，要是你听到关于前晚亚马逊号海盗们的任何消息，可不可以用当地的邮局给我们寄封信来？"

提提接着说："我们还是立刻去那儿一趟吧，请求见见她们，那时我们就知道啦。"

可是妈妈说，在布莱凯特夫人看来，这样只会把事情弄得更糟。

就这样，在突袭后的第三天，仍然没有任何直接的消息。弗林特船长也没有来。小溪在雨后又正常流淌，大家用了整个上午的时间修理水坝。他们下午和晚上待在马蹄港，苏珊在那儿生起了火，大家喝过茶之后及时地赶回了燕子谷吃晚餐。他们来到桥底下的时候，河里的水比平时涨高了一点，通过有些困难。此刻，他们对亚马逊号海盗们的遭遇感到惋惜，因此闷闷不乐的，也就不介意直接从马路上面穿过了。毕竟，南希和佩吉就是走这条路回家的。他们穿过马路的时候，刚好看见玛丽的樵夫和他的三匹马载着一车圆木准备离开。玛丽刚刚一直跟他讲话来着。之后，玛丽就匆忙地沿着小车道向农场那边走去，他们及时地叫住了她。玛丽立刻转身回来。

"今早我见到杰克了，"她说，"他刚好经过，我就问他贝克福德有没有什么事情发生，听完他的讲述后，你们不知道我有多震惊呢。"

提提身体僵直了，但这并不是她所害怕的那件事。

"在贝克福德，他看见了厨娘。那厨娘是杰克的兄弟，汤姆妻子的二表姐，她正在谈论特纳小姐呢。杰克说，特纳小姐只知道为自己着想，没什么能让她高兴。两个布莱凯特小姑娘看起来是那么善良。可是特纳小姐总是强迫她们的妈妈来教训她们，她们迟到的那两个夜晚，可真是一场骚乱！自那以后，她们整天都不能出去了，特纳小姐如果不马上离开的话，布莱凯特太太甚至会失去她的厨娘。杰克说，就算厨娘按着正确的方法烧水煮饭，老特纳小姐还是嫌吃饭的时候盘子不够热。"

至少，提提听到这些所有的消息之后，心里感到安慰极了。如果特纳小姐还抱怨冷盘子的话，她肯定没有死掉。但对其他人来说，这很正常。南希和佩吉迟到的次数太多了。

“这次，一切都出了问题，”约翰说道，“首先是我弄沉了燕子号，现在亚马逊号海盗们也不能出来玩了。”

“我希望弗林特船长会过来，”苏珊说，“她们可能让他给我们带信呢。”

第二天，消息果真来了，但却不是弗林特船长带来的。

第二十章　欢迎之箭

这一天，又是在沉闷中开始。小探险家们早饭吃得很晚，之后他们围在火堆旁聚了一下，接着约翰就下去马蹄港工作了。到了港湾，约翰发现弗林特船长来过，但已经离开了。他对桅杆进行了很大的修理，而且做了两项约翰想亲眼看着完成的工作。桅杆顶端已经安上了带眼的圆形小帽，小帽是用硬木做的，用来套帆旗升降索。主帆升降索的滑轮也已安装在圆形小帽下面，这漂亮的木活儿是用凿子做的。桅杆上装有活动钉的地方已用砂纸磨光滑了。约翰用手仔细地抚摸着。

“我本来想亲自看着他打磨的。”他自言自语道。

这还不够。弗林特船长在桅杆旁边留下一堆备用的材料，很大一卷粗糙的砂纸，一大罐亚麻籽油。一张从笔记本上撕下来的纸捆在砂纸卷上，上面写着：“加油啊！把它磨得光滑些，不要吝啬用油。”

约翰将备用材料装进背包里，背包原本只放了一个刨子，他原本想着可能会有用的。然后，他坐下来开始用砂纸认真地磨桅杆，直到磨得像弗林特船长的桅顶那么光滑。

一忙起来，约翰很快忘记了对亚马逊号海盗们遭遇的担心。磨光桅杆这一个念头占据了他整个脑袋。在砂纸的摩擦下，木棍变了颜色，成了灰白色，因此他很容易看出离最后成功还有多远。每一寸颜色变化都让他觉得离燕子号归来不远了。工作完成一半的时候，约翰突然想起了时间，看了眼手表，然后背起装满各种工具的背包，迅速沿着小溪向燕子谷走去。

在燕子谷，苏珊、提提和罗杰听说桅杆快要修好时非常高兴，但对错过了弗林特船长这件事感到失望。

“为什么他不来燕子谷呢？”苏珊疑惑地说。

“或许他也成了土著人。”罗杰说。

“噢，不。他不会的，”提提说，“今年不会，就算他迫不得已也不会的。”

“他将桅顶做得十分精细，”约翰说，“要是变成了土著人的话，才不会这么用心呢。”

约翰话里有话，但是没能够让小探险家们提起精神。午饭过后，罗杰说他想去钓鱼，提提说也要去。苏珊说她很忙，要将柴火堆到皮特鸭洞里去。罗杰和提提说他们会帮一会儿忙。苏珊怕麻烦，没有让他们两个帮忙。约翰说他要继续下去马蹄港用砂纸擦桅杆。

到了马蹄港，他忘了喝茶的事儿，专心致志地用砂纸擦着，直到整根桅杆像丝绒一样柔滑。他用手指感受了一下，从旁边看过去，检查是否哪里还有一点点粗糙。最后，他觉得已经可以了。虽然在上面涂点润滑油看起来会有点可惜，但他很快就发现这油可以让桅杆看起来更美观。他发现罐头把手上塞着一团旧棉花，于是他用棉花擦拭着桅杆。桅杆在润滑油的滋润下，干透之前，就像刚从湖里捞出来的鹅卵石一样，闪闪发光。这干净的挪威杆十分吸油，约翰擦了一遍又一遍，而且在垫木上不停地转动角度接着擦。

“我真的相信，这根比原来的旧桅杆还好。”约翰自言自语道，“真想知道现在南希船长会怎么评价它呢？”

这时，他才突然想到，除了玛丽·斯旺森讲的那点闲言闲语外，仍然没有来自亚马孙河的消息呢。

他休息着，欣赏着那根闪闪发光的黄色桅杆。这时，他听到汽艇引擎发出的轧轧声。汽艇正压着湖面奔驰，听起来是沿着湖岸行驶，而且越来越近了，比他今天听到的大多数汽艇或摩托艇都更近一些。或者可能是因为他一整天都太忙，根本没仔细听其他的船而已。现在整根桅杆已经做好，打上了油，他只需要再等一段时间，让第一层油渗进去就行了。于是，他开始注意听周围的声音了，这种轧轧声听起来离岸边越来越近，他只好从港湾北面的岩石上滑下，来看看这到底是什么发出来的。

是的，是一艘汽艇。他想的没错，汽艇正向湖岸靠近呢。

“他们要再转个弯才能到这儿。”约翰船长自言自语道，“否则，他们会撞上长矛岩的，就像我们之前一样。”

他看着这艘汽艇转变航线，觉得有些地方似曾相识。突然，他想到了。这是布莱凯特太太的汽艇，是从贝克福德来的，他第一次看到这艘汽艇是在亚马孙河的船库里，在手电筒的照射下看到的。第二次看到它是将近一年前大风暴过后的那个清晨，布莱凯特太太驾着船去了野猫岛。

“太好了！”约翰大声喊着，“没事了。她们得到原谅了，她们来啦。”他跳了起来，正准备向她们挥手，又突然想到最好还是算了吧。毕竟，汽艇的前甲板上站着几个人，没准是他弄错了呢。还是等看清楚再欢呼吧，而且后面有的是时间欢迎她们哩。于是，约翰将抬起的手放下，藏了起来，自己像条小蛇一样扭扭捏捏地向北面的海岬走去。汽艇的轧轧声迅速逼近。最后，约翰小心地抬起隐藏在石南灌丛和岩石中的脑袋，看到汽艇已经不到十二码远了。

约翰是对的。这的确是亚马孙河岸船库里的那条船。不过他十分庆幸自己没有招手。

汽艇的前端是敞开的，周围有一圈座位，布莱凯特夫人和一个同样严肃的老女人坐在那儿。那天下午，燕子号船员们曾在树林中看到这个女人坐在车里从马路上经过。她们两个背向马蹄港坐着，而佩吉・布莱凯特看起来一点也不像一个海盗大副，更像一个参加学校授奖日或者花园聚会的普通女孩。她时而指着野猫岛，时而指着湖面远处的树林，这样她们的注意力都向那边转移了。

约翰没有看到南希・布莱凯特，他猜想是否因为大人们觉得她做了什么丢脸的事儿把她留在家里了。不过，他想南希可能更愿意留在家里呢，正想着，他看到了南希。

汽艇渐渐地接近马蹄港入口的两个海岬处。这么近的距离，约翰甚至可以看到船中的小船舱，舱内桌子上放着一杯喝剩的茶。船尾也是开放式的，弗林特船长站在那儿掌着舵，穿着十分整齐潇洒。南希・布莱凯特也在船尾呢。她蹲得很低，在汽艇前端的人根本看不见她在做什么。弗林特船长一直忙着掌舵，也没有注意到她。像佩吉一样，她也穿着一身不自然的华丽连衣裙。她蹲下时，约翰看见她手里拿着一把弓。他看见南希透过船舱的玻璃窗向前方看了一眼。此时，大家好像都在顺着佩吉手指向远处的湖岸望呢。船经过马蹄港两个海岬之间时，南希射了一箭。虽然夹杂着引擎的噪音，约翰觉得自己隐约听到了箭射出时弦上发出“砰”的一声，不过也有可能根本没听到。南希的箭穿过水面，扎进南面海岬的石南灌丛中，那是燕子号沉船后，船员们登陆的地方。

过了一会儿，约翰又想跳起来挥手，这次是为了表示他看见她们了。但是，南希放完箭后就不再朝湖岸这边看了。她将弓收起来，放在舵手的座位底下，蹑手蹑脚地穿过船舱，开始跟坐在汽艇前端的土著人讲话，看起来和佩吉一样得体。甚至连弗林特船长也没有往马蹄港看一眼。一会儿，汽艇就被挡在南面的海岬后面，尽管约翰还能听见轧轧声向湖的一端越去越远，但是已经看不见了。

突然，从小溪入港处的树林里传来一声叫喊：“喂！”

“喂！”约翰一边回应着，一边匆忙地跑去岩石那边寻找南希射过来的箭。

罗杰从树林里钻出来，闻了闻刚涂了油的桅杆。

“提提就在后面呢。”他说，“苏珊让我们告诉你，你不用喝茶了，她会提前煮晚餐，现在正做着呢。她还说不要太晚回去。千万不能。提提和我每人抓了两条鳟鱼，很肥的鱼，今晚苏珊就会做给我们吃哩，每人一条呢。还有……”

“你们看见汽艇了吗？”约翰打断了罗杰，问道。

“我听见有一艘。”罗杰回答道。这时，提提也来到了沙滩上。

“那是亚马逊号海盗们的汽艇，从亚马孙河来的，去年我们在船库里看到过的那艘。南希船长在里面呢，她还射出一支箭，落到南面海岬那端了。布莱凯特夫人也在上面，还有佩吉，弗林特船长，和……”

“姑奶奶没事吧？”提提问道。

“她也在船上。”约翰说，“快去找南希射过来的箭吧，就在石南灌丛那边呢。”

“南希真的是射向你的吗？”罗杰说，“这是战争吗？”

“我想她应该没看到我。”约翰说，“当然，她知道我会在那儿修桅杆的。快点过去找找吧。”

提提已经爬上岩石丛了。要是姑奶奶还在划艇上游玩的话，那么蜡油人偶应该没什么危害。约翰和罗杰赶快跟在她后面。

提提轻松地找到了南希的箭，箭头扎在石南灌丛中，另一端装饰着长长的箭羽。

“这是支新箭。”约翰说，“没有她们去年用的那些箭好，还不到一半好呢。”

提提看着箭上的绿羽毛。

“这支箭一定是刚刚才做成的。”提提说，“这是今年我带给她们那些羽毛中的一只。我认得它，因为我在用剪刀剪东西的时候不小心将羽毛剪掉了一点。”

“船鹦鹉如果知道她们用它的羽毛来攻击我们的话，一定会不高兴的。”罗杰说。

“看起来她不像是要这么做。”约翰说，“她是故意避开其他人，悄悄射过来的。”

约翰仔细地查看这支箭。在靠近绿羽毛的地方有一个奇怪的宽条纹，一根红绳紧紧地绕在箭上。约翰拿出刀子，将红绳一端切断，然后把它解开。

“别破坏这支箭。”提提说。

“可是，她用它攻击我们呢。”罗杰说。

约翰解下红绳后，他们立刻看到一张折起来的纸条缠绕在箭上，正好被那根红绳遮住了。

“是张留言条，”提提说，“快点打开。现在我们该知道发生什么事了。”

约翰取下纸条的时候，它还绕在箭上，而且被一圈一圈紧密缠绕的红绳遮住。约翰将纸条扯直，他们一起看上面写些什么。

纸条上的字是用亚马逊号海盗们经常使用的红色铅笔写的：

把羽毛拿给鹦鹉看。

纸条上没有署名，只有用黑色钢笔水画的骷髅头和十字交叉图案。

“真是个相当愚蠢的留言。”罗杰说。

“我看不到她想说什么。”提提说。

“这张纸条什么也没解释，”约翰说，“甚至都不能叫作宣战书。”

他们慢慢地走回港湾沙滩上的旧营地，约翰在桅杆上又涂了一层亚麻籽油，其余两个帮忙把油擦入。

“她们在那儿呢！”约翰指着树林外面两个海岬之间的地方，喊道。在远处湖的另一边，贝克福德的汽艇正沿着那一侧的湖岸移动。燕子号船员们从树林中跑出来，爬到岩石上，看着汽艇消失在野猫岛后面了。

“她们要去那儿登陆，没有等我们。”提提难过地说。

但是她们没有登陆。汽艇很快就又在野猫岛旁边出现了，他们看着它快速地穿梭在湖面上，在船屋港都没有停留，最终消失在达恩峰后面了。

“这简直太奇怪了，”约翰说，“问题是南希这么做，好像真的煞有其事似的。”

“可能真的是这样呢，”提提说，“只是我们不知道是怎么回事而已。我多么希望南希船长没这么聪明啊！”

“她没有约翰聪明。”罗杰反驳说。

约翰没说话。“将羽毛拿给鹦鹉看。”羽毛在约翰眼里看起来真的没什么意义。

最终，罗杰提醒大家苏珊说过要早点回去吃晚饭的。于是，又擦了一遍桅杆之后，约翰、提提和罗杰开始启程回到燕子谷去。那儿有四条鳟鱼等着他们，还有苏珊。虽然其他人可能不会想着，至少罗杰不想忘记它们。他们带着南希的箭沿着小溪的一侧迅速向上走去，从马路走过而不是从桥下穿过，然后经过树林中的陡坡向沼泽地走去。

第二十一章　将羽毛拿给鹦鹉看

他们发现，苏珊现在的脾气非常像土著人，这是因为刚才她一直忙着清洗和烹饪那四条鳟鱼。煎鳟鱼一定要在刚出锅的时候就吃掉，不能一直煎个没完。如果煎得太久，鱼就会变干，最终只能扔掉了。苏珊要先清洗这些鱼，用盐腌好，还要掌握好火候，将黄油在煎锅里加热，然后把四条小鳟鱼放在锅里，直到小鱼发出嗞嗞声，好像在招呼大家赶紧吃，而等这一切烦琐的工作结束时，却看不到伙伴们的影子，在这种情况下，谁都忍不住会变得像土著人那样爱发脾气。苏珊尽可能慢慢地煎，但其他人回到燕子谷时还是有点太晚了，吃鱼的最佳时间已经过去了至少二十分钟。罗杰闻了闻鱼的香味，开心地说道："真及时啊。"

"一点也不及时，"苏珊说，"你们本应该半个小时之前就回来的。我告诉过你们要马上返回来。下次你们最好自己来煎鱼，我也去四处闲逛然后'及时'地回来。"

罗杰本来想说，要是她真的那样做的话，就不会有鱼留给她了。但是，这时他注意到了约翰的眼神，马上明白，就是约翰也觉得这种时候最好还是不要冒险跟苏珊抬杠。

"我看见亚马逊号海盗了。"约翰说。

"她们不是来吃晚餐的吧？"苏珊大副说道，"我们可只有四条鱼。"

"我没机会跟她们说话，"约翰说，"她们在汽艇里。南希从长矛岩旁边射过来一支箭，箭上有一张留言纸条。"

“姑奶奶很好，”提提说，“约翰看见她了。”

“先吃晚饭吧。”苏珊说。

“我们找到箭了，”罗杰说，“在这儿呢。”

“你的面包和黄油。”苏珊继续说。

“这鱼可真好吃呀，”约翰夸奖道，“做得简直不能更好吃啦。今天的鱼比那天跟弗林特船长一起钓的还好吃呢。”

后面很长一段时间，大家除了谈论鳟鱼和晚饭之外什么也没说。提提和罗杰讲述他们是如何抓到鱼的，其中一条是在游泳池里，另外三条是在燕子谷上游和鳟鱼湖之间的小水塘中抓到的。罗杰说要不是他们睡着了，现在会吃到更大的鱼呢。大家感叹着要是能吃到更大的那该有多好。最后一条鳟鱼的骨头被扔进营地的火堆里时，苏珊向他们展示了在探险过程中有这么好的厨子兼大副是多么的幸运。她将四只苹果放在铁制饼干盒中，用热灰碳盖住，这种烘焙的苹果可以佐大米布丁吃。大家尽情享用着苏珊准备的晚餐，晚饭结束的时候，还是苏珊将话题转移到南希的箭上来。她刚一提，罗杰就把箭递给了她。大家立刻开始谈论汽艇和那支只有约翰自己看到整个发射过程的箭。

“箭上绑着一张留言条，”约翰说，“不过好像没什么意义……‘将羽毛拿给鹦鹉看’……看，在这儿呢。”他将那张卷曲的小纸条递给苏珊。

苏珊打开它，仔细地看着。

“看起来不像有什么特殊的意思。”苏珊说。

“但是南希射箭的时候，躲在船舱后面，看起来好像是很重要的事情。”

“这支不像是她们去年的箭，”罗杰说，“都不闪光呢。”

没错。营地上的小探险家们看到的这支箭非常粗糙，好像是临时匆忙制作的。箭头很钝，而且箭的表面也没有光泽。

“我想这些一定是波利的羽毛。”苏珊说。

“是的，”提提说，“这根是去年我们回家的时候它脱下来的第一根羽毛。从去年冬天我就一直保存着它。我认得它是因为我不小心把它掉到了剪刀上，剪掉了一点碎屑。另外一根是我们来到这里之前脱下来的。罗杰和我发现燕子谷那天，南希来到岛上，我把这两根羽毛和那堆一起都给了她。

“所以，这一定是根新做的箭。”

“看起来好像是她们刚刚做好的，”约翰说，“而且没有别人的帮忙。”

“我们还是按照留言说的做吧。”提提说。

“什么？”

“把羽毛给波利看呀。它很聪明的。”

“它不会比我们大家还聪明吧。”约翰说，“如果我们都不知道是什么意思，它更不知道了。”

“不管怎么样，就照着南希说的做吧。她可能会问我们到底有没有这么做的。”

提提拿起插着绿色羽毛的箭，走到了鹦鹉的笼子前，它正在栖木上享受傍晚夕阳的余晖呢。

看到自己的羽毛，鹦鹉立刻尖叫了起来，用嘴和一只爪子抓住箭。

“小心！”约翰喊道，“拦住它。它会把羽毛拔出来的。箭的两头只有窄窄的接口把羽毛和箭头连在一起，它会把接口弄坏的，到时南希会怎么说呢？”

可惜说得太迟了。

一阵剧烈的啄木头的噪音，鹦鹉不仅将它的旧羽毛从箭上扯了下来，还将箭身弄坏了，尤其是固定羽毛的接口。

“嗨！嗨！拦住它！快看呀！”约翰激动得跳了起来。

“不要，波利，不要！”提提喊着，“把它给我！你不需要这个。”

羽毛旁边的什么东西也在混乱的撕扯中损坏了一点，现在箭已经折断了。提提及时挽救了那个东西。

“好样的，波利。”提提说，“南希当然知道你会这么做，因为她以前见你这么做过。”

鹦鹉没有理会她。它根本不想要提提现在手里拿着的褶皱的纸团。

“漂亮的波利，漂亮的波利。”鹦鹉一边满意地叫着，一边从箭上撕扯下碎木屑，扔到栖木周围。

现在，没人再管那支箭了。提提用颤抖的手指打开纸团。在纸条的上端，她看到骷髅头和十字交叉图案，下面是一些用红色铅笔写的字。她将纸条递给约翰船长。

“大声读出来吧。”她说。

“这是对我们所有人说的。”约翰说着，开始读起来。

致燕子号船长和船员们。你们好！这是来自处于极度痛苦之中的海员们的一封信。我们现在被监视着，不能走出土著人的视线。姑奶奶想一直盯着我们。跟我们料想的一样，那天我们的确迟到了，现在我们正在为这件事付出代价。但天无绝人之路，黑暗中常有一线曙光。（这是一句引文。）况且，就算是课本也终将会翻到最后几页。这件事差不多已经过去啦。

下面的话很重要：明天一大早沿着我们上次来的路出发。你们沿着沼泽高地一直向正北方向走，直到看见四棵冷杉木矗立在原本是个森林的地方。沿着冷杉木所指的方向继续走到石墙那里，然后来到马路上。马路对面在两块田地远的地方有一条河。你们要找到一个石头堆起来的谷仓。距谷仓大概一根电缆远的地方有一棵橡树，紧靠河的旁边。在这儿，你们会看到一个土著人的战斗独木舟。独木舟的艉横板上刻着它的名字：贝克福德号。

“那不可能是一只独木舟，”约翰打断了一下，“一定是艘小划艇。独木舟是没有艉横板的。横板两端是尖的。”

“她们的土著人可能有自己独特的独木舟呢，”提提说，“不是所有土著人都拥有一样的船的。”

约翰继续往下读：

不要害怕，你们上船以后顺着河流划到泻湖去。你们知道那里，就是罗杰以为有章鱼的那个湖。

“我后来知道那其实是花，”罗杰说，“是水仙花。”

“别打断船长，”提提说，“继续念吧。”

约翰继续读着：

穿过泻湖。将战斗独木舟划到河岸的丛林中去。派一个侦察兵在丛林里登陆。让侦察兵穿过树林，学一声猫头鹰叫，然后等着。你们要轻装出发，带上两天的粮食还有睡袋。干城章嘉峰在向我们招手啦。我们弄到了一根绳子。我们今晚会把战斗独木舟给你们藏好：在橡树旁边。你们一定会找到。千万别让土著人看见。波利做得真棒，它总是会嚼碎插着自己羽毛的箭。你们不要失约啊。

南希·布莱凯特船长

佩吉·布莱凯特大副

暂时的战俘

燕子号和亚马逊号万岁！

“就这些吗？”罗杰问。

“就这些。”约翰回答。

小探险家们互相望了一眼。

“你觉得这可行吗？”苏珊最后说道。

“嗯，会有什么问题呢？”约翰说，“都是在陆地上，而且不会有夜间航行。只要提提和罗杰按时睡觉，在哪里睡都一样。”说完，他马上明白苏珊所担心的那类问题是什么了。

提提和罗杰紧张地听着。

“那牛奶呢？”苏珊说，“带上两天的牛奶是不可能的，尤其天气像今天一样热的话。”

“亚马孙河谷一定有很多农场的。”约翰说，“而且南希和佩吉一定知道哪里有农场。只要我们带上自己的牛奶罐，在哪里都会弄到牛奶的。”

“但是要把营地留在这儿一个晚上吗？”

“不会的，”提提说，“皮特鸭会替我们看守营地的。我们把所有的东西都藏到皮特鸭洞去。那儿很安全。”

“那么鹦鹉呢？”

“它陪着皮特鸭。我会给它留下一大堆食物还有水，把它也放进洞里。它不会介意多睡一会儿的，仅此一次而已。或者，它可以和皮特鸭一起看守营地。我想它以前应该在很多洞穴中待过，这样才是真正的海盗鹦鹉嘛。”

“你们是知道的，我们从来没有试过没有帐篷只睡在睡袋里。要是下雨了怎么办呢？”

“只要不下雨，就没问题啦。要是看起来会下雨的话，我们就不去了。”约翰钻进他的帐篷，很快又钻出来，“气压计显示气压很稳定。还有一件事呢，要不是燕子号快修好了的话，弗林特船长不会加紧赶工修桅杆，还留了一张纸条让我尽快磨光、上油的。我想燕子号应该已经喷过漆了。如果天气一直像今天这么热的话，油漆很快就会干的。不知哪天，燕子号就会重新回来了。可是我们不能同时爬山又航海的。如果我们打算爬干城章嘉峰的话，那么从这儿出发就很方便了。”

“妈妈的确说过如果我们想爬干城章嘉峰的话，是完全可以的。”苏珊这样说，其他人知道她又站在他们这边了。

那天傍晚在收拾整理之前，他们先去了趟瞭望台作一次登山练习。他们从最陡峭的一侧爬上去，然后四个人站在瞭望岩顶上越过沼泽地向远处的高山望去。夕阳很快躲在山峰后面了。这时，干城章嘉峰看起来就像是从深紫色硬纸板上剪下来的一样。干城章嘉峰的左右是其他的高山，他们知道在沼泽地边缘的某个地方就是亚马孙河河谷。绕到右边去，他们可以远远地望见森林的尽头，更远一点可以瞥见湖面和里约后面的高山。

“亚马逊号海盗们从沼泽地那边过来的时候，我们最早是在那儿发现她们的，那块岩石后面。”提提指着半英里远处石南灌丛中一块尖突的岩石说道。

“可是，没那么近的。”罗杰说。

“那就是我们要走的路线，”约翰说，“这里和干城章嘉峰的北面在一条线上。”他将指南针放在岩石上，然后等着指针稳定，“北——北——西方向。我们要先到岩石那里，然后一路向北走。”

这时，他们的头顶上传来一阵“咯吱咯吱”的声音，好像有人在快速地转动着一扇合页上缺油的门。他们同时抬起头。

“是天鹅。”约翰马上说。

他们看到五只白色的大鸟从头顶飞过，天鹅的脖子明显地突出长长的一截。它们用力扇动着翅膀，向着夕阳平稳地飞去。

“它们要飞向哪里呢？”罗杰问道。

“在那边的某个地方还有一个湖。”约翰说。

由那边往西看，他们看到远处石南灌丛边缘的上面就是隐隐约约的高山。石南灌丛将高山包围，看起来像是海一端的地平线一样。石南灌丛更远处就是未知的领域了。

提提说：“如果飞得那么高的话，天鹅或许能看到湖水。”

“我相信它们能看到的。”约翰说。

天鹅越飞越远，等看不见的时候，小探险家们从瞭望台上爬下，然后迈着沉重的脚步回到燕子谷的营地中，思索着前面等待他们的会是什么。

他们围着火堆坐在一起，谈论到比平时晚一些时候才结束。像苏珊说过的，一大早启程之前，他们总是要讨论到很晚。有一堆事情去想，想早早睡着是不可能的。等他们去睡觉的时候，天上的星星已清晰可见。

帐篷里的灯笼熄灭很久之后，约翰坐起来，拿起背包，从帐篷里爬了出来。他把睡袋也拉了出来。然后开始在背包里翻找。在一堆衣服下面，约翰找到了薄薄的睡袋防水罩，这种罩子在住帐篷的时候是用不到的。他将睡袋放进防水罩里，这样就不需要带防潮布了。试好后，他又钻进了睡袋，辗转反侧直到找到最舒适的睡姿，然后才安稳下来。背包现在还是满满的，刚好可以作枕头。

“你在做什么呢？”黑暗中传来苏珊的声音。

“试一下要是没有帐篷会怎么样。”

“我们都试一下吧。”罗杰说。

“你们怎么都不睡觉呢？”苏珊说。

“你能看见星星吗？”提提问。

“可以。”约翰回答说。

“我想知道战俘们是否也能从关着她们的囚房中看到漫天的星星。”

“她们根本就不在囚房里。”约翰说。

“当她们想出来的时候不能出来，这种感觉就像被关进了囚房里。”

“晚安。”约翰说。

“晚安，晚安，晚安。”三个仍然睡在帐篷里的小探险家说。第四个帐篷是空的，因为约翰正舒服地躺在睡袋中，头枕着背包，望着天上的星星，没有太多困意。至少他自己感觉没有困意。

过了一会儿，他想着数星星会不会产生跟数绵羊一样的效果，可以让人马上入睡，他还是个婴儿的时候妈妈就告诉他这么做的。于是，他蜷伏在睡袋中，只有鼻子以上部分露了出来，然后开始数着天上的星星。但是，还没来得及数几英尺远的大星星时，他就睡着了。可能是数星星让他睡着的，也可能是一整天都辛苦打磨新桅杆的缘故。

第二十二章　启程之前

一大清早，营地上就开始忙乱起来。苏珊起来后立刻开始为征程做准备。提提醒来时脑子里也有个计划，她跟罗杰说过了。他们两个拿起背包冲到树林里，答应马上就回来。约翰拿着牛奶罐迅速跑去斯旺森农场去取牛奶，从他们身边经过时，他们正在往背包里塞松果。昨晚约翰在帐篷外面睡得很好。约翰在提提和罗杰回来之后很久才回到燕子谷，因为他先去马蹄港给桅杆涂了最后一层油，接着绕到农场取早餐喝的牛奶，顺便告诉玛丽·斯旺森，由于今晚会离开，他们要到第二天晚上才会再来取牛奶。

"我正要去村子那边呢。"玛丽用土著人习惯的名字称呼里约，"你们想让我带点什么过来吗？"

"我想你不会去霍利豪威吧？"约翰说，"我想告诉妈妈今天或者明天不要来这里，因为我们这两天不在。"

"怎么会呢，我当然可以并且乐意去一趟。"玛丽·斯旺森说，"等我一分钟，我去给你拿张纸，你可以把想要告诉她的话写下来。"

这时，斯旺森老爷爷从厨房里喊约翰，让他进去。

"玛丽，"他喊道，"你让他站在那儿怎么写呢？年轻人，快进来，坐在桌子边上。你要是想写什么的话就在这儿写吧。"

约翰走进去，对两位老人说了句"早安"。玛丽从抽屉里拿出来一支铅笔和一张纸，放到厨房的桌子上。接着她就急着走出去挤牛奶了。斯旺森奶奶继续缝着被子。斯旺森爷爷看着约翰写字，一边打着节拍一边唱着一首歌。这首歌描写的是与一个正要离开的年轻人道别的情景。

约翰写道：

> 我们即将去亚马孙河攀登干城章嘉峰，所以今天和明天请不要来燕子谷。我们会带上睡袋。船员们会按时睡觉。我们明天就会回来了。一切安好。桅杆工作已经完成。燕子号马上就要回归了，所以现在去登干城章嘉峰正是时候。我们爱您。
>
> 约翰

他将信折起来，在封面写着“霍利豪威的沃克收”。

约翰写的时候，斯旺森老爷爷一直在旁边看着。

“嗯，你写字很迅速呀。”老爷爷说，“我年轻的时候，他们可没教我这么快写字。不过你唱歌可不如你那个弟弟好听，他天生就是块唱歌的料，但写字可能就没这么快。而我呢，现在根本不会写了，这五十年来都没写过一封信哩。不过，我一直在唱歌。现在，要是唱……”

约翰不知怎么办才好。其他人还等着喝早餐的牛奶呢，而且还要快点回去收拾营地，为整个行程做准备。如果老爷爷的歌唱起来，谁也不知道什么时候才结束。幸好，玛丽·斯旺森这时匆匆忙忙地进来，拿上他的信，然后把牛奶给他，带他出去了。这一切发生得很快，好像玛丽将他一把扫出门外一样。约翰还没有反应过来，但是他非常感谢玛丽，然后快速地穿过了树林，走捷径回燕子谷去。他一路往回走，偶尔还能听到老爷爷在农舍里唱着歌。

约翰爬上瀑布旁边的岩石，抬头看了看燕子谷。他很难相信这是他刚刚离开的地方。四个乳白色的帐篷已经不见了。其他几个人已经拆卸好各自的帐篷，包括约翰的，整个溪谷看起来一点也不像个营地。帐篷是可以让一个地方变得大不一样的。现在，这里又一次变成了空旷的满是岩石的溪谷，跟他们来的时候一样。这里不再像是任何人的家。约翰明白，等他们回到野猫岛后，燕子谷看起来就会像从来没人待过一样。第一场真正的大雨会将游泳池的水坝永远冲走。到那时，一切将恢复原样，他们的燕子谷，还有营地上整洁的帐篷、欢快的火焰都会成为一种回忆，或者像书中读到的某个地方一样。这是一种怪异的感觉，而且让人感觉不适。但此时，欢快的火焰还燃烧着呢，所有迹象表明，早餐就差牛奶了。

“牛奶来啦。”约翰说，“我往霍利豪威捎了个信，告诉妈妈我们要去哪里。”

“嗯，做得不错。”苏珊说。

“你告诉她不要告诉其他人了吗？”提提问。

“哎呀，我忘记了。”

“不过，她应该不会的。”提提说，“至少，在确定没问题之前她是不会告诉别人的。”

“斯旺森爷爷唱歌了吗？”罗杰问。

“唱了。他想让你在那儿跟他一起唱呢。”

“等我们回来，我会去的。”罗杰说道。

“今天喝粥，”苏珊说，“我们有很长一段路要走。我做了很多呢，足够每人吃两碗的。最后只靠牛奶维持体力是没用的，把粥都喝了吧。”

“一切都藏好了？”约翰说。

“都在皮特鸭洞呢。”提提说。

“先吃早餐吧，”苏珊说，“一会再看看洞穴。洞里还有很大空间，放多少都放得下。现在它可比亚马逊号海盗们来的时候好多了。”

“它看起来就像个商店一样。”提提说。

“只是里面的一切都是我们自己的。”罗杰说。

他们做了一顿丰盛的早餐，在征服一个陌生领域之前，探险家们应该准备这样一顿早餐的。苏珊做了很多粥，比以往多很多，还煎了很多培根，直到发出细碎的啪啪声。接着便是跟往常一样的面包、果酱和大杯的茶。他们吃蘸果酱的面包时，苏珊在煮锅里放了八个鸡蛋，煮得老一点以便带在路上吃。

“这么多东西，我想到后天都够吃了吧。”早餐吃完后，罗杰说。苏珊给每个人分两个鸡蛋，放进了背包外面的侧口袋里。

“好吧，不管怎么样，先把鸡蛋装进去。”苏珊说。

“我才不想拿呢。”罗杰说。

“那么最好连你的巧克力也留下吧。”苏珊不客气地说。罗杰更想吃巧克力，只好像其他人一样将鸡蛋装了起来。

要留下的最后一些东西被转移到皮特鸭洞中。他们真的只带了很少的东西，只有睡袋和防水罩是每个背包里都有的。剩下还有一个聚餐时要用到的杯子和一块肥皂，四只牙刷和食物都是分开打包的，有人拿这些，有人拿另外一些。他们的食物包括四个圆面包，两个牛肉糜压缩饼罐头，煮熟的鸡蛋，一大堆巧克力和一些苹果。苏珊用一捆石南花用力地擦着水壶，直到水壶上的黑灰不会再掉下来沾到别的东西。她将壶盖放在背包外侧的口袋里，水壶则系在甩出来的背包带子上，绳子系紧后，水壶就固定在背包的一侧。约翰用同样的方法带上了牛奶罐，而且在苏珊的命令下，他先将牛奶罐拿到小溪那里洗了洗。其他两个人拿着很轻的东西，这样正好，因为他们想把背包都塞满松果呢。“做路标[1]用。”提提解释说。

“但是路标会向其他人暴露我们的行踪的。”

“这些是要用来找到返程的路的，”提提说，“你看，沼泽地上没有树可以做标记，我们也不能留下纸条。而且那里本来没有松果，要是我们用松果标记下我们的踪迹，这样从干城章嘉峰回来的时候我们就不会迷路啦。”

苏珊和约翰知道跟提提争论是没有用的，因此，只要她和罗杰装好了睡袋，那么再装些松果也没关系，所以允许他们两个把从树林里捡的松果塞满了背包。

他们钻进皮特鸭洞，借着苏珊点燃的一盏灯环顾一周。苏珊事先把点好的灯与其他三盏并排放在了岩架的老位置上。苏珊的收拾打包工作是一流的。洞的一边堆放着整齐的柴火，已经劈成常用的长度。四堆柴火堆旁边是四个帐篷捆，每捆都包括一个帐篷、帐篷杆和一小袋帐篷栓。这些东西互不干扰地放在那儿。去往营地用过的防潮布铺在柴火堆对面的地上，上面放着卷好的杂货帐篷，装各种杂物的铁盒子，没有带走的衣服，还有另外三个铁盒子。其中一个装着渔具，一个装着提提的文具，最后一个装着燕子号的记录单和气压表。

“要我说，大副先生，”约翰船长看着最后一个盒子说，“我不太想把这些东西留下。”

“可带着它们没用啊，”苏珊说，“我们又不是去航海，而且你已经带上指南针和望远镜了。不管怎样，也只有一个晚上而已。”

---

[1] 路标，吉卜赛人在走过的路上放置树叶、青草、石头或树枝等作为路标。

“皮特鸭会看好它们的，”提提说，“他知道这些东西有多重要哩，他会和鹦鹉一起看守的。”

“你最好现在就把鹦鹉拿进来。”苏珊提醒她。

他们做了很多工作，让鹦鹉在洞里面感觉更舒服一点。笼子里放了一片美味的培根，可以让鹦鹉撕着吃，还有三天的食物和充足的水。提提还认真地向它解释，他们是多么的信任它，现在轮到它值班了，这样皮特鸭可以偶尔休息一阵。要不是皮特鸭这时候刚好外出，提提还有一大堆话想跟他说呢。现在她只能把事情都清楚地交代给鹦鹉。鹦鹉比平时在营地时吵闹多了，不停地说着“两倍，两倍，二，二，漂亮的波利，八片币”，还时不时地发出两声尖叫，以表示它明白大家为什么而兴奋。但是一进到山洞里，即使笼子放在一堆铁盒子上面一个十分舒适的地方，它也立刻不说话了。很明显，它觉得自己并没有得到公平的待遇。

“我们明天就回来啦，”提提说，“你是知道的，你不喜欢待在山顶上吧。”

鹦鹉什么也没说，但从它的眼睛可以看出来，它似乎比聒噪时还郁闷。

“我们不可能带它一起去的。”苏珊说。

在这样一个时刻，提提甚至开始考虑她是不是应该留下来照顾皮特鸭和波利，不过她马上想到了更好的办法。

“热带雨林里比这儿还黑呢，”提提说，“即使中午的时候也是，所以你最好还是明智一点吧。”她将留起来的三块糖在最后一刻给了鹦鹉，然后匆忙地跑出了山洞。她背上背包，将剩下的一点小松果装进口袋里，准备出发了。

苏珊吹灭灯笼，跟着提提出来。她用一大簇石南花丛将洞口遮住，这样一来，如果不知道皮特鸭洞的人是不会猜到这里有个洞的。在岩石凸起的地面上也没有任何脚印通向洞口，洞口看起来就是一团软软的石南花丛。约翰和罗杰之前在地上看到的可能暴露目标的小木棍也被清理干净了。四个小探险家爬上燕子谷北面的陡坡，然后向后望了一眼空荡荡的溪谷，除了灶台上烧黑的石头和一些支帐篷时留下的灰白地方能表明这里曾经安扎过营地以外，其余真的什么也没有了。

第二十三章　横越大陆到亚马孙河去

约翰船长又仔细看了遍亚马逊号海盗们留下的讯息。“她们说的是‘偏北方向’，但我们实际上要按照北——北——西的方向走到那块岩石。”他看了看指南针，“我昨晚就想到应该是北——北——西，不过我们还是应该再去瞭望台看一眼。”

站在瞭望台顶端，大家轮流拿着望远镜看了看里约和霍利豪威，但今天那里似乎没有什么值得关注的。于是，他们向另一个方向的干城章嘉峰望去，它正静静地矗立在晨光中。他们不敢相信自己将要登上那座山峰的峰顶。

“是北——北——西这个方向。”约翰一边说，一边用手指着亚马逊号海盗过来突袭他们营地时经过的那块凹凸不平的石头。

“我们不用往前穿过石南灌丛。”苏珊说。

“要是我们能找到一条捷径小路就不需要穿过那儿。”船长说。

在同样的方向上似乎有两三条路。约翰选择了一条看起来正确的，几分钟后，探险队就离开瞭望台，开始了他们的征程。他们排着一字队穿梭在石南灌丛的狭窄小路中，约翰走在最前面，然后是罗杰，接着是提提，苏珊走在最后。

这种队形并没有保持很久。

“别再浪费松果了，”提提说，“真笨！我们才刚离瞭望台不远呢。等我们到达岩石旁边真正的未知领域后，所有的松果都用得上。”

事实上，罗杰口袋里的松果还塞得满满的。每十二码左右的距离，他就会在小路中间停下来，放上两颗松果，一颗和路的方向垂直，另一颗和路的方向相同。当然，他要不时地停下来回头看看，确保提提和苏珊没有误踩上去。这一路上，苏珊发现她总是被蹲下来摆弄图案的罗杰一次又一次地打断。还有提提，虽然她停下来是为了提醒罗杰不要浪费松果，但她也总是站在一边看着苏珊，看她是否迈过松果，有没有碰到。就这样，苏珊让提提和罗杰走在后面，给他们让出空间，自己则紧紧跟在约翰身后。

不过，离凹凸不平的岩石还有很长一段距离，罗杰的口袋就空了。他想从背包里再拿些新的出来，提提当然不肯。

“现在你看到了吧，”提提说，“要是你还这样做，到最后我们的松果就不够啦。在最关键的地方，我们最需要的时候，却什么路标也没有了。”

空空的口袋让罗杰觉得提提说的有道理，最终他们决定一次只放下一棵松果，因为不管怎样他们都会知道自己走的是哪一条路。另外放松果的间隔距离也应该再大些。

“我们不用摆成一条直线，”提提说，“我们只要时不时地能找到一颗就可以了，这样我们才能确信走的是正确的方向。”

到凹凸不平的岩石那儿时，他们追赶上其他人，然后回头看了看。

“其实到现在为止，我们根本不必用松果的，”提提说，“从这里还能看到瞭望台呢。我们需要放松果的地方，是当没有这些松果我们找不到路的时候。”

然而现在，未知的领域已经展现在他们眼前了。

从那块被当作首个标志的岩石开始，他们现在尽可能地向正北方向移动。约翰船长不停地看着指南针，先选择标记正北方向的一块岩石、一簇蕨丛或者石南花丛，径直向它走去，到达后再用同样的方式选另一个。

在起起伏伏的沼泽地上，他们已经走到了隆起的部分，因此有时他们只能看到前方不超过两三百码的地方，有时甚至更近一点。还有的时候，他们来到横跨沼泽地的垄上时，会看到隆起的部分是怎样突然陡下去，延伸到远处的一片落叶松树林中。树林下面的某个地方一定有湖。有时他们会看到沼泽地在垄的另一侧突然下降，在那儿，高高的树木长在石南花丛中。他们偶然瞥见了远方的河水，但是就算用望远镜也看不到有船在里面。

“那地方可能还没有被发现呢。”提提说。

“那就是大雁要去的地方。”约翰说。

不是所有的沼泽地都被石南灌丛覆盖。那儿也有高高的绿蕨丛和被太阳烤得发黄的野草绵延数里。灰色的石头从草丛和石南花丛中拔地而起，就像一床打着浅绿色和棕黄色补丁的深紫色床单罩在贫瘠的大地上，地表凸起的部位从床单破旧的地方裸露出来。黑头红嘴鸥在他们头顶盘旋，时而向他们俯冲过来，翻几个跟斗，尖叫几下，似乎在告诫他们无权去那边，然后又展翅飞走了。第二次，一只麻鹬飞到他们面前，它的鸟喙很长，弯弯的，不厚。麻鹬经过他们头顶时惊恐地叫了几声，从一个溪谷飞到了另一个溪谷。还有突然从石南花丛里跳出来的松鸡，不停地挥动着翅膀，好像喊着：“回去！回去！回去！”

“不，我们不会回去的。”罗杰说。

“要是它们知道我们要去哪里的话，就不会让我们回去了。”提提说，“它们以为我们是来打扰它们的，这才是为什么向我们叫喊的原因。”

前方路线的西侧，如果现在是在燕子号上，他们会把这个叫作左舷船头的方向，他们总是能看到一大片绵延起伏的高山，他们称之为干城章嘉峰。每当往北移动一些时，山的形状看起来就要变化一些。它看起来不再是一个坚硬冰冷的山峰，因为在覆盖着低处山坡的树林上方，还可以看到一个深深的小峡谷贯穿其中。

到第一次暂停行进、稍作休息的号令发出时，罗杰背包里的松果已经用光，提提的背包也不那么满了，他们第一次停了下来。这时早已看不到瞭望台的影子了。向东边望去，除了绵延起伏的石南花丛，他们什么也看不到。向西边望，石南花丛越来越少，沼泽地似乎走到了尽头。他们前方的地面看起来还是上扬的，虽然他们知道沿着这里走他们迟早会到达亚马孙河谷的。地垒的边缘不会太远了，穿过沼泽地一直往北走这条线路，比走海上路线要更直更近一些。如果他们从野猫岛航行到亚马孙河的话，他们要考虑里约港还有附近的岛屿，更不用说还有风的因素了。多亏约翰稳妥地利用了指南针，他们的行进路线几乎是一条直线，像乌鸦飞行一样。

约翰向罗杰解释这个原理。

“对乌鸦来说更容易些，”罗杰说，“乌鸦的鸟翼可以保持静止且继续往前，但是我们要让自己的腿静止一分钟的话，就只能待在原地不动了。”

“这儿倒是个停留的好地方，”苏珊说，“那儿有块平坦的石头可以用来当桌子。我们肯定还有一多半的路程要走呢。卸下背包，吃些苹果吧。”

“好的，”约翰说，“一路背着这些苹果也没有用，只会增加我们的负担。等我们到了河边，还不知道要做些什么呢。”

他们将背包放在平坦的石头上，拿出苹果。过了一会儿，只有黑头红嘴鸥知道这群小探险家在那里。他们四个平躺在石头旁边的干草地上（苏珊仔细地检查过，那儿不潮湿），边吃苹果边用手遮住眼睛，偶尔透过指缝看看蓝色的天空。

他们重新出发后，又经过半个小时的路程才到达地垄的边缘。这时，他们向下可以看到亚马孙河谷。地垄延伸出去的部分遮住了河水的入湖口，不过还是可以看到他们下面远处的绿草地中有飞溅的水花。转至右边，在长满树木的地垄脚下，他们可以看到一片灰白色的芦苇带遍布在一个闪闪发光的小湖周围。

“那一定是泻湖啦。”约翰说，“绕过这片树林，就能在某个角落里看到贝克福德。”

虽然他们看不见河流是如何流入这个小湖的，但他们能看到湖面，湖北端宽阔的水面以及上面的高山。那里他们从未去过，已经是他们地图上的北极啦。

“我想知道这些山里面有没有像干城章嘉峰一样高的。”约翰说。

“没有那么高的。”提提说。

“更多的像圆丘一样的。”约翰说着。此时，比起燕子号、燕子谷和野猫岛，他的心更向往干城章嘉峰了。

从另一个方向往干城章嘉峰望去，他们可以看到亚马孙河谷蜿蜿蜒蜒地在刚刚所站的地垄下面流淌，山峰就在河谷一边了。他们脚下的树林随着陡峭的山坡下降，一直延伸到谷底的草地中。

“我们径直往泻湖去吧。”罗杰说，“大家都知道，亚马逊号海盗们就住在另一侧。”

“笨蛋！”约翰说，“从那条路下去，穿过田地的时候，几英里外就能发现我们啦。而且，那儿还不一定是她们说的最好的路线呢。”

“可能没人会看到呢。”罗杰说。

“土著人可能在周围派了哨兵。”提提说，“不管怎么样，我们要去找战斗独木舟。”

约翰船长再一次打开藏在南希箭中的纸条。他读了一遍，然后顺着覆盖着陡坡的树林向河谷望去。

“四棵冷杉树，在原本是个森林的地方。”约翰大声说。

提提拿出望远镜，递给了他。

“在那儿！”她说，“那儿看起来好像什么时候就是一片树林。”她用手指向偏左一点的地方。那地方要比开阔的沼泽地低一些，布满了矮小的灌木丛、岩石和蕨丛，当然，还有孤孤单单的几棵橡树和白蜡树。

“就是那些冷杉木！”约翰喊道，“快来吧。我以为只有两棵呢，原来它们都在一条直线上呢。快点吧。”

提提只剩下三颗松果了。她每次只给罗杰一颗，然后罗杰小心地将松果放在空旷的地面上，这样他们可以清晰地看见。

“这些树可以告诉我们如何找到松果，”提提说，“有了这些排成直线的冷杉树，我们就不会错过路标了。”

最后一颗松果放下后，提提和罗杰马上飞奔去追赶约翰和苏珊，背包轻了许多，在他们后背上颠簸着。

他们穿过一片宽阔的石南花带时放慢了脚步，接着又一步一步地穿过矮小的灌木丛、树苗林、蕨丛，和被苔藓覆盖的岩石丛，还有一片地都是残留的老树根。

“别走那么快。”罗杰气喘吁吁地说。

他们已经被约翰和苏珊落下很远了。

约翰来到之前从沼泽地上看到的四棵冷杉树前面才停下来。他又打开了南希留下的纸条。

“是这些树，没错。”约翰说着，这时，罗杰和提提也喘着粗气跑过来了，“纸条上说‘顺着树所指的方向走’。它们指向山脚。‘继续走到石墙’……在那儿了。它们是指向山脚的。”

这是一堵摇摇欲坠的旧石墙，像这一带的其他墙一样，是用粗糙的大石块砌成的，没有用砂浆。羊群经过时，会推倒一些石头，把墙上弄出了几个大裂口。虽然墙上已经没剩几块大石头了，只有一些堆积在一起的松散坍塌的小石头，但还是可以看出这儿曾经竖立着一堵笔直的石墙，从伐木林一直延伸到河谷下方。

“快点走，”约翰喊着，“但不要出声。我们前面有一条马路。”

他们沿着旧石墙从比较平坦开阔的路上走进灌木丛生的森林，这个树林很像马蹄港周围的那一圈。

“这就是为什么她们会选择这条路啦，”约翰说，“没人会看见我们在这儿。喂！听！停下！”

从不远处传来了一阵摩托车的喇叭声。小探险家们像受惊的野兔一样僵在那里，一动不动。等喇叭声消失后，约翰做了个手势，大家继续蹑手蹑脚地前行。他们穿过榛木林，旧石墙残余部分一直在他们右侧，挨得很近。

“停一下，苏珊大副，”约翰低声对苏珊说，“我要看看是不是能看见河岸了。”

“停一下，一等水手提提。”苏珊突然停住了，然后同样低声地对提提说道。

“停一下，罗杰。”提提轻声说。

“停一下，罗杰！”罗杰自言自语道。

“嘘！”提提提醒他。

约翰看到他前面有一堵不一样的墙。这堵墙比前面的旧石墙要完好很多，也高出一些。这时，他立刻猜到马路一定就在墙的另一面了。约翰发现有一棵铜色的大柏树树枝越过了墙头，于是，他小心地爬上去，整个身子几乎平躺在墙头上，被古铜色的树叶遮掩。他抬起一片树叶，这样就可以看出去。路上什么也没有。路的另一边是一堵墙。更远处是一片刚刚修剪过的草地。不过，草地只到左边一点的地方就消失了，取而代之的是又一片树林。

“这才是我们要做的，”约翰自言自语道，“我们要穿过马路，进入树林中，沿着田地的边缘一直走，直到到达河边。她们说有两块田地那么远。”

他轻声地吹着口哨，过一会儿，一只手碰到了他的脚。苏珊爬上来了。

“让其他人过来，”约翰轻声说道，“我们要穿过马路。”

他听到几次树枝被折断的声音，这种声音消失后听到罗杰相当干脆地说了声“好吧”。他的脚又被碰了一下。又是一阵折树枝的声音。苏珊和剩下两个队员就站在墙下，等着轮流爬上去呢。

就在这时，他们听到一阵急促的马蹄声，和笨重的轮子发出的咯咯声。这种声音比响亮欢快的鸣笛声还清晰。

耳语已经不起作用了。

“是什么呢？”苏珊大副说。

三匹迈着沉重步伐的马小跑而过。马车有两对轮子，上面载着从树林里砍下来的圆木。玛丽·斯旺森家的樵夫就坐在车轴上面，嘴里还吹着口哨，听起来像是大声叫喊的画眉鸟发出的声音。因为马车发出如此大的噪音，所以小探险家们的窃窃私语是绝对安全的。车上没有巨型圆木，路有一点坡度，这三匹大马，一匹在前，两匹在后，像已经长大的雄马，一路小跑向前。而喷着红油漆的沉重的轮子所发出的咯咯声被甩在了后面。这种震天动地的声音终于从他们身边过去了。不一会儿，虽然他们还能听见一点马蹄声和轮子声，甚至是樵夫尖锐的口哨声，但马车很快就消失在下一个转弯口了。

“我看见他们了。”罗杰说，“从墙洞这里。我想这应该是给野兔留的洞吧。刚好能看清楚。那是玛丽·斯旺森家的樵夫。”

“我听到口哨声就猜到一定是他啦。”提提说，“当然，这和我们在马蹄港那里穿过的应该是同一条路。玛丽·斯旺森说他们载着大圆木从另一个河谷经过贝克福德绕过去的。多希望我也看到他们呀。是同样的那三匹马吗？”

“你们两个先闭上嘴，安静一会儿。”苏珊说，“约翰说要安静地听着。我们要横穿这条马路呢。”

约翰“砰”的一声跳到墙另一侧的草地上了。苏珊爬到之前约翰所在的位置。这时，约翰已经穿过马路，正在寻找一个好地方可以越过另一面墙呢。他看到一块向外突出的石头，马上爬了上去。

“就是这个地方，”约翰轻声地说，“这儿很好爬。一次过来一个。先把罗杰弄过来。”

“再见啦。”当罗杰爬上被古铜色柏树枝叶遮挡的墙面时，对墙旁边的提提说道。

“我们马上也来啦。”提提说。

罗杰蹦蹦跳跳地穿过马路。一辆汽车的喇叭在远方的一个拐弯处响起时，罗杰已经来到了另一面墙脚下。

“快点！”约翰一边说着，一边迅速地扒着墙面下来，跑去拉他。墙上到处长满了苔藓，约翰拉着罗杰，罗杰自己也攀爬着，也不知哪股力量最终发挥了作用，总之罗杰来到了墙头，然后顺着墙头掉到了另一侧的树林中。这时，一辆满载土著人的汽车从空无一人的马路上呼啸而过。

“现在，”等汽车一消失在视野中，苏珊就说，“轮到你了，提提。快点，要赶在另外一辆车过来之前。”

提提从深色的柏树树叶丛里滑了下去。

“等一下，”提提说，“最后的路标。这样到我们回来的时候就知道从哪个地方翻过去啦。这附近可能有很多被树遮掩的地方哩。”

她拽断一簇草，紧紧地塞在墙面中央的两块石头中间。

“如果我们回来的时候从那爬上去，”提提说，“我们会在另一面找到很好的台阶下的。”

“快点，提提。”约翰喊着，提提快速地穿过马路，不一会儿就翻过了墙，来到树林里了。她发现罗杰也在那儿，不过他还晕乎乎的，喘不上来气儿呢。

“我想知道那辆汽车里是不是有他们的侦察兵。”罗杰说。

“不管怎样，他们什么也没看见。”站在墙头上的约翰说道，“嗨，苏珊。这里更容易爬。”

现在已经没什么可以阻挡他们了，几个人匆匆穿过树林向河边跑去。穿过草地，他们可以看到河流在哪里。“离这两块田地远的地方，”约翰说，“有一个石头堆的谷仓，然后是一棵橡树。”

“谷仓在那儿，”苏珊喊道，“就在前面，田地的角落里，几乎和树林接壤的地方。”

树木不再像之前那么茂密，他们来到谷仓时，看到一片绿草地和河边的一簇簇灯芯草。

“橡树在那边，”约翰说，“停一会，我去看看。”

他在树林中小心地穿行，时不时地左右看看。

“安全。”他刚说完，四个小探险家径直向河边的大树跑去。这棵树很大，树枝却压得很低，而且分散开来。

“亚马孙河，”提提严肃地说，“我们应该躺在河边，用手沾点水，让我们已经冒烟的喉咙清爽一下。”

“怎么会呢，”苏珊说，“你刚刚才吃过一个苹果呀。”

不过提提还是自己沾了点水，放进嘴里了。

“很新鲜呢，”她对罗杰说，“这真是陆地上一条伟大的河流！”

“是吗？”罗杰说，“那么船在哪儿呢？”

约翰和苏珊一直在对面的树林里寻找那只战斗轻舟。

“可能她们还没能逃出来，把船放到这里来呢。”约翰说。

“我看见啦。”罗杰突然喊道。

他从橡树枝底下爬出来，伸手可以够到橡树巨大的树干。另一边的树枝突出延伸到河边，枝条的尖部撩动着河水。独木舟就系在树枝下面的一根枝条上。树枝将其覆盖，如果没有潜伏在树下的话，从河岸上很难看见这条长长的却很狭窄的土著人划艇。

“在造船这方面，没人能打败亚马逊人。”约翰说。

“但这不是一只战斗轻舟呀，”罗杰说，“它和弗林特船长的小船或者是在霍利豪威那只一样。”

“这可能是我们去年在船库里看到的那艘划艇。”

他从橡树的树枝中爬出来，解开系船索，又爬回来，将船拉到岸边。

“这是她们的船，没错，”约翰说，“船尾上还写着‘贝克福德号’呢。进来吧。苏珊，你去船尾。我们要顺流而下。我在船头划桨。”

很快，四个小探险家就蹲在船里，他们用手拽住挡在前面窸窸窣窣的橡树枝叶，然后将小船拉了出来。

“还好我们没戴帽子。”罗杰说。

他们一点一点地将小船从树枝下面拉出来。等船彻底出来后，约翰把船桨拿出来。他时不时地用力划两下，使得船能够顺流行驶。他们顺着水流平稳地漂在河中，两岸是浅绿色的芦苇丛，随风摇曳着。

第二十四章　正午的猫头鹰

这是水手提提第一次在亚马孙河上漂流，其他三个人曾来过一次。那是去年的时候，他们在黑暗中划到了泻湖，而提提则独自留在野猫岛负责看守，南希和佩吉正好在那个时候到了野猫岛。不过在黑暗中，他们并没有看清整条河。今天，他们很高兴能在白天看清亚马孙河的真面目。而且，他们很高兴又重新回到了船上，虽然这不是一艘航海船，而只是一艘和土著人的普通划艇没什么两样的战斗轻舟。很快，他们厌倦了漂流，约翰将船头拉正，然后罗杰走到约翰的位置，约翰则跑到船中央的横座板去开始慢慢地划着。苏珊在一旁喊“向右拉”或者“向左拉”，这样约翰可以不用回头看就能掌握船桨的力度和方向，不至于划着战斗轻舟冲到两边的芦苇丛中。

“我们从沼泽地那边过来所花费的时间还不是很长。”约翰说。

“荒芜的山地。”提提的声音小得几乎只有自己能听见。她坐在船尾，大副的旁边，抬头望着沼泽地隆起的部分，他们正是从燕子谷沿着沼泽地一路走来的。透过芦苇丛之间的空隙，她还看到小块的绿草地点缀其中。

“我们真的没有花费很长时间，”约翰又说了一遍，“但她们希望我们尽可能地快点。”

“这就是泻湖啦。”苏珊说着，船已经划进一个小湖中。湖面被大片宽叶的水仙遮掩，即使在白天也很难避免船桨碰到水仙花。

“我们那天晚上成功地摆脱了这个地方简直太幸运了。”约翰说。

他们穿过泻湖，沿着水仙花丛之间的空隙继续往前划。接着，两侧芦苇遍布的河床变得越来越窄，他们又来到狭窄的河道上了。在河的右岸，郁郁葱葱的树木几乎长到了水边。

“慢点，”苏珊说，“再过半分钟，我们应该可以看到房屋了。现在已经能看到屋顶。这里一定是她们说的树林。”

约翰回头瞥了一眼，然后收起右桨，用左桨缓缓地逆水划着。这时，小船突然旋转起来，伴着嗖嗖声往芦苇丛中漂去。坐在船尾的苏珊和提提被芦苇完全包围。小船失去了方向。约翰站起来，用一只桨当作撑杆儿。船向芦苇丛中又靠近了一码，接着是一英尺，然后约翰说道：“你能跳上去吗，罗杰？”

罗杰跳上岸的时候，反冲力将船推后了一点。接着，罗杰又猛地一拉系船索，船头被拉上有一点缓坡的河岸上了。

约翰船长最后一次仔细阅读了亚马逊号海盗们的留言，然后他将纸条递给苏珊。

“我有可能会被抓到，”约翰说，“不得不吞掉这张纸条的话也挺可惜的。”

他迈上岸。

“随时准备好放船。”他说，“如果你们遭到袭击的话，就将船划到河对岸去。不要离开船。待在里面或者它附近。我想，你们会听到猫头鹰叫声的。但是，不管听到其他什么声音，都不要过来。罗杰，不要将系船索固定住就对了。随时准备逃脱。”

约翰走了。

苏珊大副放下了船桨，不过仍在船上，这样一来，如果她要在匆忙之中离开的话，就可以避免缠到芦苇上。她走到岸边去看看罗杰是不是站在干燥的地面上，还有他的鞋有没有弄湿，因为芦苇丛很茂密，她在船里什么也看不到。她听着是不是有树枝折断的声音或者树叶的唰唰声，从这些都可以判断出约翰的位置来。可她什么声音也没听到。树林里的树木相距很近，而且非常茂密。土著人很可能从他们身边悄悄地经过，在接近岸边的时候猛地冲出来抓住小船。所以，苏珊认为大家最好还是都上船。罗杰发现系船索的长度足够绕过一簇草丛再回到船头，这样他就可以坐在船上，抓住绳子一端，准备随时松手。苏珊给每人发了一块巧克力补充能量。

“他走了至少有十分钟了。”苏珊说。

“将近一个小时了。”罗杰说。

这时，他们听到了猫头鹰的叫声。“吐欧欧欧欧欧……吐欧欧欧欧欧”，声音听起来像是从很远的地方传来的。

“他学得可真像啊！”苏珊说，“我从来没有听过他学的比这次更好的。”

“别人很可能以为这是只真的猫头鹰呢。”提提说。

“有些真的猫头鹰叫的还不如他模仿的一半好听呢。”罗杰说。

突然，那声音停了一会儿。之后，他们又听到了远处猫头鹰的叫声。不过，他们觉得这次的声音已经不是从刚才的位置传过来的了。接着，又是一阵沉寂。

“他可能中了埋伏，”提提说，“我们是不是应该过去帮忙？”

“他说过我们要时刻守在船这里的。他可能要走很长一段路才能绕回来。”

他们静静地坐着，仔细地听着动静，几乎不敢喘气。他们听了很长一段时间，一点声音都没有。后来，他们听到树枝被折断的声音，还有河岸的脚步声，突然，芦苇丛被扒开，约翰出现了。

“喂！”约翰问道，“她们在这边吗？”

“不在。”罗杰说。

“她们快来了，至少我感觉到了。”

“你看见她们了？”苏珊问他。

“她们是不是在树后面？”提提问，“或者已经逃跑了？她们有伪装吗？噢，对了，约翰，你看见别的人了吗？”

“嘘！”约翰提醒她，“听着！”

他们仔细地听，但是什么也听不到。

“太可怕了。在树林的那一边，我首先看到的是站在房子前面草坪上的弗林特船长、布莱凯特夫人和姑奶奶……”

“她看起来还好吗？”提提问。

“当然啦。她正用拐杖指着草坪上的什么东西走来走去呢。我看不清她指的是什么。于是，我马上溜回树林里去，径直绕到房子后面。接着，我发出了猫头鹰的叫声。”

“我们听到了。”罗杰说。

“南希·布莱凯特马上出现在楼上的一个窗口处。她将手指放在嘴唇上，似乎在示意让我闭嘴。接着，我看到南希和佩吉偷偷摸摸地从后门出来，向相反的方向走去了。所以我不得不又一次学猫头鹰叫，告诉她们我在哪儿。但是，那声音似乎让她们更慌乱了。”

“如果她们看到了你，还听到了猫头鹰的叫声，那我们就不必做什么了。”苏珊说，“她们知道我们在哪儿的，因为我们就是按照她们说的来做的。”

“好吧，我希望一切正常。”约翰说，“其他人一定也听到猫头鹰的叫声了。”

“那两声都学得相当好啊。”罗杰说。

“那是什么？”约翰突然喊道。

从树林里渐渐传来脚步声。

“她们来了。”

突然，脚步声变沉重了。有人正在他们身后往这边吃力地跑，在淡绿色的芦苇和深绿色的树叶从后面，是一阵急促而短暂的嘎吱嘎吱声。

“嘘！你这个笨蛋。”是南希的声音，但却完全变了一个音调，“是朋友还是敌人，是吉姆舅舅吗？”

“非此非彼，两者之间。”这时，传来了弗林特船长的声音。

“潜伏起来，潜伏起来。”约翰轻声说道。四个小探险家立刻蹲在船里。那声音只有一两码远了。

“非此非彼，两者之间。”弗林特船长说着，“我不知道你们打算做什么，我不会问。但是你们一定有事在忙，我想说的是，要是你们在五点前不回来的话，对你们的妈妈和我是不公平的。记住，这是最后一天了。到时，我会为你们守住要塞的，我会拉着姑奶奶到处溜达。但是，如果我们回来你们还没出现的话，那么事情的发展就不是我能控制的了。”

“诚实的海盗！我们会准时回去的。”

“这就对了，”弗林特船长说，“现在，我还没有看到你们的伙伴们，我还是不看到的好。如果你们‘偶然’碰到他们的话，替我告诉他们，如果在大中午传递信号，选择模仿画眉鸟或者松鸦的叫声代替猫头鹰的叫声，对他们的朋友会更好些。你们的姑奶奶要给自然历史博物馆写信呢，因为她从来没有在中午听到过猫头鹰的叫声。告诉他们下次要学松鸦的声音，那样我也不用这么紧张了。”

“快过来见见他们吧，”南希又说话了，“他们肯定就在附近。”

“我才不关心他们在哪儿。我没看见他们，也不想知道他们的事儿。中午的猫头鹰已经让我够紧张了，更别提那首《卡萨比安卡》啦！”

南希笑了一声，弗林特船长的脚步声渐行渐远了。

约翰从草丛中跳回岸上。南希肩上挂着一个大鱼篓，佩吉拿着一个白色的大水壶，她们拨开挡在路上的树枝，一路从树林走来。

“干得好，船长！”南希一看到约翰就喊道，“你们来到了正确的地方。其他人都在吗？嗨，大副先生！你听到我的大副刚才吱吱叫的声音了吗？她是个呆子，温顺的呆子。肯定有人听到了她的声音。嗨，罗杰。你怎么样啊，提提？我们上船吧。一分钟也不能耽搁了。你们听到弗林特船长说什么了吗？”

“他说的‘卡萨比安卡’是什么意思？”提提问道。

“别理那个啦。我的意思是我们必须在五点半之前回来。这次是真的，只有为你们指路的时间了。快点吧，佩吉，那些酒不难拿的。”

“好吧，你拿着它，”佩吉说，“都沉死了。你不必讲我发出的吱吱声吧。那种情况下，任何人都会害怕的，我以为我们要完蛋了呢。”

“不让你吱吱叫，”南希说，“是因为你从来都不知道什么时候不该发出声音。”

“不，我知道。”

“你不知道。在‘卡萨比安卡’那件事上，你害怕得几乎要退缩了，那样你会让吉姆舅舅和妈妈陷入困境的。”

“好吧，现在是谁在制造噪音呢？”

“都是因为你！”南希憋着气说，“约翰船长，快走吧。要是姑奶奶发现你在这儿就惨了。”

“大家都坐下。”约翰安静地说。

苏珊、提提、罗杰、南希和佩吉坐在船尾和船中各自的座位上。约翰拿着一只桨走向船头。这只战斗轻舟已经满载船员，此刻更像一个划艇了。小船穿过芦苇丛，一摆脱了芦苇丛的束缚，就开始顺流而下。现在，轮到南希害怕了。

“真见鬼！”南希说，“所有船桨离水。快点！快点！再过十码远，我们就会到树林下的低洼地，从草坪那儿可以看到这里的。”

大家在一阵慌乱中将船桨从水中拿出来，其中一只桨打到水面上，溅起一片水花。这时，佩吉像鸭子一样呱呱叫着，她学得太像了，以至于罗杰看着她就像看着一只真鸭子从芦苇丛中游出来一样。

“做得很好，”南希船长说，“她真的很擅长学鸭子叫，这种技能迟早都会派上用场。”

约翰拿着桨站在船头的桨架那里，用力地划一两下。战斗轻舟立刻沿着郁郁葱葱的河岸，顺着河流前进了一段。

“前面光秃秃的，”南希说，“他们一定可以从草坪上看到我们的。”

“他们在草坪上做什么呢？”约翰问道，“姑奶奶在用拐杖指着什么东西给布莱凯特夫人看。”

“可能是雏菊，”南希说，“正因为这个责怪妈妈呢。她说以前在草坪上从来没长过雏菊，现在竟然有这么多。每次她将妈妈带到花园里时，都把雏菊的事再讲一遍。”

“雏菊？”罗杰睁大了眼睛问道。

“她每天都这样，”佩吉说，“还总是这样问。好像妈妈能阻止它们长出来一样。”

“直接顺流而下，约翰船长，”南希说，“不要停。”

“可是弗林特船长说的‘卡萨比安卡’到底是什么意思呢？”提提又问了一遍。

“意思是他是个十分爱冒险的人，”南希说，“如果他不是这种人的话，我们现在就不会在这儿啦，而且你们的长途跋涉也会失去意义，所有计划都会失败。你们不知道前几天发生了什么……”

“那天晚上，你们看完猎犬追踪比赛回去之后，受到很严厉的惩罚吗？”

“简直可怕极了！”南希说，“禁止一切外出，不能靠近船库……”

“我们想把亚马逊号解救出来，但那样的话我们就要从床上爬起来，再偷偷摸摸地逃出去，还要在半夜里做这些事情。”佩吉说。

“姑奶奶不允许我们再来见你们，”南希说，“所以我才秘密地给你们留下纸条。”

“从船库回去的路上还出了一件可怕的事儿呢。”佩吉说，“我们当时正把她当作一个异教女神，以为她已经睡着，谁知道她突然从卧室的窗子往外看，在月光中正好看到我们从她卧室的窗户下面经过。”

提提打断了她们两个的话。

“那天晚上你们从燕子谷回去的时候，姑奶奶有没有感觉不舒服？”

“不舒服？”南希说，“不舒服？她身体再好不过了。那天晚上是从她来到这里以后把我们训斥得最惨的一次。为什么你看起来那么高兴啊，你在高兴什么呢？”

“噢，没什么，”提提说，“请继续讲关于‘卡萨比安卡’的事情吧。”

“行了吧，”南希说，“佩吉，请你闭一会儿嘴巴！你们明白的，整个经过就是这样，她明天就要离开了……”

“真的吗？”正在划桨的约翰突然停住了。

“是的。请继续划桨。在确保安全之前，我们还要经过很长一段时间哩。她明天才走呢。我们要到明年才会再见她啦。要是她中途再来一趟的话，可能还用不了那么久。”

“万岁！”罗杰喊道。

“嘘！”苏珊提醒他。

“她想让我们今天下午陪她一起兜一圈，作为一种道别方式。当一切计划都酝酿好，而且进行顺利之后，我们就用射箭的方式给你们留了张纸条，然后昨天夜里跑出来，将船藏在橡树下。我们告诉厨娘你们今天会来，于是，她在篮子里放满了虫子，将篮子挂在门后，然后又做了足够淹死虫子的烈酒，这样我们才能在姑奶奶不知道的情况下以打虫子作借口，从后门出去。姑奶奶以为我们在忙什么呢，所以她叫我们下午才跟她一起出去。我们时刻都在等着猫头鹰的叫声。我们不能告诉她这件事，所以只简单地说我们不想出去。姑奶奶立刻不高兴了，她说她在这儿这么长时间还没听过我们背诵诗歌呢，既然今天是最后一天在这里了，她想让我们今天下午学一点，然后等她回来的时候背给她听。她要出去给邻居们送卡片，顺便告诉大家她就要离开了这个‘好消息’。”

“那真是暗无天日的恐怖啊。”佩吉说。

“她说妈妈和吉姆舅舅过去每周都要学一首诗歌。其实我们知道，他们自己都说那是多么烦人的事儿。不过幸好她问了吉姆舅舅应该让我们学哪首诗好。吉姆舅舅救了我们，他说的是《卡萨比安卡》，妈妈则匆忙地离开了房间。”

“可他是如何拯救了你们呢？”提提问，“那是首很长的诗呀。”

“因为我们已经会背了，吉姆舅舅知道我们会，我们在学校里学过的。”

“所有人都离开时，男孩还站在燃烧的甲板上。”佩吉张口就来。

“所以她的黑暗阴谋就这样被摧毁了，”南希说，“如今，我们成功地来到这里了。”

第二十五章　上　游

泻湖上游的水流更加湍急，约翰心想要是他们的船吃水没有这么深该有多好啊。南希正望着河边的芦苇，他知道她一定是觉得船前进得太慢了。突然，南希说道："我们现在还不够安全，拿出另一对船桨来吧。姑奶奶会驾车绕到湖的源头，然后从尤德尔桥那里过河。我们最好划过去，不让她看到。否则姑奶奶过来恰巧看到我们两队人在一起，那我们、妈妈还有吉姆舅舅就完蛋了。"之后，约翰和南希划着船，佩吉开始指挥告诉他们往哪边用力。船儿快速向上游驶去，快得好像感觉不到水的流动。

"我们现在要怎么做呢？"罗杰问道。佩吉刚要说话就被南希打住了。

"等到了第一个瀑布再说，"南希气喘吁吁地说，"划船的时候不要谈论计划的事情，我们正在逆流而上。"

小船摇摆着沿河直上，从大橡树旁经过。

"要不是我在树枝下面爬，我们就发现不了这艘船了。"罗杰说。

"这可是河上最好的藏身之地啊。"佩吉说，"记得小时候，有一次保姆照看我们，我们从那里藏到河里，就像河马一样蜷缩着。让河水没到脖子，保姆就从那棵树边上走过去，都没有发现我们。但是你可不知道昨晚把这船弄过去有多费劲，尤其是要摸着黑把它拴在树下。"

"你们在晚上做的吗？"罗杰问。

"那当然！"佩吉回答道，"向右拉，向右拉！"

河流在橡树前面拐弯，在前方铺展开，岸边有些稀稀疏疏的灌木丛，但没有芦苇。河面上方有一座很宽的拱形石桥，过了桥就是通向湖源头的道路。

“我们要穿过桥吗？”提提问道。

“坐着船过去？”罗杰问。

南希抬起头来迅速地回头望了一眼，接着一边用力划船，一边跟约翰说：

“在逆流中我们不可能让船靠惯性漂过去，”她喘着粗气说，“我们把船倾斜过来，收起桨，用手划水。等有了空间再立刻把桨拿出来，使劲儿划。佩吉会喊出收桨的信号，她知道什么时候最恰当。我们以前靠自己已经成功很多次了，有人喊出来会更方便些。现在，大家埋头干起来吧。”

她已经划得足够用力，足够快了，此时划得更快。幸运的是约翰也有过类似的经验，而且能够跟上节奏。船儿溅起了大量的水花，不过那些都没事，关键是速度。

罗杰兴奋得差点站起来。两位船长用力一划，船儿向前冲了一下，罗杰一屁股坐回船上。这下苏珊大副再也不用提醒他坐稳了。

“向右！向右！就这样……向左……再向左一点……目标就在你们正前方……”佩吉喊着口令，“再划两下……收桨！”

约翰听到最后一句话的时候，他已经到了桥的阴影下了。伴着一阵“咔咔”声，四支船桨从桨架上收进了船里。

“快点！快点！”南希喊着，“别让船停下来。”她站在船里，微微蹲下，抓住桥洞下一块又一块的岩石向前拉着。

约翰也照着做。

“拉住了，继续向前，千万别让船滑回去。”南希喊道，船头一点一点地露了出来。约翰已经穿过去了。

“一有机会，你就把桨拔出来。”南希喊道，“快点！船要晃了。不要放手。没事，（一只桨的桨叶撞到了岩石上。）拉住！好，好的，穿过去了！”南希在几秒内迅速拔出船桨，看到约翰的桨叶向前移动后，开始划动自己的桨。南希划过一下，约翰也开始配合她。“在水流这么湍急的河里划船可真是费力啊，都是那天夜里下的那场大雨。”

“你的手流了很多血。”苏珊说。

“是啊，”南希说，“这是常有的事儿，有些岩石实在太锋利了。我们就快到了，到时候我就洗洗！现在还不能停，得转过那个弯。”

河道又开始转弯了。桥被树丛遮掩，船儿溅起的水花声不绝于耳。前方不远处舒缓的水流被泡沫覆盖的岩石挡住。一条条小瀑布标志着山间的溪流在这里汇成平静的小河，穿过草地流到湖中去。

“第一个瀑布到了。”佩吉说。

“没有人能划上去。”罗杰说。

“也没有想那样做。我们就在水花那儿靠岸吧。这边有一个漩涡。”

南希仰头向那边望去。

“现在安全了，”她说，“约翰船长，收起船桨吧。我知道这个地方。最好让我把船带进去。”

约翰收起了船桨，南希继续划船。他们离那个水花四溅的水帘越来越近。突然，她用尽全力划了两下，然后把船桨从水中高高地举起，这时小船“嗖”的一下，从两个岩石之间驶过。南希又划了几下，一会过后，他们已经离瀑布很近了。坐在船头的约翰感到凉凉的水花溅到脸上。船儿驶过一片静水，停靠在左边河岸的一块斜石上。

“跳出去，小船长！”南希大声喊着，努力让自己的声音高过嘈杂的水花声，“跳出去，把船固定到那棵小花楸[1]上。抓住岩石，找个人到船尾去，否则船会在瀑布下面摇晃。以前有过这种情况，最后船身陷了进去。”

约翰已经带着系船索上了岸。苏珊及时抓住岩石，等到南希跟随约翰上了岸才松手。佩吉扔给她一条绳子，在船尾紧紧地打了一个结。不一会儿，贝克福德号就停泊在岩石旁，艇首缆系在小花楸上，船尾长长的绞船索绕在一块大岩石上。

“现在开始卸货吧。”南希快乐地喊着。苏珊、罗杰还有佩吉把燕子号船员们的背包，还有亚马逊海盗们的大钓鱼篓和大水壶都递了出来。

这一阶段的探险安全结束，约翰和苏珊都十分开心。但他们还是很难理解关于亚马逊海盗们的一些事情。很明显，姑奶奶禁止海盗们跟燕子号扯上什么关

---

[1] 花楸，一种山梨，产于欧洲及美洲。

系，禁止碰她们自己的船，由于船库是禁地，她们此时应该在某个地方严肃认真地背诗才对呀。然而自从在船上放出信号箭那一刻起，她们就已经和燕子号扯上了关系，而那时她们的敌人就在船上郊游呢。她们曾经在深夜去过船库，有一次是为了舀出船里的水，还有一次，更严重一些，把船弄到了河上游，然后还藏在一棵橡树下。而现在她们似乎在做一件姑奶奶无论如何也不允许她们做的事儿。当然，有一点是一定要牢记于心的，那就是似乎弗林特船长和布莱凯特太太私底下是站在南希和佩吉这一边的。另外，幸运的是，她们已经穿过了桥，并且在姑奶奶乘车过来看到她们和同盟们一起沿河航行之前，就消失在桥上面的拐弯处了。如果姑奶奶看到了她们，整件事情是很难解释清楚，无论布莱凯特太太怎么想，她们都会陷入麻烦。远在霍利豪威的妈妈也不愿让他们惹上这种麻烦的。苏珊甚至希望她们压根没有来过这里。既然姑奶奶就要离开了，为什么南希不能等一天呢？约翰当然知道，如果南希要真那么做了，她就不叫南希了。提提就不考虑这种事情。有一件事是很清楚的，正如妈妈和苏珊所说，蜡油人偶融化对姑奶奶根本没造成什么伤害。这时候，姑奶奶也决定要走了。到底蜡油人偶和这个有关吗？她本想问问姑奶奶是要去海边呢，还是去其他什么普通的地方。罗杰对他们沿河直下到达贝克福德，带走了亚马逊海盗们，穿过石桥把船停在瀑布旁表现得十分兴奋，兴奋过去之后，他在考虑是不是已经过了吃饭的时间了。于是，他问了一下。

“我们已经吃过了。”佩吉说。

“我们还没吃呢。”罗杰说。

“我们吃得很少，”佩吉说，“原本打算再吃一顿的。”

南希从大鱼篓里取出东西，没有多说话。燕子号船员们早晨只吃了一顿早餐而已。他们从燕子谷出发，一直到亚马孙河，一路上每人只吃了一个苹果和一些巧克力。因为担心会发生什么紧急情况，他们没在大橡树旁边停下来吃东西，继续向贝克福德行进。他们一想到食物，看到吃的东西从鱼篓里取出来，就急切地想要，这时候他们满脑子都是吃的。

苏珊想打开两罐牛肉糜压缩饼罐头其中的一个，却被南希制止了。

“今天晚上睡觉的时候你肯定想吃一罐，”她说，“然后到了干城章嘉峰顶部你就会想要另一罐。”

佩吉说："而且，不用把这些东西带回去给厨娘。她不喜欢这样，否则下次她给我们的食物就会更少。这次她已经把门鱼篓塞满了。"

事实确实是这样。约翰和苏珊很快发现，至少在贝克福德，大家是不能违背南希船长和她的大副的旨意的。厨娘给他们准备了一种类似上乘火腿的大大的牛肉卷，还有足够的苹果布丁。小罐子里装有一些莴苣、小红萝卜和食盐。他们有足够的黑糖面包和黄油，还有一大块黑黑的、多汁又黏黏的水果蛋糕。蛋糕足够十二个普通人或者六个水手食用的。除了这些好东西，大壶里装满了海盗的烈酒，有些人没准以为是柠檬水呢。不管是柠檬水还是烈酒，反正能够解渴。这顿午餐是在岩石丛中吃的，靠近第一个瀑布水花溅起的地方。饭后大家觉得有点困了，但很快就在睡意消退的那一刻重新抖擞了精神。

"你说我们今晚要睡在哪里？"苏珊问。

"在半山腰上。"南希把她杯子里最后几滴柠檬水倒进嘴里后说。（厨娘放了两杯柠檬水在她们的篮子里。南希和佩吉喝一杯，另外一杯给了约翰和苏珊。提提和罗杰的那杯是探险时从燕子谷带上的。）

"半山腰上？"提提仰望着遮住山体的树林，说道。

"就是半山腰上，"南希说，"在树林上方那个位置很适合搭帐篷。现在的计划是这样的。姑奶奶明天就要走了，我们可以加入燕子谷的营地……"

"不错。"约翰说。

"等一下，"南希说，"还有一件事，燕子号差不多修好了。吉姆舅舅说就差再刷上一点油漆了。"

"太好了！"提提高兴得跳起来。

"所以他捎信告诉我要加快速度。"约翰说。

"那么，也就是说燕子号一回归，你们就会重返野猫岛了。"

"没错。"约翰说。

"你也要来，然后我们在那里挖一个山洞，像皮特鸭洞那样的。"

"总之，"南希说，"大家肯定都想划船，但划船和爬干城章嘉峰不能同时进行，也不能同时在燕子谷和野猫岛野营，所以我们先去爬干城章嘉峰，明天晚上再去燕子谷。这就是为什么我要先告诉你们这个消息。现在我们已经省出了一整天的时间了。"

“现在还不能去爬干城章嘉峰，”苏珊说，“你们必须在五点半之前赶回去。”

“所以才要你们去半山腰睡觉。无论如何半山腰是很适合野营的。姑奶奶明早上八点钟就走了。”

“是七点五十五分，”佩吉说，“我听他们计算去里约港然后再去车站大概需要多长时间，最后决定如果一切进展得顺利，他们会在七点五十五分出发。”

“他们不想让她错过火车。”南希说，“他们出发两分钟后（我们需要那段时间上船），我们就一溜烟似的沿着河向上游划，然后把船搁在这里，按照我说的路线爬上山去，加入你们在半山腰的野营。我们会在九点之前和你们会合，带上绳子，然后我们一起冲向山顶。”

“你们得先回到贝克福德取帐篷和其他东西。”

“明天一大早我们就带上亚马逊号里的帐篷，然后登上干城章嘉峰山顶，那时我们就可以一起驶向马蹄港了。”

“别忘了比赛。”佩吉提醒道。

“好的。吉姆舅舅说现在燕子号已经完好如初了，他想让我们比一比，看看亚马逊号比燕子号快多少。妈妈同意我们去燕子谷了，她想让你们来贝克福德，但是因为姑奶奶的缘故，她不能当面问你们。沃克太太也要来，还有维基……”

“还有布莱基特。”提提说。

“燕子号一回来我们就开始比赛。就在湖上比。吉姆舅舅说他会为我们宣布比赛开始。终点就在贝克福德，然后我们有顿大餐。”

“没错，”约翰说，“比赛一定要公平，不许使用船桨。”

“用在开船的时候让一让你们吗？”罗杰问。

“哼！”南希船长说，“要是你们是我的船员……”

“你们真走运，还好你们不是。”大副佩吉说。

“看这边，”南希说，“我们剩下的时间不多了。现在得赶快告诉你们该怎么走。不用担心水壶和篮子，我们会在返程的时候捎上。把你们的背包拿过来，我的大副会帮罗杰背。你们今天已经奔波一整天了。”

“开始的时候我们的书包更重，因为装满了松果。”罗杰说。

“松果是用来做什么的？”

“做路标。”提提说，“很好的路标。我们穿过沼泽时撒了一些，这样就可以找到回去的路了。”

“噢，明天你们就用不着它们了，”南希说，“我们从干城章嘉峰回来之后会顺着亚马孙河扬帆直下，不用走回去了。”

“我和罗杰会沿着我们的路标回去，”提提说，“这就是我们放那些松果的原因。”

“是的，”罗杰有些犹豫，后来又有了些坚定，“亚马逊号的桅杆前已经容不下一个人了。去年我在那儿瞭望过，可今年我长大了。”

“我们要不要在出发前去弄点牛奶？”苏珊问道。

“我们会到沃特斯密特取，我和佩吉得从那里回去。”

他们匆匆穿过树林和小河之间那布满岩石的河岸。滔滔的流水声使他们难以相信眼前就是那条曾经静静淌过大橡树下、穿梭于山谷间青草丛的小河。那里已经放不下一条船了，即使一条小木舟也会在石间被击成碎片。两边的河岸都被树林覆盖，透过树林，小探险家们可以看到绿油油的田野和正在吃草的牛群。有时河流转弯的时候，他们能瞥到一眼将要攀爬的那座山。

“那边真的有野山羊吗？”罗杰问。

“不是很多，”佩吉说，“但是有几只。”

南希带着大家迅速行进，几乎连喘气的时间都没有。终于，她在一条小溪旁停了下来，由于溪流太宽，不使用船桨是划不过去的。溪水从树林间涌出然后流进小河。就像燕子号船员们看到的，小河流向干城章嘉峰和泥沼高地之间的山谷中。他们正是沿着泥沼高地一路从燕子谷走过来的。

“农舍就在那些树中间，”南希一边说，一边把提提的背包“砰”的一下放到地上，“约翰船长，把你们的牛奶罐给我们吧。要是你愿意的话，可以跟我一起去。”

南希和约翰带着牛奶罐消失在树丛中。一会儿的工夫，他们就回来了，但是罐里只装了四分之一的牛奶。

“他们还没有挤牛奶呢。”南希说，“我真是个笨蛋，竟没有想到这一点。放心吧，你们的茶还够喝，只要奶牛一回来，他们就会把奶罐装满。你们就在这里等。不管怎么说，我们没时间准时到达你们睡觉的地方了。不过你们千万不要走丢。你们就沿着这条小溪走，走出树林后就会发现半山腰处有一个峡谷，就是那儿了。那里有一条路，其实只要你们沿着小溪走，根本用不着它。明天早上九点我们会带上绳子和你们会合。快点，佩吉，准备回去了。我们得摇动船桨，拼命划起来。加油。回去换上最好的裙装，然后背《卡萨比安卡》去。明天就要登干城章嘉峰，世界的屋顶了！”

“你们要不要也来点茶？”苏珊问。

“来不及了，”佩吉扭着身子放下罗杰的背包，“再见了，燕子号水手。”说完，她就匆匆地跟着南希沿河谷而下，到她们之前放战斗轻舟的地方。燕子号船员们沿着绿树葱葱，布满岩石的河岸望去，两个戴着红色编织帽的脑袋此起彼伏的，从这边移到那边，一会儿的工夫就在河流的拐角处不见了。

“现在几点了？”苏珊问道。

约翰给她看了看手表。

“她们得加快速度了。”她说。

“她们一路都是顺流直下，”约翰说，“能来得及的。”

小探险家现在都在原地休息。亚马逊号海盗们，尤其是南希，搞得他们有点喘不过气来。南希在的时候似乎一切都进展得很快。现在她离开了，大家要过几分钟才能安定下来。这几分钟里，仿佛一辆快速的火车从车站里呼啸而过，一切像尘土和纸片似的被卷进旋涡之中。

此时罗杰正在沿着岩石蠕动，直到他可以看到不远处小溪间的一湾清水。小溪从高高的干城章嘉峰上，穿过树间，倾泻而下。他想知道石头底下被他吓跑的那条鳟鱼会不会再次出现。“罗杰，别动！”提提叫道，“那有一只水鸟……在那儿……往上看……在对面……正在跳呢……”约翰看了看时间，然后望望四周是否有被树木挡住的地方，可以从那里看到山顶。“看来在这里等牛奶也不见得是一件坏事，”他说，“我们现在离营地不会太远，去得太早有点可惜呢。”

“嗨，”苏珊喊道，“不要乱走，罗杰，小心跌倒！我们去找个地方生火吧，大家都去捡些柴火来。”

第二十六章 半山腰的营地

他们喝过茶后，洗了个澡，开始在树林里寻找约翰和南希去过的农舍，他们很好奇那是怎样的一个农舍。虽然像罗杰说的那样，这个农舍里没有养鹅，但是大家还是觉得它更像迪克森家的农舍而不像斯旺森家的。他们回到了河流交汇处放背包的地方，现在琢磨着该去取牛奶了。正在这时，一个小男孩从树林中走出来，个头比罗杰小，手里拿着一个巨大的牛奶罐。

“你们的罐子在哪里呢？”他问道，“妈妈说你们要来装满一罐牛奶。”

苏珊把洗过的牛奶罐递给那个小男孩。男孩把苏珊的牛奶罐放到地上，然后从自己的大罐子里把牛奶倒进去，直到差不多没过罐口。他用手指沿着瓶口擦了擦溢出的牛奶，接着舔了舔手指，正准备转身离开时，却突然改变了主意。他把牛奶罐放到地上，转过身来，两只手插在口袋里。

“你们要去哪儿呢？是要去小溪上游吗？”

“是呀。”苏珊说。

“那里有狐狸，”他说，“它们会咬人，不过我不怕它们。”

“我们也不怕。”罗杰说。

“它们抓走了八只小羊羔还有十八只肥肥的小鸡。不信你们去问问爸爸。”

“杰克，”树丛那边传来一句响亮的喊声，接着又是一句，“杰克！”这次比之前的声音还要响。

小男孩向他们眨了眨眼，把牛奶罐端了起来，说道：“我得走了。”然后慢慢地走回树林里了。

“哎呀，糟糕，”罗杰过了一小会儿说，“我忘了问他山羊的事情了。”

“别惦记着山羊了，背上行李出发吧。我们得继续前进。好了，苏珊，把牛奶罐给我，我来拿吧。”约翰说。

两分钟后，小探险家们再一次踏上了探险的征途。

他们立刻开始爬山。与指引提提和罗杰发现燕子谷的那条小溪相比，这条从干城章嘉峰上流下的溪水更加湍急。有时它会溅到十到二十英尺那么高，然后流进池塘里，高高腾起的水花几乎可以亲吻天空。小探险家们很高兴没有带拐杖，因为那样会束缚他们的行动。他们一边用手抓住岩石，一边努力向上爬。约翰已经很小心了，但还是把牛奶洒出来了一点。不过只有一两滴而已，要是换了其他人肯定会洒出更多。有时候他们会瞥一眼不远处的小路，但是一想起南希·布莱凯特的建议，他们就不看它了。

落日的余光透过树丛照在他们头顶上，不一会儿太阳就藏在大山的背后了。他们站在高高的树丛中透过松树顶和茂密的冷杉向身后望去，沐浴着阳光的村庄已经被远远地甩在了后面。里约港远处的山峰在燕子谷的沼泽上方浮现，再远处，一群群青色的山峰依稀可见，就像被天空染了色的云彩一样。

他们继续爬，从树中间走出来之后爬进一个布满岩石和石南灌丛的峡谷，于是停下来短暂休息。太阳已经落山了，松树的顶端却仍然沐浴在落日的余晖下。小探险家们回望的时候，有好长一段时间，远处的山峰都被明亮的阳光笼罩着，此刻那里却是阴影一片。一些峭壁顺着峡谷的顶端竖起，几乎可以达到干城章嘉峰左边的峰顶。从山顶汇集的小溪在这些峭壁间形成细细的水流，清澈见底。左右两边是高低不平的山冈，小溪从山冈脚下流过，冲刷出了一条河道，比小溪宽一千倍的河流都可以从这里通过。

“它是不是很美？”提提问。

“谁？”罗杰说。

“当然是干城章嘉峰了，它可是世界上最美的山峰。苏珊，把东西放下来吧，再往上面爬一点点，这样我们就可以从树的顶端眺望了。”

“好的，加油，”苏珊说，“这大概就是我们要野营的地方了吧。”

“一定是这里。”约翰说完，把牛奶罐和爬山时背在身上的背包放到地上，开始休息。他透过阴影回头望了望远处被阳光照到的村庄。

“这里是看不到里约港的，”提提说，“我原本也以为可以看到，事实上等到了山顶之后我们才能看到它。”

“喂，咱们拿出望远镜吧。”约翰说。提提带望远镜原本是为了看一看霍利豪威港的，现在把它递给约翰。约翰接过望远镜，不过他没有向远方的村庄望去，而是望了望燕子谷的沼泽地。约翰看到了灰色的灯塔，其实即使不用望远镜也可以看到那里的。大家开始轮流向灯塔的方向望去。他们看到了岩石还有石南灌丛中的深色的水湾，那就是他们熟悉的鳟鱼湖。岩石后面就是燕子谷了。提提想起了正照看山洞的鹦鹉和皮特鸭。“希望他们现在都很好。”她说。

“你说的是谁？”

“波利和皮特鸭呀。他们两个可以互相做个伴，就像妈妈和小布莱基特一样。小布莱基特该上床睡觉了。可惜我们没有爬得再高一点，那样的话，妈妈就可以看到我们的篝火了。”

“我们最好现在就准备点火。趁着还没有天黑，找点蕨丛和石南丛来铺床。”

他们从林中找来一些树枝，又砍了些蕨丛，在地上铺了软软的一层，准备待会儿放上睡袋。苏珊在篝火旁烧水，约翰打开了一小罐牛肉糜压缩饼，孩子们就这样吃了一顿简简单单却来之不易的晚餐：一人一小片肉饼，少许圆面包再加上一块巧克力。他们带来的一个杯子一会儿装点牛奶，一会儿放点茶，就像“爱杯”[1]一样在他们中间传来传去。

吃完晚饭后不久，苏珊吹起了大副的口哨，先是很短的两声，接着又吹了长长的一声。这个信号意味着：“有危险，要小心。”提提和罗杰在黄昏中侦察周围的情况，听到口哨声后明白了苏珊的意思，跑回营地上。现在点燃的火堆已经变得更像夜间的篝火了，火焰变得更剧烈，烟更少了一些。和白天的火焰有明显的区别，白天，在耀眼阳光的照射下根本看不到火。

“有什么危险？”罗杰急切地问。

“不早早睡觉就会惹上麻烦的，”苏珊说，“快点钻进去睡觉吧。”

---

[1] 爱杯，宴席上供客人轮流饮用的大酒杯。

提提马上躺进睡袋里。长这么大她还是第一次躺在半山腰睡觉，她想抓紧时间享受，一分钟都不愿浪费。

“没有帐篷就这样睡在外面会不会太暴露了？”罗杰说。

“没关系的，”约翰回答道，“昨天晚上我已经试过了。”

“我要穿着衣服睡吗？”

“没错，”大副说，“快点去吧。”

“你会睡哪儿呢？还有约翰呢？”

“我们就睡在你们旁边。”

“可以用手碰到我那么近吗？”

“当然。不过我们睡觉的时候是不会碰你的。”

“就算像那个小男孩说的那样，有狐狸来了我们也不会碰你。”

“除非有熊来了，哈哈。”约翰说，“不过这里没有熊。别忘了明天你还要登上峰顶呢。”

“我要怎么做才可以快一点睡着呢？”

“数一数鹦鹉的羽毛你就睡着了，”提提说，“可惜那个可怜的小家伙得待在洞里。好像笼子上整天都盖着布似的。”

罗杰蜷缩着身体钻进睡袋。能躺在睡袋里总比什么也没有好得多，况且铺在下面的蕨丛还蛮舒服的。

“谁来给我们放哨呢？”提提满怀希望地问。

“肯定不是你啦，”苏珊大副说，“快点躺下来，你跟罗杰比一比，看看谁先睡着……如果有人想要热水瓶取暖，”她补充说，“我可以从火堆里拿出一块热乎乎的石头放在他的睡袋下面。”

“我现在已经够热了。”提提说。

罗杰没有吭声。

“还好没有风。”苏珊说。

“还有一点点闷。”约翰说。

他和大副在火堆旁边坐了一会儿。

“只要他们暖和就行。”大副说道。

“当然。”船长说。

西边灰暗的天空下树的轮廓逐渐变得模糊。树上方很远的地方依稀可以看到山后的灯光。苏珊小心翼翼地把用小刀和手指挖出的土块放到火堆上，这样一来，到了第二天早上火也不会熄灭。

“不管怎么样，我们现在都已经在这儿了。”她说，“就算一切都是错误的，现在也于事无补了。”

“我们没有做错。”约翰说。

十分钟过后，四个睡袋在黄昏中并排摆放在一起。有好长一段时间，中间两个睡袋几乎一动不动，让人忍不住开始怀疑，是不是那里面除了点旧衣服什么都没有。外面两个睡袋里的人还在扭动着身子，想要找到一个合适的姿势不让身体被石头硌到了。

整个夜晚都很寂静，只能听到溪水从峭壁上的树林间“哗哗”地流过。

睡在外面的一个人隔着中间两个睡袋轻声问道：“苏珊，你还好吗？”

“我很好。”

“晚安。”

“晚安。”

下边的山谷远远地传来一阵猫头鹰叫声。

约翰听到后，“咯咯”地笑了，他想起了那只中午被叫醒的“猫头鹰”，开心地睡着了。

小探险家们没有一个是一觉睡到天亮的。罗杰醒了一两分钟，以为自己听到了野山羊的叫声。他竖起耳朵听，当然只能听到其他人的呼吸声，还有树林里流水的声音。他用手摸了摸苏珊的睡袋，确定她躺在里面，不过没有叫醒她。一会儿过后，苏珊醒了，罗杰又睡着了。

苏珊醒了之后坐起来，闻到了一阵烟味，这时篝火已经熄灭了。她慢慢从睡袋中爬出来，重新整理了一下快被火焰穿透的泥土。然后从壶里倒出一些水来浇在土上。一滴水落在灰烬上，发出响亮的“嘶嘶”声，苏珊担心其他人会被惊醒。夜晚站在半山腰上，特别是想到脚下的睡袋里居然躺着船长和其他船员时，会有一种怪怪的感觉。不过现在他们都躺在暖暖的睡袋里，舒舒服服地睡得正香，她的心里也觉得暖暖的。苏珊钻进了睡袋，没有吵醒他们，又香甜地睡着了。

约翰也醒了一两分钟，之后他才慢慢想起来自己不在燕子谷。他摸索着自己的表，想知道现在是什么时间，突然想起没有火把可以照明。如果划一根火柴，周围的人就会被弄醒。于是他抬头望了望天空，看看能不能猜出大概的时间。说不准还可以看到美丽的破晓呢，约翰心想。昨天晚上他仰望燕子谷的天空时，星星远比现在的多得多，不过，即使这样他也不想费劲去数到底有多少颗星星。提提和罗杰都已经按照他的吩咐，躺在睡袋里安静地睡着了。他们马上就要回到燕子号上了，姑奶奶也启程了。比赛的时刻就要来临。让我们开动船只，扬帆远航吧。啊，糟糕，现在是逆风行驶……加油，冲过去……约翰又进入了梦乡。

提提感觉鼻尖发凉，慢慢地醒来。她迷迷糊糊把一只手从暖暖的睡袋里伸出去，蹭了蹭鼻子。然后她想起来自己是在干城章嘉峰的半山腰上。这的确是一次探险啊。尤其是闻到烧树枝的烟味时，一切都显得更加真实。天渐渐亮起来，向东方望去，可以看到苍白的天空下面模模糊糊的松树顶端。提提心想要是她一直醒着，照看一下大家的露营地，应该不会有人介意吧。不过，现在最好先把头钻进睡袋里，暖和一下冻得冰凉的小鼻尖，等她再把头探出来的时候，天已经大亮了。

清晨的太阳把光辉洒在干城嘉章峰的顶端，仿佛给它戴上了一顶金色的帽子。阳光落在沟壑和缝隙当中，弯弯曲曲的，就像是一张布满皱纹的老人的脸。冬天的早上，沟壑和缝隙在明亮的白雪中形成灰暗的阴影，那时的景致和此刻十分相似。阳光沿着山峰边缘慢慢地爬下去，落在了营地下方的松树上。四个睡袋周围原本长长的树影，现在已经缩短了好多。罗杰用力一挪，连同睡袋迅速翻了个身，好像是故意发泄被阳光照到脸上的不满。约翰打了个哈欠，坐了起来，眼睛直直地看着提提。

“我在为大家把风呢。”提提说。

“现在起床太早了。”约翰说。

“咱们再睡一觉吧。苏珊睡得正香，罗杰没准正做着梦呢，他大声喊了句‘我当然可以’。”

他们又躺了下来，用手臂支着脑袋，不过没多久就起来了。太阳越升越高，天也变得越来越热。

“我们要不要再去弄些柴火来？”提提问道。

“没错，我们最好去弄一些来。”约翰说。他看了一眼即将熄灭的火堆，一缕薄烟从土堆里冒出来，消失在空中。然后他又望了望仍在睡觉的大副苏珊：“还得加点柴火。我们最好去找一些。你爬出来的时候千万别把罗杰吵醒了。”

半个小时过后，罗杰醒了，他伸手去摸提提的睡袋，发现里面是空的。罗杰迅速坐了起来，他戳了戳还在睡觉的苏珊。

“怎么了？”苏珊含含糊糊地问道。

“提提和约翰不见了。”

“你说什么？”

“他们不见了，”罗杰说，声音听上去很兴奋，“也许是在夜里被熊吃掉了。约翰说没有熊，所以他就出去了，然后就……”

“不许瞎说。”苏珊嘀咕了一声。

“要不然就是被狼吃掉了，或者是狐狸。”

苏珊坐起来，看了看那两个空空的睡袋。它们孤零零地躺在那里，里面空空的，什么都没有。就好像因为用力过猛，被吹爆了的气球一样。

“他们就在附近，”苏珊说，“你听。”

苏珊和罗杰听到一阵笑声，还有树林里的流水声，那声音正从不远处传来。

“他们在洗脸，”苏珊说，“你去给他们送肥皂吧，顺便也洗一洗。我先看一下火堆，随后就到。”

约翰和提提捡了两大捆柴火，后来发现自己好像还不够清醒，他们的眼睛还没有完全张开，于是来到水边，把头伸进池塘里。池塘里的水特别凉，比燕子谷的要凉好多。约翰脱掉上衣后把头伸进一个小瀑布中，流水让他透不过气来。罗杰给他们送来肥皂，除了可以用它洗一洗捡柴火弄脏的手，基本派不上什么用场。不过就算现在洗了也没用，因为待会儿还得把木头搬到营地，又会把手弄脏的。最后他们打定主意，等到吃早饭的时候再用肥皂洗洗手。这时苏珊大副赶到了。刚刚在半山腰上睡了一晚，甚至都没有用帐篷，苏珊又有了土著人的脾气。船长和提提只好马上用肥皂好好洗了个澡，他们一边洗一边说其实早就打算这样洗了。

大家洗完之后把柴火搬到扎营的地方，苏珊在走之前就已经把火重新引燃了，添了木柴之后，水壶下面的火焰燃烧得更旺了。这就是苏珊的过人之处。无论是在半山腰上野营，在海上战斗还是经历危险的探险，她都不会让兴奋搅乱该做的事情，比如在沏茶之前保证壶里的水是沸腾的，在合适的时候吃早餐，像平时一样洗漱，把受潮的东西晾干等等。的确，要是没有苏珊在，燕子号船员们无法顺利完成大多数探险活动。有这样一位能干的大副，一切都被安排得井然有序，土著人都不用为他们操心。就拿今天来说吧，她把四个睡袋都从里面翻过来，然后放在石南上风干。现在他们正在干城章嘉峰上享用一顿很简单却令人满意的早餐。他们品着热腾腾的茶水，然后把一块块牛肉糜压缩饼放到火边烘烤一会儿，这样尝起来口感会更好一点（因为牛肉糜压缩饼会沾上篝火的烟味）。每人还吃了点小圆面包和苹果。对探险的人来说，这已经是顿完美的早餐了。苏珊组织船长和其他船员把东西收拾一下，仿佛他们还在燕子谷而不是在半山腰上。现在就只剩下等着亚马逊号海盗们带着绳子回来，他们就可以一起为登上山顶做最后的努力了。水壶已经在溪水里洗干净，睡袋也已经翻了过来，卷进了防水套里。

“别把壶倒净，”她说，“那里面有不少茶，可以把亚马逊号的壶装满。她们也许用得着。”

“探险最棒的一件事情，就是只需要清洗一副刀叉而不是四副。”罗杰说。

“同时你也少了三副可以弄丢的刀叉。”苏珊说，“把刀叉拿过来吧，不要插在石南花丛上，那样很容易弄丢的。”

“我把它们插在那里是为了晾干。”罗杰说。

“快点拿过来，”苏珊说，“我们要在其他人赶来之前把东西打包，除了水杯。嗨，那是什么声音？”

下面的树林里传来一阵喧闹的声音，乍一听好像是猫头鹰的叫声，又好像是布谷鸟，声音越来越近，不过最后传过来的不是什么鸟的声音而是“咯咯”的笑声。

“她们回来了。”约翰说。

“她们不擅长学猫头鹰的叫声，”罗杰说，“学得不像。”

“她们比较擅长学鸭子叫，”约翰说，“我从来没有听到有谁比佩吉更会‘嘎嘎’叫的了。”

“没有人是什么都擅长的。”提提说道。

第二十七章　干城章嘉峰顶

亚马逊号海盗们学不好猫头鹰叫的一个原因，就是她们已经累得上气不接下气了。她们沿着河逆流把船划过来，通过陡峭的峡谷爬到树林顶端的山腰上。即使是经验丰富的向导也没有办法一边爬山一边逼真地模仿猫头鹰的叫声。说到底，她们是海盗，不是向导，知道的航海知识比爬山要多得多。不过此刻，她们正扮演着向导的角色。船长南希背着背包，肩上缠着一圈用来搬东西的绳子。一到营地，就卸下绳子，然后气喘吁吁地躺在了地上。

“佩吉到哪里去了？”苏珊问。

“她马上就到，我们从山下开始比赛，看看谁先爬上来。”

“喝点茶怎么样？”苏珊说。

“好啊，”南希翻过身来说，“因为要和姑奶奶道别，我们的早饭吃得特别早。但是一切都是值得的。我们看到保姆欢快地忙碌着，后来厨娘说道：‘我们终于可以松口气了。’妈妈和吉姆舅舅的演技太差了，除了姑奶奶，任何人都了解他们的心情。”

“快点，佩吉。”提提喊道，她看到亚马逊号的佩吉大副从树中间费劲地爬出来。

“我快不了，”佩吉说，“我听见背包里的果汁在瓶子里晃荡，冲撞着瓶口，瓶塞随时都有可能被顶开。背着它确实不轻啊。”

“这跟绳子上的重量相比根本算不了什么，”南希船长说，“厨娘在我的背包里塞满了油炸面包圈。”

“现在我来拿瓶子吧。”约翰说。

“要不我们把东西都放在这里？”苏珊说。

“然后我们就全力奔向山顶。”提提说。

“如果能在山顶喝到果汁更好。”南希说。

佩吉和南希分了分苏珊留给她们的茶，约翰把佩吉包里装果汁的大瓶子移到自己包里。

“走一段路之后我们就自己来拿。”南希说。

“怎么系绳子呢？”罗杰问。

“给她们点时间，先喝口茶。”苏珊说。

“已经好了，”南希说，“我们两个不能一口气喝完。”

“姑奶奶真的出发了吗？”提提问道。

“千真万确！”南希说，“如果我们加快脚步，应该可以看到她乘坐的火车离去时的尾烟。越快越好。燕子号和亚马逊号万岁！让我们为野猫岛和‘西班牙大陆’欢呼吧。燕子号已经修得差不多了。吉姆舅舅已经厌烦了做别人的侄子，现在他要做一个世界一流的舅舅。”

“昨晚我们装好帐篷，把它放进亚马逊号里了。”佩吉说。

南希把杯子倒过来，茶叶的残渣洒在火上发出“嘶嘶”的响声。“咱们继续吧？”她问道。南希刚要把它像以前那样放回一个背包里，苏珊及时阻止了她。苏珊把杯子在溪水里洗了洗，然后擦干，以防里面的残留物滴在不该滴到的地方。四个卷好的睡袋和其他不需要带到山顶的东西一起，整整齐齐地摆放在两块岩石中间。只带食物到山顶，当然，望远镜和指南针都是必备的。他们还得带点喝的，大瓶的柠檬水、果汁或者是佩吉从山谷里带来的掺水的烈酒。

“我们怎么系绳子呢？”罗杰又问。

“把绳子系到我们每个人身上。”南希回答说。

“那么，我们不能朝着不同的方向拉绳子。”罗杰说。

“事实上不需要拉绳子，”南希说，“这样一来就不会有人掉到悬崖下了。我们一共有六个人，如果有一个人滑倒，另外五个人抓紧绳子，那个滑倒的人就会没事。”

“那里会有悬崖吗？”罗杰问。

“有十多个呢，”提提说，“就算没有，我们很容易就能制造几个。”

“那里真的有好多悬崖。”佩吉说。

“不要沿着山路走，”南希说，“如果遇到岩石，咱们就翻过去。”

“好吧，我们开始吧。”罗杰说，“谁第一个上去呢？我来试试怎么样？”

“不行，”约翰说，“这个绳子可不是系船索，你可以跳着带上岸去，我们必须找一个块头大的人走在前面。让南希去吧，我负责扯着绳子的另一端。”

“我们必须在绳子上打几个圈，”南希说，“一共要打六个比较大的圈，足够我们的头和肩膀能钻过去。”

绳圈打好了。每个圈之间大概有五码那么长。南希把第一个圈套在自己身上，苏珊大副套上第二个，随后是水手提提、罗杰、佩吉大副，最后是约翰船长。

“大家都准备好了吗？”南希问。

“我们应该带上冰镐[1]。”提提说。

南希听到后说：“我也想到了，不过有时候它们比绳子还碍事。手和脚发挥的作用比较大一些，特别是在岩石上的时候。”

这支长长的队伍出发了。一开始，大家由于在绳子上很难维持好平衡，都很少讲话。因为每当一个人想要和前面的那个人交谈，都会匆匆向前走一步，这样，他们之间的绳子就会变松，同时后面的那一段绳子拉紧，后面的那个人就会被冷不丁地拉扯一下。等他们爬到一些极陡的山坡时，才懂得了说话时既不要匆匆走到前面也不要故意慢下来的道理，这时大家都走得小心翼翼，没有人敢再说话了。有时会有人大喊一声：“不要碰这块石头，它是松的。”但大多数时候，他们只顾着一个劲儿地向前走，默默地爬着。

起初，他们是沿着细小的山间小溪向上爬的。小溪让他们想起了远在下方的山谷里曾经经过的那条小河。当他们爬到可以清晰地看到山顶的那一刻，领头的南希就径直朝那个方向爬去。很快，大家都领会了爬山时手脚并用的好处。有时南希故意向左边或者向右边挪一点，避开松动的石头，但是遇到安全的石头，便会毫不犹豫地爬过去，其他人也全都跟着做。

“前面还有更难爬的地方呢。”南希兴奋地说。

---

[1] 冰镐，最重要、用途最广的登山装备之一，可当作手杖使用，作为攀登的支点，可以帮助攀登者保持平衡。

他们在最意料不到的地方遇上了难爬的地段。此时，尽管给交谈制造了不少麻烦，小探险家们还是很庆幸有这根绳子。他们遇到一块表面很陡的岩石，但是没有想象中那么难爬，因为岩石上有很多缝隙可以把手和脚伸进去，但是这个地方却很容易跌倒，因为走在上面很难停稳，岩石下面还有很多松动的石头。南希很轻松地爬了上去，苏珊随后跟上。提提刚爬过岩石顶端，佩吉和约翰在底下正准备往上爬。这时，爬到一半的罗杰突然喊道："快看，快看！野山羊！"

如果他只是喊出来还好，但是他在喊的同时还试图用手去指那个地方。他的另一只手打滑了，整个人也跟着摇晃起来，他的脚在狭窄的岩石上也失去了位置，刚说完最后两个字"山羊"，紧接着听他发出一声尖叫。绳子由于扯了一下而绷得紧紧的，提提被这么一拉，一半身子滑下了岩石边缘。南希在岩石上方长满青草的山坡上，差点没站稳。还好，她们已经过了岩石边缘，并且拉直了她们中间的绳子。

罗杰面朝岩石悬在那里，像一只蜘蛛一样悬挂在绳子的一端。提提抓住了一撮石南花，幸亏有苏珊和南希死死地扯住绳子才不至于滑下去，此时她们把脚用力扎在山坡上的泥土里。

"拉住，拉住！"提提说。

"好，罗杰，"约翰说，"把脚给我，我帮你找好踩的地方，别乱踢了。"

罗杰不再乱扒了，他感到自己的脚已经踩稳了。

"现在继续爬吧，否则就会把爬在前面的提提也扯下来。"

罗杰一开始爬，就把自己的重量从绳子上移开了，南希和苏珊发觉拉得不再那么费劲。提提的脑袋向前，从岩石边被拉到了石头上面的青草上。

"继续拉，"她气喘吁吁地说，"不然他就会再掉下去，但是别拉得太紧。"她尽量向上爬，但是也受了不少苦，由于蹭到岩石，她的胳膊和膝盖都磨破了。

下边又传来罗杰快乐的叫声。

"你们看到山羊了吗？"

"不要管什么山羊了。"苏珊从上面说道，"他受伤了吗？"

"没事，只不过又蹭破一点皮。"罗杰说，"你们看到山羊了吗？它们又出现了。"

"不要用手指。"约翰及时制止了罗杰的行动。

"必须指一下的。"罗杰说，不过他没有真的那么做，"就在那边，就在那边。

你们一会就看到了。它们向山顶的方向去了。”

干城章嘉峰的顶端就在他们正上方。他们仰头向上望，右边的山峰虽然不如干城章嘉峰高，却也高高地耸于云霄之上，并且向北方延伸。罗杰一边爬，一边努力伸长了脖子张望，就在他们身后，有东西在峭壁下方灰色的斜坡上移动。它们越爬越高，最后几乎到达了山峰和天空的交界处。当约翰和佩吉爬上来的时候，他们看到了那些小小的、昏暗的物体，正由黑色的背景走进了清晨微蓝的天空中，那不就是野山羊吗？

“我看到它们了。”提提说。

“有五只。”约翰说。

“后面还有一只。”罗杰说。

一会儿又不见了。

“很高兴看到它们。”罗杰说。

“回到岩石上去，”约翰说，“不要再四处张望了。要不是提提和其他人拉得紧，你可能早就摔断腿了。”

“而且没有担架把我抬上去。”

罗杰开始加快速度，一会儿就爬到了岩石上方长满草的斜坡上，苏珊马上给他检查身体。苏珊和南希并没有看到野山羊，很显然她们更关心大家的安全。

“真见鬼！”南希说，“刚才好险啊。我们应该在上面等着，双手握紧绳子，这样他就不会滑倒了。不过我们不是什么都可以预料到的。谁想到他就在那一刻看到野山羊，如果是野山羊的话，当然，也有可能是绵羊。”

“它们真的是山羊，没错。”佩吉爬上来说，“我们都看到了。”

“好吧，”南希说，“是山羊，不过不是我认识的那种‘山羊’[1]。提提，你怎么样？有没有受伤？”

提提想舔舔右胳膊肘上的血，但是够不着，还好没有流太多血，所以暂时可以不用管它。

“幸好摔倒的是罗杰而不是约翰，”南希说，“一方面是因为他比较轻，另一方面，如果是约翰摔倒了，我们的烈酒怎么办？”

从那之后他们就更加小心了，再也没有遇到什么事故。接近山顶的最后几码

---

[1] 山羊，象征着基督教里的非信徒。

路走得很顺利。小探险家们踏上了那天原本可以一直从山脚沿着走上来的小路，标志着山顶的那堆石头就在眼前。他们把绳子从身上解下来，然后比赛看谁先冲向山顶。约翰和南希几乎同时到达，接下来是提提和罗杰。苏珊停下来把绳子卷起来，佩吉留下来等着帮她搬绳子。

小探险家们一直都在沿着山峰的北侧向上爬。巨大的侧峰把一切东西都挡在了西面。他们发现其实远方还有很多小山可以爬。回头望了望走过的山谷，此时它显得那么渺小，他们几乎都不敢相信草地中央那条细细的白线竟然就是他们曾经划船经过的小河。不过，直到冲到山顶，真正站在那个标志着最高点的石堆时，才可以看清山峰的远方究竟有什么。

那一刻，他们真真切切地感到自己站在了世界的最顶端。

山峦的远方便是海陆的交界处，那是一片真正的大海，蓝色的海面一直向前延伸，直到与天空接壤。那里有许多白色的帆船，没准还可以看到冒着羽毛状黑烟的船只，它们正开往爱尔兰或者从那里返航，或许正往返于利物浦和克莱德之间。四十英里以外的蓝色海面上有一条黑色的短线。“从这里往正西的方向去，”约翰看了看手里的指南针说，“就到了马恩岛。”

“回头望另一个方向。”佩吉说。

“你能看到苏格兰，”南希说，“山那边就是索尔韦湾的另一边了。”

“那是斯科菲峰，那是斯基多峰，那里是赫威林峰，那个点是埃尔钟，还有那里是高街，古英国人曾在那里开了一条通向山顶的路。”

“卡莱尔[1]在哪里？”提提问道，“一定也在那边的某个地方。”

“你怎么知道？”南希问。

“斯基多峰上的红光曾经照醒了卡莱尔的市民，或许那时他们卧室的窗户上没有安百叶窗。”

“这一点我们也知道，”佩吉说，“不过知道的不全，不像对《卡萨比安卡》那么熟悉。”

“我是因为灯塔才喜欢它的。”提提说。

约翰和罗杰都顾不上看山峰了，他们的目光都聚集在蓝蓝的海水和帆船上，尽管有的很远。

---

[1] 卡莱尔，英国英格兰西北部城市。

“如果我们继续前进，过了马恩岛，我们会到哪里呢？”罗杰问。

“我想应该是爱尔兰吧，”约翰说，“然后有可能到达美国……”

“那如果再继续走下去呢？”

“那就到了太平洋和中国。”

“再远一点呢？”

约翰想了几分钟：“我们将走遍亚洲，走遍欧洲然后到达北海，到达山峰的另一侧。”他回头望了望里约远方以及更远处的山，层层叠叠的山峦向东方延伸着。

“然后我们就走遍整个世界了。”

“当然了。”

“那我们行动吧。”

“我们总有一天会成功的。爸爸已经做到了。”

“吉姆舅舅也是。”佩吉说。

“当然，无论你站得多高，都不可能看到整个世界。”罗杰说。

“你也不会想全部都看到。”提提说，“不知道接下来发生什么事才更有趣。”

“现在你就站在顶端。”南希说完便仰身躺在暖暖的地面上，“噢，果汁怎么样了？对了，我差点忘了，我让你背了一路。”

“没关系。”约翰说，他把大瓶果汁从背包里拿出来，经过一番跋涉之后，杯子里的柠檬汁也变得热乎乎的了。苏珊和佩吉把圆面包切了切，打开最后一罐牛肉糜压缩饼，南希把油炸圆饼倒了出来。

“我想知道有没有人在干城章嘉峰峰顶吃过晚饭。”提提说道。她吃完了自己的牛肉糜压缩饼，准备最后再吃一块油炸圆饼。

“那些在这里建石堆界标的人一定在峰顶吃过，”佩吉说，“想想要把这些石头都堆起来需要多长时间吧。”

“或许用不了多长时间，”提提说，“每个部落胜利登上山顶时都会带上一块石头，堆在那里。”

“但是他们随后会在这里吃点东西庆祝一下。我可以爬到石堆上面去吗？”罗杰问。

“不行，”苏珊说，“你都已经摔倒一次了。如果你再跌倒了，让石头滚下来，我们可没有那么多人帮你堆上去。”

“那个石堆很结实的。”

“那说明建造它的人不想让哪个小船员毁了它。”

“我会很小心的。”

“吃一个苹果吧。”

“我可以倚在石堆上吗？”

“只要你不爬上去做什么都行。”

罗杰倚着石堆坐起来，这样他爬上去的冲动就不会那么强烈了。看起来没有爬上去真的有点可惜，不然他就可以站在比干城章嘉峰更高的地方了。没关系，总有一天他会爬上去的，明年或者是后年，反正是在将来的某一天。他朝下面燕子谷那边的沼泽地望去，还想看看野猫岛，他拿不准刚才是否看到了一艘轮船驶向湖的尽头，然后又眺望了一下大海。罗杰吃完苹果后，翻了个身，摸了摸下方的石头。石堆真的很坚固吗？他想。

其他人正在筹划着接下来的计划。姑奶奶已经离开了，亚马逊号海盗们又可以当海盗了，燕子号也很快就会修好，正在这时，罗杰喊了一声：“快看，快看！这是什么？”

他手里拿着一个小铜盒，盒盖上刻着一个老妇人的头像，头像周围有一圈字：“英格兰女王，印度女皇，登基钻禧纪念。[1]”罗杰在石堆脚下发现了一颗松动的石头，抽出石头后发现藏在后面的这个小铜盒子。

“她一定是维多利亚女王，”约翰说，“爱德华七世的母亲。”

“她看起来和小布莱基特很像啊。”提提说。

“里面有东西。”罗杰晃了晃盒子说。

“我来打开它。”南希说。

“让我来吧。”罗杰说完后打开了盒子。里面有一张卷起来的纸条，还有一个印着维多利亚头像的法新[2]。

“小心点！”提提说，“可能是个藏宝图，或是一个天大的秘密，小心点，也许一碰就破了，它们经常这样。”

---

[1] 这里说的是维多利亚女王（1819.5.24–1901.1.22），她是英格兰女王，并在英国统治印度后享有“印度女皇”的称号。登基钻禧是她登基60周年纪念。

[2] 法新，1961年以前的英国铜币，等于1/4便士。

但是纸条很结实。罗杰让南希打开。南希打开后，大声念出来，然后停住了。佩吉接过来读，其他人都围在她身边伸着脖子看。字条是用黑色铅笔写的，字迹力透纸背：

1901 年 8 月 2 日

我们一起登上了马特洪峰[1]。

莫莉·特纳
吉姆·特纳
鲍勃·布莱凯特

“是妈妈和吉姆舅舅。”佩吉激动地说。

“鲍勃·布莱凯特是谁？”苏珊问。

“是爸爸。”南希说。

大家沉默了一会，提提看了看纸条说：“这么说来，当时这个叫作马特洪峰，现在它叫干城章嘉峰。既然都爬上来了，我们没有必要去更改名字了。”

“那是三十年前的事了。”约翰说。

“我想知道妈妈和吉姆舅舅是如何逃过姑奶奶的法眼来到这里的，”佩吉说，“要知道那时候他们可是被姑奶奶照看呢。”

“可能是爸爸帮助他们逃出来的。”南希说。

“他们为什么要把法新放在里面呢？”罗杰问。

“我们把它放回去吧，”提提赶忙说，“他们原本打算让它在里面放一千多年呢。”

“有人带纸来了吗？”南希突然问。

大家都没有带，不过提提有一小截铅笔。南希拿过铅笔，在三十年前见证妈妈和吉姆舅舅胜利的那张纸条背后用力地写道：

“我们于 1931 年 8 月 11 日登上了干城章嘉峰。”

“现在我们开始签上自己的名字，”南希先签了名，“约翰船长，你来签，

[1] 马特洪峰，阿尔卑斯山峰之一，位于瑞士与意大利之间的边境。

然后是两个大副，接下来是提提和罗杰。”

大家都签好了。南希把纸条卷起来连同法新放回了盒子里，递给了罗杰。

“是你发现的，”她说，“所以由你把它放回去，也许三十年后……”她突然不说了，然后大笑起来。“真见鬼！”她说，“真希望咱们现在有一枚乔治五世的法新。”

“我有一枚新的半便士铜币。”罗杰说。

“你舍得吗？”

“如果不舍得，回到野营的地方我再给你一枚。”

罗杰取出了硬币。盒子封好后放回了石堆脚下的洞里，罗杰把那块松动的岩石放回原位，然后塞得牢牢的。

“没有人会发现里面有东西。”罗杰说，“要不是那块石头松动了我也不会发现其中的秘密的。”

“也许很久都不会有人发现，直到许多年后和我们穿着不同服装的人出现。”提提说，“也许会有许多像我们这样的探险者。不知道弗林特船长当年有多大呢？”

“不知道那天的天气是不是晴朗。”佩吉说。

“我看到马恩岛了。”罗杰说。

他们朝大海望去。

“嗨，”约翰说，“我们现在看不到了。”

“我刚才还看到了。”提提说。

“海那边一定有雾。”约翰说，“我们真走运啊，早早地就爬上来了，那时候天气还很晴朗呢。”

“快点，”南希突然说，“别忘了我们还要去沃特斯米特，然后去贝克福德，再乘船去马蹄港，最后去燕子谷野营。我们现在该出发了。”

“我们的绳子呢？”罗杰问。

“我来拿绳子吧。”南希说，“我们用绳子顺利地爬了上来，现在应该顺着小路走下去，这样会更快一点。”

六个探险者最后一次从干城章嘉峰眺望了一眼周围的世界，几分钟后，一路小跑，匆匆向山下走去。

第二十八章　沼泽上的雾气

刚到下午，贝克福德号（就是那艘战斗独木舟，或者叫划艇）从桥下迅速驶过，到了亚马孙河较浅的河段。两个船长划船，罗杰站在船头，其余人在船尾。船上放着绳子、背包，还有他们从山顶下来时，从半山腰的营地带回来的睡袋、水壶和牛奶罐。

船儿经过河流拐弯的地方，罗杰看到那棵大橡树，树枝在河面上，向远方伸展。“那是我们的树。”他喊道。

“大家放松一下吧。”佩吉大副说。

“你们确定要自己走而不乘坐亚马逊号回家吗？”苏珊大副问道。

“当然了，”提提说，“我们做路标就是为了这个啊。”

“而且，”罗杰说，“现在几乎没有风。”

“好吧，提提。”苏珊说，“的确没什么风，所以如果你们比我们先回去，就先生上火，烧点水。炖锅就在储藏室里。”

“苏珊！”提提不满地说。

“我的意思是说，就是皮特鸭洞里，你们没必要带着水壶，东西越少越好。”

“除了巧克力，我们不需要别的东西。”罗杰说。

“还有指南针，”提提说，“我们会保管好它的，而且也需要带上它。”

“我们用不着了。”苏珊说。

“好吧。”约翰说。

“用左边的桨划水，”佩吉喊道，“收桨！”

伴随着橡树树枝发出的一阵“沙沙”声，小船缓缓地划到了大树旁的河岸。罗杰立刻上了岸，扯住系船索，以防船会滑回去。提提拿上他们两个人的背包，从划船的同伴旁边经过，然后走到岸上。约翰把指南针给她，苏珊给了他们一人一块两人份的巧克力。他们的背包里除了这两样东西，什么都没有。不过探险时他们更希望自己背的是空包。他们也不需要睡袋，南希说要把睡袋和其他东西都塞到亚马逊号上，“用船运东西要比用驮马好得多。”

“是驮驴，”苏珊说，“而且它们也用亚马逊号运过去，哈哈。”

提提担心了好一会儿，她以为苏珊经过一番考虑后是不会同意他们离开的，不过这时佩吉喊了声“出发吧”。罗杰把系船索扔到船里，然后和提提用力一推，小船飞快地驶进河中了。

“把桨拿出来吧，”佩吉喊道，给船长下命令很有成就感，“用右边的船桨划水……用左边的划……两边同时进行。好，稳住，然后划左边，右边……”

船儿在两位船长和两位大副的操纵下快速前进，一会儿的工夫就冲向河的下游了。

“如果我们再也看不到他们了怎么办？”罗杰说。

提提不愿意听到这种话。

“好了，罗杰。”她说，“咱们别在这里瞎转悠了，带上背包出发吧。要不我们就对不起鹦鹉了，它还在洞里等着我们呢。”

“有皮特鸭陪着它呢。”罗杰说。

“不，现在皮特鸭不在它身边。我们得让皮特鸭来和我们做伴，他在大橡树下面等着我们，现在正沿着咱们的路标往沼泽地里走呢。他喜欢做这种事。另外，如果遇到土著人他还能帮上忙。”

“是那种不友善的土著人吗？”罗杰一边说，一边整了整他那个摇摇晃晃的空包。

“嗯，他们很野蛮的。”提提说，“如果只有我们两个人，你我都有危险，但是如果皮特鸭来了，他只要一瞪眼，那些人就不敢轻举妄动。”

走到靠近马路的树林尽头时，他们趴在石墙上仔细听听周围的动静，确定两个方向都没有土著人过来。

“准备好了吗？”提提问。

“准备好了。”罗杰说。

“皮特鸭说现在得看我们的运气了。跳下去然后快跑着穿过马路。”

他们跳下去，开始拼命跑。

“看见那一簇草了吗，那是我们的第一个路标。那边有一个台阶，快点，给我一只脚，另一只不要乱踢，身体用力向上，加油。”

提提把罗杰举到墙上面去，罗杰翻过去，提提在这边只能看到他的一双手还抓着苔藓的石头。

“我正试着够到台阶。”他说。罗杰的声音从那边传过来，听起来很小，仿佛是在窃窃私语，生怕被别人听到似的，“成功！”

现在他把手从石头上拿开，提提听到他落在草地上的声音。她发现靠自己很难一个人翻过墙去。如果皮特鸭在就好了，他就可以抓住她的一条腿把她举起来，就像她把罗杰举起来一样。当然，如果他在场，一定会这么做的。所以提提假想他已经翻过去了。“他只要纵身一跃就可以翻过去。”她心想，“他经历了那么多事情，这样蹦上蹦下对他来说简直是小事儿一桩。”一会儿过后，提提也踩到了墙另一边的台阶上，从台阶上跳下来。罗杰已经在找他们放的松果了。

“不是这里，”提提说，“这里没放，也没有必要放。沿着墙一直走过去，直到看到那四棵冷杉，就会找到有路标的路了。我们别在这里迷路了，现在要做的就是沿着墙爬过去，越快越好。”

他们正好在沼泽边上的旧墙那里穿过了马路，跳进树林里的时候几乎可以用手碰到它。没有东西可以做护栏，所以他们沿着墙边，一边拨开榛树叶子，一边迅速地向前爬。爬的过程很痛苦，不过等爬到树林的尽头时，他们的心情豁然开朗。因为那里除了毛地黄[1]和一些蕨类植物就只剩下砍掉的树木留下来的老树桩，所以现在他们可以看清前方的路了，顺着老墙残垣的方向望去，四棵黑色的冷杉由前向后在陡峭的山坡依次排开。

“什么时候吃巧克力？”罗杰问。与其说他要吃巧克力不如说他想要休息一下。

---

[1] 毛地黄，一种植物，茎直立，少分枝，全株被灰白色短柔毛和腺毛，原产于欧洲。

“别闹了，”提提说，“我们到了四棵冷杉那儿才可以吃巧克力，那才是我们的第一站，然后我们得找找路标，看看接下来的路该怎么走。”

他们匆匆忙忙地继续爬。眼前一块粗糙的地面上，长着一些老树桩，还有些零零落落的新长的小树，看来这里原本有一片树林。在那四棵生长了三四十年甚至五十年的冷杉树下，提提和罗杰每人吃了一份巧克力，然后向亚马孙河的山谷望去。

“我多希望可以近距离看看姑奶奶啊。”罗杰说。

“幸运的是我们都没有那么做。”提提说，“想一下看过戈耳工[1]那些人的下场吧。我们也许会被变成石头，永远只能待在贝克福德公园里，头上顶着供鸟儿们洗澡用的盆子或者是日晷。”

“这种事情并没有在亚马逊号海盗们身上发生。”罗杰说。

“也许她们总是朝着相反的方向望。”提提说，“总之，她差点就把她们变成石头了。瞧瞧她们被困在那儿的样子，什么都干不了。你还记得看到姑奶奶的马车时，她们的表情多么僵硬吗？就是因为姑奶奶站在跟前。有姑奶奶在身边的时候，我都怀疑弗林特船长是不是也会感到不自在。”

“不知道弗林特船长现在在哪呢。”

“很可能在他的船里拉手风琴呢，至少我这么认为。你知道，他今天早上刚把姑奶奶送走。好了，我们继续赶往燕子谷吧。今天晚上亚马逊号海盗们就要去野营了，我们得加油，沿着这四棵冷杉找找我们的路标吧。”

“遵命！”罗杰说完后，眼睛盯着地上，蹦蹦跳跳向沼泽地跑去。他一会儿跑向右边，一会儿跑向左边，然后又回来，仿佛一只在地上寻找气味的小狗。

提提则横向前进。她走得并不快，不时地回头望一眼，保证四棵冷杉排成一列，好像只有一棵树一样。

一会儿工夫，他们就穿过了石南灌丛的宽阔地带，把冷杉树远远地甩在了后面。正在这时，罗杰发现了第一颗松果。

“太好了，”提提说，“我刚刚还在想是不是迷路了。”她回头望了望冷杉，然后继续赶路。提提赶在罗杰之前发现了第二颗松果，把它捡了起来。

---

[1] 戈耳工，希腊神话中的蛇发女妖三姐妹，居住在遥远的西方，是海神福耳库斯的女儿。她们的头上和脖子上都布满鳞甲，头发都是一条条蠕动的毒蛇，长着野猪的獠牙，还有一双铁手和金翅膀，任何看到她们的人都会立即变成石头。

“哇，”罗杰说，“这可是世上最棒的松果，我们不用担心迷路了。”他在沼泽地里欢快地奔跑，捡起了第三颗松果。

“要不要把它们放在这里，留着下次再用？”罗杰问道。

“不要，最好丢掉，我们可不想让别人找到燕子谷。”

“咱们比一比谁扔得更远，怎么样？”说完罗杰递给提提一颗松果，然后又跑过去给自己捡了一颗。

提提知道罗杰一定扔得比她远，不过她还是接受了挑战。由于罗杰扔的方向和提提的不太一样，所以他们得靠步子量一下各自扔的距离，最后证明罗杰比提提的要远一两码。

“我们这是在浪费时间。”提提说，“如果皮特鸭跟咱们比试的话，他会扔得比我们俩都要远好几码。”

他们继续向前走，把看到的松果一颗一颗捡起来，一发现下一颗就把刚才捡到的扔掉。

等到了沼泽高地，已经看不到那四棵冷杉树了。罗杰突然停下来，问道：

“现在还可以看到山峰吗？”

提提朝干城章嘉峰望去。干城章嘉峰和它北面的大山在阳光的照耀下清晰可见，南边的矮山此时却在视线中消失了，仿佛沼泽地的远方只剩下一片天空。

“现在不那么热了。”罗杰说。

天气似乎一下子变得凉快起来，阳光也不像刚才那么刺眼。提提又向干城章嘉峰望了望。一团云彩正漂浮在周围低矮的山坡上方，峰顶越来越模糊，几乎看不到他们刚刚攀登的那个有着石堆的山顶了。提提望了望沼泽地那端的燕子谷，它正发生着某种变化，这一点毫无疑问。沼泽地正在缩小，看起来没有之前那么宽阔。现在左边的树木已经消失，右边的小山也不见了。沼泽地向前方的山谷里继续延伸，陷入一层薄薄的雾气中。

“雾气就像海浪一样向我们袭来。”提提说。

“而我们就站在海角上，海水从两面向我们扑来。”罗杰说。

薄雾像一面高墙一样，从南方的山脊处席卷而至。似乎没有风，雾气向前移动着。有时一些小云彩飘在雾气前面，就像在碎浪之前追赶泥沙的小浪一样。

“我有点冷。”罗杰说。

“我们快走吧。”提提说。

一会儿过后，雾气没过了他们头顶，只能看到几码以内的地方了。

“那不是海岬，”罗杰说，“只是一个沙堆，现在海水已经没过沙堆的顶部了。”

提提吸了一口气，咳嗽了一声。

“这是海雾，”提提说，“会使我们嗓子发痒，尽量不要吸到嘴里面。”

“这附近有一颗松果，”罗杰说，“我刚刚看到它了。”

他向白色的雾气中跑了一两码远，然后不见了。

“罗杰！”

“嗨！”

“你在哪？”

“我在这儿。”

“待在那儿别动，你现在在哪儿？”

“我在这儿，你呢？”

“别动，我马上过去，好了，我看见你了，太好了。”

“我没找到那颗松果。”

“别再乱跑了，”提提说，“我们必须待在一起，要不就找不到对方了，雾气会遮住我们的视线。”

“你的头上全是雾水。”

“我在想他们是不是在湖上也会遇到这种情况。”

“我需要发一个雾气预警吗？”罗杰问道，“我想这么做。”

“没有人会听到的。”

“但我还是要发。”罗杰说。悠长的鸣笛声惊动了沼泽地里的羊群。它们不知道那声音来自雾气中正驶向普利茅斯[1]的大西洋班轮。

“不要这么做。”提提马上说，“让我考虑一下。”

罗杰又朝雾气中吹了更长的一声，然后停了下来。

“没人能在一两分钟内追过来。”罗杰说。

---

[1] 普利茅斯，英国一座城市。

“我们得找到下一颗松果。跟紧我，我们一起找。如果我们走得太近，观察的区域就会受限，但是要是分开很远，就会迷路了。”

“如果我们中有一个人迷了路，”罗杰说，“那就等于我们两个人都走丢了。因为如果走丢的那个人可以看到没有走丢的那个人，那么两个人实际上并不算迷路。同样的，如果走丢的那个人看不到没有走丢的那个，那么，那个没丢的人同时也就迷了路。”

“好了，罗杰，别说了，停一分钟好吗？”

“那好吧。”罗杰说。过了一会儿，他又说，“能让我说句话吗？”

“你想说什么？”

“我看到松果了。”

“好的，”提提说，“现在你可以看到路标的作用了吧？即使在有雾的情况下我们也可以找到去往燕子谷的路。”

“可是他们在湖上怎么办呢？”

“他们有指南针呢。噢，指南针在我们这儿，或许南希船长也带了一个。”

提提从背包里拿出指南针，把它打开。

“黑色的针指向北方，”她说，“白色的针指向南方。南方就是我们要找到下一颗松果的方向。”

她把指南针放在身体前方，一边低头看着指针，一边慢慢地向前移动。

罗杰一直紧紧地跟着她，突然，他拽了一下提提的袖子。

“我们有可能走过了。”他说。

问题是提提也是这么想的，但是他们却没办法确定。指南针现在也派不上什么用场。这片沼泽地布满了蕨丛和岩石。有的石头很松，有的石头埋在地下，稍微牢固些。如果搬开石头就会发现下面有很多蚂蚁窝。到处都是一簇簇细细的深绿色灯芯草，剥开外面的一层，就会露出里面白白的茎，可以用来编成戒指、辫子甚至篮子。即使没有雾气，也没有人会在这里找到路。羊儿跑来跑去，不过它们就这么一直跑着，而且大多数时候是从沼泽的一边跑向另一边，而不是径直跑向坡顶，这一点叫人十分困惑。

“你站着别动，”提提说，“我在你视线范围内走一走，看看下一颗松果在哪儿。”

提提向几码远的地方望了一圈，但还是没有找到。

“现在你站着别动，”罗杰说，“让我侦察一下。”但是他的结果也是一样的。

“我们唯一要做的事情就是继续走，”提提最后说道，“我们必须回去，因为波利还在营地等着我们，而且苏珊吩咐过我们‘把水烧上’。”

提提把指南针放在前方，眼睛盯着指针，慢慢向前走。无论她拿得多稳，指针一直摆来摆去。更糟糕的是，她的脚缠在一簇细长的草叶上，然后脸朝下摔在了地上，不过指南针没有接触到地面，因为为了不让指南针落地，提提宁可让自己跌倒，也不把双手支在地上，毕竟，指南针更重要一些，虽然地面比想象中的还要坚硬，她也一直把它举在空中。

“它摔碎了吗？”罗杰问。

提提爬了起来。

“没事，”她说，“不过我想知道怎样才能正确地使用指南针。约翰没有一直盯着它看。我看到他是怎么用的。他可以根据指南针看出哪里是北边，去寻找一颗石头或者其他什么东西。然后他就把它收进口袋里，一直走到石头那里。我们没有必要向南看，因为那里什么都看不到。”

“只是白茫茫的一片。”罗杰说。

提提又看了看指南针。

“那里是南方，”提提朝雾里指去，“如果我们径直向那个方向走，就不会走错。不过我们会忍不住去小溪那里，只要一找到小溪，就很容易找到野营的地方了。”

她又看了一眼指南针，然后把它放在口袋里，径直走进雾里，眼睛直盯着前方，并且尽量使左脚和右脚迈的步子一样大。

“过来，罗杰。”她说。

“好的。”罗杰紧紧跟着她的步伐，眼睛不停地在两边一两码的范围内扫视，希望可以找到一颗松果，这样他就可以确定他们的方向没错。

他们在一个白茫茫、空荡荡的世界里慢慢地移动。有时候他们以为自己看到了一只迷途的奶牛，走近一看却发现是一块石头。有时候他们认为是石头的东西反而是受到惊吓的黑色绵羊，它“咩咩”叫着，跑进了周围的白色世界中。

“我们是不是迷路了？”罗杰忍不住问道。

“当然没有，”提提说，“而且我感觉我们不是在孤军奋战。皮特鸭说没问题，只要我们一直向前走，就一定会找到目的地。”

“我们肯定快要到了。”

“我想是的。我们随时都可能听到鹦鹉的叫声。”

“这里的地又湿又软，我的一只鞋进水了。”

“这是一小块湿地，我们得绕着走。”

他们在灯芯草丛中穿来穿去，准备挑选一条合适的道路。提提很不喜欢这么做，虽然他们见过很多灯芯草，但去往亚马逊时从来没有真正在沼泽地里穿梭过。沼泽地里有很多小块的湿地，只要他们一直保持向前走，稍微向左或者是向右偏一点不会有太大的关系。这时候，提提突然停住了脚步，竖起耳朵聆听着什么。

“怎么了？”罗杰小声问。

“你听！”

离他们不远处传来一阵清晰的响声，那是缓缓的流水声。

“是小溪，我们走得没错！”

他们向前跑着，差一点就跌进小溪中。小溪沿着沼泽地从一个小池塘流进了另一个小池塘里。

“我们向右边走得太多了。”提提说，“溪流这么小，我们一定是在鳟鱼湖上游很远的地方。不过我们肯定不会迷路。”

有了小溪指路，他们开开心心地在雾中继续前进。

“等到了鳟鱼湖，我们就把剩下来的巧克力吃掉。”罗杰说。小溪变得更开阔了，他们走了很长一段路，但是还是没有到达那里，提提决定稍微休息一下。

他们把巧克力从背包里取出来，然后坐在背包上休息。提提一边吃着巧克力，一边从口袋里拿出指南针，打开后，放在旁边的地上。

“指南针有点不对劲，”提提突然说，“它显示的是小溪向西流，可是实际上它是沿着鳟鱼湖和燕子谷向东流向马蹄港的。”

“它是不是在你跌倒的时候坏掉的？”

“我想不是，那时候它根本就没有掉到地上。也许是在干城章嘉峰上受了太多的颠簸吧。我们下山的时候的确走得很快。”

“是呀，”罗杰说，“还好我们比较幸运，找到了小溪。”

第二十九章　伤　员

“你什么时候能不这么贪吃啊？”提提问道。

“就剩下一点巧克力了。”罗杰说，“好了，现在吃完了。我们出发吧。不过雾没有像预料中那样消散。”

“没关系，反正有小溪呢。”提提说，“加油吧！”

他们背上空荡荡的背包，又重新出发了。吃完巧克力后他们的精神更足了，因为有穿流在一个个池塘间的小溪指路，他们满怀信心地向前出发。

提提因为指南针的事情而感到内疚，不过，就算约翰船长不能修好，她相信弗林特船长一定能修好的。不管怎么样，比起把罗杰弄丢，指南针坏了算不了什么。这会儿，她似乎体会到苏珊曾有过的担忧。现在她可以开心释怀了，因为蜡油人偶没有对姑奶奶造成任何伤害，反正无论人偶有没有派上用场，姑奶奶都已经走了。燕子号也快修好了。这些想法让提提兴奋不已，然后她的脑海里又浮现出另一个想法。要是雾气没有这么浓，要是她不用担心会踩到溪水边松动的石头，这个想法本可以让她走起路来虎虎生风的。

“罗杰，”她说，“我们在这个周末之前就会回到野猫岛。然后会有很多惊喜等着我们。”

“我将有机会驾驶燕子号，”罗杰说，“我自己亲自来！不像去年那样，约翰甚至不允许我碰一下舵柄。”

“亚马逊号水手也会来。加上我们收起来的四顶帐篷一共是六顶。我们还可以把那个旧帐篷支上，作备用。”

“我们还要挖一个地牢，留着关囚犯。”

“小布莱基特也要来，还有妈妈。”

“弗林特船长为什么不来？”

“我们也会把他请来的。我们还会让玛丽·斯旺森来。大家都会来。快点，皮特鸭提醒我们鹦鹉现在很孤单，而且我们还要烧水呢。”

他们沿着小溪边快速赶路。

“现在我们应该离鳟鱼湖不远了。”罗杰过了一会儿说道。

“应该是，”提提说，“而且那边没有去营地的路。”

他们继续走着，有时候走在小溪的这一边，有时候又在另一边走，不过他们总是离小溪很近，彼此也跟得很紧，因为在雾里也就只能看到一两码那么远，况且他们都不愿意让小溪在眼前消失或者对方变成一团灰影，而不是一个实实在在的人。溪水周围的石头开始多起来，水流的声音也变得更响亮了。它不再像是沼泽地里的涓涓细流了。虽然提提和罗杰只要纵身一跃就可以跳到对岸，无论如何，现在它是一条真正的溪流。水流的声音更大了，仿佛更加湍急，不过还是没有到鳟鱼湖。

“我们一定是朝右边走得太多了。”罗杰说。

“它一定就在附近。”提提说。

突然，他们的兴奋瞬间化为乌有。

“快看，”走在前面一两码远的罗杰说，“对面有一棵树，我要跳到对岸去。”

“没有树呀。”提提说。

“我能看到它，很大的一棵。”罗杰说完后，跳了过去。

他落地的时候感到一阵疼，痛苦地叫了一声。他的左脚在两个石头之间滑了一下，然后绊倒在地上。罗杰想要挣扎着爬起来，不过随着另一声呻吟，他又跌倒了。

“你受伤了吗？”提提问道，她也跳了过来。

“嗯，很疼。”罗杰说。

“伤得严重吗？”

“嗯，我爬不起来了。树就在这边，你看看。”

如果罗杰脑子里想着什么事情，他是一定要讲出来的。他在跳之前就一直在想这棵树，现在他倒在小溪旁，还在想着它。提提抬起头来向上看。

他们上方有一棵高高的松树像灰色的鬼影一样矗立在白雾中。提提差点和罗杰一样被绊倒。

“沼泽高地是没有树的，”她说，“沿着燕子谷的另一边一直到斯旺森农场的树林里才会有树。”

“不过这棵树就长在这儿，”罗杰说，“哎哟。”

“你伤到哪里了？”

“是我的脚，我想骨折了。”

“可怜的罗杰。”

“现在也没有巧克力了。”

“但这不是我们的树林，燕子谷小溪从鳟鱼湖流下来要比这个宽两倍，靠近树林的时候更宽。这不可能是我们要找的那条小溪，我们已经沿着它走了好几英里了。”

“我的脚现在动不了。”罗杰说。

“可怜的罗杰，”提提在他身边跪下，又说了一遍，“我帮你把脚拿出来，忍着别叫啊。”

罗杰坐直了身体，等着剧痛的来临，他的身体因为害怕几乎变得僵硬起来，可是他并没有感到疼。还没等到提提反应过来是怎么回事，一只鞋子从提提的手中滑落了。

“我觉得没有骨折，”提提说，“试着动一动，就动一点点。”

罗杰刚动了一下就感到一阵疼痛，仿佛有人正拿着发热的烤肉叉子从他的脚踝穿过。“啊，很疼，”罗杰呻吟道，“我不想再动了。”

“试着把它放到水里。要是大副在这里就好了，她一定知道该怎么办。不管怎样，你得先坐到你的背包上去。”

罗杰沿着石头慢慢把脚滑过去，然后小心翼翼地伸进小池塘里。

“好冷，”罗杰说，“不过感觉好多了。”

“真希望我们知道现在在哪里。”提提说。她把罗杰的背包取下来，放在地上，这样罗杰就可以坐上去了。她知道要是苏珊在的话，她马上会想到这一点的。

“我们都没有错，”罗杰说，“都是雾气惹的祸。嗨，快看那棵树，它在呼吸呢。”

真的是这样。虽然树干没有动，但是松树垂下来的叶子在雾气中慢慢地上下摆动。

“你听！你听！”提提说，“终于起风了。”

四周白色雾气后方的树木顶端传来一阵微微的风声。

“还有另一种声音。”罗杰说。

提提也仔细地听了一下，一阵“砰砰”声传过来，那是斧头的声音。“是樵夫。”她说。

“噢，”罗杰又叫了一声，“没事，刚才我转身有点快，脚已经不疼了。雾气正在慢慢散去，可以看到更多的树了，哇，好多树，我们在哪呢？”

提提舔了一下手背，然后举到空中，感觉一下风是从哪边吹来的。

“风从这些树的另一侧吹过来，看吧，雾气都消散了，我说过它会散的，要是我们再等等就好了。”

提提和罗杰发现自己在一个很陌生的地方。他们在沼泽地的边缘处，身后的沼泽在薄雾中向远处伸向远方。前方是一个大斜坡，他们可以望到长在几码之外的树的顶端。指引他们走到这里的小溪向下流到树林里。他们能看到下方的田地还有远方溪谷边上的树林。

“湖在哪里呢？”罗杰问。

“那没有湖，”提提说，“这不是我们的溪谷。”

“但是鳟鱼湖肯定在那附近的某个地方。”

“它不在那儿，这些山也不是里约港或者鲨鱼湾的山。”

雾气向高处慢慢消散，所以矮山首先显现出来，然后是高一点的山峰，最后露出一片天空。不过在有一个比这里稍微高一点的地方，虽然雾气也慢慢退去，但是除了黑色的石头和石南灌丛，什么都看不到。雾气飘得越来越高，但是还是没有看到那里的天空。

“那边有一座山，”罗杰说，“肯定是一座山，但迪克森农场后面没有什么大山。”

雾气终于消散了，虽然现在还看不到山顶，但是他们看到被大山隔开的两片天空了。随着雾气沿着山峰逐渐上升，这两片天空慢慢靠近，最终在高处汇合到一起。现在山顶上已经没有雾了，罗杰和提提一起喊了出来："是干城章嘉峰！"

"指南针并没有出错，"提提说，"小溪流的方向是相反的。"

"而且我们也跟着走错了。"罗杰说。

"我们一定是一直向右走，最后转了一大圈。"她把指南针打开，放在地上。

"那我们怎么回去呢？"

提提很想调转方向，沿着小溪向上走到沼泽地，也许没有雾气她就可以看出来到底是哪里出了错，或许还可以找到之前放好的路标，这样到燕子谷的时间也不至于太晚。

但提提马上改了主意，这根本无法实现。罗杰现在动不了，而背着他走又不可能。即使她能背得动，也不一定能找到松果，况且要是再遇到雾气情况就会更糟。如果换做是苏珊，她会怎么做呢？那就不会有现在的疑惑了。虽然提提不愿意放弃，但是她知道目前她能做的只有一件事，那就是向土著人求助，可是她会遇到什么样的土著人呢？

"砰砰砰。"她听到下面树林里的斧头声了，她下定决心后，回头对罗杰说：

"我要下去一趟。"

"但是我不能动。"

"你得在这里等着，我去找人帮忙。"

"我一个人在这儿？"

"罗杰，我现在把皮特鸭借给你。我不在的时候有皮特鸭陪你。我必须下去找那些樵夫，皮特鸭也认为该这么做。"

"你留下来，让皮特鸭去找那些樵夫吧。"

"他可能不懂当地的语言。不行，我一定得去一趟，没有别的办法了。"

"可是我不想被扔在这里。"

"罗杰，"提提严肃地说，"你要记住，现在你已经是一名见习水手了，你已经不是最小的成员了。"

"我当然不是啦，"罗杰说，"还有小布莱基特呢。"

"好了，你明白我的意思了，我们剩下的时间不多了。按道理我们现在应该已经回去了，天马上就要黑了，而且从昨天早上开始鹦鹉就一直待在黑暗中。"

罗杰给自己打了打气，说道："我不害怕，雾气都已经消了。"

"这么说你一人可以？我会尽快赶回来。"

"好的。"罗杰说。

"我的包里还剩下一块巧克力。"提提从包里取出来给他。

"我会等到很饿的时候才吃的。"罗杰说。

提提把她的背包放在罗杰旁边。然后开始向森林走去。

望着提提远去的背影，罗杰突然感到自己不像刚才那么勇敢了。他几乎要叫住她，但还是忍住了。他想学一声猫头鹰叫，这样证明他还是一个什么都不怕的水手。但是转念一想，提提也许会误解他的意图，以为罗杰是想让她回来。她会回来的，但是那么做根本没用，提提还是会再出发的，还不如老老实实地坐在那里准备应对一切突发情况。比方说有熊来了，看起来这种森林会有熊，再比如说狼来了。但是无论是熊还是狼都丧失了最佳的进攻时机，因为已经没有雾了。如果现在雾气还没有退去，它们就可以趁着提提和罗杰在雾里摸索时偷偷潜伏在身边，然后在他们没有防备的情况下扑上去。它们甚至都不用叫出声来，等我们反应过来时它们已经把下巴伸过来了。这真是一种不太好的设想啊，既然雾气已经消退了，突袭几乎是不可能发生的。不过罗杰还是捡起三四颗石头放在身旁，以便在他需要的时候随时都可以抓起一颗。

他看了看那只受伤的脚，好像疼得没有那么厉害了。很奇怪，如果有人在身边担心他，脚就疼得受不了，一个人的时候反而没那么疼。不过现在还是蛮疼的。移动脚的时候罗杰想起了走在刀刃上的美人鱼。他想如果自己是美人鱼的话，即使没有腿走在沙滩上也不会害怕。他用手支撑着，慢慢抬起身子，然后又放下。罗杰要想挪得远一点的话，需要很长时间，但是很高兴他不需要这样做。罗杰给自己做了一个很舒服的窝，把两个背包铺在地上，然后躺在上面，伸长了身子，石头放在他可以用手够着的地方，溪水也很近，他可以用手捧着水喝。他想过挪动可以让屁股磨得轻一点，毕竟这跟他在燕子谷玩"立即撕破"时的经历相比根本算不了什么。玛丽·斯旺森上次用结实的布料给他补裤子时说过："你至少得再去滑上一两次，才有可能再磨破。"可惜，想到这些让他感到有些伤感。现在他的脚不能走路了，即使他的裤子不是斯旺森补的而是用皮革做的，他也不能在"立即撕破"上滑着玩了。

罗杰又看了看受伤的脚，有点发紫，心想自己一定伤得不轻。但是很快他就发现其实不是这样的。动一动脚，马上会感到疼痛，但他知道自己伤得并没有那么重。罗杰想起有人因为疼痛而晕倒的故事，他很纳闷他们那样的事情是如何发生的。他的身体向后仰，一株石南花触到他的后背上挠得他发痒。得找个平坦一点的地方再晕倒，他想。他扭来扭去，直到找到一个比较舒服的姿势躺下来，但是等他双眼紧闭，慢慢地调整好呼吸，准备晕过去的时候，令人意想不到的情况出现了。前天早上因为要去亚马孙河，他起得很早，今天早上在半山腰野营时也早早就醒了，从那以后发生了很多事情，他还没来得及仔细回味一下就进入了梦乡。

第三十章 懂医术的人

“砰砰砰”的斧头声越来越近，提提放慢了脚步。她从树林中陡峭的山坡上快步走下来，抓住一棵棵树来保持平衡。马上就要到声源处了，所以她得表现得更像是来到一个陌生地方的探险者而不是一个找医生的人。受了伤的罗杰正躺在沼泽地边上，时间很紧，但提提还不能就这样走向那些土著人，她得先搞清楚他们是否友善。她尽量小声地走在干草叶和落下的树枝间，但很难做到，因为无论是橡树、山毛榉还是花楸，当然尤其是榛树，它们的树枝都好像是故意要发出声响似的。四周除了几棵年代比较久远的树比较巨大，剩下的大多数都是矮矮的、茂密的小树，就算是一个身材矮小、身手敏捷的水手走在上面也难免会发出声响。不过她正前方的树木刚刚被清理过了。这里绿树叶不像原来那么茂密，提提终于看到了那个一直在砍柴的人。她听到“砰”的一声，接着又一声，树木就“咔咔”地断了。那人没有砍大树而是忙着捣鼓一些小树。看起来不能抱太大希望。那声音听起来像是有人在烧炭，提提悄悄地趴在空地的边缘观察着。

小溪旁边有一块平坦的地面，好像一块平台似的。地上摆着一捆用作柴火的木头。每根木棍大概一码长，以中间为圆心向四周摆开，木棍堆成圆圆的一堆，大概有三四英尺那么高。木堆和小溪之间有一些切好的泥土块。提提知道它们是用来做什么的，去年她看到烧炭翁把木头点燃了，然后盖上一层土块，这样火势就不会太猛。她还看到，他们只要发现火苗有钻出来的趋势，就用土块堵住每一个小孔，这样就把火围在里面了。在烧完一半的柴堆另一旁，提提发现了烧炭翁的小房子。由于小房子离树非常近，要不是提提刻意去寻找，她是不会发现的。这是一个由长杆撑起来的穹隆形小屋，杆较粗壮的一端插在地里，细的一端在空中汇合。屋子的前面有一个黑色的水壶正架在小火堆上的三脚架上。原本藏在雾气中的太阳现在正落在干城章嘉峰旁的矮山附近。提提从树间向外探望，阳光射到她眼睛上，有一段时间，她只能听到烧炭翁的声音却看不到他。后来砍柴声停了下来，从柴堆的另一端走过来一个有点驼背的棕色皮肤老人，他拿着一捆柴火，扔进正在烧水的火堆中。

提提兴高采烈地跑了出来，因为她认出这个老人是两个“比利”中的一个。去年在湖边树林里生火时“比利”们还向他们展示小蝰蛇呢。但是她不确定眼前的这位是大“比利”还是小“比利”。

“嗨，小姑娘，”老人说，“我们刚说到想再见见你们呢，其他人呢？”

“只有我一个人在这里，”提提说，“不过罗杰正在上面沼泽地里的树林那儿，他的脚受伤了，我得想办法把他带回家。”

老人又看了看提提，提提以为他没听明白。

“我们在雾中迷路了。”

“嗯，”老人说，“我也觉得是这么回事。是不是他走得很快？雾很大？就算是大人遇到大雾也会在树林里迷路的。我有一次在猎狐狸的时候也迷了路，三天都被困在树林里。那大概是五十年前的事情了。罗杰是那个小男孩，对吧？你把他扔在哪了？树林里的高地上？小溪旁边？我们得马上回去看看他。”

他走到空地的边上，把 只手放在嘴边，朝着树那边喊着：

“水已经烧上了，”他又喊了一声，这次比提提预想的更响亮，“我把水烧上了，过来一个人看着它，我出去一趟！”

“好的，比利！”下面很远的地方传来一个声音，提提第一次听清下方的声音，有锁链经过滑轮发出的当啷声，马儿的脚步声，还有重木材发出的“嘎吱嘎吱”的声音。

“那是什么声音？”

“是搬木头的声音，”老人说，“有少量的大木头需要运走。你会看到它们一直被运到湖那边，想跑下去看一眼吗？”

“我得回去找罗杰。”提提说。

“看来我真是老了。”比利说，“我忘了那个孩子了，好吧，我们快去吧，小姑娘，看看我们能为他做点什么。”

老人和提提穿过树林往沼泽地上爬去。

“啊，听说你们回到斯旺森农场的树林里了。去年大家还纷纷议论你们是怎么找回特纳先生丢掉的东西的，不过听说今年你们的船出了点问题。”

“船是沉了，但这不能怪约翰，”提提说，“谁都可能碰上这种情况。况且燕子号马上就要修好了，它会焕然一新地出现在我们面前。新桅杆也做好了，只要燕子号一回来，我们就马上回到野猫岛去。”

“还有布莱凯特家的姑娘们，”老人说，“老特纳小姐还在贝克福德，我想你们和她们见面的机会不是很多吧。”

“她已经走了，”提提说，“南希和佩吉今天晚上要和我们一起野营。我们要在他们到营地之前把火点上。但是后来我们遇到了大雾，罗杰现在也……”

“别担心，小姑娘，”比利说，“或许他们也遇到了雾，在水上耽误了一段时间呢。”

这真有可能，提提想。也许他们现在还没有到达燕子谷，她和罗杰也许会先到那儿。提提看了看老人，终于下定决心问他一个问题。

“我希望您不要介意，”提提说，“您是老比利还是小比利呢？是不是小比利有小蝰蛇？”

老人大笑起来。

“你记得那个呀？哈哈，你看到的是我的小蝰蛇，我是小比利，老比利是我爸爸。”

“那他在哪里呢？”提提问，“他是不是在你说的运木材的那个地方？”

“不是，”比利说，“事情是这样的。在比格兰地那边有一个猎犬追踪比赛，就是类似那种的比赛，后来我父亲听说老吉姆·波斯尔思韦特也要去那里，自以为会成为最年长的老人，实际上老吉姆·波斯尔思韦特不过八十九岁，而我父亲去年年底的时候就已经九十四岁了。‘我可不想被一个年轻的小伙子打败。’我父亲说，所以他今天一大早就出发了，穿过树林，晚上去我一个侄子那里落脚，我那侄子还要向他介绍他的一群孙子呢。”

小比利自己也过七十岁了，他的孙子也比提提大得多。等他们爬上树林的时候，提提已经累得上气不接下气了，比利却显得没那么累。

他们快到上面时，提提用尽剩下的力气学了一声猫头鹰叫，这样罗杰就知道她带着帮手回来了。

但是没有人应答。

“这个吹得不好。”提提说完又吹了一声。

这一次他们听到了一声响亮的猫头鹰叫声从上面很近的地方传过来。

罗杰躺在那儿本来想尝试因为疼痛而晕过去的样子，结果睡着了，此时他已经醒了过来。提提又叫了一声，罗杰很快就看到她和老烧炭翁从树林里走出来。

“嗨！”罗杰喊道，“是比利们！”

“只有小比利。”比利笑着说，要不是爸爸比自己还要老，单看年龄他也应该被叫作老比利了，“好了，小伙子，别动，我来看看你的脚。有点肿，骨折了吗？”

“可以扭动，”罗杰说，“没有原来那么疼了，但还是很疼。”

“没什么大碍，”比利把他的脚举起来检查之后说，“需要敷点药。小姑娘，你帮忙抬他的那条腿，我负责这条，我们得把他举起来，慢点，稳一点，好的。”

罗杰现在一只腿站在地上，提提和比利扶着他。

“现在，你可以松开那条腿了。”比利说。

“哎哟。”罗杰呻吟了一声。

“把腿抬起来吧，”比利蹲下来说，“用手紧紧抓住我的肩膀。”比利把罗杰从地面上背起来。

“你一点也不沉，还不如我背过的柴火沉呢。感觉怎么样，小伙子？”

罗杰趴在比利的背上，比利把他往上推了推，走进了溪水旁的树林里。提提拿起两个背包，把指南针放在里面，然后匆匆跟上。

等他们到了那个柴火堆和比利小屋所在的空地时，看到另外两个年轻的土著人。他们在火堆旁忙碌着，拿着壶向杯子里倒茶，然后把一个绿瓶子里的牛奶倒出来。

“发生什么事了？”其中一个人抬头问道。提提马上认出来他是玛丽·斯旺森家的樵夫。这就是他运圆木的地方。她之前听到的马蹄声，可能就来自她和罗杰发现燕子谷那天看到的那三匹大马。从那天起，他们正是沿着那条通向湖边的路进行探险的。

“没什么大事，”比利说，“这个小男孩的脚扭到了，涂上蕨丛药膏后就会好的。孩子，你用一条腿支撑着站起来，另一条腿举起来。杰克，过来搭把手，扶着他躺下来。”

在两个年轻樵夫的帮助下，罗杰舒舒服服地躺在火堆旁。他抬头望着这些土著人，然后又望了望比利的房子。现在他在想是不是有机会看到他的小蝰蛇。

提提看着比利出去找去年的老蕨丛叶子。回来后，他把一大把叶子缠在罗杰的脚上，然后用壶里的热水浸湿一块红手绢，又在叶子的外面绕了一层。

“但壶里还煮着茶呢。”提提说。

“对好茶来说，倒进或者倒出一点水算不了什么。现在，你们最好也喝点茶吧。”

他掀起麻布袋做的门帘，走进他的小屋里，拿出两个大壶，一个给自己，另一个给罗杰和提提。而这个壶正是他父亲大比利的。玛丽的樵夫从他的绿瓶子里倒出一些牛奶，于是他们坐在一起，开始喝茶。樵夫说难怪提提和罗杰会迷路，雾那么大，都可以用斧头砍成一块块，用来砌墙了呢。

在雾里迷路后，能坐在安静的树林里，和一个懂得医术的人以及其他友好的土著人一起喝茶，是一件很快乐的事情。要不是提提想起苏珊和其他的伙伴们会在燕子谷里为他们担心，提提会很享受这样的时刻。时间正在流逝，太阳已经开始落山了。她必须得让一个土著人告诉他们走出沼泽的路，但是罗杰怎么办呢？他只能用一只脚走路，另一只脚被红手绢缠着，不能接触到地面。

“罗杰要等多久可以出发？”提提问。

“他今晚不能走动。”比利说，“今晚得住在我这儿。你明天早上过来接他吧。你可以跟布莱凯特家的姑娘们说罗杰和小比利住在希尔德树林里。她们明天早上就会把你带到这里。孩子，你不介意今晚和我一起住在这里吧？”

“住在那个穹隆形的屋子里吗？”罗杰问。他高兴得差点跳起来，但是立马想到自己的脚还受着伤，最好不要那么干，“和你一起住在里面吗？是真的吗？我确定苏珊不会介意的。”

提提有点迟疑，但是现在最重要的事情是让苏珊和约翰知道罗杰没事，这一点她还是十分确定的。老人在给罗杰上药的时候他都没有吭一声，看来治疗的方法很合适，这种原始的药膏是用药草做成的，像蕨丛一类，或许还施了魔法。于是，提提站了起来。

“从沼泽地穿过去是不是要走很远？”她问。

比利正在和玛丽的樵夫讲话：“那里有两条路。小伙子现在得待在这里，小姑娘得回去跟其他人报信。对一个陌生人来说，从这边穿过树林的路不好走，杰克，你把她带过去吧，她从斯旺森农场过去就很近了，你也可以在那里歇歇脚。嗯，玛丽·斯旺森是一个不错的姑娘，将来一定是一个很好的太太。”他说完后大笑起来，樵夫的脸红了，也跟着笑了出来。

“欢迎你，小姑娘。”他说，“她可以坐在圆木头上，马儿根本不会感觉到重量。”然后樵夫又转过头对提提说，“准备好出发了吗？我们今天晚上有点晚了。”

提提还没来得及和罗杰好好道别就已经跟着比利和两个樵夫走进了树林里。树林尽头靠近马路的空地上有一棵巨大的圆木支在一对大红轮子上，三匹大马拴在上面。

玛丽的樵夫把提提高高举起，放到了伸出车轮之外的圆木上。

“怎么样？”他问。

“很好，谢谢。”提提说。

“我们出发的时候一定要抓紧啊。”

另一个樵夫把马脖子上的饲料袋取了下来。

“你把她送到斯旺森的农场里，”比利说，“告诉玛丽，罗杰今晚在我这儿，明天早上就可以把他接走了。”

“真的太谢谢您了。”提提说。

“晚安，比利。”两个樵夫说，

“晚安，杰克。晚安，鲍勃。”

“我们出发了，小姑娘！”

提提以为杰克在跟她说话，这时，两个杆子之间的马向前一用力，走在前面的两匹马也跟着拉，提提在大圆木一端坐得高高的，仿佛坐在大帆船的船尾，从树林间来到了马路上。

第三十一章 穹隆形小屋里的夜晚

罗杰很确定他愿意和比利一起留在小屋中过夜。因为这是很多人梦寐以求的事情，就像是许多人都想象着自己能走在湍急河流上方的独木桥上，能在半路上遇到一只熊，树干被摇断后，压倒了大熊反而拯救了主人公一样。大多数人都偷偷在心里设想过类似的事情，但也知道其实根本不太可能发生。罗杰从来没想过自己会待在这儿。当他满怀希望地说苏珊不会介意他留下来的时候，他料想负责行程的一等水手提提一定会提出反对意见。但是后来由于樵夫急着要离开，比利建议他穿过山谷，沿着马路，把提提带到斯旺森的农场里，而提提非但没有反对，反而很高兴可以让罗杰待在一个安全的地方。比利现在去送提提和樵夫了。一切都发生得这么快，直到现在罗杰才意识到自己正在经历着一次新的、同时又无法中途退出的探险。

罗杰躺在火堆旁，望了望下方绿色的树木顶端，他看到干城章嘉峰在山谷的另一边耸入天际，在那里发生了很多不可思议的事情。早上他还在山顶上呢。罗杰想看看他们在半山腰野营时的那个小峡谷，可惜被一些小山挡住了。与苏珊、约翰和提提一起睡在露天的旷野，即使没有帐篷，也感觉是一件很自然的事情。这跟在一个老烧炭翁的房间里睡觉是两码事。他的年纪几乎和干城章嘉峰一样大，毯子底下的烟盒子里还时不时发出“嘶嘶”的蛇叫声。罗杰突然觉得在这种情况下，他很容易把比利想象成一个喜欢吃小水手的食人怪。当然，他绝不是那种人，但是他会忍不住那么想。不应该这样，他对自己说。现在已经没有回旋的余地了。一方面，他的脚受伤了，现在正敷着药，而且被红手绢绑得结结实实。另一方面，他也不知道要跑到哪里。还有，他知道比利父子是最友好的土著人。

当然想太多也无济于事，反而会让他越想越歪，最终很难再回到正确的道路上。他看了看小房子，看起来像是新建的。他们去年曾从燕子号上下来，爬到树林里看烧炭翁和他们的蛇，那时候的小屋跟现在不大一样。铺在圆木之间用来挡雨的苔藓还是绿的，但是有可能是在一个旧房子上面刚刚新铺了一层苔藓。“但是，这是一个不错的屋子。”罗杰自言自语地说，好像房子是自己的似的。

这时比利从树林里回来了。

“那个小姑娘现在很好。”他对罗杰说，“小伙子现在怎么样了呢？”

“我很好，谢谢你。”罗杰说。

“蕨丛是治疗扭伤很有效的药草之一。”

“这个穹隆屋是新的吗？”罗杰问道，“是你最近新建的吗？”

“什么是新的？”

“穹隆屋子，圆木房子。不是，这不是一个圆木房子，因为整个房子都是把圆木的一端支在地上架成的，而不是把它们在侧面横放着。而且它是圆的不是方的，我不知道还可以叫它什么。”

“人们一直叫它小屋。”老人说，“但有可能你说的那个名字更准确。这个屋子的确是既旧又新。人们去希尔德树林烧林子时，都会来这烧些木炭。一些大圆木可以坚持得久一点，但是小屋就不一样了，每次烧完之后都会有些损伤。我们有好几年没来这里了，要是我们不好好护理它，冬天的大风很容易把它损毁。所以就经常在旧圆木中添一些新的圆木，然后再铺上一层新苔藓，时间一长，旧的材料都差不多被替换完了，因此很难说它是个旧房子还是新房子，不过烧木炭的地方还是老地方，这一点毋庸置疑。”

罗杰想，对一个老烧炭翁来说，睡在树林里的穹隆形小屋里，睡在柴火堆旁边是一件十分自然的事情。而对他自己来说，夏天睡在这儿也是个不错的选择。所以他不像刚才那么担心了，这样一来，一切都变得简单很多了。

比利捡起斧头，继续把木棍砍成合适的长度，这样就可以把它们堆在那个圆圆的柴火堆上了。他把它们堆成一堆，然后把那些长度不合适的放在旁边，准备待会儿烧掉。罗杰躺在那里看着他，闻着水壶下面余火焖烧的香味。他很想睡觉，但是决定不说出来，除非比利自己先说。

比利一边砍柴，一边时不时地停下来跟罗杰讲话。他谈到自己的老父亲在比格兰地上可能会遇到的经历。他们也许会摔跤，罗杰问那是什么，比利跟他说真应该带他去见识见识。他说很多很多年前，自己和罗杰那么小的时候，他去看父亲跟别人摔跤，当时他们是为了赢得一个镶了点银扣子的腰带。然后他又兴致勃勃地讲起了自己摔跤的经历。说起这个，他挺直了腰杆，晃动着胳膊，搓着双手，嘴里还喊着罗杰听不懂的话，好像是关于“拦腰抛掷”，“把对手狠狠地抛到地上”，“没有抓紧对方”之类的东西。但是罗杰并没有告诉他自己其实没听懂，他把比利的话当作一首诗歌来听，他有一种感觉，那就是比利正沉浸在很久以前的往事当中，并且正心潮澎湃着。

比利突然停了下来，蹲下来说道：“那是五十年之前的事情了，但是我现在还是可以和他们一较高下的。”

此时，太阳已经落到干城章嘉峰的背面了，比利捡起那些砍下来的长度不合适的木头，扔到火堆里，然后用手擦了擦斧头，又在裤子后面擦了擦手。他问罗杰，晚餐吃个鸭蛋行不行。

罗杰说：“我从来都没有吃过鸭蛋。”

“母鸡下的蛋和它们一比简直不值一提，”比利说，“它们比肉还要好吃。爸爸去了比格兰地所以就留了一颗蛋给你，另一个我吃，这样我们晚上睡觉的时候就不会饿了。”

比利用木棍拨了拨柴火，火势渐渐旺起来。比利把提提和樵夫送走后，在回来的路上灌了一壶溪水，现在正放在火堆上烧着。他走进小屋里拿出两个很大的浅绿色壳的鸭蛋，和一把大勺子。然后把它们扔到壶里面。罗杰记得苏珊说过尽量不要在壶里煮鸡蛋，他准备问问比利这个问题，不过后来一想还是不要问了。不同的部落有不同的风俗习惯，而他对这个部落的了解实在是不多。

然后，比利从小屋里拿出很多毯子，抖了抖后，又送进屋去。接着他又进屋拿出一大块面包，用刀子切下来两大片。刚准备坐下，拍了拍大腿说：“糟糕，忘了带盐了。”于是他又去拿了一个装满盐的盐罐。回来后，比利把鸭蛋从壶里取了出来，向壶里放进一些茶叶后，放回火上。这种事情他从来没有见苏珊做过。

“因为父亲不在，我们两个有足够的牛奶喝。”比利说。

两颗大鸭蛋刚开始很烫，几乎不能碰。比利用毛地黄叶子卷起来，用勺子敲了几下后开始剥壳。他让罗杰照着做。等蛋壳剥到一半的时候，鸭蛋已经不那么烫了，剥另一半的时候就不用叶子包着了。这样，两颗鸭蛋就剥好了，蓝蓝的，就像是鸡蛋形状的矢车菊模型，马上就可以吃了。比利从蛋的上部咬了一口，然后就露出深橙色的蛋黄。罗杰也咬了一口，然后两个人几乎同时舔了舔蛋清上残留的蛋黄。比利咬了一大口面包，罗杰也跟着咬了一口。

“鸭蛋真是少有的好东西啊。”比利说着，往蛋上撒了一些盐。

“是啊，太好吃了。”罗杰说，“而且蛋黄很饱满。”

一会儿过后，比利开始准备晚上睡觉的东西。

“我想你需要一个枕头，”他对罗杰说，“父亲把他的外套带走了。”

“我可以把衣服装到背包里做枕头。”罗杰说。

“嗯，要是没有衣服你就会觉得冷的。”

“我昨天晚上就是穿着衣服睡的。”罗杰说。

“今晚你最好也盖上它们。”比利说，“我会往你的背包里塞一些蕨丛，这样就能给你当枕头用了。”

“来吧。”他说。几分钟后，比利把罗杰搀扶起来，几乎抱着他进了屋里。尽管罗杰的脚受了伤，但是因为屋门太矮，他不得不爬着进去，但爬的时候脚也没想象中那么疼。屋里挂着一个农场里用的灯笼，外面的天已经渐渐黑了，虽然柴堆被搬走了，但也有一点微光照进屋里。房间被地上的两块大圆木分成了三部分，两个床在圆木两边各占一部分，中间留出很狭小的空间，放了一个石头围的壁炉，但是炉里并没有生火。

“最近点着它太热了。”比利说。

门口左边的床是为罗杰准备的。毯子下面垫了厚厚的一层蕨丛，毯子上端放着罗杰的背包。

“躺下来吧。”比利说，“你躺下后，我用毯子把你包住，这样你会很暖和的。”

罗杰犹豫了一会儿。

“你的盒子里有小蝰蛇吗？”罗杰问。

“不要担心那个。”比利说，“它在屋里的另一边，不会出来的。”

“我可以看看它吗？”

"明天早上我会把它带出来。"比利说，"今天已经很晚了。"

罗杰枕着塞得满满的背包，舒舒服服地躺在毯子上。比利把毯子盖在罗杰身上，然后又给他裹了一层。

"这样就暖和多了。"比利说，"早上要是听到我拨弄柴火的声音，你不用起来。"

"你要走吗？"罗杰说。

"不，"比利说，"我会在离你很近的地方待着的。"

屋里充满各种味道，有蕨丛的味道，有从外面传进来的烧柴的味道，有新砍的木头的味道，还有头顶上方灯笼里发出的灯油的气味。比利抱着罗杰进来时碰了下灯笼，于是它开始绕着系在上面的长绳顶端左右摇摆起来。屋子的墙壁上也随之有了交替出现的灯光和黑影。罗杰数着房子里的圆木数量，但是灯笼以上的圆木隐藏在黑暗中，很难看得清。

外面传来一阵砍柴的声音，不是用斧头砍，而是用刀砍。比利一边在黑暗中的火炉旁砍柴，一边喃喃自语。是比利吗？也许是什么别的东西在那儿发出的声音。罗杰用胳膊撑着头，竖起耳朵听，砍柴声掺杂着咕哝声传了过来。那真是比利的声音吗？

"你在干什么？"罗杰忍不住问道。

咕哝声停了下来。

"你还没睡吗？"比利的声音传过来。

"没有呢。"罗杰说。

"我正在做一个拐杖。"比利说，"你明天早上可能想出去走走，那只受伤的脚在一两天之内最好不要着地。好了，现在赶快睡吧。"

"给我做了个拐杖？"

"嗯。"

躺在昏暗的灯光下，罗杰仿佛看到了朗·约翰·西尔弗[1]拿着鹦鹉，拄着拐杖在布里斯托尔酒馆里单足跳，在伊斯帕尼奥拉岛上笨拙地行走，为拐杖的一端陷在金银岛的地里而烦恼。提提有鹦鹉，现在他有了自己的拐杖。别说扭一次脚，

[1] 朗·约翰·西尔弗，《金银岛》中的独腿海盗。

就算是扭了上百次都是值得的。他什么时候才能穿过湖到达霍利豪威，就像一位老水手一样回到农场里，向妈妈、保姆还有布莱基特展示自己的拐杖呢？提提和皮特鸭又会怎么看他呢？

深夜，罗杰醒来时发现周围一片漆黑。屋子的另一边传来比利熟睡时发出的均匀的呼吸声，还有风吹过树顶发出的声音。挂在门上的帆布没有完全堵住门口，因为它的一角被风吹到了一边，罗杰从两脚之间看到一片蓝色的天空，天空中还挂着几颗星星。他想象着其他人在燕子谷野营的情景。他们一定不知道一条腿水手的故事，还有朗·约翰·西尔弗……可他还没有想完，就和旁边的比利一样进入了甜甜的梦乡。

第三十二章　湖上的雾

两位船长奋力划桨，小船飞快地通过章鱼泻湖进入了河的下游。他们穿过树林，经过贝克福德花园，昨天约翰还看到姑奶奶在那块草坪上用木棍指着雏菊。“向右拉，”佩吉大副说，“好了，收桨吧。”南希和约翰把桨收到船里，也就是贝克福德号里。船开进了船库，停靠在亚马逊号旁边。亚马逊号看上去已经装满了货物，有帐篷、支架、两个水袋、钓鱼竿，还有一些食物。

“把你们的东西搬上船吧。”南希船长说，“现在没有什么可以阻挡我们了，要是我们有出港旗的话，一定会升起它。”

“总之，我们随时都可以振奋精神、全力以赴，”佩吉说，“现在已经准备好了。”

约翰和苏珊的随身物品很少。他们把提提和罗杰的睡袋都塞到自己的背包里，所有的东西都吃完了，除了睡袋，就只剩下牛奶罐和水壶。幸亏是这样，因为船库的过道里还有一个大篮子和一个小木桶等着他们搬上船呢。

“干得好，厨师！”南希一边把小桶滚过来，一边喊，“我们把罐里的东西吃完后，她今天早上又把这个瓶子塞得满满的。”南希取出篮子里的东西，“姜饼。这是什么？上面写着从这边打开，噢，是苹果馅饼，还有一罐太妃糖。我可以听到它们在里面滚动的声音。太好了，还有她最拿手的蛋糕，就是黑黑的、黏黏的那种。”

“就是姑奶奶说消化不了的那种？”佩吉问。

“哎呀，她消化得了。”南希说，“她肯定在庆祝呢。你没看到今天早上姑奶奶一走出去时她是什么样的表情！”

等一切必备品都搬上船后，大家发现提提和罗杰从陆上走是一个明智的选择，因为再多一个人船上也容不下了，即使是最小的瞭望员，桅杆前也站不下。

“所有的东西都装好了吗？”南希问，“开船！约翰船长，在码头上推一下。佩吉，注意让船顺利开出去！”

亚马逊号从船库里被推到了河里，佩吉升起船帆，然后拿着海盗旗和其他升旗的工具，兴高采烈地爬到桅杆上。

“几乎没有风。”她望着垂在桅杆上的旗说。

“湖上的风会大一些。”南希说。亚马逊号慢悠悠地沿着河向下漂流。

即使到了湖上也没有什么风，船帆几乎都鼓不起来，海盗旗也飘不起来。因为罗杰不在船上，所以没有人喊着用船桨。风从南面或者西南面吹过来，岛屿北面的湖水仿佛一面穿衣镜，树木和岩石都倒映其中。撑着白帆的小亚马逊号慢慢地从河口爬出来，几乎都看不出它在移动。船头激不起一丁点儿浪花。

“我们吃些软糖吧。”南希船长说，“佩吉，小心苹果馅饼，你的胳膊肘差点把它压扁了。”

“谁来拿着馅饼，我来找软糖。”佩吉说。她挤过去，把苹果馅饼递给苏珊，然后舔了舔溢出来沾在手指上的果酱。然后她开始在一堆背包里翻腾，不一会儿，她翻出一个以前盛过咖啡的大罐子，现在罐子里盛的东西可比咖啡好得多呢。果酱饼被牢牢地放回了原位，罐子用船刀上的穿索锥打开了（也就是罗杰去年在野猫岛上捡到，然后还给了它的主人的那把）。罐子里装着软糖，最上面的一层放着一个小纸条，上面写着“来自厨娘的爱”。

“厨娘真是太好了。”南希说，“我们留着这张小纸片吧。”她从纸上撕下一块，扔了出去，纸屑慢慢飘到船尾。

“我们现在行驶得很顺利，”她说，“过一会儿，风就会大起来的。”

其他人一边嚼着软糖，一边看着那个飘在空中的纸片。南希不再盯着它看了。她正尽量利用仅有的一点风让船动起来。但是风实在是太小了，甚至都判断不出来它是从哪个方向吹来的。亚马逊号慢慢地挪动着，大家在吃第二颗软糖的时候，小小的纸片还飘在能看到的范围之内。

不过他们用不着赶路。因为姑奶奶不在家，南希和佩吉终于体会到其他人第一次从霍利豪威湾出发时的激动心情。真正的假期就要开始了。约翰和苏珊盼望了一整年，要跟亚马逊号海盗们分享他们的探险经历，现在终于有这个机会了。再过一两天燕子号就修好了，他们就可以乘着它去北极，或者去其他地方旅行。今天，亚马逊号海盗们第一次不用为按时回家吃饭而担心了。每个人都怡然自得地在湖上漂着，等待着起风的时刻。

过了很久，终于起风了，此时他们已经吃了不少软糖。风儿吹着船儿稳稳地驶向湖的东岸，现在他们正向左舷方向航行。等他们到达湖中央的时候，阳光已不像刚才那么强烈。佩吉觉得冷，约翰和苏珊闻到空气中有一种似曾熟悉的味道，但他们搞不清楚那到底是什么。

“我知道了，”约翰说，“像是河道里的雾气。”

“是的，”苏珊说，“就跟那天和爸爸在法尔茅斯[1]遇到的一样。”

“当时我们要去找圣莫斯。”

“灯塔看起来就像是在哞哞叫着的奶牛。”

“那不是河道的雾气，”南希说，“是这里的雾。看！它正向那些岛上飘去呢。”

“小山消失了。”佩吉说。

“我看不见那些小岛了。”南希说。

“也看不到岸边了，”约翰说，“不，它又出现了，在那儿呢！现在又看不到了。”

过了一会儿，雾气太大了，他们都看不清楚整条船。好像这雾不是空气，而是厚厚湿湿的棉花，棉花下面还有一个冒着蒸汽的大圆盘。

“糟糕！”南希说，“大家不管看到什么东西都要说出来。”

“我最担心提提和罗杰在岸上是不是一切顺利。”苏珊说。

“我们这样来来回回地漂浮用了很长时间。”佩吉说，“他们很久之前就出发了。提提急着赶回去和鹦鹉玩呢，以弥补昨天对它的冷落，他们现在应该已经到了吧。”

---

[1] 法尔茅斯，英国一个港市。

“希望他们能想到给自己弄点东西吃，别一直等我们。”苏珊说，“我告诉过他们把水烧上。”

“罗杰一定会去找东西吃的。”南希说，“你不用为这个担心。”

他们在白色的雾气里慢慢漂着。南面的某个地方传来一阵轮船的汽笛声。然后渐渐停止。

“他们应该是停下来了。”南希说，“没人会在这样的天气里开船。那是什么？”

这时远处传来了摩托艇的声音，而且离他们越来越近。

“真希望我们有个雾角[1]啊。”

但是还没等他们来得及喊出来，那艘摩托艇就从他们身边呼啸而过，而且渐行渐远，汽鸣声也变得越来越小了。

“就这样，”南希生气地说，“这么急着回家，真是一群傻子。只想着自己，从来不顾别人。”

然后他们听到了说话声。

“最好上岸去烧点水。”

“水面上的雾这么大，我们什么都做不了。”

接着传来船桨在桨架上划动的声音。

“是渔夫。”佩吉说，“他们要上岸去沏茶。”

“那个摩托艇离开时溅起了很大的波浪，根本看不出我们的船是否在动。”南希说，“好了，大家闪一下，我们要转向了。注意你们的头。”

船员们听到后都把头低下了，可帆下桁过了很久才转过来。大家抬起头后发现，它正在缓慢地转动着，而亚马逊号则在摩托艇留下的水波中慢慢地掉头。南希船长很不耐烦地转动方向舵调整船的航向。

“都是因为没有风。”她说，“亚马逊号转向的动作是相当漂亮的。当然，在这一潭死水的湖面上就别指望能看到了。”

转动方向舵后，亚马逊号终于开始动起来。也许是由于两位船长和两位大副意志坚强，船儿开始慢慢向里约港方向航行。一定是他们的意志感动了船儿，因

---

[1] 雾角，用来在雾中警告船只的号角。

为现在大家用手背根本感觉不到一点风，即使舔湿手背，都试不出来，但是船儿依然向前移动着。佩吉把写着“来自厨娘的爱”的另一片纸扔在船中央，它慢慢地移向船尾，一会儿过后又到了离方向舵很近的地方。

“如果现在风很大，”约翰说，“雾气也很重的话，那我们的境遇就跟去年在黑夜里航行的情况是一样的。当时里约所有的灯都熄灭了，到处是黑压压的一片，我想用指南针找到方向，但是根本就没用，我都没有办法把指南针放稳。”

“真见鬼！”南希说，“带着指南针干吗不用呢！我们也有一个指南针，虽然不如你们的好，但总比没有好得多。它就放在我的背包里。佩吉，把它拿出来吧，递过来。”

“我们现在是不是在往回走？”苏珊说。她看了看那块纸片，原来向后飘，现在已经飘到靠近船头的地方了。

“把船底垂直升降板升起来！”佩吉刚把指南针递过来，船长南希就命令道。

“升起来了。”约翰船长说。

“用金属钉固定住，这样它就不会滑回去了。佩吉，你给他示范一下。把船帆放低。这样等下去不是办法，我们现在就划船，利用指南针去马蹄港。”

“我来划。”佩吉说。她按照吩咐把帆桁降下来，放到船里。

“我们轮流划。如果没有风的话，要划很长时间的。”

划船可不是一件容易的事，一方面，帆下桁有点碍事，另一方面升降板的两边都放满了东西。有睡袋、背包和卷成一大卷的亚马逊号海盗们的帐篷，更不用说像苹果馅饼那种小东西了。划桨的人根本没有办法好好划，不过就像南希船长说的，他们也不用划得太好，因为他们压根就没想着让小船溅起像摩托艇那样的浪花，那种浪花足以淹没一个小岛了。

苏珊走到前面去维持平衡，她坐在桅杆前的货物那里。佩吉尽全力划桨。南希手握着指南针，通过观察指针判断船航行的方向，虽然那只是一只袖珍的侦察指南针，但还是很有用的。约翰一边把握着方向盘，一边观察着南希的手势。

“我们现在正在向东南方向前进。”南希说，“现在应该穿过大半个湖了，接下来我们会到达东岸。然后就能知道该怎么穿过那些岛了。如果我们在里约港的另一面，很容易就可以穿过去。苏珊，你得好好瞭望，我必须盯着指南针，而约翰要盯着我。”

“是的，长官！”苏珊开心地接受了命令，仿佛这一刻变成了罗杰。

佩吉用力划桨，南希的手一会儿指向左边，一会儿指向右边，示意舵手把握方向。苏珊尽量透过雾气观察周边的情况。大家只能听到亚马逊号下边的水流声，船桨溅起的水花声，还有船桨和船架摩擦发出来的声音。

“快看，是树。在左舷船头那边有树。”苏珊和约翰不约而同地喊出来。

“佩吉，你这笨蛋，不要东张西望的。”南希船长说，“当我们当中的一个人在划船时，你就得充当瞭望员的角色，我觉得我们就要穿过去了。”

几码远的地方有一些灰暗的树形轮廓，像鬼影一样。

“我们就沿着岸前进。”南希说，“我觉得我们马上就要遇到熟悉的东西了，一棵树或者一个船库什么的。”当船儿慢慢划过去的时候，她盯着昏暗的树影说。

约翰握着船舵，使周边的树木始终保持在视野范围之内，这样就可以保证船身和岸边有十到二十码的距离。

“这一定是个很深的湾，”他说道，“我好不容易才把握好舵盘。”

南希又拿出指南针，看了看。

“等等！”她说，“我们刚刚一直向偏北方向航行。这应该是群岛中的一个，我们在绕着岛上的树转圈。”

两位船长羞愧地对视了一下。

“某人应该一直盯着指南针看才对啊。”佩吉说。虽然她的语气里有些抱怨，但南希船长也无话可说。

“现在在向哪个方向行驶？”约翰船长问。

“又转向东南方向了。”南希船长说。

船转过去，看不到树木之后，就像是扔出去的绳子一样，再一次被孤零零地丢在了白雾之中。但总是围着一个岛划来划去毫无意义。南希又看了看指南针，约翰望着南希的手势开始掌舵，佩吉划船，苏珊想透过雾气尽力看清前方的路。

突然，他们听到前方有人在讲话。

“我向上帝发誓，它开得很快。”

“是呀。”

“那边是什么？”

他们看到几个人影在浮动码头上晃动。

“那边是什么？什么船？”

“是一只叫‘亚马逊’的船。”

“雾很大，最好靠岸。”

但亚马逊号已经沿着岸边驶过去了，那几个人影还有浮动码头却消失不见。

“我们走的路线没错，”南希又充满信心地说，“这边有一块田地，所以我们看不到树，等我们看到树的时候就到里约湾了。然后我们就可以沿着凸出的码头绕着岸边行驶，或者，更妙的是，我们可以在湾口直接向南行进。这样就能到达造船厂那儿了。”

“他们在哪里修燕子号？”

“对了，我们在路上要当心‘母鸡’和‘小鸡’，湖水这么浅，应当很容易看到它们，不过得开慢一点。”

“你说的是岩石吗？”

“是的，‘母鸡’是一块大石头，它就在湾中央鸟儿戏水的地方。‘小鸡’是一块小石头。”

“这里有树。”苏珊说。

“大家注意，现在不要划得太用力。”南希说，“苏珊，集中精力观察周围的情况，岩石就在湖面上。”南希看了看指南针，然后指向南方。

树木被甩在了船后，前方的视野一片模糊，除了厚厚的、像羊毛一样的白雾和油油的水面，什么都看不清。

“在左舷船头方向有岩石。”

“好的，大副，我们会处理好的。”约翰对佩吉说。佩吉举起船桨，等待命令。然后她又接着划，那块岩石也被甩在船尾的大雾中了。

“刚才就是‘母鸡’了。”南希说，“现在要注意‘小鸡’。”

不过他们并没有遇到“小鸡”。“正前方有浮标！”瞭望员喊道。

约翰向左转舵，他们从漂在水面上高高的浮标旁边划过。

“我们没有遇到‘小鸡’。”南希说，“浮标是两块岩石南边的航道标志。听，那是什么声音？”

水面上传来锤子的敲打声，小汽油发动机的“轧轧”声，还有圆锯“嗖嗖”割着木板发出的声音。

“是造船厂。”约翰说，“我和弗林特船长之前就待在这里，我们去看一看燕子号吧。”

“绝对不可以，另外两个人正在燕子谷等着我们呢。”苏珊说。

佩吉继续划船。

前方停泊着的一艘赛艇挡住了他们的去路。

“是波利安号。”南希说，“它就系在码头旁边。我们马上就能看到了，在那儿呢！穿过去！成功了！现在就好办多了。佩吉，我们来交换一下位置，我来划船。”

现在约翰拿着指南针，由佩吉掌舵。他们一直沿着岸边行驶，到霍利豪威湾的入口处时，透过茫茫的雾气看到了高高耸立的达恩峰峰顶。

“现在我们要穿过湖去。向西南方向航行。”

“南希船长，你来拿指南针吧，这是你的船，最好是由你来指挥，我来划船。”

船儿又到了几个不同的地方。驶过达恩峰后，熟悉的事物被甩在了身后，他们进入到一个陌生的世界，唯一确定的东西就是南希的袖珍指南针上那一直指向北的指针。约翰像个发动机一样，有节奏地划着船，南希盯着指南针，佩吉一边掌着舵，一边观察南希的手势。虽然他们看不清方向，但是还是划了一段距离，现在他们唯一要做的事情就是一直前进，直到抵达马蹄港。约翰继续划着船，他们惊奇地发现自己已经到了鸬鹚岛和陆地之间的狭窄河道。由于一直盯着船另一侧的岸边，他们一直到了布满岩石的鸬鹚岛跟前才发现它。小岛上，那些落在树上的鸬鹚也被吓了一跳。无论是燕子号还是亚马逊号上的船员们，都没有这样近距离观察过它们。不过，佩吉说它们在雾中的轮廓看上去很模糊，所以它们应该是在一百码以外的地方。

当模糊不清的鸟影随着隐隐约约的树影、岛屿一起消失不见时，船儿激起的一波涟漪出现在雾中。突然，他们又看到了岛屿，看到了岸边的树木、马蹄港的海岬、野猫岛一侧的湖面，还有树林和湖岸上的小山。雾气慢慢上升，约翰让船停了一会儿。等雾气随着风儿逐渐散去时，他们回头望了望里约湾旁的小岛。真的难以相信，在能见度只有两个船身那么远的情况下，他们竟然从岛屿的远端一路划了过来。

“我们再加把劲。”南希说。

“马上就到了。”苏珊说，“现在划起来就快了。”

“你的大副正想着她的船员呢。”南希说，“别担心。”

约翰继续划着船，他也在想着提提和罗杰，现在两个小家伙一定在燕子谷担心他们呢，想他们怎样才能使亚马逊号在如此的大雾中成功航行。很快，他们到了海岬，这次特别的航行终于结束了。

由于行李太多，虽然他们有四个人，但将行李全部卸下来还是一项繁重的工作。船上有大帐篷，支架，还有南希和佩吉的睡袋，她们的睡袋可比燕子号船员的背包沉得多了。除此之外，还有水壶，牛奶罐和一个小桶需要从船桨那边递过来。当然，还有那个大苹果派呢，那可是厨娘的心意，虽然吃起来很好，但是要搬动它也真是一件费力的事。

“不好，”南希说，“我们得来回两次才能搬完，拿上能拿的东西就行了。”

“我们先喝点茶，然后马上去与其他人会合。”约翰说。

“时间不早了，还是等到了燕子谷和其他人一起喝茶、吃晚饭吧。”苏珊说，“提提肯定把水烧好了。”

第三十三章　空空的营地

很长一段时间，苏珊一直担心独自留在燕子谷的提提和罗杰。他们肯定在纳闷亚马逊号到底发生了什么事儿。提提会想象他们的船被一艘汽艇撞翻了，而罗杰肯定会饿疯了。提提会想到给他弄点吃的吗？还是她觉得最好等船长和大副回来？谁都不知道他们会怎么做。等到南希和佩吉拿着卷起的帐篷和支架从树林里爬上来时，她们有点担忧——情况可能比苏珊担心的还要糟糕得多。

“没有烟。”南希船长说。

“这两个小懒驴没有生火。”佩吉说。

苏珊和约翰背着重重的行李，赶忙从树林里钻出来。她们说的是真的。燕子谷那边一丁点儿冒烟的迹象都没有。

“他们有火柴吗？”约翰船长问。

“没有，”苏珊说，“但是皮特鸭洞里有很多呢，我放东西的时候提提都看到了，她肯定知道放在哪里。如果他们一直在等我们，肯定会饿坏的。”

“是呀，肯定会的。”佩吉说，“虽然我们吃了软糖，但还是很饿呢。”

“他们除了一点巧克力就什么都没有了。”苏珊说，“我本以为我们都能赶回来，然后一起喝茶呢。”

“瞭望台那儿有人吗？”约翰问道，“等一下，我马上拿出望远镜。”

但苏珊匆忙地向那儿跑去。没时间等了。虽然南希和佩吉带着沉甸甸的帐篷和塞得满满的书包，但也不愿意停下来，她们想快点到达燕子谷，这样就可以把行李卸下来了。

“真见鬼！”约翰合上望远镜，跟了上来。“他们没有点火，也没有人瞭望。”他说。

“也许他们在忙着支帐篷呢。”佩吉说。

“不可能，支帐篷根本用不了多长时间。”苏珊说，“而且我们在路上因为大雾还耽误了很久呢。”

“学一声猫头鹰叫怎么样？”南希船长提议。

约翰深深地吸了一口气，然后敞开嗓子发出了猫头鹰的叫声，这几乎是他模仿得最好的一次了。这长长的“吐呼呼”声足以把沼泽地里的老鼠都吓破了胆，但是燕子谷那边却没有一点回应。

约翰又叫了一声，但是这次他学得不是那么好了。此时，他注意到了苏珊的脸色，马上明白，苏珊对自己学猫头鹰叫的行为很不以为然。

还是没人应答。

“他们可能在某个地方埋伏着呢。”南希说。

“对，藏在石南灌丛中，等到我们出现的时候来个突然袭击。”佩吉说。

“我们不应该让他们先离开的。”苏珊说。

“我们已经准备好了！”南希船长朝着空旷的沼泽地喊，“尽管出来袭击我们吧，我们想喝茶了。”

但是灌丛中或岩石后依旧没人突然跑出来。

“如果他们在皮特鸭洞，是听不到任何声音的。”约翰说。

“我告诉提提，如果我们没回来就把火点好。”

几分钟后，他们沿着瀑布边爬到了燕子谷，苏珊第一个上去，约翰第二个，然后是南希和佩吉。南希和佩吉带着帐篷爬上去很艰难，约翰和苏珊本来能停下来帮帮她们，但是他们实在太想赶回去看看到底发生了什么事。

“他们还没有把帐篷支起来。”约翰说。

“他们根本就不在这里。”苏珊说。

一群松鸡从小山谷里飞出来，它们不停地叫着，仿佛在喊：“走开！走开！”

“看样子这里很长时间都没有人在了，”南希说，她和佩吉好不容易爬了上来，“不然的话，松鸡不会待在这里的。”

苏珊和约翰匆匆跑向以前野营的地方。那里的一切都保持着他们出发之前的样子。皮特鸭洞口仍然盖着石南花丛。他们拨开石南花走进洞里，随即听到鹦鹉抱怨的叫声。约翰划了一根火柴，点燃了石头架子上的一个灯笼，他发现洞里的东西都没有被碰过。

苏珊看了看约翰，情况比她预料的还要糟糕。约翰拿起鹦鹉的笼子，把它带到洞外透透气。

“他们根本就不在。”约翰一脸沮丧地告诉南希和佩吉。她们刚把帐篷在火堆旁放下。

“他们可能和我们一样，也因为大雾而延误了一会儿。”南希说。

“也可能是罗杰又被什么东西吸引住了。”佩吉说。

“他们一定是迷路了。”苏珊担忧地说。

“漂亮的波利，漂亮的波利。”鹦鹉喊道。

“我敢保证他们一定会在我们把帐篷搭好之前出现的。”南希说，“先搭帐篷吧，无论如何我们都得把它弄好。”

“我去瞭望台看一看，”约翰说，“也许从那儿可以望到他们。”

“好主意。我们得马上把帐篷支起来。大副先生，把火生起来怎么样？”

“对，升起一个大大的烟柱，不管他们在哪里都能看到。”约翰说完后，朝山谷那边爬过去，他想爬上瞭望台去看看。

苏珊现在一点都不觉得自己是大副先生。她的脑子充斥着与土著人一样的想法。她堆起了柴火堆，然后点燃。以前一切都顺利的时候，她们点火只是为了做饭，从来不用堆这么高的。她脑海中浮现一幕幕可怕的场景，提提和罗杰走丢了，他们从山崖滑了下去，掉进了沼泽地里。她从山洞里把四个帐篷搬出来的时候都不想讲话。南希和佩吉正忙着找个好地方把帐篷栓固定住。恐惧感越来越深，妈妈和小布莱基特，还有保姆也出现在了她的脑海中。妈妈和保姆也许正在霍利豪威给小布莱基特做晚饭呢。她们的心情一定很平静，一定会觉得有苏珊照顾提提和罗杰，不会出事的。苏珊给罗杰和提提扎着帐篷，但是她不知道今晚是否会有人住进去。苏珊听到南希开心的口哨声更加郁闷了。南希把支架从帐篷门的两侧穿过来，然后插到地上，等整个帐篷固定好后，又把备用索拿进帐篷里。

“振作起来，大副。”南希说，“放心吧。我知道这两个家伙去干什么了。

他们一定是去斯旺森农场找牛奶喝了，玛丽·斯旺森给他们沏了茶，然后老爷爷给他们唱歌，还没来得及回来呢。”

“肯定是这么回事。”佩吉说，“玛丽·斯旺森一定做了很多蛋糕给罗杰吃。”

苏珊几乎是满怀希望地看了看南希。她说的真的很有可能，也符合逻辑。提提知道他们需要牛奶，而且她不会打算点上火后再离开，所以决定先去拿牛奶，而且大家都知道，一旦和老年人见了面是很难脱身的。

“我本来也应该想到这一点。确实，我们还没有牛奶。我刚才就只顾着着急，怕回来晚了。”

这时候约翰回来了，他说沼泽那边什么都看不到。这回轮到苏珊安慰他了。

“南希说他们可能去了农场，”她说，“我觉得很有道理。”

“取牛奶，”佩吉说，“还有，听斯旺森老爷爷唱歌。”

“过来搭把手，约翰船长。”南希说，“我们一会儿就去把他们接回来。”

现在燕子谷的景象比之前好多了，亚马逊号海盗们支起了一个大帐篷，周围还有四个燕子号船员的小帐篷。苏珊把火生好了，又在上面盖上了一层蕨丛，这样即使在远处也可以看到一缕灰烟飘向天空。她还把水壶放在火上，以便回来的时候能喝上热水。火炉的旁边堆了一圈泥土，把火牢牢地围在里面。

“已经都安排妥当了，”她说，“现在应该留下一个人在这里等着，免得他们找不到我们。”

但是没人愿意留下来，而且他们还得去马蹄港搬很多东西呢。苏珊从提提的盒子里拿出一张纸，南希在上面写下了一行大字：“留在这里，等我们回来。”

“把纸放在哪儿才能保证他们一定可以看到？”

“放在鹦鹉笼子上吧。”约翰说，“提提总是对鹦鹉说‘你好’，即使她只出去一小会儿，回来时也会跟它说这句话的。”

苏珊的心又沉了一下。把鹦鹉丢下这么长时间不像是提提的作风，她一定会忍不住回来看它。鹦鹉单独待了两天，就算是老爷爷唱歌，提提也不会停留很久的。

两位船长和大副沿着小溪匆匆地赶往斯旺森农场。到树林的时候，约翰回头望了望黄昏中的沼泽地，他看到燕子谷的那缕灰烟静静地飘在夜空中。

“妈妈在霍利豪威也会看到的，”约翰说，“这样她就知道我们回来了。”

苏珊没有说话，她拿着牛奶罐匆匆地走在树林里。

到了农场前的小路时，他们发现那里一片寂静。

“老爷爷没有唱歌。”苏珊说。

“累死我了。”南希说。

“我觉得他们不在这里，”苏珊说，“要是他们在的话，一定可以听到罗杰的笑声。”

“如果他现在在狼吞虎咽吃东西的话，我们也听不到他笑的。”南希说。

他们还没有走到农场的大门，就看到玛丽·斯旺森挤完牛奶，带着木桶走了出来。

“你们回来了啊？”她说。

“其他人是不是在这里等了很久了？”苏珊急切地问。

“什么其他人？”

“提提和罗杰。”

“他们没来这里呢。你们不是一直在一起吗？今天下午大雾袭来之前我就拿着这封信上溪谷了，那时候你们一个人都不在，洞口也是封着的。”

“什么信？”

“是给你的信。”玛丽说。她把木桶放下，然后从围裙口袋里掏出一封信，“我知道你们一回来就会到这里取牛奶，所以一直把它带在身上。”

信封的一角有一行小字，“当地邮政”，下面是妈妈用大字写的“燕子谷营地苏珊大副收”。苏珊打开信封，开始读信：

亲爱的大副兼厨师：

明天早上我会带上小布莱基特过去找你们，希望可以分享一下你们在干城章嘉峰的探险经历。不要做太多饭，我们会带上吃的。因为你们忙着探险，怕得不到我们要来的消息，所以我就写了这封信。我们会在中午之前手表响八声的时候到达那里（约翰知道是什么时候）。

爱船长及所有船员们。

妈妈和小布莱基特

苏珊读到最后几句时，已经热泪盈眶了。妈妈相信一切都进展得很顺利。苏珊本应该照顾好提提和罗杰的，但是她连他们两个现在在哪里都不知道。她不知所措地把信塞给了约翰。其他人都表情凝重地看着她。

“出什么事了？”玛丽问，“别担心。”

“他们不见了，他们不见了。”苏珊呜咽着说，“妈妈和小布莱基特明天就要来了，她们还不知道这件事。”

“别担心，”玛丽说，“他们一定就在附近。”

“肯定也是遇到大雾了。”

苏珊知道自己现在要做什么了。

“我们得马上去告诉妈妈。现在就去。”说完后她就朝着通向马路的小路奔去。

“苏珊说得没错，”南希说，“我们越早让她知道越好。太阳已经落山，天渐渐黑了，我们必须要采取点措施。”

玛丽也同意南希的观点。她把桶放到门口，然后匆匆跟上苏珊。“我划船带你过去，”她说，“没有风，所以船帆鼓不起来，我们的船划得比较快。”

其他人在她们到马路之前也追了上去。

“我们不能都去，”玛丽说，“一定得有人在营地里等着。如果提提和罗杰找到回来的路，得有人给他们做点东西吃，然后让他们睡一觉。”

就在这时，他们听到了远处传来一阵马蹄声。

“大家埋伏起来。”约翰习惯性地说了一句，不过，说完他立刻后悔了，“为什么要藏起来呢？”其他人都走到马路上，看看远处来的是什么人。是土著人，是朋友，还是敌人？

“车上放着一棵树。”佩吉说。

三匹大马拐过弯来，一棵大树被紧紧地绑在马车的四个大轮子上。在黑暗中他们只看到了大马还有走在头马旁边的樵夫。

玛丽停下了脚步。

“奈迪，”樵夫说，“吁……”三匹马停了下来。

“晚上好啊，玛丽。”

“晚上好，杰克。”

“我这里有你们的一个朋友。”他说完后，大家看到提提从高高堆起的木材上面滑到了杰克的臂弯里。所有人都冲了过去。

“非常感谢您。”提提说，“苏珊！罗杰的脚受伤了，不过别担心，我们现在很好！”

第三十四章　担架队

“他在哪儿？”

大家立刻七嘴八舌地问起来。樵夫跟玛丽说，玛丽又跟提提讲。提提试图向他们解释到底发生了什么，但似乎只有南希和佩吉能听得懂，而苏珊和约翰却听得一头雾水。罗杰在小棚屋里睡觉。噢，好吧，是那个烧炭翁的小屋里，还有一个当地的医生在他的腿上敷了药，告诉他没有骨折。那人是老比利吗？樵夫说不是，是小比利。但是他在哪儿呢？提提只知道他在沼泽地的另一面，而她是沿着湖水的一侧走下溪谷回来的。樵夫告诉玛丽，比利一家人在希尔德树林工作。没错，这就是小比利让提提告诉南希和佩吉的那个地名。南希、佩吉和玛丽几乎同时想告诉苏珊那个地方太远了，不能立刻出发。接着，提提想告诉她罗杰现在情况好多了，还想告诉约翰她如何弄掉了指南针，本来以为指南针肯定坏了呢，结果完好无损。还有他们如何漫无目的地转圈圈，然后沿着一条小溪走时还走错了方向，罗杰又为什么今晚不能回来。因为罗杰的脚被凤尾草丛缠住了，比利说要保持那个姿势不能乱动才行。

“我们一定要组建一个担架队，”南希说，“明早第一件事就是去把他抬回来。”

“我们能在妈妈过来之前去吗？”

“当然啦。从沼泽地中间穿过去的话，到希尔德树林就不远了。快点吧，约翰。我们回马蹄港拿东西。”

“我们要早一点出发。”约翰说。

“黎明一到来，担架队就出发！”南希说。

“只要我们在妈妈到来之前回来就可以了，”苏珊说道，“要是她来的时候发现营地没人就惨了，一定像我们一样吃惊。”

“不会的。快出发吧。”

“不过，你不用因为罗杰的事而担心沃克夫人。”玛丽说，“既然你们知道他在哪儿，就没必要再担惊受怕了。你们已经做得很不错了。现在，我要去看看养的那些猪了。晚安，杰克。晚安，鲍勃。现在这里没什么急事，你们不必在这儿等着。”

“晚安，玛丽。”樵夫已经相当困了，因此，他说完就驾着马车准备回去。从远处沼泽地的溪谷开始，提提就是一路跟着这载着大圆木的马车来到这儿的，现在马车沿着路要回去了。

“你们一定以为这些小伙子们没事可做吧。”玛丽看着他们说道，“无所事事，到处闲逛。”他们还没有消失到视线以外时，玛丽跟他们挥了挥手。“现在，”她说，“你们这群小家伙最好多拿点牛奶早餐时候喝，然后我会在沃克夫人到来之前给你们送去早晨新挤的牛奶。这样一来，你们就可以直接出发，不必浪费时间回到这儿来取了。”

苏珊和提提跟随玛丽一起返回农场，玛丽进去取牛奶时，她们两个就在果园门口等着。不一会儿，玛丽就拿着满满一罐新牛奶出来了。约翰、南希和佩吉下去马蹄港搬运最后一次货物。等他们爬上燕子谷时，苏珊已经准备好晚餐了。

晚餐的淡茶、热面包和牛奶很快就吃完了。苏珊已经在想第二天早晨的事了，她想知道罗杰的脚怎么样了，还有如果罗杰脚伤得太重不能移动的话要怎么办呢。佩吉或约翰有时会问个问题，提提则尽力清晰地为他们讲述小溪和那些树林的事儿，还有她透过雾气看到干城章嘉峰就在身边时是多么的恐怖，原本以为自己看到的会是里约那边的山哩。有时，提提的一个问题会让南希和佩吉讨论起湖面上的水雾，以及她们是怎样靠指南针使小船在雾气中穿梭而不迷失方向的。不过，谈话很快就结束了。真是漫长的一天，每个人都累坏了。

于是，苏珊说今晚不用洗餐具时，大家已经累得感觉不到欢喜了。就这样，杯子、勺子等餐具整夜都在小溪里冲洗着。

等爬进各自的睡袋时，他们困得眼睛都快闭上了。

“明天早晨谁先醒来，就叫醒剩下的人吧。”南希一边打哈欠，一边说道。可大家早就睡着了，根本没人回应她。

姑奶奶将亚马逊号海盗们困在家里那么久，今晚是她们假期以来第一个睡在帐篷而不是家里床上的夜晚。这是一件好事——清晨的阳光早早地就将海盗们弄醒，对燕子谷的小探险家来说却毫无作用。如果不是南希船长一边跑向游泳池一边大声喊着叫醒他们，估计他们会一直睡到半夜呢。

一小时之后，担架队出发了。这次，他们没必要把所有东西都藏到皮特鸭洞里。他们想让营地看起来就像个营地，因为妈妈也许会在他们抬着受伤的罗杰回来之前到来。于是，燕子谷的四顶帐篷仍然支在原地，鹦鹉的笼子依旧放在石柱上。亚马逊海盗收起了她们的帐篷，因为需要她们的帐篷杆做担架。只有用足够结实的帐篷杆才能承受一个人的重量。南希将绳子一圈一圈均匀地缠在两杆儿之间，然后折起篷布，放在两杆之间的绳子上当垫子。

“这样不会很舒服。”她说，“不过，要是很舒服的话就不是担架了。”

已经没人愿意多停留一下看一看营地了，除了鹦鹉留下来之外，其他人都会去接罗杰。其实鹦鹉也想跟着去，它在一旁不停地尖叫，并喊着乘法表上的“两倍，两倍，二，二”。

“它在向我们诉苦呢，说我们又一次把它抛弃了，这次可不该轮到它守卫营地啦。”提提说，“我们这次不会离开很久的，波利。我们要去接罗杰呢，很快就会回来的。况且这次也不会把你留在皮特鸭洞里了。”

不过，鹦鹉可不稀罕这样的安慰。

“我想我还是回去把它带上吧。”提提说。因为他们爬出燕子谷，沿着小溪向鳟鱼湖走时，依旧能听到鹦鹉撕心裂肺的叫声。

“好吧，”苏珊说，“但我们可不能等你，你必须追上我们。要记住妈妈中午要来的，她很可能提前而不会迟到。”

提提迅速跑回去，将鹦鹉从笼子中拿出来，然后又爬出燕子谷，沿着小溪气喘吁吁地追赶其他人。而那鹦鹉现在可舒服了，叫声完全变了一种音调，站在提提的胳膊上拍打着绿色的小翅膀，掌握着平衡。

“终于赶上了。”当提提追赶上探险队的其他队员时，几乎快喘不上来气。“你们知道昨晚放在笼子上的那张纸条，写着‘待在这儿，等我们回来’。我刚把纸条放进空笼子里了，这样一来，如果妈妈的确早到了几分钟的话，她一定会看到的。”

“简直是开玩笑。”南希说，“要是很多人都看见了，那等我们回去的时候，会看到一大群姑奶奶们挤在营地中央，都想着自己被邀请了呢。”

“我没想到这一点呀，”提提说，“那我还要再跑回去吗？”

南希笑了出来。

“世界上只有一个姑奶奶，”南希说，“而且还走了。”

他们经过鳟鱼湖，提提指给佩吉看她和罗杰抓到大鳟鱼的地方。他们顺着小溪从湖岸的高地走向沼泽地，接着来到一片宽阔的长着一簇簇草丛的湿地上。这就是提提和罗杰昨天看见的到处是苔藓的地方，他们踩进去时，实际上是踩到了水里。他们向北面走，绕过这片湿地，现在，他们越过泥沼高地，正俯视另一侧的溪谷呢。

“我们以前来过这里，”佩吉说，“我们认识伐木林这一侧的路。即使在大雾天气里，我们也不会迷路的。”

“噢？真的不会吗？”南希怀疑地说，“在大雾天气里，什么人都可能迷路的。就算是猎人有时也会困在这里呢。”

佩吉在南希前面激动地看着前方。

“我们应该马上就要到高街了。”她说，“嗯，就在那儿。”

“我们继续前进吧。”南希说。佩吉向着前方一条痕迹明显的小路跑去，这是一条狭窄的小道，穿梭在紫色石南灌丛和草坪空地中，已经被踩得结结实实的了。南希和约翰抬着担架一路小跑跟着佩吉，后面是苏珊、提提和鹦鹉。高街很狭窄，每次只能容下一个人或一只羊通过，因此，探险队不得不排队挨个过去。

“要不是因为高街，”南希抱怨说，“可能就是我们先发现燕子谷了。不过我们经常来伐木林这一边，高街是条不错的小路。我们经常从这儿走，这样就不用经过那边的盆地了。”

“盆地？”提提好像正等着有人说出这个词呢，“我早就该想到它的，当初还以为是指南针摔坏了。”

他们沿着高街继续走，虽然大部分路段是直的，但有时也要拐来拐去，或者要绕过一块大圆石或者要躲过一块沼泽地。最终，南希说："如果我们要去希尔德树林的话，现在要向左转了。"一会儿之后，佩吉指了指沼泽地那边。

"那是你们遇到的松树，"佩吉说，"树下有个小溪，流到树林低处形成了小瀑布，瀑布下面就是烧炭翁的小屋啦。"

"如果真是那棵树的话，"提提说，"那儿就是罗杰扭伤脚的地方。可小溪在哪儿呢？"

"你从这里是看不到的。"佩吉说。

"快走吧。"苏珊着急地说。

他们离开了规整的小路，径直向松树走去。几分钟后，他们在松树旁边，看到小溪在右侧的沼泽地上流淌。

"就是这个地方！"提提大喊，"看！这还有最后一块巧克力上撕下来的包装纸呢。我下去找医生的时候，罗杰就是在这儿等我的。"

苏珊等不及听她多说，已经快步走进树林里了。其他人迅速在后面跟着她。

他们听到下游的某个地方有口哨声，是用嘴吹出来的声音。有人在吹《西班牙女郎》呢。

"是罗杰！"苏珊激动得喊了出来，口哨声立刻停住了。

"喂！"下游传来一声叫喊。下一秒钟，等他们推推搡搡地穿过灌木丛时，看到罗杰正在烧炭翁小屋前面的空地上单腿跳着。他拄着拐杖，一只脚站在地上，身体摇晃着，另一只脚被红色的手帕缠得紧紧的，小心翼翼地不碰到地面。

"十五个人踩在死人的胸膛上，"罗杰还沉浸在自己的音乐中呢，"唷嗬，嗬，还有一瓶朗姆酒。哈喽！你们把波利带来了，我实在太高兴啦。嗨，波利。叫一声'八片币'，快点，波利，叫一声'八片币'吧！"

苏珊向他跑去。"你还好吧？"她问罗杰，"把脚都弄伤了。"

"唷嗬，嗬。"罗杰一边唱着，一边绕着拐杖转圈。

"是谁给你做的这支可爱的拐杖啊？"提提问。

"小比利做的，"罗杰说，"他说可以这样称呼他。"

"真是个不错的早晨呀。"烧炭老翁从他的小屋走出来，"罗杰也是个不错的小伙子。他的脚没什么问题。如果不过度活动的话，他的脚很快就会好啦。"

“我们带来了一副担架。”南希说。

“做得很对。”老人说道，“只要坚持一天不碰到地面，他的脚就会痊愈的，甚至感觉不到任何疼痛。你好啊，露丝小姐。还有你，佩吉小姐。好久不见啦！噢，这不是特纳先生的鹦鹉吗？”

“过去是。”提提说。

当燕子谷的小探险家们听到海上统治者——南希船长被人称作露丝小姐的时候，着实吓了一跳。不过，今天的南希似乎一点都不介意。

“你怎么样？”南希问道，“那条小蝰蛇呢？既然我们来了，就让我们看看吧。”

“昨天晚上一直在小屋里，不过我照样睡得很好。”罗杰说，“今早小比利把它放出来了，发出嘶嘶的声音。”

“我们真的应该马上启程回去了。”苏珊说。但毕竟，罗杰的脚伤并无大碍，如果南希和佩吉看不到她们朝思暮想的小蛇的话，着实有些为难。于是，老人回到小屋，拿出来一个盒子，然后告诉提提不要让鹦鹉靠得太近。他掀起盒盖的一边，小蝰蛇像一股深色的液体一般迅速地从盒子里涌出来，接着他用木棍挑起小蛇，小蛇挂在上面不停地发出嘶嘶声，窄口多骨的嘴里不时地吐出一根叉形舌头。一直在担心时间的苏珊，再次见到小蝰蛇也感到十分开心。不过，亚马逊号海盗们似乎就这么轻而易举地把时间抛在脑后了。

最后，小蝰蛇钻回了盒子里，盒盖重新盖上。南希转向罗杰说：“现在，让我们看看这个担架对你来说合不合适吧。”

“只要有个拐杖，我就没问题啦。”罗杰说。

“赶紧躺到担架上吧。”苏珊说，“妈妈正赶来燕子谷呢，我们一定要在她到达之前回去。”

担架被平放在地上，罗杰躺在两个帐篷杆之间的篷布上面，旁边还放着他的拐杖。约翰和南希分别抬起担架的两端。小比利跟他们一起走了一段，然后指给他们走出林子最近的路。

“真的非常感谢您一直照顾他。”苏珊说。

“而且坐在载着大圆木的马车上面，这感觉还真不错呢！”提提说。

“这没什么，”小比利说，“希望还能再见到你们。”

“十分感谢，再见啦！”罗杰说。

“再见！”老人站在树林的边缘喊道。

“躺下来，小泼猴。”罗杰突然想坐起来，挥舞他的拐杖时，南希船长喊道。

“要是你翻到地上，另外一只脚也会受伤，到时你就什么也做不了啦。”约翰提醒他。

担架队匆匆忙忙地穿过沼泽地，来到亚马逊号海盗们称之为主街的那条小路上，他们用平稳的速度一个接一个地通过。

“我不单腿跳的时候，应该在腿上放些钉子和针，防止它乱动。”罗杰之后说了一句。

由于罗杰很轻，担架队还算省了一些力气。虽然大多数时候，罗杰都是被当作一个受伤严重的病人来对待的，不过有时，他们也允许他拄着拐杖单腿跳一会儿，就像《金银岛》中的独腿海盗一样。整个担架队中，恐怕只有鹦鹉最喜欢这副担架了。因为两根杆刚好可以当作它的栖息地，不管罗杰在不在上面，都不妨碍它在杆上来来回回地遛弯儿。

当妈妈和船宝宝来到马蹄港时，并没看到有人迎接她们，有一点失望。“可能我们来得有点早。”妈妈说，“不用在这儿等了，谢谢你啦。”是杰克逊先生划着船将妈妈和小布莱基特从霍利豪威送到这里来的，她们下船之后，杰克逊又划着小船回去了。妈妈和船宝宝看见亚马逊号停在沙滩上，用系船索系在一棵树上。然后，她们看见了燕子号的新桅杆。她们觉得随时会听到小探险家们从树林里传来的呼喊声。

有那么一会儿，妈妈还以为自己记错了日子，他们还没有从干城章嘉峰回来呢。不过，这是不可能的，她今早还看见弗林特船长，告诉她特纳小姐已经离开，而南希和佩吉也已经加入了燕子谷的探险队。好吧，可能约翰的手表又不准了。他的手表总是这样。很遗憾，没有人下来帮妈妈提一大篮子从霍利豪威带来的好东西，不过这也没办法。也有可能，在到达树林顶部之前，他们会遇见呢。况且因为有布莱基特在，她也不能走太快。“过来，布莱基特，”她喊着，“我们看看得走多远才能碰到他们。”

她们走了整整一路。她们穿过马路，一点也不怕遇到土著人，因为妈妈本身就是个土著人。她们又穿过树林爬到另一侧去，在树林顶部休息了一会，已经能看到燕子谷了。不过，妈妈很奇怪为什么燕子谷没有烟冒出来。“当然，去拾柴火要走好长一段路呢，除非要烧水，否则苏珊不会生火的。”她们继续沿着小溪往上游走，小布莱基特在前面爬着，胳膊腿都用上了。妈妈紧紧地跟在后面，防止布莱基特滑下来。她们顺着瀑布旁边爬上去。她们看到营地上的四顶帐篷，空空的鹦鹉笼子，以及灭了火的灶台，但没有人类的任何迹象和声音。

“啊，哈！”妈妈想起来了，“他们一定是藏在洞里啦。”她和布莱基特在洞外安静地等。妈妈将手指放在嘴唇上告诉布莱基特不要出声，她们要给第一个从洞里爬出来的人一个惊喜。可等了半天也没有人出来，最终妈妈自己走了进去，发现里面没有人，只有玛丽留下的牛奶罐冰冷地躲在洞口的阴凉处。

等她们从洞里出来，回到阳光下时，妈妈注意到鹦鹉笼子里有张纸条。她拿出纸条看了看，上面写着：

“待在这儿，等我们回来。”

“嗯，”妈妈说，“简短而温馨，听起来更像是南希船长说的，而不是约翰。不是约翰的笔迹。如果是苏珊的话，她会加个“请”字。‘待在这儿，等我们回来。’我们肯定不会这样做的，对不对，小布莱基特？”接着，妈妈和船宝宝沿着燕子谷向游泳池那边走，她们爬出燕子谷，向上面的鳟鱼湖望去。就在那儿，她们看到远处一个担架队正匆匆忙忙地向她们跑来。

苏珊在前面，似乎在催促着其他人。接着是约翰和南希在抬着什么东西，一种白色的长条的东西。可是，罗杰呢？妈妈看到那只鹦鹉紧紧地抓住约翰和南希抬的担架。突然，担架上的东西动了一下，妈妈赶快跑过去迎接他们。罗杰发生什么事了？说到底，让他们自己处理这些还是不安全的。他伤了哪里呢？胳膊断了吗？还是一条腿？两条腿都受伤了？

不过，担架队里却突然传来欢呼声。他们停下来，担架上的人猛地坐了起来。现在，她明白是什么情况了……很快，罗杰就大步地向她单腿跳过来，在拐杖的支撑下，身体摇摇晃晃的，边跳还边高声喊着“唷嗬，嗬”。

“噢，妈妈，很抱歉我们来晚了。”苏珊不好意思地说，“我们的确在努力赶时间，想按时回来的。”可不知怎的，在妈妈看来，迟到与否似乎一点都不重要，她现在最关心的就是罗杰的脚。当她知道事情根本就没有想象中恐怖时，开心地笑了出来。提提向可怜的布莱基特跑过去，她就这样被突然甩在了后面，看起来可不太乐意呢。罗杰试图跟大家解释他的脚是如何被一大团像自己脑袋一样大的蕨丛球缠住的，南希则一个劲儿地让他赶紧回到担架上，安安稳稳地抬回营地。绿鹦鹉也在抱怨，担架突然落地时竟没有人关心它一下。苏珊马上跑回燕子谷，点着灶台里的柴火。妈妈、布莱基特、罗杰和担架队其他队员们一起边走边说，回到营地。

“糟糕，真见鬼！”南希四下环顾了一圈，说道，“没有我们的帐篷，连半个营地都不算。快过来，佩吉。现在已经不需要担架啦。”

等妈妈篮子里的东西都拿出来后，苏珊烧的水也开了。南希和佩吉已经重新支好帐篷，然后妈妈展开烧炭翁缠在罗杰脚上的蕨丛，亲自看了看罗杰的伤口。

“我想蕨丛应该没有副作用吧。”妈妈说。

“今天几乎已经痊愈了呢。”罗杰说，“我可以自由摆动，而且一点都不痛。”

“好吧。”妈妈说，“你要是还想要你的双脚的话，最好还是缩回去吧。”罗杰同意妈妈的想法，其实他喜欢这样被缠上绷带，至少还想再缠一天呢。

吃饭的时候，大家纷纷讲述攀登干城章嘉峰的经历，包括关于大雾的两个故事，睡在山坡上的经历，还有罗杰是如何一只手抓住岩石，另一只手指野羊的事儿，当然还有睡在小屋里称赞鸭蛋的故事……大家一直讲到快傍晚的时候，这时，妈妈说：“我差点忘了我过来的一个目的……既然小布莱基特正和佩吉在她的大帐篷里，现在是个机会，我能说了……你们知道过两天就是小布莱基特的生日了，我想看看你们的帐篷是怎么做的。我想给她也做一顶小的，像你们这种……我们最好在野猫岛上为她举行一个生日派对，就像去年一样。”

“那我们要回到那儿去吗？”苏珊问道。

“燕子号怎么样了？”约翰说。

“妈妈一定知道关于燕子号的情况。”提提看着妈妈的脸说道。

“关于这个呀，还是问问你们的弗林特船长吧，”妈妈笑着说，“他会来载我们回去的。他已经到了。”

此时，弗林特船长走进了营地中。他本想跟妈妈握手的，但突然停住了。

“我的手上都是油。”他说着，用一把草擦了下双手，可是发现油渍还在上面。因此，他不得不跟苏珊借了肥皂，在小溪里洗了洗。

“他一直在弄桅杆呢，”约翰说，“是不是呀，弗林特船长？”

“你做得已经很不错了。”弗林特船长夸赞道。

“我们的燕子号最快什么时候能回来？”

弗林特船长好像没有听到他的话。

“喂！”弗林特船长说，“罗杰这家伙到底对自己做了什么？”罗杰正从皮特鸭洞出来呢，他想试试如果不让缠着绷带的脚碰到地面的话，自己能不能从洞口成功地走出来。当然，刚才发生的一切还是要重新向他讲述一遍的。在听到整个故事之前，他的茶就早早地准备好了。妈妈还从篮子底下找出一块蛋糕。

他们一直在讲述关于干城章嘉峰的探险经历，直到妈妈说：“太晚了，布莱基特该睡觉啦。”这时，弗林特船长才站起来准备离开。

所有探险家们一起走到马蹄港去，送他们离开。当然包括受了伤的罗杰，不过他发现就算将脚放在地上也一点不疼了。

“我明早会在贝克福德见你们。”他们穿过马路的时候，妈妈说道。

“可是那要等燕子号回归以后才行呀。”约翰说。

妈妈和弗林特船长相互对视了一眼，然后笑了。

“它还没回来，是吗？”提提说。

“至少昨晚还没回来。”约翰说道。

很快，妈妈、弗林特船长和布莱基特就被落在了身后，六个小探险家穿过树林向港口跑去。罗杰为了追赶他们，几乎忘了使用自己的拐杖。

“糟了，桅杆不见了。”约翰突然喊道，他迅速跑出树林向小港冲去。终于，他看到了他的新桅杆。这时，亚马逊号已经不是马蹄港上唯一的小船了，在沙滩上，它的旁边出现了另一艘小船，很像燕子号。但第一眼望去，小船新刷的油漆闪闪发亮，他们很难相信这是他们熟知的旧燕子号。那支新桅杆已经装在船上了，被砂纸和亚麻籽油磨成了淡黄色，与用来升旗和扬帆的暗黄色新升降索一起挂在那儿。燕子号躺在沙滩上，之前撞坏的缺口已经修好了，而且十分干净漂亮。棕色的旧船帆铺在船上，旁边放着新擦拭过并涂过亮光漆的帆杠和帆桁，还有一盘结实的绳子。

燕子谷的四个小探险家惊讶得说不出话来。他们朝着小船跑过去，轻轻地抚摸上面的油漆，发现已经干了。他们看着燕子号，想起他们最后一次看到它时，船底板破损的洞上还有一块脏脏的旧防潮布作补丁呢。现在，要是不跟他们说明的话，他们根本看不出那可怕的洞到哪里去了。它现在是一艘新船，甚至比新的还新呢，因为它恢复了青春，保存了过去的记忆，在他们内心依旧是原来那艘旧燕子号。对于他们来讲，燕子号要比世界上别的船宝贵多了！

大家七嘴八舌地对弗林特船长说着感谢的话，可他依旧解释说，其实不用说谢谢，比起他欠他们的，这算不了什么。说完，他帮妈妈和布莱基特爬上划艇，离开了沙滩。

“明天，”他说，“我们要看看哪艘船最快。从船屋出发，终点是贝克福德。我很早就会在船屋里等你们。准备好后，就马上带着你们的舰队来吧！”

大家喊晚安的时候，划艇已经划到两个海岬之间了。约翰用手指解开了盘绳的一端，开始摆弄船帆。这时，弗林特船长突然停了一下。

“对了，罗杰。”他从水面上喊了一声，“我弄了一桶弹药呢。”接着，他的船桨又开始划动了，划艇离开了港湾。

“三声迎接炮。”罗杰喊道。

“他说的什么意思啊？”苏珊问道。

“他要让我亲自点燃大炮呢。”罗杰说着，挥舞着他的拐杖。

第三十五章　比　赛

两只小船在船屋后面停泊着，在水面上起起伏伏。它们的船长和船员们正在甲板上和弗林特船长喝柠檬汽水呢。弗林特船长从贝克福德过来的途中曾在里约港做短暂停留，他带来了一整套用来对付热带天气的东西，这些东西原本是放在贝克福德码头的摩托艇上的。此时，大家的耳朵都快聋了，因为他们驶进船屋港的时候，弗林特船长不仅用礼炮声来迎接他们，而且他还信守承诺，一次次地往小火炮里面装弹药。罗杰斜靠在拐杖上，一边假扮独腿海盗，一边用纸煤儿点燃大炮，而且不止一次呢，而是一次又一次！炮弹的气味漫延到整个船屋里，闻起来很像去年的战争。

“在这样的风力作用下，”弗林特船长说，“在北风的作用下，如果沿着湖面直行，会一直驶到亚马孙河，那儿就是比赛结束的终点啦。因为大家正在贝克福德的岸边等着跟你们大餐一顿呢。”

“可是昨天妈妈来燕子谷的时候，我们才吃过一顿大餐呀。”提提说。

“那你们到达贝克福德的时候，要准备好再吃一顿啦。”弗林特船长说，“我听说还有草莓冰呢。”

“任何人在任何时候都可以吃草莓冰呀，”罗杰说，“草莓冰不像其他食物一样占空间。”

“没错。”弗林特船长说，“但是这次比赛，如果只是顺风漂流，没有全力加速的话不算对船的检验。你们最好从这里出发，顺流而下，绕过野猫岛，然后在亚马孙河结束比赛，第一艘经过船库的船就算获胜。”

“从野猫岛的哪一边绕过？”南希问道。

“随便你选择，只要你绕着它航行一周，从一边进去，另一边出来就可以啦。”

“那么从哪一条路经过里约的那些岛呢？”约翰接着问。

“还是你自己选择吧。每个船长都要有自己的判断。现在我发出两声枪响就算开始。第一声是告诉你们还有两分钟出发。还差一分钟时，我会挥舞手帕。第二声枪响时，你们就要出发了，要尽最大努力赢得比赛。第二声枪响之前，任何船都不可以穿过船屋桅杆和港湾北端之间的划线。否则的话，违规的船就要回来等枪响之后再重新出发。明白了吗？”

两个船长点了点头。

“你也开着摩托艇来么？”罗杰问道。

“这儿还有很多事要做呢，”弗林特船长说，“明天，岸上的生活就结束了，我要回归船上的生活啦。”

“而且我们也要回到野猫岛哩。”罗杰说。

“看起来一切都比去年还要顺利、有趣。”

“对了，提提。”弗林特船长说，“你的鹦鹉怎么安排的？”

“它在看守营地呢。我们昨天带着它一起离开的。”

“我们不可以带着它跟我们比赛的。”苏珊说。

“想一下吧，要是它从船边掉到水里，我们还要把它捞上来，那么我们就会输掉比赛的。”约翰说道。

“全体登船！”

“集合你的船员，大副先生！”约翰喊道。

两分钟后，大家都登上了各自的船，只有罗杰顺着绳梯从船屋爬到燕子号上。他把拐杖挂在脖子上，看起来就像个海上的领航员。

“好了。”弗林特船长看到罗杰松开手后，说道，“现在，等你们全都将船帆扬起，并且准备好时，我就开第一枪。”

“你觉得这帆升得怎么样？”约翰问，“要不要再稍微高一点呢？”

“这样可以了吗？”苏珊一边半眯着眼睛看那棕色的小帆，一边说。在阳光的照耀下，她很高兴燕子号的船帆是棕色的，不像亚马逊号的小白帆那样刺眼。

“再高半尺，”罗杰拽了拽升降索，说道，“现在先放松滑轮，我要将帆尖升高一点。好了，现在把帆桁放下来吧。慢一点。好了，停！就这样。等船出了港湾，船帆上的褶皱会自然舒展开的……”

“砰！”

一缕灰烟从船屋的前甲板上升起，他们看见弗林特船长又装上了弹药，站在一旁等着，眼睛盯着手里的表。

亚马逊号上的南希和佩吉也已经准备好了，两艘小船在港湾里起伏着，船长互相望着彼此，每个人都希望第二声枪响后自己的小船先冲过划线，他们都想尽量靠近划线，第一秒钟立刻冲出去。

“你注意看手帕，提提。”苏珊说，“罗杰，等我们绕野猫岛的时候，你再站在船头。现在你蹲在船中的划手座位置，别让你的脚挡道。”

“好的，好的，长官。”罗杰答应着。

“他在挥舞手帕啦。”提提大喊。

“还有一分钟就出发了，”约翰紧张地说，“我希望我的手表一秒都不差，不然我们会损失几秒钟时间的。听着！她们也准备好了。她们也知道枪声一响，一秒钟都不能耽搁。”

亚马逊号在平缓的浅水水域向他们慢慢靠近，他们看见佩吉低着头，正在看着手里的什么东西，然后，他们听见她急切地大声数着时间：“四十……三十五……三十……二十五。”

这时，他们听到南希说：“闭嘴！你这温顺的呆子！不要数得这么大声！”

“现在肯定不到五秒钟了，”约翰说，“南希要冲线了。快准备！”他调整了一下方向，将小船转过来一点点，对准港湾的入口，船屋和北面海岬之间的地方。同样，亚马逊号也调整完毕了。两艘小船的舵把向右，相隔不超过十二码远，不过亚马逊号要稍稍落后一点。

“我们的船和入口几乎在同一条直线上了。”约翰随着小船摇摇晃晃，他瞥了一眼船屋和海岬之间的港湾入口，然后说道，“我们要想办法不让小船晃动，否则在枪声响起之前它会冲过划线的。”

“弗林特船长准备打枪了。”提提喊道。

“来不及了，我们的船太快了。我必须转舵才行。”约翰说着，他将燕子号转到迎风方向，棕色的小帆开始颤抖了。

“砰！”

枪声响起，还没等烟雾消散，亚马逊号小船就已经越过划线，冲了出去。约翰赶紧拉高舵杆，又将小船转回原来的方向，跟在亚马逊号后面，不过他还是失去了宝贵的几秒钟。当这两艘小船离开港湾的时候，亚马逊号已经领先燕子号十二码远，两个大副同时拉直主帆帆脚索，使帆杠在左舷方向，开始向着野猫岛驶去。

“都是我的错，”约翰懊悔地说，“浪费了那几秒钟。”

“没关系，”苏珊安慰他，“这是一场长线竞赛，后面还可以追回来的。”

“到后面只会落下更多，补不回来了。”约翰说，“快看。亚马逊号已经不知不觉地把我们甩在后面了。她们的活动船板也竖起来了，只会比我们更快。”

这一点，毫无疑问。亚马逊号正在一点一点地扩大自己的领先优势。约翰和苏珊将主帆帆脚索拉下几尺后，再慢慢放开手，想试图找出最适合航行的船帆位置在哪儿。可惜，丝毫不起作用。在平缓的水域中迎着风行驶，亚马逊号无疑是更快一点的，虽然不是快得离谱。

“风更大一点，船帆开始鼓动的时候，我们可以追上一点。”苏珊说。

“要是风再大一点就好了。”约翰说，“到时，燕子号就会如鱼得水的。”

“看起来风力是要大一些了呢。”提提过了一会儿说道。此时，风力的确增强了，燕子号的前踵船杆脚下面发出了啪啦啪啦的水花声。“听到没？燕子号表示满意呢。”

“南希可以很好地掌控船帆。”约翰看了一眼亚马逊号的尾波，然后又回头看了眼燕子号的。两艘小船的尾波很直，像一把留在水面上的尺子一样。

“她们会一直比我们领先吗？”罗杰问道。

“比赛还没真正开始呢。”大副信心饱满地回答说。

这时，亚马逊号已经接近野猫岛的北端了，从船头方向看，它似乎是要从外围绕过，可是，在最后时刻南希突然改变了计划，变了航线，开始朝着野猫岛和迪克森农场之间的航道行驶。

燕子号的航迹也波动了一会儿。

“在岛的那一侧，水流会平缓些。”约翰自言自语道，“而且平缓的水流最适合亚马逊号航行。不过，在外围的话风力会更大，这正是燕子号所需要的。”

“从这边过去，我们应该能追回一大截。”苏珊说。

当约翰下定决心并调整了航向之后，燕子号的尾波又回归直线了。不一会儿，他们就看不到亚马逊号小船了，野猫岛已将两艘小船间隔开来。

“我们现在一定比她们快不少了。”约翰自信地说，“我们甚至会先到达野猫岛呢。”

“要是没有风的话，在另一侧逆流行驶时，该是多么可怕啊！”提提说道。

苏珊和约翰彼此看了对方一眼。这时候他们什么都不需要做。“从一侧顺流而下，另一侧逆流而上。”他们现在最希望的就是有一两股幸运的风帮他们在狭窄的地方通过，而且能够在顺风的时候尽快前进。

“一想到我们明天就要回到野猫岛了，多美妙啊！”提提说着。这时，小船正全速前进，已经靠近他们熟悉的岸边了。

“真是太幸运了，我们离开之后，竟没人占领这里。”约翰说。

“小心低处的岩石。”苏珊说。

“不管怎么样，我们不能靠得太近。”约翰说，“否则树枝也会挡住我们的。如果我们离得远一点的话，就不会碰到岩石，而且风力也更合适。”

他们搅动着湖水经过了岛上较低的一端，不过此时还没有亚马逊号的踪影呢。在岛的这一端，树荫和岩石的遮蔽下有一个港口，由于舒缓水流的冲刷，看起来就像湖上一块浸了油污的补丁。约翰仔细地看了看。港口边上并没有很大涟漪。

“这种情况对我们很有利。”约翰高兴地说，“准备转帆。拉起主帆帆脚索，大副先生。开始转弯了。稳住！可以了！确保安全后立刻迎风航行。现在，转帆！”

“亚马逊号来了。”罗杰尖叫着。

亚马逊号正在内航道的舒缓水域慢慢滑行，向着他们驶来呢。燕子号首先到达了野猫岛的低岸，此刻，绕过了外圈岩石后，它正迎着风与亚马逊号碰面去呢。

“亚马逊号还在自由滑行。我们现在是迎风航行。看来它不会挡我们的路的。”约翰说。

亚马逊号遇到了燕子号。接着，船尾分开。

“万岁！”罗杰喊着，“我们追上了不止几码远呢。”

南希大笑着说：“在喊出‘万岁’之前还是等等吧，看看你们一分钟之后会怎样。”

燕子号移动得越来越慢，在迪克森农场附近的航道时不动了。水面上一点涟漪都没有。野猫岛上的树木和鲨鱼湾的海岬将风都挡住了，前踵艏柱脚拍打水面的声音也消失了。约翰向后看到了亚马逊号，现在已经绕过外围的岩石，已接近顺风，正斜驶着抓住一阵强风。他多么希望自己能帮助可怜的燕子号借上一阵这样的好风啊。

“当然，她们选择从内侧走是正确的。”约翰接着说，“无风行驶也不错，但是，没风的时候逆流而上简直太糟糕了。现在，她们已经安全了，可以在良好的风力作用下使用长板行驶。而我们只能在无风的情况下用短板航行。她们会把我们赢来的距离补回去的，甚至在我们摆脱困境之前还会超出我们更远哩。”

“我们可以划船吗？”罗杰问道。

“划船是不允许的，”约翰说，“不能投机取巧，苏珊。我们唯一的希望就是让船动起来。”

“船头已经离风口越来越近了。”

“可是它不会很快动起来的。你们两个往前走，将船的重心前移一些。”

燕子号在野猫岛和湖东岸之间的狭窄航道里来来回回，一点一点地移动，而此时，外围的亚马逊号在良好的风力作用下，正在借助单板穿过西岸的航道。这样，它在内侧航行时落下的距离现在都补回来了。

“这是南希的一个胜利，”约翰说，“不，算上开始那个，应该是第二个了。”

“我们还能追上它吗？”罗杰说。

“说不准，那得看看等我们出了岛之后它在哪儿。”

“没人动过那个灶台，”提提用望远镜看着岛上，“我能看见它。”

“别管灶台啦，”约翰船长说，“准备好。我们这次抢风要小心前面的瞭望岩。你一看到就大声喊出来，我要观察船帆。”

“在那儿呢。”罗杰喊了一声。这时，燕子号正向右贴着北部海岬行驶呢，罗杰曾在这海岬上拿着望远镜度过很多美好时光。

“从这边走。”提提说。

“她们在左舷方向。”苏珊说。

“她们一定是在鸬鹚岛那儿调转航向的。”约翰说，“快到船屋港时还会再转一次。她们又一次领先我们很远了。”

“是吗？”

“当然啦。要是我们现在掉抢航向的话，在船屋港附近就不可以转航。但是如果继续这样的话，那么我们离那儿很远的时候，她们就已经到船屋啦。不管怎样，我们现在已经驶出海峡了，现在风再大些就好了。”

“哎，风来了！”提提说，“快看！”

一阵大风掀起了水浪，打在岸边的岩石上发出愤怒的吼声。

“会先助她们一臂之力的。”苏珊说。

“亚马逊号不喜欢这样的风。”约翰说，“它不像燕子号这么硬。另外，总的来说，我们的重量要大过她们。看吧，她们已经觉察到麻烦了。”

他们看到远处湖中央那白色的小帆船由于受到了大风的袭击，突然开始左右倾斜。他们看到小船开始迎风行驶，白帆也晃动了片刻。接着，小船平静了一会儿，然后又开始摇摇晃晃地顺风航行。

“这正是她们想要的。”约翰说。

“我们过一会儿也会遇到的。”苏珊说，“看吧，已经来了。”

“坚持住，苏珊！除非不得已，不要放手！船会没事的！控制住它！小船，你一定要坚持住呀！”

怒吼的大风从他们身上呼啸而过。燕子号左右摇晃了一下，然后摆正了航向，开始像箭一般飞了出去，船头溅起大片水花。现在，它已经不需要转头迎风行驶了，这样的风力够它按自己的航线欢快地向前奔跑了。

这时，燕子号正在全力向湖的西岸右舷抢风。而在左舷抢风的亚马逊号则向着东岸急速航行。不过，当亚马逊号离开船屋港第二次掉抢航向时，已经超过燕子号很远了。如果燕子号在同样的位置掉抢航向的话，也只会在亚马逊号离开船屋港之后才能到那儿。可是，约翰对船屋港并不感兴趣，他坚持自己的航线，因为对他最有利的风在湖中央呢。

刚才的一阵大风过去，又一次刮起了微风。约翰和南希一条直线上行驶，燕子号掉抢航向时，亚马逊号也掉抢，好像南希一定要稳固她的优势。有时，燕子号的船员们也不清楚是不是应该全速追赶。最终，两条小船都靠近里约旁边的小岛了，都是向着西北方向，右舷抢风行驶。当然，亚马逊号要比燕子号离岛更近一些。

“她会很快做出判断和决定的。”约翰说。

“关于什么呢？”提提问道。

“关于是不是要经过里约湾。”约翰回答说。

“她们总是走那条路的。”苏珊说。

“我知道。”约翰又说道。

他刚说完，就看见亚马逊号迎着风正在掉抢航向呢，船上的小白帆已经啪啪作响了。

“她们当然会从里约湾经过，”苏珊说，“难道我们不是吗？”

“我们要再等一会儿，”约翰说，“反正也落后了，不怕那一点儿。”

“可上次我们输了就是因为没有跟着她们。”

“是的，”约翰说，“在野猫岛那儿她们是对的，但是在这儿可就不一样啦。她们还没有看清岛西岸的情形呢，就冲了过去。”

“那边很窄。”苏珊说。

“可是往那边看去，里约港被长岛的山和树林以及外边岬角上的树林遮掩住了，我们马上就会看到。”

“她们现在已经通过长岛的岬角了。”罗杰说。

“太好了！”约翰说，“她们现在不能回头了。快看！”

小岛屿和湖西岸之间的航道更窄，这时，突然起风了。从北极刮来的风径直灌进狭窄的航道，激烈的小浪花在两岸之间涌动。亚马逊号正在安静地缓慢地航行，安稳地进入到长岛背面的航道中，那里水流平稳舒缓。

“我们又要超过她们了。”约翰说着，沿着西岸进入狭窄的航道继续航行，“这里要经常抢风转向，但也可以充分利用风的力量。我们能在这儿超过她们。”

“她们现在在树后面呢，我看不到她们的小船。”罗杰说。

“你没必要盯着她们。”约翰说，“等我们从岛的另一侧出来时，看看她们在哪儿吧！各就各位！”

燕子号迎风行驶，过了一会，调整了航向，径直穿过狭窄的航道。尽管航道很窄，但是每一寸都很适合扬帆航行。从岛上到岸边，再从岸边到岛上，燕子号无时无刻不是靠风力快速行进的。“南希一定没有发现长岛后面有这样的地方呢。”约翰大声说着，一半说给自己听，另一半说给其他人。

他们马上要穿过航道了，正向着湖这一侧最北端的一些小岛屿行进。此时，亚马逊号的小白帆在里约湾那儿停滞不前呢。

“我们打败她们啦！我们打败她们了！”罗杰大喊。

“只是快要打败了，”约翰说，“一两分钟后才能知晓呢。别管这个岛了，赶紧坚守你的岗位吧！”

燕子号来到长岛背风处时，刚刚掉抢一次航向。现在，它像亚马逊号一样，开始向西岸右舷抢风航行。等到了西岸后，又掉抢了一次航向，现在是沿左舷抢风，赶着去和对手碰面呢。

“只是快要打败而已。”约翰又说了一遍，“她们暂时还是有领先优势的。”

“而且风要停了。”罗杰说话的语气仿佛是在谈论一个生命垂危的病人。

两条小船靠得越来越近了。

“我们不能挡住她们的路。”约翰小声地自言自语道。

“为什么啊？”提提问，“为什么是我们让路呢？”

“我们在左舷航向，”约翰说，“这没什么关系。”他补充说，“她也可以轻而易举地为我们让路。”

“你们追回来很多嘛。”南希船长愉悦地喊道。这时，亚马逊号刚好经过燕子号船头，两船相隔有二十码远。

“这还不够哩。”约翰船长喊道。

约翰转过头看着亚马孙河入口南面的海岬，“我们一秒钟都不能浪费了。”他悄悄地说。

“亚马逊号在掉抢航向了。”罗杰喊道。

“要是我们现在也掉抢航向的话，她们可要小心啦。”约翰说，“到时，她们是左舷抢风，而我们是右舷抢风航行。”

他转过头瞥了一眼海岬。

“海岬一头是浅水水域。”他小声说道。

提提正在拍打主划手座，以这样的方式为燕子号加油。

“我们会成功的。”约翰自信地说，“准备好！”

“太快了，”苏珊说，“太快了。我们不能向浅水域行驶。”

约翰没说话，却从苏珊手中拿过了主帆帆脚索。

正在左舷抢风行驶的亚马逊号向着她们驶来。南希时而瞥一眼燕子号，时而看看自己的小白帆，有时回头看看海岬。燕子号已经追回来一点距离了，南希在犹豫，她不确定是否应该从燕子号船头这边穿过去。她本可以这样做的，不过，她选择了另外一条路。她掉抢航向，像约翰一样开始朝着河口行驶。

最终，两艘小船又在同一条航线上了，而这次亚马逊号只领先十码远。

“噢，就这么办吧！”提提兴奋地说。

“别忘了浅滩。”苏珊说。

“没忘。”约翰悄悄地对苏珊说。苏珊奇怪地盯着他看了一会儿。

“这是唯一的机会了。”约翰说。

苏珊轻声地对其他人说：“找个东西抓住。要抓紧。无论我们的船怎样都要保持在原地不动。”

“为什么呢？”罗杰问道。不过，现在已经没时间解释了。

海岬更远处，他们可以看见湖水北面的芦苇丛，那儿正是去年的燕子号和亚马逊号开战时南希和佩吉藏起亚马逊号的地方。

风力逐渐减弱，直到消失。

提提吹着口哨，而且还用了两种不同的声调。

“闭嘴，”约翰说，“我们现在最需要安静。”

紧邻他们船头的亚马逊号，现在几乎已经到了海岬一头，南希希望驶入河口之前能够再坚持一段时间。她也记得那儿有浅滩，正想着把中插板比船的龙骨放低一些。这点毫无疑问。她想再放出一块短板到湖里，这样就可以安全地经过浅滩，进入河流中。

“她们又要掉抢航向了。”罗杰喊道。

就在这时，亚马逊号在又一次转航中离开了燕子号。

“你们这样会搁浅的。”当佩吉看到燕子号仍坚持航向时喊道。

“我能看到水底。”罗杰回应。

“是时候了，苏珊。”约翰说。

“罗杰，抓紧！”苏珊说。

当燕子号通过海岬处的浅滩时，苏珊和约翰将船所有的重量都集中到背风面，甲板边缘压得很低，甚至有些水滴拍打到甲板上。当然，这样的话，船的龙骨也就抬高了。风力逐渐减弱至消失，于是，燕子号几乎是侧倾着穿过浅滩，进入到河流中的。

“深水区了。”苏珊说道。很快，约翰就将船的重心转移到迎风面上，燕子号船身重新掌握平衡后，刚好遇到一股风将燕子号带上河道，进入贝克福德的船库中。亚马逊号也一样，但是伸入湖中的最后一块船短板使得它落后了二十码的距离。最终，燕子号进入船库时，领先了亚马逊号两个船身那么远。

“燕子号你真是棒极啦！”提提喊道，“好样的！好样的！”

“要是我们搁浅了，会输掉吗？”苏珊问。

“我也不知道。”约翰说，“可是不管怎么样，我们没有搁浅。”

“都能看见水里的小鱼呢。”罗杰说。

“做得不错，小船长。”南希船长喊道，“我还以为你犯了个错误，进去得太快了呢，没想到你是故意的。真见鬼！要是我想到在浅水处抬高中插板的话，可能就会赢了你。不过我没这么做。我们向着河口掉抢航向时才明白应该走另一个航线，所以我让小船自由航行了一会儿。要是我的话，或许我也通不过那儿呢。不管怎么说，这真是场刺激的比赛！”

“我简直是个傻瓜，坚持从野猫岛外围绕过去，最后不得不在没风的情况下蠕动着来到内侧。”

“我还没想过你们在这种风的作用下，能那么顺利地穿过狭窄的航道而不是拐进里约湾呢！”

“好样的，好样的，好样的小船。”提提说。

“准备下船。”苏珊说，“提提，拿住帆桁。罗杰，收起船帆。不，不要试图站起来。”

“哈哈，你们回来啦。”布莱凯特太太说，“那么谁赢了呢？”

“谁赢了？”船宝宝问。

“谁赢了？”沃克太太也问道。

她们三人来到船库，发现燕子号船员和亚马逊号海盗们已经收起了船帆。

“嗨，妈妈！”

“嗨，小布莱基特！”

“你们好吗？”

“好吧，你们这群小调皮。”

“谁赢了？谁赢了呀？”布莱基特又问了一句。

“你们赢了，”佩吉说，“至少你们的船胜出了。”

“我们侧倾着滑过浅水域时，约翰用了爸爸在竞赛中使用的方法，那还是你讲给我们听的哩。”苏珊说。

“做得真不错，”南希说，“而且这是一场很棒的比赛。我们以后会举行更多的比赛。”

“燕子号比以前任何时候表现得都出色。”提提说。

“当然啦，它看起来那么灵巧轻便。”布莱凯特太太说。

“我的确认为，如果风大的话，它迎风航行的能力要比亚马逊号强一些。”南希说，“但是到了直行时，我们抬高中插板，亚马逊号就会轻松领先了。”

“好了，我们快点去吃大餐吧。”布莱凯特太太说，“你们现在一定饿了。”

“是的，”南希说，“快把烤牛肉拿出来，打开一瓶牙买加酒！这是一次伟大的航行！”

第三十六章　重回野猫岛

盛宴渐渐接近尾声，连罗杰都说吃够了冰激凌。好吃的实在太多了，都吃不完。这是一次十分开心的聚餐，都快成了谁的生日聚会了。是大家都知道学期已经结束假期明天就要开始才有的那种聚会。当然，燕子号又重新回到水上了，新的装备，新的油漆，能和过去一样出海航行。这对约翰、苏珊、提提和罗杰来说已经够开心了。他们不再是沉船的海员了，可以重新扬帆航行。船宝宝布莱基特的两片嘴唇红得像挤碎的覆盆子，她也很高兴能和所有船员们一起享受盛宴，似乎她已经和罗杰一样大，可以出海了。亚马逊号海盗们也十分开心，因为她们又享受到做冷酷邪恶的海盗的自由了。燕子号、亚马逊号船员们和长辈们分享着盛宴的欢乐，他们有相似的感觉，好像阴雨散去，空气变得清爽干净，那些电闪雷鸣的阴霾天气已经结束；又像是一扇久闭的大门突然敞开，黑暗已久的屋子终于见到阳光一样。

不过，对于姑奶奶的离开，大家却很少谈论。

“她原来是坐在哪儿的？”提提悄悄地问佩吉。

“就是现在罗杰坐的地方。”

提提看着罗杰，不过完全看不到一个男孩坐在姑奶奶专座上应有的反应。可能是因为他还不知道这事儿呢。一时间，她想让罗杰换个位子的，不过后来又觉得可能不告诉他更好。那把椅子是专门给他坐的，因为椅子的把手可以放下他的拐杖，他可是十分舍不得那只拐杖的，一刻都不想离开。

布莱凯特太太和沃克太太愉快地聊着天（“妈妈又重获自由啦。”南希说）。

她们聊着怎么抚养孩子们，如今的孩子可以和大人做朋友而不是作对有多好！

这可引起了南希的兴趣。“她真正的意思是，”南希插嘴说，“我们自由长大而不是被姑奶奶带大的，有多幸运哩！”

“南希，南希。”布莱凯特太太笑了出来。“不过，”她说，“现在终于可以放心地喊你南希了，而不是被时刻提醒着你是受过洗礼的露丝。”

“现在的问题是，如果妈妈叫我露丝的话，那么我一定会做些刺激的事儿，来提醒她我是南希。”

盛宴结束后，大家都来到花园里，她们几乎没有谈论到姑奶奶。不过这时，十分喜欢布莱凯特太太的罗杰想起来，他以前听说姑奶奶经常挑剔园子里的杂草，于是他转头向布莱凯特太太说道：“这块草地真不错！而且雏菊也很漂亮呢。一块草地上如果没有雏菊的话一定很单调。”

布莱凯特太太盯着他看了一会儿，开始没明白他的意思，然后突然笑了出来。

“哈哈，谢谢你的夸奖。”她说。

后来，苏珊听到其中一个妈妈说：“这完全取决于孩子们自己属于哪一种类型。”接着，另外一个妈妈回答说：“嗯，没错，显然你的孩子们也是一样的。”

燕子号船员们的妈妈先提出要回家了。

“你们回到营地后还有好多事情要做呢。”她说，“我和布莱基特想搭个顺风船到霍利豪威去。”

“跟我们一起去燕子谷吧。”提提说。

“去吧，去吧。”苏珊也恳求妈妈。

“等你们回到野猫岛时，我和布莱凯特太太会过去跟你们过一晚，看看你们是怎样安排的。”

“而且，我也会去呢。”船宝宝布莱基特说。

“当然啦。”

“好的，妈妈。”南希说，“我们会照顾你，不会让你受欺负的。”

“弗林特船长也会去吗？”罗杰问道。

“我想如果问他的话，他会去的。”布莱凯特太太说。

“他一定迫不及待地想去呢。”南希说。

“好吧，”佩吉有点失望地说，“我本以为今天吃大餐的时候他会现身的！”

布莱凯特太太和沃克太太对视了一眼。

“他正赶回船屋里去呢，要确保这段时间里船屋上一切正常。”南希说。

布莱凯特太太又看了一眼沃克太太：“我想你们也该回到岛上去了。”

“我们一分钟都不想浪费呢。”南希说。

“燕子谷是个很棒的营地，”约翰纠正布莱凯特太太道，“但是跟岛可不是一回事儿。”

“那不是一座岛。”提提解释说。

“没有港口。”罗杰说。

“在那儿时，就算我们没有燕子号也同样过得很好。”约翰说。

“快点吧，”南希喊道，“我们要赶快开始准备搬家啦。要是我们今晚不开始弄的话，明天又要花费一整天的时间呢。”

“快点，”佩吉说，“假设有人占领了野猫岛。”

“我看过了，没人占领。”提提说。

“会有人的。”南希说，“没有我们在那儿守着，会有人占领的。想想去年吧，你守在那儿，我们是如何跟你们开战的。”

“快点。”约翰说，“我们明天就会回去，然后再打一场仗吧。”

燕子号船员没有全部登上亚马逊号小船，他们这么做是为了给去霍利豪威的妈妈和布莱基特空出位子。

“我们会把一等水手和见习水手借给你们。”约翰船长说。

“快跳上船吧。”南希说道。

“遵命，长官！”罗杰和提提异口同声地喊。说着，他们两个从船两侧爬上了船。

“燕子号当然也可以装下六个人。”约翰说。

“那就太挤了。”南希喊道，“而且不久前，你和苏珊跟我们一起航行过，可是你的水手们还没有。”

“今天没有雾。”罗杰说。

“又是一件好事儿，”南希说，“雾蒙蒙的天气中摸索前进真是太可怕了。”

“再见了，谢谢您为我们准备丰盛的大餐。”燕子号船员们喊着。

"再见了，妈妈。"亚马逊号海盗们也向妈妈道别，"随时欢迎您参加野猫岛举办的盛会！"

"会有很多长条排骨呢。"当他们滑过河流入口处时，佩吉喊道。

"假设那是姑奶奶的排骨。"南希喊道，不过布莱凯特太太装作没听见。

"她真的有那么坏吗？"燕子号走远了之后，沃克太太轻声地问。

"我们也没有真真正正地看她一眼。"约翰说，"不过，她一定是很坏的。"

"可能她也不是故意要这样的呢，"苏珊说，"可她的确这么做了。"

"那么，我想知道，"妈妈说，"三十年之后，我再过来找你们时……"

"我们不会放您走的。"苏珊赶紧说。

"不会有再来这回事的，"约翰说，"因为根本就不会离开呀。您是不会变的。"

当下午逐渐过去，天色暗淡下来时，风也吹起来了。比赛过后，风儿又重新振奋起精神，不过这次的力量只够让船帆舒展，让帆杠伸直，甚至在河道和里约岛之间的地方，风力更小呢。不过，他们在那儿遇到一艘汽船，汽船激起的水波使两条小船摇摇晃晃的，帆杠也上下摇动，就像是在起风的海面上一样。

燕子号上，他们允许船宝宝帮助大副掌舵。

亚马逊号在河道外围超过了燕子号，在风力的帮助下，正一点点地扩大领先优势。亚马逊号是由罗杰和提提轮流掌舵的，他们比着赛，看看谁能让船的尾波最直。因此，小船真正的船长和大副与两个借来的船员完全调换了位置，她们两个正舒适地躺在活动船板的两侧，假装在自己的船舱里睡觉呢。

"等到了里约湾再叫醒我们吧。"南希说。

"为什么？"罗杰问。

"你是不可以对船长问为什么的！"提提说。

"好吧。我的意思是，遵命，遵命，长官！要不是你刚刚离开那个位置跟我说话，我掌舵的尾波就不会出现摆动啦。"

"数数我掌舵时摆动的次数吧。"提提说，"有两次，还有一次是我自己弄出来的。你也有三次，你最后转弯时弄出两次，加上这次的。"

“不要在甲板上争吵！”底部的船板上传来了南希的喊声，“否则的话，横桅杆就会倾斜，船会翻掉的。”

“好的，好的，长官。”提提马上遵守命令。

“为什么你不说‘是的，是的，长官’呢？”罗杰问，“你的意思明明是这样。”

“我替正在掌舵的你考虑呢。”提提说，“要不然的话，船的尾波会摆动得更多次的。你看，已经出现了。摆动两次了。还是让我试试吧。”

“好吧。”罗杰说，“轮到我说话了。”

“你们两个都错了，”佩吉躺在船底，仰望着天空说道，“正常情况下，是不能与正在驾车的人说话的，而你们两个却一直在这么做。”

“可是这儿没有车呀。”罗杰说。

两条小船从里约航道通过，约翰指给妈妈看那个有登陆石阶的小岛，一年前的漆黑夜里，他们就是将船系在那儿，睡在飘飘荡荡的船里的。

“那夜你们差点成了溺水的笨蛋吧？”

“是啊。”约翰回答说。

接着，他们的船经过里约港外面的游艇停船处，靠近了土著人泊船和钓鱼的芦苇丛。

“那是他们修燕子号的院子。”约翰一边说，一边指给另一条船上的南希看。南希坐起来，像个领航员一样，指挥亚马逊号穿过里约湾。提提在掌舵，两条小船转过船身，将船头朝向造船厂航行。渐渐地，小船靠近了林荫遮掩的码头、滑道和装满待造船只的船库。

约翰闻到了空气中的味道。

“没错，你能闻得出来，涂了焦油的绳子的味道，只要闻一闻就知道了，妈妈。”

妈妈闻了一下，想起水边的小商店里散发出来的同样的气味，以及很久之前澳大利亚港口轮船的气息。

岸上，一名工人正在检查摩托艇上新喷的油漆。看见他们经过，他朝约翰喊了一声：“你的船还好吗？”

“是那个造船人。”约翰说完，向那人喊道，“比以前更好了呢。真是谢谢你啦！”

“你把桅杆打磨得很好啊。”造船人说，“昨天，我把船落下水的时候，仔细地看了一下。”

他们的船绕过海岬，进入到霍利豪威湾中。两条小船都在码头停了几分钟，妈妈和布莱基特上了岸，准备回到农场去睡觉。水手提提和罗杰也从亚马逊号上出来，回到了自己的船上。

“再见了，妈妈。再见了，沃克夫人。再见了，小布莱基特。”

布莱基特也挥手告别，不过她站得太靠前了，要不是妈妈及时抓住了她，差点一头栽进水里了。

“明天晚上到岛上来跟我们相聚吧。”苏珊喊道。

“好的，好的。”妈妈答应着。

两艘小船离开了码头，驶出了港湾，肩并着肩行驶在达恩峰下。

提提抬头看着达恩峰，想到了去年他们每天从山顶上望着野猫岛的时刻，他们总是在等爸爸的电报，希望他同意他们出海航行。她还记得每一天他们都会看着土著人坐在渔船或者划艇上出海捕鱼，有船靠近野猫岛时，他们都会担心有人在他们之前占领那里。接着，她又想起他们第一次见到南希和佩吉时的情景，那时她们还是敌人呢，可现在却是最好的朋友了。她掠过水面看着亚马逊号安静地在燕子号旁边行驶，感到十分高兴。接着，他们继续航行，等离开了达恩峰后，就可以看见船屋港了，提提想起了她第一次看见退休的老海盗和那只鹦鹉的情景。

“我们进去告诉吉姆舅舅你们是怎样赢得比赛的吧。”南希说着，两条小船改变了航向，开始径直向着船屋驶去。

“他不在那儿哩。”过了一会儿，佩吉说道，“船旗也没有升起来。”

“而且也没有划艇。”南希说。

燕子号和亚马逊号在船屋的尾部靠得越来越近。南希和佩吉一起大喊：“船屋，喂——”不过还是没有任何回应。

“今早他还和汽艇在一块呢。”约翰说。

“当然啦。”南希接着说，“明白了！我差点忘了他要回贝克福德的。一定是穿梭于小岛之间时和吉姆舅舅错过了。噢，好吧，没关系。我们明天再告诉他吧。”

他们驶出船屋港，正沿着南偏西的方向驶向马蹄港。

“我们可是一分钟也不想浪费。”苏珊说，“今天大家都早点睡觉吧。明天要耗费我们一整天的时间把东西转移到岛上去的。”

他们已经过了湖中心，行驶过船屋港和鸬鹚岛之间的过半路程了。这时，虽然苏珊不让罗杰再站在桅杆前，但拄着拐杖的罗杰依旧充当着小船的瞭望员，然后突然喊道：“是烟！是烟！野猫岛上有烟！”

亚马逊号上的佩吉也在同一时刻看到一缕蓝色的青烟，正向树林中飘去。要不是因为北风将烟吹向岛的南部，他们也不会看到的。

“太晚啦！太晚啦！”提提快哭出来了，“还是有人占领了。”

“我们今天就应该占领那儿的，而不是搞什么比赛。”约翰说。

“那是不可能的，”苏珊说，“我们都答应了要去贝克福德呀。”

“烟雾只有一点点，”约翰说，“可能只是有人在那烧过水，然后让火堆自燃自灭的。土著人经常这样做。”

南希开始指挥。

“一次改变航向的幅度不要过大。”说着，她的小船平静地穿过水面，“不要让他们知道我们已经看见了。我们要假装正常行驶，可以的话尽量靠近一些。大家一定要把眼睛睁大！也可能那儿根本没人呢。我们要确认一下才知道，冒险可没什么好处。万一那儿有一大群人就不好了。”

“我们不能让他们占领那里。”提提说。

“不会的。”南希说，“我们保持队形，一起往岸边靠近，假装看起来我们是去玩的。不要让他们看出我们特别留意他们就行了。”

“要是我们其中一艘船向着鲨鱼湾行驶，然后进入内航道怎么样？从那儿可以直接看到岛上的营地。”

“那样会立刻暴露自己的。”南希反驳说，“他们会明白我们过来就是为了看他们的。不能这样。我们要成为一个整体，一起往岸边上靠拢，假装看起来我们并没有真正地改变航线。快看啊！有一艘汽艇驶来了。等汽艇来到我们和岛中间时，我们一定要及时变航向。”

他们的确是这样做的。长长的载客汽艇剧烈地搅动着平静的水面，当它经过那里时，完全遮住了燕子号和亚马逊号的身影，从岛上瞭望的人根本看不到。在汽艇将他们远远地甩在后头之前，不仔细看的话，人们不会注意到这两艘小船是向哪个方向行驶的。

“我们真的不能回到野猫岛了吗？”罗杰问道。

“如果有很多奇怪的土著人在岛上的话，当然不能回去了。”提提说，“而且那儿只能容下一个营地，现在他们一定在用我们的灶台呢。”

“可能只是某个人留下的火堆呢？”苏珊说，“很奇怪，如果只是一个正在燃烧的火堆的话，那儿并没有升起很多烟呀。”

“喂！”约翰说，“南希正在降低中插板呢。她一定是想在岛的掩盖下横穿过去。”

这时，一阵沙哑的口哨声从水面传来。

“这样我们就可以基本保持静止，不会离你们太远了。如果我继续这样摆弄我的小船帆的话，那群土著人就会知道我是在等你们呢。”

这样，中插板降了下来。此时，尽管是顺风，亚马逊号也不比燕子号移动得快了，两艘小船更容易并驾齐驱。

“你们看到有人在那儿吗？”约翰问道。

“看不到，但是有烟是毫无疑问的。”

“注意有树枝的地方，可能在树底下呢。要是有人在监视的话，一定会触动树枝。再看看岩石边上的石南灌丛。”

“那儿可能有人！那儿可能有人！”提提突然大声喊道，紧接着把望远镜塞到了苏珊手中，“我们的灯塔树上有个灯笼。”

真是这样。即使不用望远镜，他们也能看到一只灯笼挂在岛北端那棵高耸的松树枝顶端。岛上的人一定是准备停留的，要不然的话他们不会这么大费周折地爬到三十英尺高的树干上，还在树枝上系根绳子挂住灯笼。

“应该是要驻扎在这儿。”南希说，“他们一定不是今早才来，否则我们一定会看见的。我们一定不能让他们留在这儿。我们一定要在今晚之前将他们驱逐出去，让他们没办法睡觉，将他们的船只砸烂，把他们赶到海上去。”

“可是，怎样做呢？”约翰问道。

“我想他们应该不擅长做探险家或者海盗，否则一定会有瞭望员的。是这样，他们一定不是这样的人。而且，将没有点亮的灯笼挂那么高而不是挂在触手可及的地方，这是多么愚蠢啊。他们根本不擅长安营扎寨，否则营地里的火应该更旺才对。他们可能还没有发现港口呢，可能是那种只吃三明治并用纸条通信的‘笨猪’，根本不知道我们是来驱赶他们的。”

“现在要是我们有个大炮就好了。”罗杰说。

“那样就太吵了。”南希说，“我们要像蛇一样悄悄地爬到他们身边，然后让他们来不及开口就消灭他们。我们可以留住他们的性命，让他们滚回自己的船上，离开这里。这样，他们就会落荒而逃，再也不会打扰我们啦。”

这计划听起来不错，可两艘小船上还是有一种莫名的忧伤。假设这群野猫岛的发现者跳出来后，没有及时制服他们的敌人，到那时又该怎么办呢？可是，除了试一试，已经没有其他办法了，而且他们当中也没有人大声质疑这种想法。

两艘小船肩并肩，一直朝湖东面行驶。鸬鹚岛已经被甩在船尾，他们现在几乎接近野猫岛南端了，依然没有看到有人移动的迹象。可是，他们的确看见高高的松树上挂着一个灯笼，而且缕缕青烟不断地从树林中飘出。

“或许他们只留下一个哨兵就出海了，打算晚上回来呢。”佩吉说。

“这样就可以解释灯笼的问题了。”约翰说。

“如果真是这样的话，那我们行动起来就方便多啦。”南希说完，笑了出来。其他人奇怪地盯着她看，因为他们根本没有想笑的意思。南希解释道：“我想起了去年，由于我们的疏忽让提提占领了我们的船，所以这次一定不能犯同样的错误。”

他们经过了岛的南端。

“掉头迎风行驶，约翰船长！”南希说，“我们要一直这样航行，直到看到港口里面的情景。”

两个掌舵的人同时将舵杆拉低，拉直主帆帆脚索。燕子号和亚马逊号就这样又一次改变了航向，停留在水面上准备向港口行进呢。

“注意观察，看看有没有人藏在岩石后面。”

大家同时朝岩石望去，就算只是鸟儿在岩石中扑腾都能被他们一眼识穿的。不过还是没有任何动静。

“港口上空无一人。”南希一边仔细地盯着那边，一边说道，“他们还没发现这儿呢。他们的船一定停在旧的登陆地了。”

突然，亚马逊号开始迎风行驶。

“不到一码远了。”南希说，“我想他们根本没有发现我们，否则从旧的登陆地就可以看到我们了。我们要从港口这儿登陆。准备下船，佩吉！抬高中插板。拿出船桨，现在要安静！安静！……”

约翰学着南希的样子操控着燕子号。而提提和苏珊在收船帆。接着，约翰将船内侧抬高，拿出一只船桨，静静地划着，使燕子号穿过岩石丛中的航道。这时，一直在看航标的苏珊时刻提醒着他不要离开航线。在燕子号划到港口之前，亚马逊号也不能靠岸。

“小心。”约翰说，“不要让船发出碰撞的声音。”

“罗杰！”苏珊突然喊道，“那是一块干净的手帕。不要用它擦你的拐杖。”

“我没有。我只是用它裹住拐杖的底端，这样它碰到石头时就不会发出声音了。现在已经弄好啦。”

他拿着已经裹上手帕的拐杖，单腿跳上了岸。他用拐杖支撑着，站在岸边，手里抓着船的牵引绳，以防燕子号滑进水中或者与沙滩发出嘎嘎的摩擦声。

南希和佩吉四处张望，静静地观察着港口周围的岩石丛，确保没有敌人潜伏在附近俘获他们的船只。提提、苏珊和约翰，一个接一个地跳到沙滩上，然后轻轻地抬起燕子号船头将它拉上岸，就好像拉着燕子号在羊毛上而不是坚硬的石头上一样。

“让我们切断他们的回路吧。”约翰说。

“不行，不行。我们要迫使他们落荒而逃呢。我们要悄悄地从西岸上的矮树丛中穿过，直到接近营地的地方隐蔽起来。你有口哨吗？”

“大副有。”

“佩吉也有。当你听到她的口哨时，你也要吹响口哨，然后大家就瞬间冲出来。”

“我能闻到烟雾的味道了。”提提说。

“听着！”

其实，根本没有什么声音。

“可能他们睡着了。”

“或者像‘笨猪’一样在拱背呢！不管怎样，我们快点吧。”

燕子号和亚马逊号船员们离开了港口，溜进矮树丛中。他们看到连提提去年整修过的小路也不像样子了。忍冬和荆棘遍布在小路上，使它看起来更像是丛林中的狭窄通道。“难怪他们找不到港口呢。”苏珊说，“我们在沉船之前没有修理这条小路，真是太幸运啦。”

这时，近处传来一阵口哨声。“嘘，嘘！”南希赶紧转过身来，然后尽量压低声音喊道，“帐篷！”

其他人听到声音后悄悄地向她移动。他们透过树林和灌木丛看到了灰白色的帐篷，而且还不止是一顶呢！

“他们已经把帐篷支在我们的营地上啦。”提提痛苦地喊道。

“一定还有进一步的举动呢。”南希轻声说道，“我们一定要把他们撵出去。如果不这样的话，那么野猫岛再也不会是我们的哩。你们准备好了吗？燕子号和亚马逊号船员们万岁！大副们，吹响你们的哨子吧，加油！”

两声哨子立刻响起，整个队伍冲出了灌木丛。他们呼喊着跑到旧营地中间。营地上支着五顶帐篷，四顶小的支在燕子号沉船之前船员们支帐篷的地方，还有一顶大的支在亚马逊号海盗们去年支帐篷的地方。还有第六顶帐篷呢，就放在前五顶后面的树林中。

“他们的帐篷跟我们的很像。”罗杰一边说着，一边摇晃着身体追着其他人。他的重心一会儿从一只脚摆动到拐杖上，一会儿又从拐杖摆动到脚上，保证不会被落下。

南希和佩吉负责检查大的帐篷。其他人从灶台旁边经过，穿过整片空地。

“可是，这是我们的帐篷呀！”苏珊说。

“漂亮的波利！”一个沙哑的声音突然传来。

营地上并没有抵抗者。苏珊搭的灶台里面还冒着火光，只是火焰很小。在营地的另一端，一个人正半坐着，后背靠在树干上。是弗林特船长！弗林特船长正睁着双眼，鹦鹉站在他身边的一节树根上，正试图拆卸他的烟斗。

“你们好啊，”弗林特船长说，“现在几点了？我坐这儿休息一会，在跟老波利玩呢。你们也知道，在这种天气里干这么多活，可真是热呀。我把所有的东西用划艇运到岛上来，而且爬上那棵树也很费力气呢。究竟出什么事儿了？为什么你们这么匆匆忙忙地跑出来？”

燕子号船员和亚马逊号海盗们互相望着彼此。

“噢，没什么，没什么。”南希船长说，“我们把你误当成别人了。”

弗林特船长伸了伸懒腰，用手摸着他的烟斗。

“又回到你的旧栖木上了，对吧，波利？我刚才一定是睡着了。”

“睡得真香啊。”罗杰笑着说。

“你一个人把这么多东西运过来的吗？”南希问道。

“玛丽·斯旺森帮忙运的，还有一个年轻男子，是她的一个朋友，看起来像是有一天假期。”

“我想皮特鸭应该帮了你一把。”提提说，“用他把洞里的东西拿过来的。”

“一定是这样。”弗林特船长说，“不过，我有可能把背包放错了帐篷，或者类似的东西放错了地方。玛丽·斯旺森准备再回去看看，如果有什么东西落下了，她会带到农场去的。”

“我们明天过去一趟吧，邀请她来喝茶。”提提说。

“我的‘立即撕破’裤子上又磨出了一个洞。”罗杰说。

“可是，你们怎么会想到这样做呢？”南希疑惑地问。

“其实，”弗林特船长回答说，“这样做只是想保证野猫岛不让别人占领，而且明天沼泽地上会有射鹅比赛，你们的妈妈希望你们最好给比赛让路。”

“这就是为什么她们没有让你跟我们一起吃大餐的原因啦。”南希说，“不过，你还没问谁赢了比赛呢。如果你想知道的话，那么是我们输了。”

“我看到你们进入到里约湾，而约翰去了小岛的另一侧时，我就想到燕子号获胜的机会更大一些。”

“可是你不知道约翰在最后时刻是怎么操作的呀！”

本来，他们想把比赛的整个过程都讲给弗林特船长听的，不过，他们马上改变了主意。他们告诉他，他们是如何看到树梢上挂着的灯笼，还有岛上冒的烟，如何想象着小岛已经被敌人占领了。

“现在，我们永远永远地占领这里啦！”罗杰兴奋地说。

“在你们离开这儿之前。”弗林特船长说，“不过，如果我不快点离开的话，可就要有麻烦啦。”

“可是她不是已经走了吗？”提提说道。

弗林特船长大笑了出来。

“厨娘跟姑奶奶差不了多少呢。”他说。

几分钟后，他上了汽艇，咔嚓咔嚓地经过了哨岗。大家在他身后喊着感谢的话，提醒他明天要来参加聚会。

“你们可以给我准备晚餐。”弗林特船长喊了一句，“明天晚上我要睡在船屋里呢。噢，对了，差点忘了告诉你们，迪克森太太明早会过来给你们送牛奶的。”

燕子号和亚马逊号船员们又跑回营地中。

“好了，”南希说，“假期现在真正开始啦！”

“我们已经在自制的地图上标注了好多地方哩。”提提自豪地说。

“把火堆高些！”苏珊一边说，一边归拢着火堆里的柴火，“这难道不是回家的祝福吗？”

后　记

经常有人问起，我们是在哪一年登上了干城章嘉峰。当然是 1930 年，暨我们和燕子号船员结盟的第二年，也是吉姆舅舅的书出版后的那一年，同时也是妈妈登上马特洪峰三十年之后。可是，兰瑟姆先生错写成 1931 年了，那其实是他创作整个故事的年份。就这样，一切变得阴差阳错。现在，你们知道了吧。

南希・布莱凯特（N.B.）